W0249031

Le vrai prix de Marie

Du même auteur :

L'étang de Pauline
Le Figuier de Paul
Le Parisien de Cersan d'Aude
Le long chemin de Joaquin l'Espagnol
Juliette d'Estignan
Ma dernière année de classe
La Vigne de Jean

Site internet : http://aude-en-romans.fr/

Crédit photographique : © Maksim Šmeljov - Fotolia.com

Tous droits réservés
©T.D.O EDITIONS
18 Rue Alfred Sauvy
66450 POLLESTRES
www.tdo-editions.fr
email : infos@tdo-editions.fr
ISBN : 978-2-36652-038-5

Toute ressemblance des personnages du présent récit avec des personnes existantes ou ayant existé serait purement fortuite.

Jean-Pierre Grotti

Le vrai prix de Marie

Collection Grand Sud

« Il n'y a pas de soleil sans ombre et il faut connaître la nuit. »

Albert Camus

Prologue

Valérie regarde son mari et ses hôtes, secoue comme un orgueilleux panache sa chevelure rousse, puis déclare en souriant :

— Messieurs parions !

— Quoi ?

— Ce que vous voulez… de l'argent, des cadeaux, une nuit dans mes bras…

Félix Salcan l'interrompt :

— Ma chère, un pari n'est digne d'intérêt que s'il est sérieux, vous le savez bien ! Êtes-vous décidée ?

— Oui ! Tout à fait !

— Entendu ! Dans ce cas, fixons en tout de suite les termes ! déclare d'une voix grave Xavier, son mari. À quoi vous engagez-vous mon amie ?

— J'affirme que je vais transformer la nouvelle domestique, la vertueuse et prude Marie, celle-là même qui vient de nous apporter les rafraîchissements, en jeune femme docile, prête à satisfaire tous vos désirs, messieurs.

— Et en combien de temps estimez-vous pouvoir réaliser cette métamorphose ?

— Un an me paraît suffisant. Si ce délai expiré, Marie ne s'est pas donnée de son plein gré à chacun de vous, je reconnaîtrai avoir échoué et je réglerai tous mes enjeux !

.1.

Ceux qu'ils appellent les parasites sont partis. Il ne reste plus que leur petit groupe dans le salon privé, le boudoir de Madame.

L'éducation, l'argent, l'habitude du luxe leur donnent un air de famille et une complicité polie, discrète, mais fidèle.

Il y a là, la maîtresse de maison, la superbe Valérie Colin Vasseur, grande, souple, longs cheveux flamme encadrant un visage fin aux yeux clairs. Toujours soignée, toujours belle, trop belle, trop soignée sans doute. Une image admirable mais glacée, paraissant à la fois insensible et presque inaccessible.

Riche héritière d'une entreprise de bâtiment et travaux publics jadis florissante, ses parents l'ont mariée avec le fils unique des concurrents : sain arrangement pour deux clans qui ont ainsi cessé de se livrer de coûteuses batailles pour, au contraire, unir leurs forces.

Cet hyménée planifié aurait pu s'avérer pénible, douloureux, voire catastrophique pour les époux, mais il n'en fut rien. Même maintenant d'ailleurs, le couple est présenté partout comme un modèle d'harmonie et d'entente conjugales.

Cette réussite est due à Xavier, le mari. Sec, dur, calculateur, pragmatique. Il a, au retour de leur voyage de noces à Venise, analysé la situation en ces termes :

« Ma chère, nous voici mariés et de trop gros intérêts sont liés à notre union pour que nous songions à la rompre un jour. À nous donc de nous en accommoder au mieux. »

Il a ajouté dans un demi-sourire :

« Je me considère et je reste totalement libre du choix de mes loisirs et de toutes mes relations autant que je l'étais avant notre mariage. Il est bien évident qu'il en est de même pour vous. Je ne m'immiscerai dans votre vie privée que si vous me le demandez ! »

Cette mise au point convint tout à fait à Valérie et les deux premières années de mariage furent très heureuses au point même qu'ils ne se quittèrent guère. Peu à peu cependant, leurs liens se distendirent. Ils sortirent moins souvent ensemble et leurs aventures se multiplièrent.

À présent, Xavier se divertit au hasard de ses soirées d'affaires ou de ses voyages commerciaux. Valérie, elle, n'a qu'à sourire pour choisir un amant parmi tous les hommes qui croisent son chemin.

Tous deux évitent cependant les liaisons trop longues ou trop passionnées ; le mari par manque de temps, Valérie par lassitude, snobisme, peut-être aussi par peur de se lier vraiment.

Pour elle, la vie est oisive et monotone. Pour lui, elle est laborieuse et monotone. Ils offrent une fois par an dans le château une grande réception à laquelle sont conviés tous les notables de la région.

Cette fête leur donne l'occasion d'éblouir et d'enjôler la bourgeoisie locale, mais aussi de nouer ici et là quelque relation utile pour les affaires.

Même s'ils ne font que de courtes apparitions parmi leurs hôtes, ils éprouvent cependant un soulagement réel lorsque la soirée prend fin.

Alors, ils se retrouvent entre eux, avec deux couples, Élise et Félix Salcan, Jeanne et Marc Volin. Pour que leur groupe soit complet, il ne manque que l'héritier d'une très ancienne et très riche famille florentine, Mario Saliati qui passe sa vie à parcourir le monde, de fête en fête, de bras en bras. Il apparaît souvent sur les photos des magazines. Il est l'ami de toujours et l'amant occasionnel de Valérie.

Ce soir, ils parlent de vertu. Marc Volin, tout sourire, s'interroge à haute voix :

— Pourquoi donc a-t-on si souvent lié la pauvreté et la vertu ? Faut-il être nécessairement miséreux pour suivre le droit chemin ?

— Le droit chemin ? Comme vous y allez, Marc ! s'exclame Valérie en croisant haut ses longues jambes dorées.

— C'est une façon de parler ! concède le notaire amusé.

— Je l'espère parce que ce serait à nous dégoûter de la ligne droite ! continue Valérie.

— Oui ! La vertu est souvent synonyme de rigidité, de manque de fantaisie, de tristesse et de frustration, soupire Félix Salcan. Je ne dis pas cela par rapport à vous ma chère, ajoute-t-il aussitôt en se tournant vers son épouse.

— Je l'ai entendu ainsi ! répond-elle sans se troubler.

— En fait, cette association de vertu et de pauvreté est un legs direct du christianisme, déclare Colin-Vasseur, le maître de maison. Pour aller au ciel, il faut être non seulement juste et vertueux, mais aussi misérable… « Les premiers seront les derniers » et cetera, et cetera. Ces conditions nécessaires sont accueillies sans discussion par les foules qui trouvent là, matière à vengeance et rancœur envers les nantis.

Il poursuit dans le silence :

— Il se cache aussi dans cette association de concepts des impératifs économiques et sociaux très puissants : les travailleurs ne doivent pas disperser leurs forces dans la luxure ou une vie dissolue. Il est nécessaire qu'ils trouvent repos et calme chez eux afin de renouveler leur énergie et ainsi être prêts le lendemain à travailler. Le mariage et la stabilité qu'il entraîne sont favorables à la production. De plus, c'est bien connu, la promesse d'une vie meilleure dans l'au-delà permet d'éviter ici bas bien des débordements coûteux, voire sanglants.

— C'est terrifiant mon cher, remarque Valérie, comme vous arrivez à tout expliquer par des ressorts économiques.

— Non ! C'est tout à fait normal ! L'économie c'est la richesse, la puissance, le pouvoir. Ne sont-ce pas là les objectifs inhérents à chaque individu et le ressort même de la société ?

— Peut-être avez-vous raison Xavier, mais ceci manque de poésie… soupire Jeanne Volin, née de Lambesc.

— Vous oubliez le fait essentiel, intervient Élise Salcan, les petits d'hommes sont des êtres si fragiles et si longs à pouvoir assurer leur propre existence qu'il faut au moins être deux pour s'en occuper. Au départ, la famille et son corollaire la vertu servent en premier à cela : bien élever, c'est-à-dire avec le maximum de chances de survie, les enfants.

— Oui, ce sont des êtres trop fragiles pour nous ! ironise Valérie.

— Je trouve les théories de Xavier pertinentes, mais elles sont hélas dénuées de toute spiritualité. C'est bien dommage !

— Je n'y peux rien Élise, le monde est ainsi. Je ne fais que constater des faits !

— Lorsqu'ils parlent de vertu, intervient Félix, son mari, les philosophes classiques sont plutôt d'accord. Presque tous l'associent à une forme d'obéissance à la raison ou à l'ordre divin…

— Presque tous, presque tous, mais pas Platon. Pour lui, le vertueux est celui qui va au bout de ses passions en faisant fi des lois humaines… objecte Valérie.

— C'est exact ! D'ailleurs ne disait-il pas que les lois sont faites par les plus nombreux et les plus faibles pour empêcher les plus forts d'atteindre leur juste place ? renchérit Marc.

— Laissons la philosophie de côté s'il vous plaît ! demande Xavier. Je suis persuadé que la vertu est loin d'être l'apanage des pauvres. Au contraire, ils ont la bestialité à fleur de peau.

Il ajoute avec une moue de dégoût :

— Écoutez-les discuter. Leurs conversations regorgent de termes pornographiques, voire scatologiques, de gestes obscènes même. Nous, nous pouvons être troublés par une forme, un regard, un sourire… Eux non, cela n'est pas assez ; il leur faut un sexe !

— Allons mon cher, ne soyez pas trop sévère ! N'est-il pas logique qu'ils fantasment sur ce qui est très souvent hors de leur portée ? Après tout, poursuit Valérie en riant, si la vertu a pour conséquence la fidélité, la famille et les enfants, félicitons les pauvres et encourageons les à rester vertueux pour le bien-être de la société et notre prospérité. Pourtant, il doit bien exister, parmi le peuple, des gens sensibles, intelligents, rêveurs…

— Ceux-là, l'interrompt Félix, n'appartiennent déjà plus à leur condition ou bien cherchent à s'en évader.

— Il me semble, déclare Élise de sa voix douce, que vous utilisez un lexique quelque peu désuet : peuple, riche, pauvre, condition… Ne croyez-vous pas que vous pourriez vous exprimer d'une façon plus moderne ?

— Ce problème de terminologie n'est guère important, lui répond aussitôt son mari. Parlons de hauts salaires, d'actions, de SMIC ou de RSA, que changeons-nous ?

— Ne changeons rien, intervient vivement Jeanne. Nos aïeux ont affronté les révolutions, les guerres, les gouvernements rouges, les grèves et ils n'ont pas failli. Ils ont toujours réussi à se maintenir au-dessus de cette racaille qui prône le nivellement des valeurs et des statuts par le bas. D'abord, les pauvres doivent être vertueux parce que, si par malheur les liens familiaux se brisaient, ce serait toute la société qui éclaterait !

— Travail, famille, patrie… murmure Marc.

— Exactement ! Pour eux, c'est la seule solution.

— Je crois que c'est l'idéal surtout pour nous ! ironise Xavier.

Tout en écoutant, Valérie a un regard étrange. Elle poursuit une idée qui, à voir l'éclat de ses yeux, doit lui paraître très amusante, peut-être même excitante. Son visage s'éclaire :

— Si je vous comprends bien, les pauvres sont vertueux parce qu'ils sont pris dans un carcan économique et moral qui ne leur laisse aucune autre possibilité ?

— C'est cela ! acquiesce Félix.

— Donc, pour transformer une pauvre vertueuse en libertine, il suffit de la libérer de ce carcan ?

— Oui ! Peut-être ! Mais où voulez-vous en venir ? Faites-nous part de votre idée.

— Ne soyez pas impatients, minaude Valérie.

D'une voix nette, elle appelle :

— Marie !

La porte s'ouvre aussitôt et une servante pénètre dans la pièce en rasant les murs. Les yeux baissés, rougissante, elle se dirige vers Valérie, sa maîtresse.

Marie a trente-deux ans. Elle n'est employée au château que depuis trois mois. À l'instant, tous les yeux sont tournés vers elle. Les hôtes pressentent que cette jeune femme est concernée par l'idée de Valérie. Ils cherchent, en observant la servante, des indices susceptibles de les éclairer sur les intentions de sa maîtresse.

Ils ont beau l'examiner avec soin, ils ne trouvent en elle rien d'extraordinaire. Sans être une belle femme, elle est agréable à regarder. Des cascades de boucles châtain encadrent un visage doux aux yeux sombres et à la bouche charnue. Elle semble plutôt bien faite et lorsqu'elle se redresse, ses seins et ses fesses se dessinent joliment sous la sévère tenue de service.

De sa personne émane une impression de douceur, de gentillesse, de réserve et de simplicité que conforte le timbre un peu grave et chaud de sa voix.

— Apportez-nous d'autres glaçons, s'il vous plaît !

— Tout de suite Madame ! répond l'employée.

Valérie surprend le regard des hommes qui, par habitude, glisse sur les mollets nus de la servante. Elle éclate de rire :

— Allons messieurs, n'y songez pas une seconde ! Elle est pauvre, donc vertueuse ! Si j'ajoute qu'elle est mariée et mère de famille, vous n'avez aucune chance !

Son époux entre lui aussi dans le jeu :

— Cette Marie m'a l'air d'une fille toute simple, heureuse de sa condition, sans grands besoins ni envies… Nous devons nous résigner, il n'y a aucun espoir de ce côté !

Félix réplique d'un ton dramatique :

— Mes amis, comment osez-vous nous porter si peu de considération ? Nous condamnez-vous aux employées de maison ? Il y a tant de femmes plus jolies, plus disponibles, plus expertes qu'elles de par le vaste monde… Quelle piètre opinion de nous !

— Je plaisante, messieurs ! s'exclame Valérie, je plaisante et pourtant que diriez-vous si je transformais cette petite oie blanche en tendre libertine à votre service ?

— En tendre libertine ? interroge Marc.

Il se tourne ensuite vers Xavier en riant :

— Si votre femme suit la théorie que nous venons de développer, il va d'abord falloir la rendre riche. Cela risque de vous coûter cher !

— Non ! Non ! intervient la maîtresse de maison, elle restera pauvre, mais perdra son attitude vertueuse. J'en ferai une courtisane qui viendra picorer dans votre lit !

— Comme vous y allez ma chère ! se révolte Jeanne.

— Je sais que vous êtes une femme étonnante, intelligente et obstinée, mais il me semble que vous êtes en train de surestimer vos pouvoirs ! reprend Marc d'une voix sérieuse.

— Je suis tout à fait d'accord avec toi Marc, ma chère épouse exagère !

— Je voudrais bien voir cela, s'exclame Félix tout excité.

Loin de reconnaître l'énormité de ses propos, Valérie

secoue sa crinière rousse, se redresse et déclare :

— Messieurs parions !

— Ciel Valérie ! s'exclame Jeanne, comme vous avez l'art de rendre la vie passionnante. Puisque je ne parie pas, je serai l'arbitre. Je vais consigner par écrit tous les enjeux. Nous commencerons par vous Xavier.

— Bien ! Si elle réussit, je lui offrirai enfin cette veste en vison Zigzag dont elle a tant envie depuis quelque temps déjà. Si elle échoue, elle s'engagera à passer quinze jours pendant le mois de juillet dans la maison de la tante Sally en Aveyron.

— Vos conditions sont dures, mais je les accepte !

— À vous Marc, poursuit Jeanne en se tournant vers son mari.

— Si vous gagnez, je vous emmènerai avec nous assister au carnaval de Rio. Si vous perdez, vous vous occuperez de notre parc durant une semaine en août.

— Jardinière ? Bien, d'accord !

— À vous Félix !

— Moi, je vous offrirai un ensemble à choisir dans la collection que vous voudrez. En cas d'échec, vous deviendrez pendant une semaine, accompagnante de malades en fin de vie dans mon service de gérontologie.

— Entendu Félix !

— Bien, récapitulons : Si vous gagnez ma chère, vous recevrez un manteau en fourrure, un ensemble de collection et vous irez à Rio. Si vous échouez, vous devrez vous égarer durant deux semaines en Aveyron puis travailler comme jardinière et accompagnante de malades. Nous sommes le 11 janvier, vous avez un an pour mener à bien votre gageure.

— C'est cela ! acquiesce Valérie.

Jeanne se tourne vers les hommes pour les réprimander :

— Messieurs permettez-moi de vous dire que je juge vos conditions très dures !

— Ce n'est pas grave Jeanne, je gagnerai. Je sais, messieurs, que vous êtes des gentlemen et que vous ne dérangerez aucun de mes projets. Je pourrai même compter sur votre aide si je vous la demande en plus de votre discrétion !

Tous opinent et Marc propose :

— Buvons mes amis, buvons aux noirs desseins de cette douce femme qui va transformer pour notre plaisir, un ange en diablesse.

Tous lèvent leur verre et Valérie, sûre d'elle, ajoute :

— Je vous remercie. Peut-être sera-ce moins difficile et plus rapide que vous ne le pensez ! J'ai quelques petites idées qui, j'en suis persuadée, pourraient s'avérer redoutables d'efficacité. D'autre part, Mario sera là pour m'aider dès la fin du mois…

Les hôtes se font porter leurs effets et prennent congé. Valérie et Xavier les raccompagnent jusque sur le seuil. Le froid sec de la nuit les revigore. Le mari pose la main sur l'épaule de sa femme en chuchotant :

« Ma chère, il me semble que vous vous êtes engagée un peu imprudemment ! »

Elle se tourne vers lui et fait un grand sourire en guise de réponse. Ils se séparent et chacun regagne ses appartements.

Dans sa chambre, Valérie se laisse tomber sur son lit et reste longtemps les yeux ouverts, à la fois excitée, impatiente et pensive…

« Agir lentement, progressivement, la lier à moi, la sortir du service ordinaire, l'isoler, mais aussi connaître ses pensées, la diriger sans qu'elle ne s'en rende compte. Jacques sera parfait dans ce rôle. Oui parfait ! »

Elle s'endort alors que le petit jour peint les fenêtres en gris.

.2.

Pour tenter de mieux connaître sa servante, Valérie a passé la semaine suivante à mener une petite enquête sur Marie et sa famille. Elle a découvert un monde où l'on se lève tôt, où l'on se couche dès que le film télévisé est terminé, et où l'on ne change pas de vêtements chaque jour. Elle s'est même amusée à suivre Yves Séral, le mari, à la sortie de l'entreprise de maçonnerie dans laquelle il travaille et dont elle a noté l'adresse en l'apercevant sur la fiche de renseignements qu'a remplie Marie. C'est une petite affaire dont elle a déjà entendu parler par Xavier.

Yves est un être sans signe particulier : taille moyenne, un peu lourd, teint mat, cheveux courts et bruns, un homme tout à fait ordinaire. Il fréquente presque chaque soir un bar exigu dans lequel une serveuse l'accueille comme s'il était Dieu. Lui se laisse dorloter, discute et rit avec ses copains, sans encourager ou repousser les flatteries et les caresses de la jeune femme.

« Un lâche, un faible ! pense Valérie. Il a trop peur de subir un échec pour tenter sa chance… Il restera toute sa vie au bas de l'échelle… »

Elle n'éprouve aucune sympathie pour ces gens, elle n'aime pas Yves. Elle sourit en pensant que ce sera une bonne chose qu'il soit trompé. Elle a aussi, durant cette semaine, observé Marie. D'habitude, elle n'attache guère d'importance aux domestiques… Il est vrai que cette fille n'est pas laide. Plutôt jolie même, peut-être intelligente, mais timide, craintive, réservée, peu communicative, seule dans le château.

Valérie s'est efforcée de lui témoigner un peu de gentillesse : un petit sourire ici, un « c'est bien » là. Le jeu vaut bien quelque hypocrisie…

Après ces jours d'observation, elle se sent prête à appliquer la première partie de son programme, la plus facile : lier Marie à sa personne.

C'est une fin d'après-midi claire et venteuse, elle appelle la servante et la reçoit dans son boudoir.

— Dîtes moi ma petite Marie, vous trouvez-vous bien dans cette maison à notre service ?

— Oh oui Madame, très bien !

— Tant mieux, tant mieux ! Vous aussi vous nous donnez satisfaction. Je vous ai observée ces derniers jours et j'ai apprécié votre retenue, votre discrétion et aussi le fait que vous ne fréquentiez guère les autres gens de la maison…

— C'est que j'ai un caractère plutôt réservé et puis je n'aime pas trop me retrouver parmi des personnes que je ne connais pas !

— Je comprends, ceci est tout à votre honneur. Puis-je avoir confiance en vous Marie ?

— Oui Madame !

— Bien ! J'envisage de vous affecter à mon service personnel. Vous serez, de ce fait, exonérée des tâches de la maison. Vous ne recevrez vos ordres que de moi seule. Qu'en pensez-vous ?

— Madame, soyez sûre que je ferai mon possible pour vous satisfaire !

— Attention Marie ! Ce sera discrétion absolue, pas un mot de tout ce qui se passe ici même à votre famille et une obéissance sans réserve !

— Oui Madame ! s'empresse de répondre Marie.

Quelle chance, pense-t-elle. Ne plus être dirigée par l'un puis par l'autre ! Obéir ? Cela ne la changera guère, elle ne fait que cela depuis qu'elle est ici ; c'est même pour cette raison qu'elle est payée !

— Ce sera moins de charges de travail pour vous, mais un peu plus de responsabilités. Ceci correspondra d'ailleurs à une petite augmentation de votre salaire !

— Je vous remercie beaucoup d'avoir pensé à moi. Je vous en suis très reconnaissante !

— Je veux que vous ayez conscience que vous serez témoin de ma vie privée, intime même. Je répète donc, j'exige une discrétion totale.

Elle insiste en regardant la servante dans les yeux :

— Discrétion totale, obéissance absolue ! Dès l'instant où vous prendrez votre service jusqu'au moment où vous quitterez la maison, vous m'appartiendrez. Vous ne serez plus la même personne que vous êtes chez vous.

Elle poursuit :

— Réfléchissez bien Marie ! Si ces deux conditions vous paraissent insupportables, vous pouvez refuser mon offre, vous finirez votre mois et nous ne renouvellerons pas votre contrat. Je veux votre réponse dans une demi-heure ! Allez !

Elle regarde sortir sa proie avec un sourire amusé. Elle n'a pas pris de risques en lui posant cet ultimatum. Elle a vu dans quelles conditions la famille Séral vit, elle s'est même renseignée sur le salaire – ridicule ! – de l'homme.

Marie n'a pas le choix, elle ne peut pas se permettre de refuser son offre. Elle va accepter et même elle va être heureuse de le faire. Pour elle, c'est une vraie promotion.

Valérie est aussi très satisfaite d'avoir appuyé sur la notion d'obéissance… Cela pourra lui servir si la servante a un jour des velléités de révolte…

La jeune femme marche dans le couloir, toute songeuse. Au fur et à mesure qu'elle s'éloigne de l'appartement de Madame, elle se décontracte, revit. Cette femme trop belle, trop sûre d'elle, la met mal à l'aise, la paralyse même.

Les pensées se bousculent dans son esprit, mais elle est surtout ravie. D'abord, si elle accepte – et elle va accepter – son contrat est renouvelé et c'est vital pour elle et les siens.

Ensuite, elle va être dispensée des dures besognes ménagères que les autres lui font accomplir parce qu'elle est la dernière arrivée, la nouvelle…

En plus, la patronne a parlé d'augmentation, c'est la cerise sur le gâteau ! Il lui tarde d'arriver chez elle pour annoncer la bonne nouvelle à Yves ! Sûr qu'il sera content même s'il n'aime pas qu'elle lave le cul des riches, comme il lui dit pour la mettre en colère.

Les deux conditions ne lui font pas peur. La discrétion ? Elle ne fréquente personne dans la ville et elle n'éprouve aucune sympathie pour les autres employés de la maison ; à qui pourrait-elle raconter la vie du château ? À Yves ? Surtout pas.

L'obéissance, la discipline ? Marie ne comprend pas pourquoi Valérie a autant insisté… Sans qualification, quand on trouve un emploi, on est bien obligé d'obéir non ? Et puis n'est-elle pas soumise à l'un ou à l'autre depuis son enfance ?

Quoi qu'il en soit, il n'y a pas à hésiter !

Depuis qu'elle travaille, il y a un peu plus de plaisirs à la maison et, il lui semble, un peu plus de bonheur. Elle se revoit en train d'ouvrir les enveloppes de la banque : débit, débit, découverts, agios…

Elle a encore trop présents dans son esprit ces sentiments d'impuissance et de dégoût qu'elle éprouvait lorsque, après s'être privée de tout petit bonheur – même pas une poupée pour Cécile –, elle n'arrivait pas à boucler la fin du mois.

Et toutes ses hantises, toutes ses insomnies provoquées par un drôle de bruit dans la machine à laver, un nouveau couinement dans la voiture à bout de souffle, ou seulement l'obligation de renouveler quelque pièce de la garde-robe…

Et ses attentes à l'ANPE ? Ces mêmes questions vingt fois posées à propos de son expérience professionnelle, de ses recommandations… Ces sourires froids, ces yeux qui dévisagent, ces yeux qui déshabillent...

Non ! C'est fini tout ça ! Elle a une place, il n'est pas question de la lâcher !

Il lui faudra se taire, elle se taira ! Elle devra se plier aux caprices de la patronne, elle s'y pliera !

Lorsque Valérie l'appelle pour connaître sa décision, c'est sans aucune hésitation que Marie répond :

— Je vous suis très reconnaissante de m'accorder votre confiance, je m'en montrerai digne !

— Bien ! Voici donc vos nouvelles attributions : Le matin, d'ordinaire, je me réveille assez tard. Il n'est pas nécessaire que vous arriviez aux aurores. Dix heures, ce sera suffisant. En contrepartie, l'après-midi, je vous garderai à mon service tant que j'aurai besoin de vous. Je ne souhaite pas fixer une heure de départ précise.

Elle a une moue moqueuse :

— Que diable ! Vous n'êtes pas fonctionnaire ! Je compenserai ces heures supplémentaires en les payant ou en vous donnant vos journées lorsque je m'absenterai. Qu'en pensez-vous ?

— Je suis à votre service Madame !

Tout de suite, Marie pense que sa petite famille va parfois dîner sans elle. Elle écarte ce souci en se répétant qu'elle n'a pas le choix et que cette décision, elle l'a prise justement en pensant aux siens.

— Je crois que vous ne le regretterez pas !

Valérie, d'ailleurs, a dû lire ses préoccupations sur son visage, car elle ajoute :

— Si, comme je l'espère, l'expérience s'avère satisfaisante, je demanderai à mon époux de vous permettre d'occuper la petite maison du gardien du parc. De cette façon, je vous aurai toujours près de moi et vous pourrez aussi vous occuper de votre mari et de votre fille.

— Vous êtes bien aimable de vous soucier des miens. Ce serait merveilleux ! Comparée à notre appartement, la maison du parc, c'est... c'est comme un palais !

— N'allez tout de même pas trop vite dans vos rêves ! Laissons passer un peu de temps. Peut-être regretterezvous par la suite d'avoir accepté… Vous serez mieux payée, vous aurez toute ma confiance, mais je ne tolérerai aucun refus de votre part. Je vous veux toute à moi ! Est-ce clair ?

— Oui Madame ! murmure Marie d'une petite voix.

Tout son bonheur s'est envolé.

— Bien, laissez-moi à présent ! Vous pouvez disposer jusqu'à demain matin.

— Merci Madame ! Au revoir Madame !

Marie sort à reculons. Ce n'est que lorsqu'elle a refermé la porte derrière elle qu'elle respire librement. Cette femme l'oppresse, la désoriente. Elle ne comprend pas ce mélange de bonnes intentions et cette dureté de lame. Elle se sent comme une aveugle au bord d'un précipice, alertée par une intuition confuse et en même temps résignée au pire…

« Je n'avais pas le choix c'est sûr. Quoi qu'il en soit, cela ne peut être pire que de travailler avec les autres qui ne cherchent qu'à m'humilier. C'est super, c'est une vraie promotion. Et puis, quand je la connaîtrai mieux, elle m'impressionnera beaucoup moins. »

.3.

Un rayon de soleil l'éclaire. Elle sourit. Demain, elle ne commence son travail qu'à dix heures. Elle va pouvoir s'occuper de sa petite chérie, la regarder prendre son petit déjeuner, même l'emmener à l'école. Peut-être lui restera-t-il encore assez de temps pour préparer le repas du soir…

Elle court dans les vestiaires se changer. Vite, vite, elle abandonne son corsage et sa jupe de fonction pour enfiler son blue-jean et son gros pull-over en laine.

À nouveau, une vague de joie l'envahit. Après plus de deux ans terribles à chercher un emploi, cela fait maintenant trois mois qu'elle vit avec la peur au ventre ; celle de perdre cette place si difficile à obtenir, d'être jetée dehors.

La voilà rassurée.

En plus, elle n'aura plus à travailler avec les autres domestiques. Elle n'aura plus rien à voir avec eux. Elle sera tranquille. Sans le vouloir, elle grimpe à toute vitesse dans la hiérarchie des gens de maison. Yves sera content, enfin tout au moins l'espère-t-elle…

Il va bien lui trouver à redire à propos de ses retours tardifs, mais quand elle va lui parler de l'augmentation et peut-être de la maison du parc, il sera obligé de reconnaître qu'elle se débrouille plutôt bien. Oui ! Oui, il sera content !

Elle regarde sa montre : dix-sept heures. Cécile, sa petite diablesse, doit être sur le chemin du retour de l'école en compagnie d'Agnès sa copine. Lorsqu'elle arrivera dans l'appartement, elle prendra ses deux biscottes tartinées de Nutella dans le réfrigérateur et goûtera en regardant la télévision.

Sept ans à peine et déjà capable de rester seule en attendant ses parents ! En pensant à sa fille, Marie sourit aux anges. Cécile, c'est son bonheur, son soleil !

Des boucles châtain, des yeux noirs, des bras doux et légers lorsqu'ils se posent comme des papillons autour de son cou, une petite voix qui tresse des colliers de je t'aime et de maman chérie.

Cela fait sept ans déjà, huit même… Le 15 août à Gruissan, elle rencontrait Yves. Un garçon heureux, drôle, plein de vie. Soudain, toutes ses relations précédentes, tous ses copains lui avaient paru fades et tristes, comme enfermés dans un éternel hiver.

Il dansait mieux que tous, semblait plus intelligent. Sa peau était plus dorée, plus chaude, ses yeux plus beaux… Il ressemblait à un jeune sauvage, ombrageux et craintif.

Ils se retrouvaient sur la plage dans le battement régulier et essoufflé de la mer, les vapeurs de musique que le vent apportait par bouffées, la douceur un peu moite du sable sous leur corps.

Puis, elle se revoit maintenant à Toulouse, Cécile pousse dans son ventre. Enfin, ils se marient...

L'arrivée de l'autobus interrompt ses rêveries. Elle pose sa tête contre la vitre, regarde la ville à travers une auréole de buée…

Comme prévu, Cécile est installée devant le téléviseur. Dès que Marie entre, la fillette se précipite sur elle et lui saute au cou. Baisers, câlins, confidences de la petite sur sa journée d'école…

Marie est impatiente d'annoncer à son mari sa nouvelle affectation. Elle reste un moment à côté de sa fille devant le téléviseur puis, pour tromper le temps, elle se met à faire des crêpes.

L'homme de la maison arrive enfin. Sans lui laisser le temps de souffler, elle lui raconte tout : la patronne, l'augmentation, la maison du parc. Elle passe sous silence l'insistance avec laquelle Madame a demandé l'obéissance. Elle ne fait que glisser très brièvement dans son récit de possibles arrivées tardives le soir.

Yves l'écoute en se déshabillant pour prendre sa douche. Il réagit peu, hoche la tête. Lorsqu'elle lui demande ce qu'il en pense, il répond sur un drôle de ton :

« Oui c'est formidable ! Oui c'est le paradis ! » et il s'enferme dans la salle de bain.

Est-il sincère ou bien se moque-t-il d'elle ? D'intuition, elle ressent que cette promotion ne le réjouit guère. Pourquoi ? N'a-t-il donc pas compris que c'est une chance pour elle et sans doute pour eux ?

Elle sait que dans sa belle-famille, le fait que la femme travaille est mal vu et surtout mal vécu. Pour ses beaux-parents, cela signifie que le mari n'est pas à la hauteur, qu'il est incapable d'assumer seul une vie convenable aux siens…

Ne lui a-t-il pas lancé au cours de leur dernière dispute :

« Tes sourires, tu les gardes pour ces pourris. Va-t-en nettoyer la maison des autres et laisse la nôtre à l'abandon ! »

Oui mais ces idées datent d'une autre époque, elles sont dépassées. C'était bon il y a trente ans tout ça ! Yves ne gagne pas assez et la vie est trop chère. Il le sait bien ! L'autre jour, il était en colère, il voulait la blesser.

C'est sûr, elle n'a pas le choix, elle est obligée de travailler ! Bien sûr, elle préférerait rester ici à s'occuper de Cécile et de l'appartement… Bien sûr ? Non, finalement elle ne pense pas. Elle ne sait pas, elle ne sait plus !

Lorsqu'il sort de la douche, Yves a l'air de bonne humeur.

Malgré son envie de lui reparler du château, elle ne le fait pas, de peur de gâcher la soirée. Même si elle ne s'attendait pas à des sauts de joie de la part de son mari, elle est tout de même un peu déçue. Est-il possible qu'il soit jaloux de son travail ? Ce serait trop bête…

Le repas se passe bien. Ils écoutent et regardent tantôt le téléviseur, tantôt leur fille.

Ils se couchent aussitôt après le film. Le temps qu'elle se démaquille, se dévête, Yves est déjà dans le lit, nu sous les draps, qui la regarde, qui l'attend, bras croisés derrière la nuque.

Elle a tout de suite compris, il a envie de faire l'amour. Même au milieu des caresses, elle ne peut s'empêcher de penser à Madame, à la maison du parc, à demain…

Elle jouit un peu, sans bruit et elle bâillonne d'une main douce la bouche de son mari pour l'empêcher de grogner de plaisir. Cécile couche de l'autre côté de la frêle cloison de briques.

Yves se retourne et s'endort tandis qu'elle va se laver. Elle n'est pas bien, elle s'en veut de ne pas lui avoir dit toute la vérité. Elle lui a affirmé qu'elle travaillerait de dix à dix-huit heures, mais en fait, elle n'en sait rien !

« Vous n'êtes pas fonctionnaire ! » les mots de Madame prennent toute leur importance dans son esprit. Ils grossissent, deviennent nuages noirs porteurs de tristesse et de querelles comme l'autre jour quand elle est arrivée en retard.

Comment Yves réagira-t-il si cela se produit souvent ? Non, non ! Cela n'arrivera pas souvent, pas souvent, pas souvent, pas souvent...

Elle tire la couverture jusqu'à ses oreilles, embrouille sa main gauche dans ses cheveux et sombre enfin.

*

Le lendemain, il est dix heures moins le quart lorsque, toute excitée, elle franchit la grille du château. Le vent du Nord a nettoyé le ciel. Dans le parc, sa respiration, comme une énorme vague, étouffe tous les autres bruits. La grande demeure semble vide.

Marie presse le pas. Comment Madame va-t-elle l'accueillir ? Que devra-t-elle faire ? Va-t-elle être déjà retenue ce soir ? Lorsqu'elle monte les escaliers du seuil, elle est en train de se demander si elle a bien fait d'accepter…

Dans le hall, elle croise un domestique qui la toise sans un mot. Il semble à Marie qu'il a un sourire moqueur. Pourquoi ? Sait-il quelque chose qu'elle ignore ? Non ! Non ! Elle se fait des idées, un point c'est tout. Elle se réfugie dans les vestiaires, se change, attend, en essayant de ne pas trop se ronger les ongles.

Dix heures trente, Madame appelle.

Marie frappe deux petits coups puis pénètre dans la chambre : pénombre, chaleur, odeur lourde. Madame, d'une voix encore pleine de sommeil demande :

— Approchez Marie, approchez mon petit ! Je vous fais peur ?

— Non Madame !

Les cheveux de Valérie coulent en ruisseaux roux sur l'oreiller. Sous la soie blanche des draps palpite son corps dont les formes dessinent de molles courbes chatoyantes. Marie est troublée par l'atmosphère sensuelle de la pièce. Elle se retrouve dans l'intimité de Madame. Elle ne l'a jamais vue comme aujourd'hui, nue sous les draps, ni maquillée, ni coiffée.

Elle va ouvrir les fenêtres et aussitôt, la lumière bleue pénètre dans la chambre en même temps qu'une fraîche rafale de vent qui ôte tout mystère à la pièce, lui rend son innocente normalité.

Elle sent sur elle le regard de Madame. Elle se retourne juste pour l'entendre déclarer avec une petite moue :

— Je ne veux plus que vous portiez cet uniforme ! Puisque vous êtes à mon service, je vous trouverai un ensemble plus seyant. Nous nous en occuperons aujourd'hui même.

— Merci Madame !

— Ne me remerciez pas. Je vous veux jolie à regarder pour moi et pour mes amis. Je n'ai aucune envie d'être accompagnée ni par une militaire en campagne ni par une paysanne. Je n'aimerais pas du tout que l'on se moquât de ma dame de compagnie !

— Je comprends Madame !

— Bien, allez faire couler mon bain ! Vous pourrez ensuite commencer à ranger mes affaires et ma chambre !

— Tout de suite Madame !

À nouveau ce mélange de générosité et de dureté qui met Marie mal à l'aise. Une caresse, un coup de griffe, une vraie chatte ! Valérie agit comme si elle avait peur de paraître trop gentille. C'est à la fois étrange et déroutant.

La baignoire est ronde, immense, rose. Marie se retrouve dans les séries américaines. « C'est Dallas », pense-t-elle. Elle évolue dans un film. Bien sûr, elle n'est que la soubrette, mais pour le moment, cela ne se passe pas trop mal. Madame a l'air d'avoir des réveils plutôt agréables…

Elle met les sels sous les jets tièdes et regarde les gros bouillons bleus se gonfler et éclater. Elle entend la porte s'ouvrir. Madame est là, toute nue. Marie baisse les yeux comme une collégienne prise en faute. Valérie a un sourire moqueur :

— Allons ! Êtes-vous à ce point pudique que vous ne puissiez regarder une femme nue ?

— Non ! Non, Madame, c'est… c'est que j'ai été surprise…

— À la bonne heure ! Alors, relevez la tête, soyez sans gêne. Vous me verrez ainsi tous les matins ! C'est amusant comme vous rougissez ! Je ne suis pas le diable, simplement une femme comme vous !

Elle ajoute d'un ton sévère :

— Je vous ai avertie Marie ! En acceptant mon offre, vous entrez dans mon intimité. Le regrettez-vous déjà ?

— Non Madame, cela ne se reproduira plus ! répond la jeune femme qui s'en veut de s'être montrée si émotive.

— Regardez bien, Marie et que ces émois de demoiselle ne viennent plus vous troubler ! D'habitude on me trouve plutôt bien faite, qu'en pensez-vous ?

— Je… je ne sais pas Madame ! bredouille la domestique au supplice.

— Je ne vous plais pas ? poursuit Valérie, impitoyable.

— Vous… vous êtes magnifique !

— Vous m'en voyez ravie ! ricane la maîtresse. Allez ranger les affaires, mais restez à portée de voix !

— Oui Madame !

Marie quitte la salle de bain avec soulagement. Pourquoi Madame a-t-elle été si cruelle ? Elle l'a mise à l'épreuve.

Elle a été ridicule, stupide. Elle en a pourtant déjà vu des femmes nues… Madame est comme toutes les autres… Alors ?

Hier, elle n'a pas saisi tout ce que Valérie mettait derrière les mots vie privée ou intimité. À présent, elle commence à l'entrevoir et elle n'est pas rassurée pour autant, au contraire. Elle préférait la figure de mode froide, hautaine, distante qu'elle croisait par intermittence dans le château.

Maintenant, elle est entrée dans l'univers de Madame. Elle se souvient : « Je vous veux toute à moi ! » Elle frissonne…

En fait, peut-être que ceci n'est qu'un caprice de femme riche ! N'empêche ! Malgré son inexpérience, Marie sait bien qu'un domestique ne doit jamais prendre à la légère les faits et dires de ses maîtres.

Elle a eu tort de montrer sa gêne, elle n'aurait pas dû rougir. Il lui faudra tout de même mieux se contrôler à l'avenir. Elle revoit les seins ronds et hauts, les reins bien cambrés, le ventre plat, la grâce et le délié des longues jambes. Oui, Madame est une belle femme.

La voici qui appelle :

— Venez Marie ! Prenez le gant rouge derrière vous et frottez-moi le dos, s'il vous plaît ! Il est fait pour activer la circulation du sang et masser la peau !

Tout en parlant, elle s'allonge sur le ventre. L'eau la recouvre d'une fine pellicule brillante. Marie saisit le gant, s'agenouille au bord de la baignoire et se met à frictionner avec vigueur la peau luisante.

— Hé ! Pas si fort ! Vous allez m'écorcher vive ! Un peu de douceur, que diable !

La domestique se met à caresser les épaules, à glisser le long de la colonne vertébrale, à flatter les côtes avec légèreté, tout en se gardant bien de descendre en dessous des hanches.

La voix railleuse reprend :

— Mes fesses se moquent de vos états d'âme ! Elles aussi ont besoin de massage !

Marie obéit. En fait, ce n'est pas très gênant, il lui semble astiquer une statue. La mince pellicule d'eau et l'épaisseur du gant ôtent au contact toute chaleur, tout frémissement sensuel. Elle poursuit son massage sur toute la longueur des jambes jusqu'aux talons.

— Cela suffit ! merci, déclare Madame en se levant et sortant de son bain.

Elle refuse le peignoir que lui tend Marie.

— Prenez d'abord la serviette éponge et débarrassez-moi de toutes ces gouttes. Vous rangerez la salle de bain. Ensuite vous m'aiderez à m'habiller. Je déjeune en ville aujourd'hui. Vous aurez du temps, vous commencerez à mettre un peu d'ordre dans la bibliothèque qui est sens dessus dessous !

— Bien Madame !

Marie éponge toutes les perles claires qui courent sur le corps de sa maîtresse. Elle essaie de le faire avec le plus de détachement possible, car elle sent posé sur elle, le regard narquois et attentif de Madame.

Celle-ci enfile enfin son peignoir et toutes deux se dirigent vers la penderie qui occupe tout un mur de la chambre. Valérie l'ouvre en grand. Marie demeure bouche bée devant la multitude et la beauté des vêtements. Toutes les couleurs, toutes les matières, toutes les formes s'éveillent à la lumière. Un parfum subtil s'exhale de ces habits. Marie ne bouge pas. Elle reste à trois pas de la penderie, émerveillée.

— Allons ne restez pas plantée là au milieu de la pièce, vous avez à ranger, non ?

— Oui Madame.

Valérie choisit sans hésiter un tailleur gris anthracite qui épouse les courbes de son corps et s'installe devant le miroir pour se maquiller.

Marie, tout en mettant de l'ordre, la regarde du coin de l'œil. Il ne faut pas longtemps à Madame pour redevenir le personnage superbe et glacé des réceptions.

— J'aime beaucoup ce bronze de Sciriek, dit-elle en montrant d'un signe un buste de femme issant d'une vapeur froncée posé sur une table basse. Prenez-en soin !

— Bien Madame !

— Laissez-moi, je n'ai plus besoin de vous pour le moment. Allez déjeuner, je vous verrai plus tard dans l'après-midi !

Marie regarde sa montre. Il est presque midi, le temps a passé vite. Elle quitte les appartements et se dirige vers l'office. À peine a-t-elle parcouru quelques mètres qu'elle éprouve la même impression de soulagement et de liberté que la veille… Elle est ridicule ! Madame n'est pas un monstre. Elle est exigeante et autoritaire, c'est vrai, mais après tout, elle paie pour cela, non ?

Entre onze heures trente et quatorze heures, des plats sont maintenus au chaud pour les domestiques dans une dépendance de la cuisine. Marie est soulagée en constatant qu'il n'y a personne en train de déjeuner.

Elle dispose dans la même assiette la salade, la purée et une tranche de rôti. Elle se hâte d'avaler le tout. Jusqu'à hier, les serviteurs ne lui parlaient guère sinon pour se moquer d'elle ou pour lui commander de la besogne. Que vont-ils dire maintenant ! Elle n'a pas envie de le savoir. Le dernier morceau croqué, elle boit un grand verre d'eau et quitte la salle.

Elle rejoint son nouveau royaume, la bibliothèque, referme la porte derrière elle. C'est une grande pièce carrée éclairée par deux grandes et hautes fenêtres. Tous les murs sont dissimulés par des rayons couverts de livres. Un bureau, deux tables basses et quelques fauteuils épars constituent l'ameublement de la pièce.

Ici, tout respire le calme, la sérénité. Elle devrait être bien là, tranquille, loin de Madame, loin des autres, pourtant elle se sent soudain seule, complètement seule, abandonnée dans cet univers étranger trop beau, trop riche… Elle doit se faire violence pour ne pas partir en courant jusque chez elle.

Ce soir, comme elle serrera fort dans ses bras Cécile et Yves !

Elle appuie son front contre une fenêtre, regarde les nuages courir dans le ciel, soupire, essuie une larme.

« C'est le stress, bien sûr ! J'ai mal dormi cette nuit, je suis fatiguée. Il me faut être réaliste. J'ai de la chance d'être ici ! Il y a une semaine, je me serai traînée à genoux pour obtenir une telle place.

Je me promène à ma guise dans une demeure de rêve, je peux m'asseoir dans des fauteuils de cuir, caresser des meubles extraordinaires, des bibelots rares, admirer des tableaux de maître, des statues superbes. Que me faut-il de plus ? »

Cette profusion de luxe ne la révolte même pas. C'est la vie, c'est comme ça. Que peut-on y changer ? À la loterie de la naissance, certains ont beaucoup de chance. Les autres ne peuvent qu'espérer gagner au loto.

Ses patrons sont riches, très riches même. À quoi bon leur en vouloir ? Elle aussi, si elle le pouvait, aurait une immense demeure, une superbe voiture, des domestiques, des vêtements de grands couturiers…

En attendant, grâce à eux, elle va gagner un peu d'argent, elle pourra mieux vivre. Un bruit de voix dans le couloir la tire de ses réflexions. Elle se dirige vers une table basse où de nombreux livres sont entassés.

La patronne n'a pas menti, rien n'est à sa place, rien n'est classé. Elle se met au travail avec application.

.4.

Marie lève la tête et, par la fenêtre, aperçoit Jacques qui astique la Volvo de Madame dans l'allée centrale du parc. Selon les employés qui s'en méfient, c'est un homme mystérieux et dangereux, chauffeur, mais surtout homme à tout faire. La version la plus répandue de son passé dit que Monsieur lui aurait évité la prison il y a une vingtaine d'années et que depuis, il le sert avec un dévouement et une efficacité exemplaires.

D'autres rumeurs plus folles le font : fils illégitime du père de Monsieur, proxénète repenti, tueur à gages, cambrioleur, espion russe, légionnaire déserteur…

Caché derrière le rideau, Marie, qui ne lui a jamais adressé la parole, l'observe avec curiosité. Il doit avoir autour de la cinquantaine, ses cheveux courts et sa moustache s'argentent, ses larges épaules semblent se resserrer un peu, mais ses gestes demeurent énergiques et précis. Elle a été impressionnée en le croisant dans la demeure par son regard bleu, froid, pénétrant et son port droit et décidé.

Elle sourit en le voyant effleurer la carrosserie avec une peau de chamois. Il ne doit pas rire souvent pense-t-elle, il est avec la voiture comme avec lui-même : soigneux, correct et sérieux. Il occupe deux grandes pièces au bout d'une aile de l'immense demeure. Cela lui donne le statut d'habitant du château. C'est pour cette raison qu'il ne se mêle jamais aux domestiques.

Valérie arrive et s'engouffre dans la voiture. Marie

se remet tout de suite au travail comme si sa maîtresse pouvait l'apercevoir dans la bibliothèque.

Jacques monte à son tour dans la Volvo. Il jette un coup d'œil dans le rétroviseur. Madame lui semble un peu nerveuse aujourd'hui. Il la connaît bien, elle doit avoir quelque tâche délicate à lui demander.

— Dites-moi Jacky, que pensez-vous de Marie ?

— Marie ? Votre nouvelle femme de chambre ? Je ne l'ai pas vue souvent depuis son arrivée et nous n'avons pas échangé un seul mot.

— Mais… enfin, vous l'avez regardée tout de même ?

— Oui un peu. Je la trouve plutôt jolie. Elle a de très belles jambes. Elle me semble un peu timide, pas du tout sûre d'elle.

— À la bonne heure, vous l'avez même bien observée. J'ai besoin de vous Jacques !

— À votre service Madame !

— Il est évident que tout ce que je vais vous dire est confidentiel.

— Madame me connaît bien, elle peut compter sur ma discrétion.

— Oui, je sais. Voilà, j'aimerais transformer cette petite oie blanche…

— La transformer ?

— Oui… Pour qu'elle soit moins timide, moins farouche avec mes amis…

— Je vois mal comment je peux vous aider… s'interroge Jacques à haute voix.

En même temps, il sent Madame embarrassée. Il se dit qu'elle ne lui a pas tout dévoilé de ses intentions.

Que veut-elle exactement ? Que cette femme couche avec ses amis ? Pourquoi ? Avec leur argent, ces gens-là peuvent avoir de bien plus belles filles dans leur lit… Il y a quelque chose qu'elle ne lui a pas révélé et qu'il n'arrive pas à saisir.

Valérie se tait. Elle devine les interrogations de son chauffeur, elle peut presque suivre le cheminement de ses pensées.

— Vous vous demandez pourquoi avoir choisi cette femme tout à fait quelconque, n'est-ce pas ?

— Ben oui Madame. J'en ai amené ici de bien plus jolies et sûrement plus expérimentées.

— Mais c'est d'elle dont il s'agit cette fois…

— Oui Madame !

— J'ai parié !

— Comment ?

— Enfin Jacky vous devenez sourd ? J'ai parié ! Oui, j'ai parié que dans moins d'un an, cette Marie qui est mariée, mère de famille et je suppose vertueuse, couchera avec les hommes que je voudrai. Voilà, cela vous suffit-il comme explication ?

— Ah bon… murmure Jacques.

Silence. Le moteur bourdonne à peine. C'est donc cela, pense-t-il. C'est bien une folie, l'idée d'une riche désoeuvrée. C'est vrai, cette fille a des airs de sainte nitouche, mais cela ne lui paraît pas une raison suffisante pour l'ennuyer. Même s'il se dit qu'il vaut mieux ne pas chercher à comprendre, il est tout de même curieux de savoir ce qu'elle va lui demander.

— Qu'attendez-vous de moi, Madame ?

— Je veux que vous vous liiez avec elle. Il faut que vous gagniez sa confiance. Devenez son confident, son ami, son amant, cela m'est égal. Quoi qu'il en soit, vous me ferez part de ses pensées, de ses sentiments, de ses réactions. En plus, vous la conseillerez, vous la dirigerez dans la bonne direction. Jacques je compte sur vous, c'est un très gros pari !

— Madame je ferai tout mon possible pour vous aider, mais pour cela, il faut que je la rencontre bien plus souvent.

— Bien sûr, j'y ai pensé ! Je vous l'enverrai chaque fois que j'en aurai l'occasion. Dès demain, vous allez pouvoir exercer vos talents de séducteur puisque Xavier sera absent toute cette semaine. Vous n'aurez qu'à me conduire et à vous occuper d'elle. Cela vous changera des créatures que vous amenez chez vous !

— Bien Madame !

— Oui j'oubliais ! Elle déjeune seule à midi précise sans attendre les autres domestiques. Je crois qu'ils lui battent froid, je les pense assez stupides pour la jalouser… Ce peut-être un bon moment pour l'aborder.

Elle se met à s'intéresser aux devantures des magasins, le passage des consignes est terminé. Elle ne dira plus un mot jusqu'au château.

Même s'il n'a pas apprécié le mépris de Madame lorsqu'elle a parlé des créatures qu'il fréquente, Jacques, lui, est plutôt satisfait. Elle lui demande de mettre dans son lit une femme plutôt jolie, plutôt bien faite…

Voilà une besogne agréable qui le change de celles qu'on le charge d'exécuter d'ordinaire. Pour les confidences, il aura le temps de les écouter et de les rapporter plus tard.

La grille s'ouvre, les graviers de l'allée chuintent sous les roues. Valérie descend de la voiture et s'éloigne sans un mot pour le chauffeur, qui la salue, casquette à la main.

Madame se rend tout de suite à la bibliothèque. Elle surprend Marie sur l'escabeau, une dizaine de livres dans les bras.

« Suivez-moi s'il vous plaît ! Comme je vous en ai parlé ce matin, je vais vous faire passer quelques vieilles choses qui vous siéront bien mieux que ce triste uniforme ! »

Arrivée dans la chambre, Valérie ouvre en grand la penderie et jette sur le lit ce qu'elle appelle des vieilles choses.

Après un tri rapide, elle saisit en les inspectant, trois jupes très courtes, l'une en cuir, les deux autres en coton, des chemisiers et un grand pull-over blanc.

— Voici donc pour le moment, vos nouveaux vêtements de travail. Vous ne les porterez que dans le château.

— Bien Madame !

— Choisissez ce qui vous plaît et essayez-le tout de suite. Je veux savoir comment cela vous va !

Marie ne répond pas, se penche sur les habits. Elle est gênée d'avoir à se dévêtir en présence de Valérie, mais elle pense à la honte éprouvée ce matin et aux réprimandes qui en ont résulté. Elle cache donc son embarras du mieux qu'elle peut.

Sans trop réfléchir, elle prend une jupe marron, un chemisier beige clair et se hâte de les enfiler. Elle trouve la jupe trop courte, mais l'ensemble est joli.

— Parfait ! C'est très bien ! Ne craignez pas de montrer vos jambes, elles sont plutôt bien faites. En ce qui concerne les chaussures, vous en choisirez une paire chez Chris, je la leur réglerai. Allez continuer le rangement à la bibliothèque ! Vous y resterez jusqu'à dix-sept heures. Ensuite, vous pourrez disposer. Je n'ai pas besoin de vous ce soir !

Lorsque Jacques pénètre dans la pièce, Marie est penchée sur un vieux livre dont elle feuillette les pages jaunies. D'une voix douce, il lui dit :

— Bonjour, Madame m'a demandé de venir vous prêter main-forte, j'espère que cela ne vous ennuie pas trop ?

— Non ! Non ! monsieur Jacques, j'époussette les livres avant de les ranger !

Sans répondre, il se met à aligner des volumes sur les étagères. Marie l'observe à la dérobée. Aujourd'hui, il n'a pas l'air malveillant, mais elle se méfie un peu. Elle a entendu les autres tenir les pires propos à son sujet, alors…

Bah, ils doivent dire aussi beaucoup de bêtises et de méchancetés sur elle en ce moment ! Ils sont jaloux de tout et de tous… Pourtant, ne dit-on pas qu'il n'y a pas de fumée sans feu ?

Dans tous les cas, ce monsieur Jacques ne l'agresse pas. Elle préfère de beaucoup son silence aux paroles fielleuses et aux moqueries des autres.

Il a tout de même des allures d'aventurier. Peut-être y a-t-il du vrai dans les racontars… Il rompt en premier le silence :

— Vous n'êtes guère bavarde !

— Vous non plus, monsieur Jacques !

— Laissez le « monsieur » pour les autres s'il vous plaît et avec votre permission, je vous appellerai Marie !

— Comme vous voudrez ! répond-elle.

— Personnellement, je ne parle pas beaucoup parce que je n'en ai pas l'habitude !

— Pourquoi ? Vous vivez seul ?

— Oui ! Enfin non ! J'ai beaucoup de souvenirs, assez pour remplir mes moments de solitude ! Vous aussi vous vivez seule ?

— Non ! Moi je suis mariée et j'ai une petite fille de sept ans. Quand elle est à la maison, on n'entend plus qu'elle. C'est une véritable pie !

— Oui… La vie de famille…

— Cela ne vous a jamais tenté ?

— Oui un peu, il y a longtemps. C'est une vieille histoire dont je ne préfère pas parler.

Marie n'insiste pas. À nouveau le silence s'installe dans la pièce, sur leurs gestes, sur les livres, entre eux.

Tout en travaillant, elle continue à l'épier. Cet homme réservé, d'aspect sévère, l'impressionne et l'intrigue. Elle a été étonnée et un peu émue par la façon dont il a interrompu leur bavardage dès qu'elle a voulu s'informer sur son passé.

Il est certain qu'il porte de vieilles blessures qui sont loin d'être cicatrisées… Il se protège des gens avec son abord un peu froid, un peu rude, mais il a l'air sensible, bien plus en tout cas que ceux qui disent qu'il n'a pas de cœur…

Ils poursuivent le rangement sans parler. À dix-sept heures, elle le salue et sort. Tout en se changeant, elle revit les événements de la journée : le bain, Madame nue, les nouveaux vêtements, monsieur Jacques. Ce premier jour qu'elle appréhendait tant s'est plutôt bien passé.

Sa nouvelle fonction n'est pas très contraignante. Avec un peu d'habitude, elle ne fera plus du tout attention à la nudité de Madame. Ce qui est intéressant aussi, c'est que lorsque Madame sort, elle se retrouve libre. Elle est un peu excitée, énervée, mais pas du tout fatiguée. La vie est belle !

.5.

Donner d'abord de l'amour, de l'attention, du temps à Cécile. La caresser, la câliner, l'interroger sur sa journée, l'écouter, lui faire lire la page du livre de lecture demandée.

Yves va bientôt arriver. Elle range la cuisine et met la table. Pour ce soir, ce sera lentilles saucisses, elle n'a ni le temps, ni l'envie de préparer un repas élaboré.

Elle s'installe à nouveau avec sa fille devant le téléviseur. Elle voit les images défiler mais elle ne les enregistre pas. Yeux ouverts, mains fouillant les cheveux de sa fille, esprit vide, bateau désamarré.

Cécile lui secoue la main :

« Maman, j'ai faim ! Maman j'ai faim ! »

Presque vingt heures, Yves est en retard. Elle réchauffe le contenu de la boîte de conserve dans la poêle et elle en donne une assiette à Cécile. Son mari arrive enfin, visage rouge, yeux brillants, encore pleins d'excitation. Elle s'approche de lui pour l'embrasser et sent l'odeur douce et pénétrante du pastis mêlée à celle de la fumée.

Il croise son regard et gêné bafouille :

— Ouaih, je suis un peu en retard ! Tu comprends on est allé au café arroser l'anniversaire de Luc, le manœuvre ! Ce n'est pas la peine d'en faire une histoire ! On peut bien rire un peu de temps en temps ! Vingt ans, ça se fête non ?

— Je ne t'ai rien dit, Yves !

— Allez je te connais. Dès que tu as senti le pastis,

tu as lancé ton regard des mauvais jours ! Tu es bien comme toutes les femmes. Une fois que vous nous avez mis le grappin dessus, c'est fini la rigolade, les copains, le bistrot. C'est boulot-boulot à perpétuité !

Décontenancée par l'agressivité de son mari, elle s'apprête à lui répondre sur le même ton, mais il ne lui en laisse pas le temps. Il s'approche d'elle, titubant un peu, bras grands ouverts :

— Viens ma chérie, ma belle ! Faisons la paix s'il te plaît !

— Laisse-moi Yves ! Il y a la petite qui nous regarde, tu lui fais peur !

— Cécile ? Mais elle est contente quand elle nous voit faire des câlins ! Pas vrai ma grande ?

— Laisse-moi, pas maintenant !

Ils mangent sans discuter. Même la fillette pourtant bavarde ne parle pas. Marie est en colère. Son époux a un peu bu, ce n'est pas grave. Par contre, elle n'a pas du tout apprécié ses réflexions.

Depuis quelque temps, elle se surprend à le regarder – à le voir – d'une façon objective, presque comme s'il s'agissait d'un inconnu. Elle a du mal à retrouver dans ce visage gris et fatigué, ce dos un peu courbé, le corps bronzé et vigoureux de son grand Amour…

Elle a encore plus de difficultés à ressentir dans leurs brèves étreintes, les fulgurants et voluptueux élancements de naguère…

Et les mots doux, les mots caresses, les mots amour ? Il doit les avoir oubliés, il ne les lui dits plus. Quelque chose jour après jour se défait en eux. Elle le sent, elle en prend conscience, mais refuse de l'admettre.

Y a-t-il de la place pour l'amour dans cette petite vie serrée, dans cet appartement minuscule et sombre, perdu dans le ventre gris de cet immeuble ?

Elle va être augmentée, ils vont pouvoir déménager dans la maison du parc. Le soleil, le bonheur, l'amour vont-ils revenir ensemble. Elle sourit à demain.

Yves mâchonne sans appétit les bouts de saucisse

pâles et gluants. Par moments, ses yeux se ferment, sa tête dodeline. Sitôt la dernière bouchée avalée, il se lève et, sans dire un mot, va se coucher.

Enfermée dans son petit monde dans lequel règne Nana, sa poupée préférée, Cécile joue avec des mies de pain en chantonnant. Marie la prend dans ses bras et l'emporte jusque dans son petit lit.

Elle l'embrasse longtemps puis défait les petits bras qui l'étreignent. Au moment où elle sort de la chambre, elle entend une petite voix inquiète qui demande :

— Papa va partir, maman ?

— Mais non ! répond Marie en revenant sur ses pas. Pourquoi tu demandes ça ?

— Parce que Raphaël il a dit que tous les papas partaient un jour, alors !

— Ce n'est pas vrai ma chérie ! Pas tous ! Dors maintenant, c'est le moment !

Marie range, nettoie la vaisselle, donne un rapide coup de balai, se laisse tomber sur le canapé, allume le téléviseur, l'éteint. Elle est seule, triste et en colère aussi.

Il va boire le peu d'argent qu'on a, pendant que je me prive, que je fais des pieds et des mains pour garder ma place… C'est injuste ! Il ne m'a même pas demandé comment s'était passée ma journée ! Il le savait pourtant que c'était la première au service de Madame. Il se soûle, il s'en fout de ce que je fais...

« Il faut bien qu'on s'amuse un peu ! » a-t-il dit.

Et moi je m'amuse quand ? Je suis toujours seule et lorsqu'il est là, il ne dit rien ou bien il parle de lui, de son travail, de ses copains. Ce qu'il raconte est important, je dois l'écouter. Moi, je ne peux rien dire, je n'existe pas.

Elle est seule dans l'appartement, seule dans la grande ville. Personne avec qui bavarder, personne avec qui échanger la moindre confidence… En trouvant un emploi, elle pensait rencontrer des collègues de travail sympathiques avec qui elle se lierait d'amitié. Non, dans la grande maison, ils sont trop jaloux, trop hypocrites, trop méchants.

Et Jacques ? Ce n'est pas une relation ! Il ne lui a pas dit plus de quatre phrases en deux heures et dès qu'il a dû parler de lui, il s'est refermé comme une huître. Pourquoi a-t-elle pensé à lui ? Elle ne le sait pas. Ce qui est sûr, c'est qu'il a d'autres chats à fouetter que d'écouter les petits malheurs de cette pauvre Marie !

Non, c'est avec Yves qu'elle doit parler ! C'est lui qui doit l'entendre, la comprendre, l'aider, l'encourager. Sinon comment peut-elle être heureuse ? Il a changé depuis qu'elle a trouvé cet emploi. Ça l'ennuie, il ne le dit pas mais elle le voit bien.

Il ne lui pose jamais la moindre question sur ce qu'elle fait. Il rentre souvent en retard. Il préfère boire un peu et perdre son temps dans le petit bar à côté de l'entreprise, plutôt que de retrouver sa famille. Peut-être même le fait-il exprès pour éviter de l'entendre parler du château ?

Elle sent le sommeil l'envahir, mais elle tente de retarder le plus possible le moment d'aller se coucher. Ce soir, elle n'a pas envie de s'étendre près de Yves. Elle lui en veut de son indifférence, de son égoïsme. Ce soir, elle le hait.

Il ronfle.

Elle s'allonge à côté de lui en évitant de le toucher et s'endort à son tour. Elle se retrouve attachée à un chameau marchant dans le désert. Une danseuse nue – Madame – virevolte autour d'elle. Monsieur Jacques avec un large sourire brandit un énorme cimeterre au-dessus de sa tête. Elle n'est ni effrayée, ni rassurée. C'est comme si son esprit était ailleurs. Elle est présente dans la scène, mais pourtant elle ne s'y sent pas impliquée.

Le réveil sonne. Elle a du mal à chasser les images de la nuit. Elle donne un coup de coude à Yves qui grogne et tente de rester dans son sommeil.

« Lève-toi ! C'est l'heure ! »

Marie adore ce moment, lorsqu'elle se retrouve toute seule dans la chaleur du lit, lorsqu'elle peut enfin s'étirer tout à son aise.

Il va falloir qu'elle le rappelle. Il grognera à nouveau, se retournera, demandera quelle heure il est, s'assiéra au bord du lit en se grattant la tête.

Elle n'aime pas son visage bouffi du matin.

Il se lève. Elle garde avec application les yeux fermés, elle dort. Elle ne veut pas qu'il lui parle, elle ne veut pas lui parler. Elle n'a rien à lui dire.

Il ira d'abord aux WC. Elle entendra la course de la chasse d'eau dans la cuvette. Après, ce sera le robinet du lavabo. Yves s'aspergera le visage – toilette de chat, lui dit-elle parfois –, se brossera les dents, crachera fort.

Il passera dans la cuisine pour préparer le café, allumera le téléviseur, fouillera dans le réfrigérateur pour prendre le beurre, déjeunera vite, passera sa tête dans la chambre pour lui dire « À ce soir chérie » et il partira.

Aujourd'hui, elle a beau tendre l'oreille, elle n'entend pas le murmure du téléviseur. La porte s'ouvre. Elle sent Yves contre le lit tout près d'elle.

Elle dort ! Elle dort !

Il lui caresse le visage :

— Ma chérie, regarde ! Je t'ai porté le café !

Elle ouvre les yeux. Il est là, devant elle, petit sourire, air triste, avec un plateau et la tasse posée au milieu. Elle n'a pas la force de continuer sa colère ni de bouder encore un peu.

— C'est gentil Yves ! Merci !

— Tu sais ma chérie, je m'excuse pour hier ! J'avais un peu bu et j'ai pas l'habitude, alors…

— Oui ! Oui ! Je m'en suis aperçue, figure-toi !

— Tu ne m'en veux pas ? Fais-moi un baiser s'il te plaît !

Elle l'embrasse du bout des lèvres. Il est déjà presque sorti de la chambre quand elle demande :

— Ce soir, n'oublie pas de ramener une baguette et surtout, ne va pas la chercher au café !

— Oui ! Oui ! Je rentrerai tôt, promis ! À ce soir ma chérie !

Il s'en va.

Elle boit le café à petites lampées. Sept heures et demie, elle a le temps. Elle est satisfaite parce que Yves a demandé pardon, cela signifie qu'il reconnaît s'être mal conduit avec elle.

Elle est en même temps frustrée. Elle s'en veut d'avoir accepté le café, les excuses, le baiser. Elle avait la possibilité de faire une grande et belle colère, une longue bouderie. S'il suffit d'une tasse de café pour oublier les méchancetés, il n'a pas à se gêner. Il peut recommencer demain. Elle a été trop faible, elle n'aurait pas dû ouvrir les yeux. La prochaine fois, elle se promet de tenir bon.

Puisqu'elle est éveillée, autant se lever. La douche chasse la chaleur du lit et les regrets.

Elle va préparer des pâtes. Ce soir, elle n'aura plus qu'à faire frire les steaks hachés. Cuisine rangée, table mise pour le dîner, il est temps de s'occuper de Cécile qui dort, une petite moue soucieuse accrochée à ses lèvres.

Toilette, petit déjeuner, nouvelle lecture de la page. Elles partent main dans la main. Elles ne se lâchent que devant le portail de l'école. Marie regarde sa fille s'éloigner en trottant dans la cour, vive et légère comme une jeune chatte.

Un peu de temps pour s'occuper d'elle, se maquiller, se faire belle. Il le faut ! N'est-elle pas la dame de compagnie de la célèbre et richissime Valérie Colin Vasseur ?

Elle hésite un peu pour choisir ses chaussures : souliers plats ou talons. Ce sera les plats parce qu'elle n'est pas habituée à marcher longtemps avec les autres. Elle craint d'avoir mal aux pieds à la fin de la journée. Quoiqu'il en soit, elle doit en acheter une paire.

Chez Chris ! Le plus grand chausseur de la ville ! Quelle chance !

.6.

À dix heures moins vingt, elle s'habille dans les vestiaires. Elle reprend la même jupe, toujours aussi jolie, mais toujours aussi courte. C'est vrai qu'elle a de belles jambes, mais c'est tout de même gênant de travailler ainsi… On pourrait croire qu'elle joue les allumeuses. Bah, elle ne voit personne et puis les autres et leur bêtise n'ont aucune importance.

Valérie l'appelle une heure plus tard. Le lever et le bain se déroulent de la même façon que la veille. Bien sûr cette fois, Marie ne rougit pas devant la nudité de Madame et sa main n'hésite pas pour frotter – avec douceur ! – les fesses musclées.

En fait, la maîtresse ne lui parle presque pas. Elle semble préoccupée. Elle agit comme si elle était seule dans ses appartements. Marie, elle, range les affaires, met de l'ordre dans la salle de bains et la chambre, s'occupe même d'aérer le boudoir.

À midi, Madame est vêtue, maquillée, superbe. Elle lui déclare :

— Marie, je sors ! J'ai laissé sur la table basse une liste d'emplettes que vous ferez cet après-midi pour moi. Respectez les indications à la lettre. Jacques est averti. Il connaît mes fournisseurs, il vous conduira. Lorsque vous aurez tout acheté, vous serez libre ! À demain !

— Bien Madame ! Au revoir Madame !

En allant à l'office pour déjeuner, Marie est toute joyeuse ; encore une après-midi agréable en perspective.

Elle parcourt la feuille laissée par Madame. Celle-ci a même noté le nom des magasins. Elle sourit en lisant : Vos chaussures chez Chris. Madame n'a rien oublié. Elle va fréquenter les grandes boutiques de la ville, les plus somptueuses. Elle en est ravie et intimidée : elle n'en connaît que les devantures.

Elle aura même un chauffeur, quel luxe !

Comme la veille, elle mange seule. Il fait beau. En attendant monsieur Jacques et l'heure d'ouverture des commerces, elle décide d'aller se promener dans le parc.

Il a beaucoup plu ces derniers jours. La pelouse lavée de frais resplendit. Le bleu lumineux et dur du ciel d'hiver ravive les couleurs, noircit les ombres. Des moineaux rêvant de printemps se pourchassent entre les branches des grands pins.

Elle s'assied sur un banc de pierre, jambes serrées et étirées. Elle se laisse pénétrer par la chaleur timide du soleil.

De sa place, elle aperçoit l'immense façade du château et à l'opposé, le pavillon inoccupé des gardiens, bientôt leur maison si tout va bien. Elle a envie d'aller l'observer de plus près, mais elle n'ose pas. Elle ne veut pas être aperçue en train de tourner autour.

Dans ce grand parc où seuls le bruissement des branches et les cris des oiseaux égratignent le silence, elle s'imagine captive, isolée du monde. Elle se souvient d'un film dans lequel l'héroïne, prisonnière, traînait son ennui dans un couvent dont le parc ressemblait à celui-ci.

L'oisiveté, l'attente lui pèsent. Que de temps perdu ! Elle pourrait être avec sa fille, elles iraient se promener le long de la Garonne, Cécile jetterait des bouts de pain aux canards…

Pourquoi reste-t-elle ici ? N'est-elle pas, elle aussi, attachée, retenue par les liens de l'argent ?

Un bruit de pas sur le gravier de l'allée la fait se retourner. C'est le chauffeur qui se dirige vers elle. Elle se lève.

— Bonjour Marie ! Non ! Non ! Ne vous dérangez

pas ! Nous avons encore bien du temps ! Madame m'a demandé de vous transporter.

— Oui j'ai une liste d'achats pour elle !

— Je sais !

Il se tait. Marie surprend son regard sur ses jambes. Elle tire sur sa jupe. Il sourit d'un air gentil et lui dit :

— Vous êtes très jolie, le soleil vous va bien !

Elle se sent rougir, essaie de trouver une réponse, n'y arrive pas, fait mine de s'intéresser au balancement des branches du chêne.

Il poursuit :

— C'est pour cela que les autres chiens vous tourmentaient.

— Non ! Non ! Je ne le pense pas ! C'est parce que je suis nouvelle ! Les autres chiens ? Vous ne les aimez pas beaucoup !

— Je les méprise ! Ils sont tout miel, tout sourire devant les patrons, mais dès qu'ils sont seuls, ils ne pensent qu'à se moquer d'eux, à prendre du bon temps et à chaparder !

— Vous croyez ?

— Non je ne crois pas, j'en suis sûr ! Je les connais trop bien ! Ce sont vraiment des chiens qui mordent la main qui les nourrit.

Marie se dit que Jacques exagère, mais il y a tant de véhémence et d'indignation sur le visage de l'homme et dans ses propos qu'elle juge prudent d'acquiescer.

— Ils vous ennuient parce qu'ils vous sentent différente d'eux ! Sans vous connaître, je vous devine honnête et loyale.

— Vous… vous êtes gentil. Oui ! Je crois que je le suis ! J'ai horreur du mensonge !

— Je devine les gens, je peux les juger en un seul regard. Je sais que vous ne me décevrez pas !

— Je l'espère ! répond Marie dans un petit sourire.

— Dans tous les cas, vous pouvez compter sur moi. Si vous avez un problème, je vous aiderai !

— Merci mons… Jacques ! Marie se replonge dans la

contemplation des branches. Elle est impressionnée par la conviction et la force qui se dégagent du chauffeur. Elle se dit qu'il vaut mieux être amie avec lui…

La voix de l'homme se radoucit. Elle l'observe ; même ses yeux ont perdu de leur dureté.

— Vous savez Marie, j'étais un homme égaré. Monsieur m'a recueilli, m'a sauvé de la rue et à coup sûr d'une vie de misère. Il est ma seule famille !

— Je comprends !

— Depuis que je suis ici, je l'ai toujours servi de mon mieux et je suis très heureux même si parfois la solitude me pèse un peu.

— Ou, cela ne doit pas être facile !

— Je ne sais pas pourquoi je vous parle ainsi. Ce sont mes problèmes. Ils ne vous intéressent pas… Nous avons tous les nôtres. Je vous importune avec les miens !

— Pas du tout ! Vous savez, si cela peut vous faire du bien de vous confier un peu, laissez vous aller. Vous pouvez compter sur ma discrétion.

— Merci Marie, mais… je… je me sens un peu ridicule de pleurer sur mon sort comme une vieille femme.

— Pas du tout ! Vous n'avez pas de copains, de copines, d'amis ?

— Des copains, des copines oui, quatre ou cinq, mais qui ne comptent pas dans ma vie... Des amis non ! C'est de ma faute. Je suis un peu… ours. En dehors de mes obligations professionnelles, je ne fréquente personne sauf, excusez-moi d'être si cru, par pure nécessité physique.

Il soupire, baisse la tête :

— Je suis confus de me laisser aller à ce point. Je ne me reconnais pas moi-même. C'est à peine la deuxième fois que nous nous voyons et cependant, je n'ai aucune honte à vous dévoiler ma vie. Je… je ne comprends pas. Je dois vous sembler un peu étrange… J'aim… j'aimerai que nous devenions amis.

Marie écoute. L'isolement de Jacques ressemble au sien. N'est-elle pas seule, elle aussi ? Ce sentiment de se retrouver enfermée entre de hautes murailles, cette impression d'étouffer, ne les ressent-elle pas de plus en plus souvent ? Hier soir encore, chez elle…

Qui la croira ? Qui comprendra que l'on peut être mariée, mère de famille et se sentir à ce point seule ?

— Vous ne répondez pas ? C'est normal, je me suis comporté comme un dément.

— Non ! Pas du tout ! C'est que vous m'avez fait penser à des choses… Moi aussi il m'arrive de me sentir seule. Je crois qu'au bout du compte, nous sommes tous seuls…

— Comment ? Ne m'avez-vous pas déclaré que vous aviez un mari et une fille ?

— Oui c'est vrai, mais Yves travaille et vit loin de moi toute la journée. Quant à ma Cécile, elle est trop jeune, elle habite encore dans un monde où les adultes ne peuvent pas pénétrer.

— La vie est difficile ! Je vous croyais à l'abri de ce genre de problèmes…

— Personne n'est à l'abri ! soupire-t-elle.

Au même moment, un gros nuage en forme de cœur cotonneux engloutit le soleil. L'air soudain devient plus frais, plus humide. Marie, qui est sortie sans son manteau, frissonne.

— Le temps se couvre ! Voulez venir chez moi prendre une tasse de café ? propose Jacques.

Comme il perçoit une réticence chez la jeune femme, il ajoute aussitôt :

— Je viens de vous le demander. J'aimerais que nous soyons amis. Croyez-moi, je ne vais pas vous sauter dessus sitôt passé le seuil de mon appartement !

— Non ! Non ! répond Marie en souriant, c'est que j'ai un peu peur de ce que vont raconter les autres s'ils me voient entrer chez vous !

— Les autres ? Quelle importance ! Ils ne diront pas plus de bêtises que d'habitude, ni même moins !

— Vous avez raison ! J'ai froid maintenant, le café me réchauffera. Je vous suis.

Elle se lève et, côte à côte, ils reviennent vers le château. Marie est un peu troublée. Son cœur bat plus fort que d'habitude. Cela ne lui arrive pas souvent de se retrouver seule avec un homme et à fortiori, de l'accompagner chez lui.

En fait, elle a beau chercher dans sa mémoire, la dernière fois, c'était bien avant son mariage. Cela n'a rien à voir avec du sexe ou de l'amour, mais tout de même…

Il y a aussi un peu d'inquiétude en elle. Toutes ses terribles histoires que l'on raconte sur Jacques, cette violence qu'elle ressent en lui. Peut-être est-elle en train de se jeter dans les bras de Barbe-Bleue !

« Non ! Non ! Elle ne risque rien ! Finalement, la solitude ne commence-t-elle pas au moment où on se met à avoir peur des autres ? »

Lui, paraît très heureux qu'elle ait accepté son invitation. Il lui fait les honneurs de son logement ; deux vastes pièces un peu sombres, meublées avec simplicité et impeccablement rangées. Il la fait asseoir sur un fauteuil noir et pose devant elle, sur une table basse, les tasses et la cafetière. Il s'installe en face d'elle.

Marie tire sur sa jupe qui découvre ses cuisses. Gênée, elle soupire comme pour s'excuser :

— C'est Madame qui a choisi cette tenue pour moi !

— Ne soyez pas mal à l'aise, elle vous va très bien ! Madame a beaucoup de défauts, mais elle a bon goût.

— Oui, c'est sûr !

Marie se détend. Elle est bien, là sur ce fauteuil moelleux et chaud, à l'abri du froid, du vent, du monde.

Peut-être est-ce à cause de la pénombre, du rangement parfait des choses, la pièce semble hors du temps et de la vie. Il doit être bon de venir se réfugier ici quand la vitesse, la fureur et le bruit explosent dehors…

— À l'exception de Monsieur, vous êtes la première personne de la maison à entrer dans mon royaume. Il n'est pas immense, mais il me suffit.

— Je comprends, c'est agréable chez vous ! Elle baisse

les yeux et s'aperçoit que sa jupe est à nouveau remontée.

Il sourit.

— Madame la portait, il n'y a pas très longtemps... à la fin de cet été, il me semble. C'est une drôle de femme… Elle peut paraître bizarre, autoritaire, déroutante même, mais si vous la servez bien, vous verrez, elle est capable de générosité. Vous étiez dans une autre maison avant d'arriver ici ?

— Non ! C'est la première !

— Vous avez de la chance, c'est la meilleure ! Savez-vous que les gens se pressent pour venir travailler au château ? C'est une place en or que vous avez décrochée. Faites en souriant tout ce que l'on vous demande et tout ira pour le mieux.

Marie ne répond pas. Jacques se lève, regarde sa montre :

— Bien, il est temps d'aller faire les courses !

— Oui ! Votre café est délicieux !

— Marie, vous pouvez venir le boire quand vous voulez. Pour vous, ma porte sera toujours ouverte !

— C'est gentil, je n'oublierai pas !

Il ouvre, s'efface devant elle et referme avec deux clés différentes. Marie court chercher son manteau tandis qu'il sort la voiture du garage.

Jacques se met au volant et, aussitôt, redevient sérieux, concentré, un vrai chauffeur professionnel…

Marie, elle, savoure l'instant. Elle est si bien là ! Elle se sent reine d'Angleterre ! Elle a envie de faire de petits signes de la main aux piétons.

Comme tout est facile lorsqu'on est riche et reconnu ! Dès qu'ils aperçoivent Jacques, les commerçants se plient en sourires et courbettes. Marie ne parle pas. Elle donne la liste et comme par enchantement, les achats se retrouvent dans le coffre de la voiture. Chez Chris, elle prend la première paire de chaussures que la vendeuse lui propose.

Le chauffeur signe un reçu et ils partent. Il ne leur faut pas plus d'une heure et demie pour tout acheter.

Sur le chemin du retour, Marie pense que depuis qu'ils sont montés dans la voiture, Jacques n'a pas dû prononcer plus de vingt mots. Ce changement d'attitude est-il lié aux impératifs de sa fonction ou bien regrette-t-il déjà les confidences qu'il a faites dans le parc ? Lui, tout à l'heure si gentil, si passionné est à présent muet et raide comme un piquet sur son siège.

Peut-être était-il triste ? Avait-il besoin d'un peu de compréhension ?

Elle a beau se dire que ce n'est pas très important, ces questions l'empêchent de jouir du retour. Il arrête la Volvo devant la porte de service et ils transportent tous les achats dans les appartements de Madame.

En redescendant les escaliers quatre à quatre, Marie, toute joyeuse, se tourne vers Jacques :

— Voilà, ma journée est finie. Grâce à vous, elle n'a été ni longue, ni ennuyeuse, merci beaucoup. Je me change et je file. Au revoir !

— À bientôt ! répond-il, amusé par la hâte de la jeune femme.

Il la regarde s'éloigner en se grattant la tête. Pourquoi lui, d'habitude si secret, a-t-il ouvert en grand les portes de sa demeure à cette servante toute simple, toute… ordinaire ? Pourquoi, au lieu d'obéir à Madame sans réfléchir, a-t-il une folle envie de l'aider, de la soutenir ?

C'est vrai qu'elle est jolie, spontanée et pas du tout prétentieuse, mais, à cinquante ans, ce n'est pas d'habitude ce qui l'intéresse chez une femme. Peut-être est-il charmé par cette fraîcheur, cette innocence que ses compagnes d'une nuit ont perdu depuis longtemps ?

« C'est dommage de vouloir la changer, pense-t-il, je l'aime bien comme elle est ! »

Il secoue la tête.

« Je suis en train de devenir idiot ! Ce n'est pas mon problème, je suis là pour exécuter les ordres que l'on me donne…»

Peut-être pour calmer d'éventuels scrupules naissants, il se dit que quoiqu'il en soit, les patrons ne lui feront pas de mal et que, peut-être même, elle en récoltera quelques avantages.

Il ne peut cependant s'empêcher de penser que ce pari est un caprice de riches. Il aurait préféré ne pas en être tenu informé d'autant plus que, connaissant Madame, il sait qu'elle ne lâchera rien, qu'elle ira jusqu'au bout.

Avant d'enfermer la voiture dans le garage, comme chaque soir, il en fait le tour afin de s'assurer qu'elle est propre. Il nettoie avec un chiffon des éclaboussures sur la portière droite puis vaporise un désodorisant dans l'habitacle.

Il la gare, ferme le portail à double tour et regagne son logis.

L'odeur d'une présence étrangère, l'odeur de Marie rôde encore dans le salon. Aussitôt, lui apparaît puissante et nette, l'image des longues jambes claires sur le fauteuil noir. Il reste un instant immobile, captivé par son souvenir. Il avale sa salive. Il aimerait tant qu'elle soit là en ce moment pour la caresser, la prendre…

Il souffle fort comme s'il voulait expulser la jeune femme de ses pensées, se met à ranger puis allume son téléviseur pour s'occuper l'esprit.

Cela ne fait pas plus d'une demi-heure qu'il somnole devant l'écran lorsque Madame l'appelle au téléphone.

— Allo Jacky ? Pouvez-vous monter dans ma chambre s'il vous plaît ? Je vous attends !

Madame a posé sur son lit tous les achats qu'ils ont effectués cet après-midi.

— Bien, je pense que rien ne manque, c'est parfait. Au fait, comment s'est passée votre demi-journée avec la petite ?

— Très bien Madame !

— Bon ! Mais encore ?

Jacques se met à raconter le parc, le café, leur discussion, ses sensations. Elle l'écoute avec un sourire amusé sur les lèvres.

Il termine son récit en disant :

— Bien que mariée, je pense que c'est une femme seule qui souffre de son isolement. J'obtiendrai sans peine sa confiance.

— Voici de l'excellent travail Jacky ! Faites-la parler d'elle, de sa vie, de son mari, de sa fille, de ses malheurs, de ses espoirs, riez et pleurez avec elle… Je veux qu'elle vous dise tout, que vous lui deveniez indispensable.

— Oui Madame !

— De cette façon, si je dois la brusquer un peu, vous serez là pour la consoler, l'encourager, la remettre sur la voie qu'elle doit suivre.

— Oui Madame !

— Vous pouvez, je vous l'ai déjà dit, tirer vous aussi profit de la situation. Faites en votre maîtresse, cela ne doit pas être difficile. J'ai vu son mari, c'est un minable ! Avec lui, elle ne doit pas monter au ciel toutes les nuits.

Elle ajoute après un instant de réflexion :

— Ce serait d'ailleurs bon pour mon entreprise que vous lui ouvriez de nouveaux horizons sur le plan physique. Cela la décoincerait peut-être ! Attention ! Faites avec elle tout ce que vous voulez, mais n'oubliez jamais qu'elle est à moi ! Ne vous y attachez surtout pas…

Elle sourit :

— Je ne sais pas pourquoi je vous dis cela. Comment un homme tel que vous, qui a beaucoup vécu, pourrait s'amouracher de cette jeune bonniche ? J'ai raison, n'est-ce pas Jacky ?

— Oui Madame !

— Pourtant ce serait bien, je crois, que vous réveilliez la flamme de la petite ! Qu'en pensez-vous ?

— Je suis à vos ordres Madame !

— Votre enthousiasme fait plaisir à voir ! Je vous sens un peu mal à l'aise… Que se passe-t-il Jacky ? Votre mission ne vous plaît pas ? Vous en avez accompli de plus cruelles et de plus difficiles, c'est certain. Vos états d'âme ne m'intéressent guère. Je veux que vous fassiez ce que je vous ai demandé. Est-ce clair ?

— Oui Madame !

— Bien ! Vous pouvez disposer !

Il a passé une après-midi superbe, il était heureux et voilà, cette discussion avec Madame lui a gâché sa soirée. Il n'a pas aimé la façon dont elle souriait lorsqu'il parlait de Marie. Il déteste qu'elle l'appelle Jacky. « C'est bon pour les homos ce diminutif ! »

Il se sent mal à l'aise, coupable presque. Coupable de trahison envers ses maîtres et peut-être aussi un peu envers Marie. Au moment où il pense à elle, il ne peut s'empêcher de sourire…

La patronne a raison : à cinquante ans et avec la vie qu'il a eue, il n'a aucune raison de s'attacher à cette femme. Aucune raison, vraiment aucune.

Il ferme les deux serrures à double tour et allume le téléviseur. Ne plus penser, laisser les mots et les paroles remplir son esprit, le vider de toute idée, de tout sentiment, de tout rêve.

*

Tout en faisant lire sa fille, Marie s'interroge : doit-elle parler de Jacques à Yves ? Lui raconter le parc, le café, les courses ?

D'habitude, elle lui dit toujours tout, mais là, elle hésite. À la façon dont son mari perçoit son emploi au château, il va lui faire une crise de jalousie et la soirée va se terminer en dispute.

Elle ne lui dira rien. Après tout, Jacques n'est qu'une simple relation de travail. Elle tente de se concentrer sur la lecture de sa fille, mais elle ne peut s'empêcher de repenser à cet après-midi, et surtout, au trouble ressenti lorsqu'elle suivait le chauffeur pour aller boire le café chez lui. Elle en sourit, il y a bien longtemps que cela ne lui était pas arrivé…

Ce n'est rien de grave. Pourtant, elle ne pensait pas éprouver à nouveau ce genre d'émoi… D'un seul coup, reviennent en sa mémoire tous les frémissements, les palpitements de son cœur de jeune fille lorsqu'un mot, un regard, un sourire, faisaient s'allumer en elle des galaxies d'espoirs et de craintes.

Et le premier baiser sur un pont au-dessus d'un canal herbeux. Et le retour du cinéma, main dans la main comme des amoureux, à la fois fiers et craintifs…

Elle croyait que le temps, le mariage, la vie difficile avaient fixé à jamais un grand et lourd couvercle sur tout cela. En fait, il a suffi de bien peu de choses pour que jaillissent à nouveau, émouvants et forts comme autrefois, les sensations et les sentiments de jadis…

C'est fou ! À trente-deux ans, elle avait déjà oublié les émotions de sa jeunesse. Elle est toute étonnée de les avoir retrouvées intactes, précises, neuves comme des fleurs d'amandier à la fin de l'hiver.

— Maman j'ai fini ! Maman j'ai fini !

— Oui ! Oui ! C'est bien ! Range tes affaires et regarde un peu la télé. Je prépare le repas !

Malgré sa promesse du matin, Yves rentre tard. Cécile qui avait faim a déjà terminé son steak. Elle abandonne son flan pour sauter au cou de son père. Il l'embrasse, la dépose par terre et se tourne vers sa femme.

Sans trop de conviction, il bredouille :

— Quel boulot ! On n'arrête pas en ce moment ! J'ai même oublié le pain !

— Ce n'est pas grave, la baguette était pour toi. Moi je prendrai une paire de biscottes.

Elle est en colère, elle a une envie féroce de hurler, de se quereller, pourtant, au dernier moment, elle se retient. Puisqu'il rentre de plus en plus tard, il n'aura rien à dire lorsque Madame la retiendra au château !

Elle esquisse même un petit sourire que Yves accueille avec un vrai soulagement.

— Tu sais ma chérie, c'est vrai, on est en retard sur un chantier alors c'est l'enfer. Peut-être pour se faire pardonner, il demande même :

— Et toi ? Ça se passe bien ton boulot ?

— Oui ! Oui ! Très bien !

Ils se mettent à table tous les deux tandis que Cécile berce Nana en chantant. Marie ne regarde pas le journal télévisé, elle observe Yves qui mange. Il fait du bruit en aspirant les pâtes. Un peu de fromage ponctue de blanc sa lèvre inférieure.

Il n'a pas l'air très fatigué. Il n'est pas gris non plus, pourtant, il reste dans ses yeux, une lumière vive comme le reflet d'un rayon de soleil dans un long jour de pluie.

— Qu'est-ce qu'il y a comme film ce soir ? demande-t-il en se frottant la bouche.

— Je ne sais pas. Je suis fatiguée. Je range, je nettoie la vaisselle et je vais me coucher.

Il hausse les épaules :

— Fatiguée ! Fatiguée ! Il me semble que tu l'es toujours en ce moment.

Elle se retient pour ne pas répondre. Elle fait comme si elle n'avait pas entendu. Il s'installe en face du téléviseur.

Dernière assiette séchée et rangée, elle emporte la petite endormie dans ses bras, la met dans son lit, l'embrasse et à son tour va se coucher.

Elle s'allonge bras croisés derrière la tête, yeux ouverts dans la pénombre de la ville. Que se passe-t-il avec Yves ? Que leur arrive-t-il ? Est-ce elle qui change depuis qu'elle travaille au château ? Et lui ? S'ennuie-t-il donc autant avec elle pour retarder chaque soir son retour à la maison ?

C'est peut-être une mauvaise période. En hiver, tout est plus triste, même l'amour. Elle doit faire un effort, elle pense trop au château… Il faut qu'elle s'occupe davantage des siens.

D'abord, essayer de discuter un peu plus. Ne pas se laisser hypnotiser par la télévision. Elle se souvient de repas joyeux pleins de bonne humeur, de complicité, de rires mêmes. Ils lui paraissent si lointains ces moments heureux.

Il y a longtemps que le rire de Yves n'a pas résonné dans la maison, le sien non plus d'ailleurs… Il reste les câlins de Cécile.

L'hiver est triste, l'immeuble est triste. À l'étroit dans leur appartement, condamnés à vivoter avec le petit salaire de Yves, toute leur vie est triste.

Comment faire briller le bonheur dans ce monde gris, froid, et minable ? La chance, leur chance, elle en prend conscience, c'est elle et elle seule. Elle doit plaire à Madame, être augmentée, obtenir l'autorisation de loger dans la maison du parc…

Peut-être Jacques, qui a toute la confiance des patrons, pourra-t-il l'aider ? Il faudra qu'elle lui en parle… En attendant, c'est à elle de faire le maximum pour être bien vue.

Elle s'endort rassérénée et les timides tentatives de Yves pour l'éveiller ne la touchent pas. Elle rêve de soleil et de baignade. Elle est en maillot. Le papé l'aide à traverser l'Aude à gué sur un lit de galets irisés qui brasillent dans le courant…

.7.

Les jours passent au château sans qu'elle ait l'occasion de discuter avec Jacques. Ils se croisent deux ou trois fois par hasard, ils ont à peine le temps d'échanger un bonjour ou un sourire. Monsieur est revenu plus tôt que prévu et il accapare le chauffeur.

Depuis qu'elle fait des efforts d'amabilité et de bonne humeur à la maison, il lui semble que tout va mieux. Yves ne rentre pas trop tard, ils arrivent à bavarder un peu pendant le repas. Ils ont même projeté d'aller se promener à la campagne dimanche prochain, s'il ne fait pas trop froid.

Au château, Monsieur Mario arrive ce soir, c'est Madame qui le lui a annoncé. Cela ne représentera pas de travail supplémentaire puisqu'il couche avec elle. En d'autres lieux, cela choquerait Marie, mais le château est un monde hors de la vie commune.

Elle voit bien comment Madame et Monsieur cohabitent. Ils ne mangent pas ensemble, se parlent peu, ne se disputent jamais, ne s'embrassent jamais… Ils résident dans la même maison, et puis c'est tout.

Si Madame prend des amants, elle suppose que Monsieur a des maîtresses. Pour eux, c'est… normal. Elle n'a pas à les juger.

Elle commence à bien s'adapter à ses nouvelles fonctions. En fait, tous les matins se ressemblent : lever, bain, rangement. Les après-midi sont moins prévisibles, mais plutôt agréables et courtes.

Elle obéit. Elle accourt, elle s'empresse au moindre appel, au moindre signe, elle fait tout ce qu'on lui demande du mieux qu'elle peut. Elle parvient même à devancer la plupart des désirs de Madame.

Demain matin, lorsqu'elle rentrera dans la chambre, elle ne laissera paraître aucune surprise, aucun sentiment. Elle fera comme d'habitude. Elle est tout de même un peu inquiète. Comment cet homme va-t-il se comporter avec elle ?

— Oui mon cher Mario, j'ai parié ! Il était tard, nous discutions de vertu et de pauvreté. Nous évoquions les philosophes, les grandes théories qui semblent régir le monde. J'ai eu cette idée, elle m'a parue amusante…

— Vous êtes incroyable ma chère. Incroyable ! Avec vous, la vie n'est jamais ennuyeuse ! Qu'avez-vous à gagner ?

— Un voyage, une fourrure, un ensemble de collection…

— Et à perdre ?

— Du temps, un peu de temps... Vous savez, je compte beaucoup sur vous pour m'aider. Vous avez une grande expérience des femmes…

— Oui bien sûr, mais pas des soubrettes…

— Allons allons Mario, vous avez conquis les belles les plus inaccessibles, vous n'allez faire qu'une bouchée de la petite Marie !

— Elle s'appelle Marie ?

— Oui ! Ce n'est pas très original, mais c'est un prénom qui lui correspond tout à fait. Peut-être lui en donnerai-je un autre… Vous la verrez demain ! Ne soyez pas inquiet, elle est plutôt jolie et bien faite !

— Tant mieux ! Dites-moi Valérie, connaissez-vous un peu les manières de dresser les chevaux ?

— Les chevaux ? Un peu, mais ces jours-ci, je me suis plutôt intéressée à la façon dont les gourous dans les sectes parviennent à soumettre leurs adeptes. J'en ai retiré quelques idées intéressantes : dépersonnaliser le sujet, le couper de son milieu naturel, jeter le trouble dans son système de pensées et de valeurs. Pourquoi me parlez-vous de chevaux ? Il ne s'agit pas de dresser une jument que je sache !

— C'est vrai pourtant, je crois que l'on peut s'appuyer à la fois sur les procédés du gourou et sur ceux du cavalier. Pour celui-ci, il existe deux méthodes : la rapide et la progressive. La première est celle que l'on voyait souvent dans les westerns. Elle consiste à monter l'animal et à s'y cramponner jusqu'à ce qu'épuisé, il finisse par accepter le cavalier. Ce n'est pas la bonne façon de faire pour nous, ce serait un viol, le contraire de ce que vous désirez.

Il réfléchit un instant, puis reprend :

— La deuxième, par contre, est plus intéressante même si elle dure plus longtemps. D'abord, l'animal apprend à se laisser approcher. Ensuite, il accepte d'être touché sur le corps et sur la tête. On le caresse, on l'étrille, on le brosse. Petit à petit, il s'habitue à l'homme, il s'imprègne de son odeur, de son allure. C'est là que commence le débourrage proprement dit. On le monte. Quand il accueille le cavalier sans réagir, on le dresse, on lui apprend à obéir aux ordres.

— Ho là là Mario ! Tout cela me paraît bien long et compliqué !

— De cette façon, il respecte son maître. Il éprouve pour lui de l'affection et de la confiance. Si vous voulez gagner votre pari ma belle, après avoir isolé et déséquilibré votre Marie, il faudra s'inspirer de cette : patience, douceur, délicatesse, une étape après l'autre, parfois un grain de sucre, parfois un petit coup de cravache.

— Vous m'impressionnez mon cher !

— N'oubliez pas que le cheval est totalement entre les mains du propriétaire. Tenez-vous bien cette fille ?

— Oui ! J'ai assez de cartes dans ma main pour l'empêcher de se révolter. Si je comprends bien, je serai celle qui tient la cravache !

— Oui, lorsque le besoin s'en fera sentir. Si nous réussissons de cette façon, il sera plus aisé de lui faire accepter d'autres cavaliers puisque tel est votre but…

— Oui... Soyez tranquille Mario, ma main ne faiblira pas au moment de frapper !

— Dans ce cas, tout devrait bien se passer. Je vous ferai une démonstration demain matin si vous voulez !

— Avec plaisir mon cher, avec plaisir ! Pensez ! Je n'ai encore rien entrepris avec elle parce que je voulais connaître votre avis… Je savais que sauriez comment faire… Je suis ravie !

Lorsque Marie entre dans la chambre, un homme partage le lit de Madame. Celle-ci, comme à l'accoutumée, demande qu'elle lui fasse couler son bain.

Elle ouvre les robinets, verse les sels, prépare les serviettes et le peignoir. Elle attend dans la salle de bains. Madame l'appelle :

— Venez, je veux vous présenter monsieur Mario Saliati, un vieil et cher ami. Pour vous, ce sera monsieur Mario et ses désirs seront des ordres, est-ce clair ?

— Oui Madame ! Bonjour monsieur !

— Bonjour Marie, tu es très jolie ! J'espère que nous nous entendrons bien ! répond l'homme d'une voix chaude et chantante en la fixant avec insistance.

— Oui monsieur ! murmure-t-elle gênée par le regard posé sur elle.

— Ne vous éloignez pas, demande Valérie. Nous allons nous baigner et vous savez que j'ai besoin de vous.

Ils se lèvent ensemble. Tous les deux sont nus. Madame s'esclaffe :

— J'espère que vous n'allez pas vous évanouir parce que Mario est dévêtu ! Il est plutôt bien fait, mais il ne mérite pas cela !

Il éclate de rire, prend une cigarette et se rassied sur le bord du lit :

— Je ne sais pas où j'ai laissé mon briquet, trouvez-moi du feu mon petit, s'il vous plaît !

Marie s'efforce de ne pas regarder du côté de Mario. La moquerie de Madame lui fait comprendre qu'elle doit ne rien montrer de sa gêne… Après tout, elle a déjà vu des hommes nus, enfin pas beaucoup, deux ou trois peut-être.

C'est encore un test que Valérie s'amuse à lui faire subir. Elle en a pour preuve que la maîtresse, contrairement à son habitude, n'est pas partie dans la salle de bains. Elle fait mine de fouiller dans la penderie. En fait, elle observe, elle attend.

Marie est bien décidée à tenir bon. Valérie peut la surveiller, elle en sera pour ses frais. Elle ne laissera rien paraître de ses sentiments.

Elle trouve des allumettes dans le boudoir, s'approche de Monsieur Mario et lui tend la boîte.

— Voilà monsieur !

Il la regarde dans les yeux.

— Venez me l'allumer mon petit !

L'idée effleure Marie de tout lui jeter à la figure, mais non, ils éprouvent sa patience, sa volonté et puis… il y a le salaire si nécessaire, le pavillon du parc pour une nouvelle vie. Madame ne prend plus la peine de faire semblant de chercher. Elle observe la scène et ordonne d'une voix dure :

— Hé bien ! À quoi rêvez-vous ? Donnez du feu à mon ami !

Monsieur Mario l'attend, sa cigarette à la bouche. Il ne fait aucun mouvement pour lui faciliter la tâche. Elle doit s'avancer jusqu'entre ses genoux. Il lui prend la main comme pour la guider, mais la retient un instant tandis que ses cuisses frôlent les jambes de Marie.

— Merci mon petit ! dit-il en la libérant.

Il se lève, se tourne vers Valérie et tous deux se mettent à discuter de relations, de fêtes, de voyages, sans plus s'occuper de la servante.

Celle-ci d'ailleurs n'écoute pas. Elle se met à ranger les vêtements jetés à même les tapis. Elle se retient pour ne pas pleurer, pleurer de honte et de dégoût.

Bien plus que souillée par le contact, elle est humiliée. Ils sont riches, ils ont le droit de jouer avec elle et elle est désarmée face à eux. Bien sûr, elle peut partir. Oui partir, démissionner sur le champ… sans indemnité de licenciement, sans chômage. Un instant de fierté glorieuse pour des mois, des années de galère.

« Non ! C'est trop facile d'abandonner dès la première épreuve. »

Ils viennent de lui faire prendre conscience de ce qu'elle n'avait pas encore tout à fait compris. Ce que Madame lui a répété maintes fois depuis qu'elle est à son service : elle doit obéir, obéir ! Ne pas penser, ne pas ressentir, obéir.

Ils sont dans la salle de bains. Ils rient à gorge déployée. Peut-être sont-ils en train de se moquer d'elle ? Cela ne fait rien. Ils veulent une espèce de robot ? Ils n'auront pas plus. La vraie Marie n'existe pas dans le château.

Mario revient en chantonnant dans la chambre, s'habille et sort sans un mot. À peine est-il parti que Madame appelle pour le traditionnel massage.

Lorsqu'elle entre dans la salle de bains, Marie est tout à fait calmée. Elle se met à frictionner Madame qui se met à parler un peu comme si elle réfléchissait à voix haute :

— Il est gentil Mario ! Joyeux, amusant, fin, dynamique, j'aime beaucoup ce mélange de tempérament latin et d'éducation de grande famille. Je devrai le faire venir plus souvent, c'est certain.

Elle s'interrompt, regarde Marie comme si elle découvrait sa présence :

— Vous n'avez pas l'air très bien ! Vous n'appréciez pas monsieur Mario ? Il m'a semblé vous voir réticente à le servir tout à l'heure ! Quelque chose vous gêne ?

— Non Madame !

— À la bonne heure ! Je vous l'ai dit. Il est mon ami, vous êtes ma femme de chambre ou ma dame de compagnie comme vous voulez. Dans tous les cas, vous devez satisfaire mes hôtes et moi ! Je ne reviendrai plus là-dessus. C'est lassant de rabâcher à tout instant !

— Oui Madame ! Excusez-moi !

— Que diable, il ne voulait que du feu et puis peut-être aussi vous voir de près ! Ces Italiens sont toujours prêts à s'enflammer, c'est le cas de le dire…

Elle sourit :

— C'est vrai qu'il était nu et que vous êtes par trop pudibonde mais il faudra bien que vous surmontiez cette pruderie maladive si vous désirez rester à mon service !

— Oui Madame !

— C'est bien ! Mis à part ceci, je suis dans l'ensemble satisfaite de votre travail. Comme promis, je vous donnerai de la main à la main un petit supplément à la fin du mois. Pour le pavillon, vous comprendrez qu'il s'agit d'une décision importante que je ne peux prendre seule, surtout au bout d'une quinzaine de jours de service. Je n'en parlerai pas à mon époux avant le printemps, si d'ici là, vous continuez à me donner satisfaction !

— Je comprends Madame ! Merci Madame !

À ce moment, Valérie met la main dans la poche de son peignoir. Elle en retire une feuille de papier et un billet de cinquante euros. Elle lit :

— Pour la délicieuse Marie, à qui je l'espère, je n'ai pas fait trop peur !

Elle éclate de rire :

— Voyez-vous cela ! Que vous disais-je ! C'est un homme charmant ! Prenez, vous le remercierez demain !

Marie rougit, saisit le billet et bafouille un vague merci. Elle garde l'argent dans sa main. Monsieur Mario l'achète… Non ! Il n'a rien eu. C'est plutôt comme une récompense parce qu'elle a bien passé l'examen.

Avec cinquante euros, ils peuvent déjeuner au restaurant tous les trois dimanche, une vraie fête ! Elle met le billet dans sa poche et se met à nettoyer la baignoire tandis que Valérie s'habille.

Cet après-midi, elle doit dépoussiérer et astiquer toutes les fenêtres de l'appartement. C'est bien, elle sera seule, elle pourra un peu réfléchir, penser à tout ce qui lui arrive, à tout ce qu'on lui demande…

Elle a besoin de temps pour comprendre, pour analyser, pour décider ce qu'elle doit faire. Dans la chambre, elle est toujours pressée et puis, il y a Madame qui est là, à l'observer, à la surveiller, à l'oppresser. Si elle pouvait en parler avec quelqu'un, lui demander ce qu'il ferait s'il était à sa place, cela la soulagerait.

Elle est seule comme toujours, seule comme chaque jour dans la petite salle à manger de l'office. Et Jacques ? Elle ne le voit presque plus… Peut-être pourrait-elle aller chez lui boire le café ?

Non ! Il croirait qu'elle vient se jeter dans ses bras… Les bras de Jacques ? Quelle idée !

Elle a Yves à aimer. Maintenant qu'ils se remettent à discuter, à bâtir de petits projets ensemble, ils doivent pouvoir faire l'amour comme ils le faisaient il n'y a pas si longtemps !

Elle a soudain envie de son mari, de sa bouche, de ses bras, de ses mains, de son sexe…

Ce soir… s'il n'est pas fatigué. Elle sourit. Les tourments du matin s'estompent un peu, elle est amoureuse, elle se sent forte. Bientôt, elle franchira la grille, elle redeviendra celle qu'elle est vraiment.

*

Comme souvent, les premiers moments à la maison sont consacrés à Cécile installée devant le téléviseur. Marie l'embrasse, s'assied près d'elle, l'enlace. Aussitôt, la fillette passe ses bras autour de son cou pour se nicher, tendre oiseau, contre son cœur.

Elles restent longtemps liées toutes les deux à respirer leur odeur et mêler leurs cheveux. Soudain Cécile s'exclame :

— Il manque papa !

— Il sera bientôt là ! répond Marie en la caressant. Elle est frappée par cette remarque qui traduit bien le besoin qu'éprouve sa fille de se sentir au sein d'une famille unie.

Elle-même se souvient de ses larmes lorsque son père et sa mère se sont séparés. Elle était partie chez ses grands-parents. En principe, c'était pour finir l'année scolaire dans de bonnes conditions, mais elle est restée à Mersac presque six ans...

Ainsi, même si Cécile semble vivre dans son monde de poupées, elle ressent tout ce qui agite la maisonnée… Ils doivent faire attention, Yves et elle, ne plus se disputer, ne plus crier, ne plus bouder devant elle…

Marie repousse avec douceur sa fille qui ronronne comme une chatte repue et va arranger son maquillage. Elle veut être belle pour accueillir son homme.

Par bonheur, il arrive à l'heure. Elle lui fait un grand sourire et l'embrasse un peu plus longtemps que d'habitude. Ravi, Yves entre aussitôt dans le jeu, la regarde avec des yeux brillants et lui déclare :

— Tu es très jolie aujourd'hui !

— C'est pour toi mon chéri !

— Il y a quelque chose de particulier ?

— Non ! Non ! Je t'aime et je ne veux plus que nous vivions à côté l'un de l'autre comme deux étrangers.

— Tu as raison ma chérie ! On a besoin de se retrouver ! Il lui prend la main et l'embrasse à nouveau.

Cécile chantonne comme dans la cour de l'école : « Hou les amoureux ! Hou les amoureux ! »

Ils se regardent en souriant. Soudain leur petit appartement devient un nid douillet, leur existence étriquée une belle vie et leur avenir un printemps lumineux.

Il l'aide même à débarrasser la table et vient avec elle coucher la petite qui en profite pour lui demander une histoire. Pendant ce temps, Marie se déshabille et son regard accroche le reflet de son corps dans la glace de la salle de bains. Peut-être ses fesses sont elles un peu trop grosses, mais elle se trouve plutôt bien faite.

Elle s'allonge nue sous la couette, et attend, impatiente, joyeuse.

Yves se déshabille vite et bondit dans le lit.

« Tu es bien pressé ! » plaisante-t-elle.

Il ne lui répond pas, l'embrasse. Elle jouit la première, fort, épuisée de vouloir. Elle le sent se tendre à son tour puis mourir, haletant, sur son épaule. Ils restent un moment enlacés puis peu à peu, et c'est comme un déchirement, elle se dégage. Ils s'endorment serrés l'un contre l'autre. Pourtant au matin, lorsque le réveil sonne, ils se tournent le dos.

Les jours qui suivent sont agréables pour Marie. Dans son foyer tout va bien. Avec Yves ils s'aiment, ils discutent, ils ont passé tous les trois un beau dimanche à la campagne. Au château aussi le soleil brille. Madame est à nouveau seule, car monsieur Mario est parti pour quelque jours.

Le seul regret de Marie, c'est qu'ils ne parlent jamais de son travail à la maison. À vrai dire, ce silence n'est pas seulement dû à la réticence de son mari. Il y a aussi le fait qu'elle ne sait pas comment lui dépeindre la vie au château.

C'est un monde qu'il ne peut pas imaginer. Et puis… comment raconter monsieur Jacques, Madame nue, monsieur Mario nu et ses cinquante euros ? Ce n'est pas possible !

Peut-être que, s'il s'était intéressé à son emploi lorsqu'elle a débuté, s'il lui avait posé quelques questions, elle lui aurait tout dit. Il l'aurait aidée… Non ! Il lui aurait ordonné de ne plus mettre les pieds là-bas, chez ces salauds, ces pourris…

Elle ne se plaindra pas bien sûr, mais, malgré la tendresse et la bonne humeur qui règnent dans la maison, elle sent entre elle et sa petite famille l'ombre du château, lourde, envahissante, menaçante comme celle de ces sombres manoirs dans lesquels vivent les méchantes sorcières de Walt Disney.

Cela suffit à gâcher son bonheur et à lui rappeler qu'elle n'a personne à qui se confier, personne sur qui s'appuyer lorsque le doute la fait vaciller.

Yves et Cécile ont besoin d'elle sans cesse. Ils l'appellent, la prennent, l'accaparent à tout moment. Ils ne s'intéressent à elle que pour la solliciter, se faire servir. Il lui semble souvent qu'elle travaille beaucoup plus chez elle qu'au château.

Lui, parle des incidents, des farces, de ses compagnons de chantier. Cécile, de sa petite voix, raconte ses aventures à l'école. Elle écoute, elle seule ne peut rien dire. D'ailleurs, leur première dispute depuis la trêve a failli éclater à ce propos.

Le vent avait fait tomber une grosse branche de pin sur la voiture du jardinier. Lorsque Marie a commencé à raconter l'accident, Yves l'a interrompue en grondant :

« Ah non ! Tu ne vas pas nous parler de ces pourris ! »

Elle n'a pas répondu, a terminé son yaourt et commencé à ranger, la rage au cœur. Cécile et Yves ne se sont même pas rendus compte qu'elle était en colère. Ils se sont installés devant le téléviseur pour regarder *Plus belle la vie*.

Le soir, quand il l'a rejointe dans le lit, elle dormait à poings fermés ; impossible de la réveiller…

.8.

Lundi après-midi, il pleut. Appuyée à une fenêtre de la bibliothèque, Marie suit des yeux les nuages qui glissent dans le ciel bleu en effleurant les arbres du parc. Au gré des rafales, des gouttes brillantes éclatent sur les carreaux embués. Il fait sombre et gris. Les couleurs du temps la rendent, elle-aussi, rêveuse et mélancolique. Aujourd'hui, Madame ne lui a pas donné de directives précises, elle s'ennuie.

Elle sursaute en entendant la voix de Jacques derrière elle :

— Marie ! Quel plaisir de vous voir ! Tout se ligue contre nous pour nous séparer ! Comment allez-vous ?

— Bien ! répond-elle.

La présence du chauffeur ne la fait pas bondir de joie. En d'autres temps, elle l'a attendu, elle l'a même un peu cherché, en vain… Elle avait besoin de parler.

Même lorsqu'ils se rencontrent, il ne lui adresse que de vagues bonjours, de petits sourires figés.

Elle l'a déjà presque oublié…

Aujourd'hui, elle lui en veut de ne pas avoir été là quand il se devait d'être présent pour elle. Elle se dit que pour quelqu'un qui lui a déclaré vouloir devenir son ami, il n'a guère fait d'efforts pour la rencontrer.

Jacques poursuit :

— Cette après-midi, nous avons le temps de discuter. Je viens d'emmener Monsieur à l'aéroport et je n'irai chercher Madame qu'à dix-huit heures. Venez boire un café si le cœur vous en dit !

Elle hésite un peu. Après tout, pourquoi pas ? Il pleut, elle n'a rien à faire, le temps passera plus vite…

— Si vous voulez ! répond-elle sans enthousiasme. Elle ne va tout de même pas lui sauter au cou.

Jacques allume une grande lampe dorée près de la table basse. Une lumière douce voile la pièce. Marie s'assied dans le même fauteuil que la première fois. Décidément, il est très confortable. Décidément, elle se sent bien ici, dans la tiédeur et la quiétude des choses immobiles. Le chauffeur prépare le café dans l'autre pièce.

Que dirait Yves s'il la voyait ici maintenant ? Il piquerait une terrible colère et sauterait sur le chauffeur, c'est sûr ! Enfin, elle le croit ou elle se plaît à le croire.

Si elle le lui racontait, il serait malheureux, il l'insulterait ou bien il bouderait. Pourtant, elle ne fait rien de mal. Elle va boire un café comme lui prend l'apéritif presque chaque soir chez Mina. Il répondrait : « Mais les hommes, c'est pas pareil ! » et il n'irait pas plus loin dans la discussion…

Elle vient passer un peu de temps ici, c'est tout. Peut-être que Jacques était plutôt bel homme il y a une dizaine d'années. Il a encore fière allure, mais il paraît vieux. C'est parce qu'il vit seul. Dans tous les cas, elle n'éprouve aucune inclination pour lui. C'est vrai qu'il pourrait être un bon ami s'ils se voyaient plus souvent.

Le retour du chauffeur avec le plateau interrompt ses réflexions. Il sert le café puis tend un plat rond à Marie dans lequel sont disposés des gâteaux marocains.

— Goûtez ! Je les ai faits pour vous !

— Vous êtes un spécialiste de la pâtisserie arabe ? l'interroge-t-elle.

— Bah ! Quand on voyage, si on garde les yeux ouverts, on apprend beaucoup de choses !

— Ils sont délicieux ! J'aime le goût du miel !

— Merci ! Je suis ravi qu'ils vous plaisent !

— Oui, mais ils doivent être à consommer avec modération ! Ils ont l'air très riches !

— Vous ne risquez rien Marie ! Vous êtes si belle !

Elle se sent rougir un peu. Elle réprime un petit sourire, baisse la tête, se concentre sur son café.

— Ne soyez pas gênée, je suis sincère. Je ne sais pas mentir. Vous ne dites rien…

— C'est que, Jacques, vous n'êtes pas très logique. Vous voulez que nous devenions amis. Vous savez l'essentiel sur moi, je ne sais rien sur vous. À la bibliothèque, lorsque nous avons commencé à parler de votre vie, vous n'avez plus ouvert la bouche. Comment voulez-vous que je vous fasse confiance si vous doutez de moi ?

— Oui, vous avez raison, mais c'est une longue histoire que je n'ai jamais racontée à qui que ce soit, parce que le fait même d'y repenser me fait encore mal. Je m'efforce de l'oublier.

— Si c'est trop dur, n'en parlez pas ! Je ne voulais pas vous faire souffrir !

— Je le sais ! Il se tait. Son regard se fait lointain, se vide. Marie ne dit rien. Elle s'installe sur son fauteuil, tire par habitude sur sa jupe. Elle attend.

— Elle s'appelait Marie comme vous et comme vous elle était très jolie. Elle avait vingt ans. C'était la fille unique d'un colonel veuf. Elle avait reçu une éducation rigoureuse : école privée très stricte, aucune sortie seule, une façon de s'habiller et de parler un peu démodée. Elle était l'innocence et la grâce incarnée.

C'était à la fois un peu ennuyeux et charmant. Elle était si éloignée des choses de l'amour que je ne savais pas du tout comment la courtiser. Devant elle, je devenais stupide et emprunté.

Sa naïveté, sa fraîcheur la faisaient différente. Je n'avais jamais rencontré une fille comme elle.

Il sourit :

— Cheveux très courts, vêtements toujours corrects, propos mesurés, j'ai d'abord gagné la confiance tatillonne du père. Il m'a autorisé à venir leur rendre visite quand je voulais. J'ai pu ensuite me promener avec Marie en respectant bien sûr les horaires et les consignes donnés. Un soir, après six mois de tendres regards, de mains lacées et délacées, de petits baisers, son père nous a surpris dans le jardin, front contre front.

Il a demandé à sa fille de regagner leur maison et il m'a dit :

« Mon garçon, je vois votre manège depuis pas mal de temps. Voici ce que je vous propose et vous avez une minute pour me répondre. Ou vous épousez Marie, ou vous disparaissez de notre vie ! »

— On s'est mariés un mois plus tard. Son initiation à l'amour, au plaisir physique, reste le meilleur moment de ma vie. Nuit après nuit, je sentais son corps s'épanouir, son esprit s'ouvrir. Nous vivions isolés du monde. Je ne quittais la maison que pour aller travailler. J'étais alors chef d'atelier dans un grand garage à Carcassonne. Elle passait sa journée à m'attendre. Souvent, lorsque je rentrais, elle était nue sur notre lit.

Il s'arrête de parler, hésite :

— Peu à peu, et bien que sans me vanter je pense être un bon amant, je n'ai pas pu répondre à ses demandes incessantes. Après le paradis, j'entrais en enfer.

Il lève les yeux vers Marie, émerge de son passé.

— Je ne vous choque pas au moins ? Voulez-vous que j'arrête ?

— Non ! Non ! répond-elle. Continuez !

— Un enfer ! Ma petite Marie, ma colombe farouche et innocente était devenue nymphomane. La découverte de son corps et du plaisir l'avait déséquilibrée. Je m'endormais épuisé après lui avoir fait trois ou quatre fois l'amour sans parvenir à la satisfaire.

J'appréhendais les week-ends. Elle me happait à tout moment, me suppliait, se mettait à pleurer si je refusais, devenait méchante lorsque je ne pouvais plus l'aimer.

Il ferme les yeux, reprend :

— Elle prit un, puis des amants parce qu'elle était devenue insatiable. Dès que je partais travailler, notre maison devenait un lieu de rendez-vous où se succédaient des employés du gaz, ou de l'électricité, des artisans et même des voisins.

Il secoue la tête :

— Bien sûr, je ne voulais ni voir ce qui était évident, ni croire ce que des lettres anonymes me disaient. Un matin, je suis revenu chez moi et je l'ai surprise en train de faire l'amour avec un jeune homme, presque un adolescent.

Il grimace, murmure :

— Même maintenant quand je revois leurs corps nus enlacés sur le lit, je ressens comme une douleur physique. Je les ai jetés dehors puis j'ai fermé la porte à clef. Je suis resté trois jours enfermé. C'est le patron du garage qui, à force de me téléphoner, m'a ramené à la réalité. Je n'ai revu Marie qu'une fois, pour le divorce.

Il poursuit après une longue pause que Marie n'interrompt pas :

— Après, après… j'ai essayé de continuer à mener une vie normale, mais je n'ai pas pu. J'ai abandonné mon emploi, j'ai quitté Carcassonne. La maison a été vendue. J'ai traîné un peu partout. Je me suis mis à boire, à rencontrer des gens douteux, puis des voyous. J'étais si malheureux qu'il me semblait que plus rien ne pouvait m'arriver. En fait, je ne craignais plus rien puisque j'avais tout perdu.

Il se lève, marche dans la pièce :

— De temps en temps, je faisais le chauffeur et le guet pour les copains. J'étais très apprécié dans mon milieu parce que je ne parlais pas, je savais me battre et je conduisais bien. En plus des cambriolages, nous avions d'autres activités bien rémunérées. Des gens en costume venaient nous chercher pour coller ou décoller des affiches, mettre de l'ordre ou la pagaille, intimider des syndicalistes, briser des piquets de grève…

Il revient s'asseoir en face de Marie :

— Un soir, dans l'arrière-salle d'un bar qui nous servait de base, Monsieur est arrivé. Il avait besoin de quelqu'un de libre pour assurer sa protection. Des mouchards l'avaient informé d'un projet de séquestration le concernant. Je ne l'ai pas quitté pendant une dizaine de jours jusqu'à ce que tout redevienne calme. Quelques semaines plus tard, on s'est fait ramasser par une patrouille alors qu'on était en train de visiter une résidence secondaire.

Il sourit :

— Monsieur est venu me voir au commissariat. Il m'a dit qu'il avait apprécié mes services et qu'il était prêt à se porter garant de ma conduite à venir à condition que j'abandonne mon milieu et que je le suive à Toulouse pour devenir son chauffeur. J'ai accepté sur-le-champ et depuis, je suis ici. Comme on dit, j'ai refait ma vie.

Il s'étire, remue son café froid, le goûte, repose la tasse.

— Voilà, ce n'est ni autant romantique qu'une histoire d'amour au cinéma, ni autant rocambolesque que tous les ragots que vous avez entendus sur mon compte, ce n'est que la vie toute simple d'un homme trompé !

— Vous avez dû souffrir ! commente Marie pour ne pas laisser s'éterniser le silence qui a suivi les derniers mots de Jacques.

Elle est presque déçue par le récit du chauffeur. L'imagination tresse toujours des intrigues bien plus séduisantes, bien plus riches que la réalité. Le ténébreux monsieur Jacques, l'aventurier mystérieux est redevenu un bonhomme ordinaire qui a perdu les pédales, c'est tout.

Elle demande :

— Et votre femme ? Vous l'avez revue par la suite ?

— Non ! Jamais ! Je crois qu'elle a quitté l'Europe. C'est très bien comme ça, elle m'a trop fait de mal. Depuis, je dois vous avouer que je n'ai guère confiance dans les personnes de votre sexe. Comme je vous l'ai déjà dit, je ne les fréquente que pour satisfaire des besoins naturels. Pour le reste, vous êtes bien la première avec qui je parle aussi longtemps depuis Marie. Je ne pensais pas que cela soit possible.

En prononçant ses mots, il se prend la tête dans les mains et reste replié sur lui-même.

Pour rompre le silence, Marie demande :

— Mais, le Maroc ?

— J'y ai amené Madame pendant quatre étés consécutifs, elle déteste l'avion !

— Ah bon !

Elle ne sait pas trop quoi faire en face de cet homme maladroit et sincère, ce grand dur si tendre devant elle. Elle a envie de le consoler, de le prendre sous son aile comme elle le fait avec Cécile lorsqu'elle a du chagrin.

Elle n'ose pas bien sûr, mais elle n'est ni étonnée ni choquée lorsque Jacques saisit ses mains dans les siennes et les porte à ses lèvres.

Elle devrait – elle doit – les retirer sur le champ, mais non, elle les enlève avec douceur, un peu à regret, comme si elle se sentait coupable d'abandon. En fait, elle se fait violence pour s'arracher au bien-être trouble qui irradie de ses mains vers tout son corps.

Jacques se relève, un petit sourire aux lèvres :

— Nous sommes amis, Marie ?

Elle fait oui de la tête et s'excuse dans un souffle:

— Je dois partir, je n'ai pas fini de ranger !

Il la raccompagne jusqu'à la porte. Au moment d'ouvrir, il la prend dans ses bras et l'embrasse sur le front.

Elle part en courant dans les rafales de vent. Ce n'est qu'à l'entrée du château qu'elle s'arrête pour reprendre son souffle et qu'elle ose se retourner.

Il est toujours sur le seuil à la regarder, au-delà de la pelouse brillante. Il lui fait un signe de la main auquel elle ne répond pas. Elle pénètre dans le hall, referme derrière elle, soupire comme si elle venait d'échapper à un péril mortel.

En regagnant la bibliothèque, elle commence à réfléchir. Comment a-t-elle pu se laisser aller ainsi ? Elle a de la chance que Jacques soit un honnête homme, il n'a pas profité de la situation.

S'il l'avait embrassée, se serait-elle défendue ? Elle

n'en est pas du tout sûre… Elle se croyait bien plus forte ! Mariée, mère de famille et voilà, en un instant, tout est oublié, plus rien ne compte.

Elle est toute décontenancée par sa faiblesse et aussi par la facilité avec laquelle elle s'est laissée emporter. Il ne l'a même pas courtisée, il lui a juste raconté sa vie… Elle a couru comme une bête traquée dans le parc, un vrai réflexe de survie ! Quelle idiote ! Que doit penser Jacques de son comportement ?

Elle n'ira plus chez lui ! De cette façon, il n'y aura plus de problème. Non ! Non ! Ce n'est pas la bonne solution. C'est à elle de se dominer, de ne pas se laisser aller. Lui ne comprendrait pas, il n'a rien fait de mal. Il ne parle que d'amitié. C'est elle qui se fait des idées, de drôles d'idées.

Faut-il qu'elle manque de contact avec les gens pour être autant bouleversée par quelques confidences. En fait, c'est à cause de cette histoire d'amour qui finit si mal. Elle est si pathétique… C'est à travers cette émotion qu'ils se sont rapprochés l'un de l'autre.

Stupide, elle a été stupide ! Elle s'est enfuie alors qu'il avait besoin de réconfort, de tendresse. Il lui témoignait son affection, il traduisait à sa façon par des gestes doux leur complicité nouvelle…

Elle se sent à nouveau coupable de l'avoir abandonné. Un véritable délit de fuite ! Il faudra qu'elle revienne vite chez lui pour s'expliquer, pour s'excuser peut-être. Demain ? Si elle a le temps, pourquoi pas ?

Et Yves dans tout cela ? Il est si loin, il vit dans un autre monde… Quoi qu'il en soit, il ne risque rien puisqu'elle et Jacques ne veulent qu'être amis. Va-t-elle lui parler de tout cela ? Non, il est trop tard, il ne comprendrait pas. Il ne croirait pas à la pureté de leur relation.

Elle pense au contact frais et humide des lèvres sur ses mains. Presque voluptueux… Elle frissonne. Vite ! Vite ! Au travail ! Se lancer à esprit perdu dans un nouveau rangement.

Elle travaille depuis une demi-heure à peine, lorsqu'elle entend Madame l'appeler. Tout en s'étonnant de ce retour anticipé, elle se dirige vers la chambre.

Valérie a retiré du bas de la penderie une dizaine de grands cartons.

— Aidez-moi s'il vous plaît à sortir les habits, mettez-les bien à plat !

Bientôt, des robes de princesses, des vêtements de Pierrot, d'Arlequin, de Colombine, de clowns couvrent le dessus de lit.

— Samedi prochain, nous organisons notre grande soirée masquée annuelle ! Vous m'accompagnerez durant toute la fête, je vous trouverai un déguisement !

— Bien Madame !

Marie est catastrophée, mais elle s'efforce de cacher sa déception. Elle va devoir rester un soir ! Ce qu'elle redoutait depuis qu'elle est au service de Valérie est programmé pour la semaine prochaine, un samedi en plus ! Jusqu'à quand la soirée va-t-elle durer ? Que va-t-elle faire au milieu de ces gens ? Comment annoncera-t-elle cela à Yves ?

Sa maîtresse continue ses recherches et ses déballages : des robes toutes plus excentriques les unes que les autres, des uniformes, des pantalons, des chapeaux, des voiles, des collerettes, des perruques jonchent le tapis.

— Vous êtes-vous déjà travestie, Marie ?

— Oui Madame, une fois… Mais c'était pour un tout petit bal dans un village minuscule de l'Aude…

— Oui ! Je m'en doute… J'adore me déguiser, je trouve cela excitant ! Comment étiez-vous vêtue ?

— Je m'étais procuré un très bel habit de courtisane, mais il était si fragile que je ne m'étais pas amusée. J'avais trop peur de l'abîmer !

— Tiens ! En courtisane ? Ce n'est pas une mauvaise idée, mais j'ai mieux. Je pense être une riche romaine, une patricienne. Vous, en esclave fidèle, vous me suivrez. Qu'en dites-vous ?

— Vous savez Madame, il n'est pas nécessaire que vous cherchiez quelque chose pour moi. Je crois que je ne vous serai d'aucune utilité.

— Aucune utilité ? Mais si, au contraire, c'est notre couple qui fera l'originalité du déguisement ! Vous goûterez mes boissons et mes plats, vous m'éventerez, vous courrez devant moi pour m'ouvrir les portes et me faire un passage… Ce sera amusant ne croyez-vous pas ?

— Je crois… Oui !

— Bien, je ne vois rien ici qui puisse m'aider. Rangez-moi tout cela ! Je demanderai à la couturière de nous préparer quelque chose ! Bonsoir Marie ! À demain !

— Bonsoir Madame !

Des couleurs vives, des teintes douces, des parfums furtifs peuplent la chambre comme des ombres colorées ou des chats endormis ça et là dans de molles attitudes. Marie, dans cet éparpillement, ne sait plus où poser son regard.

En d'autres moments, elle s'amuserait à essayer quelques-unes des tenues éparses, mais elle n'a pas le cœur à jouer. Cette soirée ne lui plaît pas du tout, elle la remplit déjà d'anxiété.

Elle va se disputer avec Yves, s'ennuyer et être mal à l'aise pendant des heures pour servir de faire-valoir à Madame ! Quel dégoût ! Quelle injustice ! Le monde est mal fait… Liberté, égalité, fraternité, tu parles !

Elle passe le restant de l'après-midi à chercher la meilleure façon d'annoncer la soirée à son mari. Elle ne trouve rien de précis. Elle le lui dira en toute franchise. Après tout, cela fait partie de son travail, non ?

Il est presque sept heures du soir lorsque Yves rentre. Son visage poussiéreux et gris le fait ressembler à un vieux. Marie l'embrasse du bout des lèvres. Elle lui sert une tasse de café. Lorsqu'il revient de la salle de bains, tout en préparant le dîner, elle soupire :

— Oh là là Yves ! Je suis très ennuyée ! La patronne a besoin de moi samedi soir !

— Quoi ? Samedi soir ? Elle est folle cette femme !

J'espère que tu lui as dit qu'elle se débrouille pour trouver quelqu'un d'autre !

Marie bredouille :

— Je… je ne pouvais pas répondre non, j'ai accepté.

Il y a un moment de silence qu'elle sent rempli de menaces. Yves fait un effort pour ne pas hurler, mais sa voix tremble de colère :

— Et pourquoi tu pouvais pas dire non ?

— Parce que c'était la condition pour qu'elle me prenne à son service. C'était ça ou la porte… Je ne t'en ai pas parlé, je croyais que ça n'arriverait jamais !

— Tu en as caché d'autres des trucs de ce genre ? T'avais qu'à dire non, un point c'est tout !

— Enfin Yves, tu sais bien pourquoi j'ai accepté, non ? Tu vois bien qu'avec ce que tu gagnes, on ne s'en sort pas ! Je ne veux pas qu'on se dispute mon chéri. Comprends-moi ! En ce moment, je fais des journées de six heures à peine. Pour une fois, je ne pouvais pas lui dire non !

— C'est des conneries tout ça ! Quand t'avais pas de travail, on vivait quand même, on n'est pas mort de faim !

— Attends Yves ! Jamais de sorties, jamais d'habits un peu à la mode, jamais de fantaisies ! Et je ne te parle pas des découverts, des agios ou des factures en retard !

— On se débrouillait quand même !

— Non Yves, c'est moi qui me débrouillais toute seule avec la misère et l'angoisse. Pendant que tu ronflais, je passais des nuits blanches à compter et à recompter. J'avais toujours l'impression d'avoir perdu de l'argent parce qu'il en manquait toujours !

— N'empêche Marie ! T'avais pas à dire oui ! Le week-end, c'est pour nous trois, c'est sacré ! Tu as pensé à Cécile et à moi ? Non ! Je suis sûr que non ! Tu as changé depuis que tu es là-bas ! Tu deviens égoïste ! Tu en as plus rien à foutre de ta famille, tu te préfères avec ces salauds de rupins !

— Ce n'est pas vrai Yves ! C'est pour nous que je travaille, pas pour moi ! C'est pas juste que tu parles comme ça ! Si bientôt nous avons la maison du parc, tu verras comme nous serons heureux tous ensemble !

— C'est ça ! Bientôt, bientôt ! Les promesses rendent les enfants heureux ! Bientôt, moi je toucherai le tiercé et le loto. Bientôt, je serai riche ! Tu aurais dû épouser un PDG puisqu'il n'y a que l'argent qui t'intéresse !

— C'est sûr ! J'aurais été bien plus tranquille !

Elle le regarde à la dérobée. Yeux baissés, bouche fermée, il boude. Elle le sent vexé, humilié. Elle oublie sa rancœur, s'approche de lui, pose la main sur son épaule.

Il la repousse :

— Fous-moi la paix ! Va où tu veux ! Je vais faire comme toi : tu sors samedi, moi je m'en vais maintenant !

Cécile, qui durant toute la dispute a paru regarder la télévision, se met à pleurer. Pendant que Marie se précipite vers sa fille, Yves remet son blouson et part sans un mot.

Elle s'assied au pied du fauteuil. Cécile vient se blottir contre elle.

— Il est parti papa ?

— Oui parce qu'il est en colère, mais il va revenir, n'aie pas peur.

Elle caresse les cheveux châtains, leur douceur lui fait du bien. Comme après chaque querelle, elle se sent vide, anéantie. Comment font les autres ? Elle les voit toujours souriants, toujours beaux, toujours amoureux, main dans la main, sourire dans le sourire…

Elle aimerait s'enfermer dans sa chambre, dans le noir, et pleurer, pleurer jusqu'à ce qu'elle n'ait plus une seule larme dans le corps ou bien qu'elle n'ait plus de corps. Envie de mourir, effacer d'un seul coup tout ce mal-être, ce mal vivre.

Yves est sorti. Il va boire. Il va oublier un peu. Elle va faire manger la petite, lui raconter une histoire pour lui changer les idées, pour qu'elle s'endorme heureuse.

Et elle ? Comment va-t-elle oublier ces cris, ces méchancetés ? Et demain, il faudra s'occuper de la maison, demain il faudra aimer. Il l'a traitée d'égoïste !

Il a osé lui dire ça à elle qui le sert comme un roi, qui se sacrifie pour eux.

Elle s'occupe du linge et de la petite, elle fait le ménage, la cuisine, l'amour… Elle s'acquitte de ces tâches le mieux possible. Elle ne travaille que pour eux et Yves ne le comprend pas, ne le voit pas… Il la trouve égoïste ! Quel idiot !

Cécile lève la tête vers elle :

— Tu pleures maman ?

— Non ma chérie, je réfléchis !

Et s'il ne rentre pas ? Et s'il ne revient plus ? Non, elle ne doit pas se mettre martel en tête. Ce n'est pas leur première dispute, ni leur dernière hélas… Quand la vie est difficile, on est vite sur les nerfs. Elle mange un yaourt et une pomme, puis va endormir sa fille.

Lorsqu'elle se couche à son tour, elle sait qu'elle aura du mal à trouver le sommeil. Elle se répète tout ce qu'il lui a jeté à la figure. Elle pense à ce qu'elle aurait dû lui répondre… Tantôt elle regrette d'avoir été méchante, tantôt elle se dit qu'elle ne l'a pas été assez…

Il n'est pas encore revenu lorsqu'elle s'endort enfin. Le lendemain matin, quand le réveil sonne, il est là, à côté d'elle, dos tourné, couché en chien de fusil. Sans une parole, il se lève. Chasse des WC, toilette, percolateur, réfrigérateur, téléviseur, verrou, porte qui se ferme.

En fait, c'est presque un matin ordinaire. Il ne manque que trois ou quatre paroles, toujours les mêmes, si habituelles, si souvent répétées qu'elles n'ont plus ni sens, ni saveur…

Marie n'a pas bougé. Marie n'a rien dit. Marie a gardé les yeux fermés. Elle a sa fierté ! Sa fierté ? Laquelle ?

Non, ce n'est pas une histoire de fierté ; c'est plutôt de la stratégie conjugale. En principe, celui qui se remet à parler en premier montre qu'il a eu tort, que c'est lui qui a provoqué la bagarre ! C'est idiot bien sûr, mais c'est comme ça. C'est bien plus facile de faire la tête !

Elle se lève. Sous la douche, elle se dit que cette querelle met fin à une semaine plutôt heureuse durant laquelle ils ont un peu plus discuté que d'habitude, un peu plus fait l'amour aussi, même si c'était surtout lui qui voulait…

Elle doit se rendre à l'évidence, elle ne pourra jamais lui parler du château, lui raconter comment est sa vie là-bas. Yves est son mari, elle l'aime... Elle l'aime ? Oui elle croit, mais il ne sera jamais son confident.

Bien sûr, elle adorerait tout partager avec lui, mais ce n'est pas possible. Elle le sait bien. Elle a lu, elle a entendu cent fois que la communication était le ciment d'un couple. Oui sans doute ! Mais si chaque discussion sérieuse débouche sur une dispute, à quoi bon ?

Yves et elle ne forment pas un couple parfait, mais il y a pire. Ils s'aiment, ne se querellent pas souvent malgré la dureté de leur vie, ne se battent jamais, élèvent le mieux possible leur fille, et sont fidèles…

C'est déjà bien non ?

Pour les confidences, elle a Jacques. Il est vrai qu'ils ne se voient guère et que c'est plutôt lui qui parle, mais elle s'est promis d'aller boire le café chez lui. Elle lui racontera un peu de sa vie même s'il n'y a pas grand-chose à en dire. Elle verra bien s'il l'écoute ou non.

Elle réveille Cécile, la lave, l'habille, la fait déjeuner, l'accompagne à l'école. Ce n'est que lorsque la petite se mêle aux enfants de la cour que Marie prend conscience qu'elle s'est occupée de sa fille sans y faire attention, sans amour ? Elle en éprouve aussitôt un vif sentiment de culpabilité. Elle essaie de lui envoyer un baiser, mais la petite joue au loin. Elle l'a déjà oubliée.

Marie revient toute pensive et sombre dans l'appartement : lendemain de dispute… Ici, elle se sent si souvent automate bien réglé fonctionnant toujours et bénévolement au service des autres.

Au château au moins, la loi est établie une fois pour toutes, simple et respectée : Tu travailles pour moi, je te paye ! En famille, toutes les cartes sont truquées, les rôles sont distribués à l'avance et l'on n'en change pas.

Au nom de l'amour, elle fait tourner son foyer, elle

soigne son homme et sa fille… Au nom de l'amour, ils se font servir… Elle se regarde dans le miroir de la salle de bain, tente un sourire, mais aujourd'hui, le cœur n'y est pas.

Lorsqu'elle frappe à la porte de la chambre, c'est la voix de monsieur Mario qui lui répond :

— Entrez Marie, entrez !

Il poursuit en l'observant :

— Toujours d'aussi belles jambes !

Valérie glousse entre les draps. Marie, toute honteuse, baisse la tête. Elle se souvient du billet donné et bredouille :

— Je remercie Monsieur pour le… cadeau de l'autre matin, ce… ce n'était pas nécessaire !

Madame approuve :

— En effet Mario, cet argent n'était pas dû ! Je la rémunère assez, je pense, pour qu'elle me serve bien, ainsi que mes amis. Elle a une fonction que doivent lui envier tous les gens de maison de la ville. Elle peut bien en supporter quelques obligations n'est-ce pas ?

— Oui Madame !

— Si vous êtes toutes les deux du même avis, je pense que vous avez raison ma chère… Je n'avais pas vu la situation sous cet angle. Il n'empêche, je ne regrette pas ma petite attention !

Il change de ton :

— Bien, puisque vous êtes à mon service, venez remonter mon oreiller s'il vous plaît !

Marie s'approche du lit et se penche vers Monsieur pour saisir le coussin. À ce moment, il sort une main de sous le drap et du bout des doigts, lui caresse le mollet.

Marie sursaute et s'écarte en s'exclamant, à la fois surprise et indignée :

— Monsieur !

Il la regarde en souriant, la main toujours hors du lit. Madame, elle, la dévisage, visage tendu, yeux brillants. D'une voix froide, elle lui ordonne :

— Allons Marie, vous rêvez ou quoi ! Faites tout de suite ce que l'on vous demande !

Devant l'hésitation de sa servante, elle poursuit :

— Choisissez, mais choisissez vite ! Ou vous obéissez, ou vous partez ! Dépêchez-vous, j'ai peu de patience le matin.

Marie, comme une condamnée, revient contre le lit. Elle tressaille lorsqu'elle sent le dos de la main de Mario glisser de sa cheville jusqu'à son genou.

— Aussi belles que douces ! apprécie-t-il d'une voix sereine comme s'il ne s'était rien passé.

— Je… Je vais préparer l'eau ! murmure Marie en se dirigeant à pas pressés vers la salle de bains.

Madame l'arrête. Elle est en colère.

— Un instant mon petit ! Vos pudeurs déplacées, vos réticences saugrenues m'ennuient beaucoup. Je vous l'ai dit tout à l'heure, vous êtes libre, mais réfléchissez bien ! Vous seriez stupide de nous quitter pour de telles vétilles !

Elle soupire :

— Je ne voulais pas vous en parler, mais vous me forcez à le faire. Il se trouve que hier mon mari déplorait que le pavillon du parc soit inoccupé parce que, disait-il, une maison vide se détériore vite. Je lui ai touché un mot de notre projet et il m'a répondu : « Pourquoi pas ? ». Voyez, je vous avais parlé du printemps pour emménager cela pourrait bien être plus rapide… Pour cela bien sûr, vous devez rester à mon service et ne plus vous comporter à tout instant comme une vierge effarouchée.

— Oh Madame ! J'aimerai beaucoup rester !

— Et vous n'aurez plus ces attitudes ridicules ?

— Non Madame, je ferai de mon mieux !

— À la bonne heure, s'exclame Valérie qui, soudain, a l'air étrangement soulagée et heureuse, venez vous excuser auprès de mon ami !

Marie revient sur ses pas et murmure très vite :

— Pardonnez-moi Monsieur !

— Ce n'est rien mon petit ! Allez nous préparer un bon bain !

Marie pleure, Marie tremble. Elle a du mal à régler la température de l'eau.

Est-ce que je veux rester ? Non ! Non ! Ce sale bonhomme, j'aurais dû le gifler ! Lui jeter son oreiller sur la figure ! L'insulter ! pense-t-elle.

Oui, bien sûr ! Dans la rue, dans le bus, c'est ainsi qu'elle aurait réagi.

Mais ici, au château, rien ne fonctionne comme à l'extérieur. Les règles, les usages sont différents. Il lui caresse la jambe comme il flatterait un chien ou la carrosserie de sa Ferrari. Il n'a fait ce geste ni par provocation ni par désir, tout au plus pour jouer ou satisfaire une espèce de curiosité…

Jamais quelqu'un ne l'a touchée depuis qu'elle est mariée. Elle devrait tout raconter à Yves. Non ! Non ! Il serait trop malheureux. Elle a dit qu'elle voulait rester, elle s'est même excusée… Excusée ! Elle a dû demander pardon parce qu'il l'a pelotée ! C'est injuste ! C'est dégoûtant !

Elle ne sait même pas pourquoi elle a accepté de continuer. Elle aurait dû partir en courant… Bien sûr, c'est à cause de la maison du parc, mais au fond d'elle-même elle sait qu'il y a autre chose qu'elle n'arrive pas à bien définir et qui l'empêche de partir.

La peur de se retrouver seule toute la journée entre les murs tristes de leur appartement ? Oui sans doute, mais aussi, même si elle a du mal à le reconnaître, elle aime venir ici. Elle aime le château, elle aime ces pourris de riches, ils la fascinent. Elle ne s'en rend pas tout à fait compte, elle est comme la souris charmée par le serpent qui va l'engloutir.

Parfois, quand elle arrive, il lui semble ouvrir *Voici, Gala* ou un autre magazine de célébrités. Voitures de luxe ou de sport garées dans le parc, costumes et longues robes, jeunes femmes magnifiques et racées…

Elle aime vivre chaque jour, au bord du luxe et de la beauté. Peut-être comme les embruns de la mer, les éclaboussures de bonheur, de vie heureuse, finiront-elles par rejaillir sur elle et rendre son existence meilleure ?

Déjà, au château, elle fait attention à son langage, à

son accent. Il lui semble parfois que dès qu'elle a franchi la grille du parc, elle n'a plus de soucis d'argent, elle est plus belle… comme si elle faisait partie du monde des riches.

Elle pense à la dispute avec Yves. Elle ne lui dira rien. Peut-être même qu'elle ne lui adressera pas la parole ! Après tout, c'est lui qui a commencé. Lui qui ne voit même pas tout ce qu'elle accomplit pour eux dans l'appartement, comment pourrait-il imaginer tout ce qu'elle fait, tout ce qu'elle subit ici ?

Non ! Il s'agit de deux mondes tout à fait étrangers l'un de l'autre… et elle fait le grand écart entre eux.

Madame et Mario arrivent ensemble, nus, se tenant par la main. Ils ne la regardent pas, ne lui adressent pas la parole. Marie a la sensation d'être devenue transparente, de ne plus exister.

Ils entrent dans la baignoire et se mettent à s'embrasser avec une telle fougue que Marie craint qu'ils ne se mettent à faire l'amour, là, devant elle. Elle n'ose pas quitter la pièce de peur d'être à nouveau houspillée par Madame. Elle se tasse contre le mur et regarde le plafond que la vapeur ennuage.

— Vous pouvez aller ranger la chambre !

— Bien Madame !

Soulagée, Marie sort et referme la porte derrière elle.

— Ma chère, vous êtes une femme terrifiante d'obstination et de finesse, une véritable Machiavel en jupon !

— Merci mon ami ! N'aviez-vous pas dit que je devrais tenir le bâton ?

— Vous le maniez à merveille ! Voyez notre dressage a plutôt bien commencé, elle n'a pas trop rué !

— Je ne lui en ai guère laissé le loisir !

— C'est bien ! Il n'est jamais bon de laisser trop de corde au début. Nous sommes entrés dans la phase « habituer l'animal au contact de l'homme sur tout le corps, avec des objets différents. »

— Hé là ! Ne la brusquez pas trop ! Je n'ai aucune envie de la perdre maintenant !

— Soyez sans crainte Valérie ! Nous l'habituerons d'une façon très progressive. Un peu chaque jour. Nous ne risquons pas grand-chose. Vous la tenez bien !

— Oui ! Je crois ! Il faut que je voie Jacques pour lui donner mes consignes. Ensuite, je leur ménagerai une rencontre pour qu'il la mette bien en condition. Bien qu'il ait beaucoup vieilli, il peut m'être encore d'une utilité certaine.

— Que voulez-vous qu'il lui dise ?

— Il faut qu'il lui fasse comprendre que cette caresse n'est rien du tout, que tout ce qui se passe ici ne peut pas être jugé selon les règles du commun…

— Oui ! Oui ! C'est très fin. Je pense que, pendant quelque temps, il va falloir être gentil avec elle, lui laisser croire qu'elle peut entrer dans notre monde.

— C'est sûr. Quoi qu'il en soit, je serai toujours là pour la garder sur le droit chemin !

— Je n'en doute pas ma chère ! Je trouve ce challenge de plus en plus excitant !

*

À midi, Marie n'a aucun appétit. Elle grignote un peu de salade, une pomme et une portion de tarte. La dispute avec Yves, la main de Monsieur sur sa jambe, les paroles de Madame, tous ces événements l'obsèdent et l'accablent. Elle passe de l'un à l'autre toujours avec le même écrasant sentiment de culpabilité… Elle aurait dû dire ceci, elle aurait dû faire cela…

Elle sort de l'office tête baissée et bute sur Jacques qui arrivait à grands pas.

— Bonjour Marie ! Vous allez bien ? Oh là là ! Je ne pense pas ! Vous avez l'air bien malheureuse ! Que se passe-t-il ?

Elle ne peut pas répondre tant sa gorge est serrée ! Elle se raidit pour ne pas éclater en sanglots. Il la prend par les épaules et murmure :

— Allez ! Allez ! Venez à la maison ! Vous me

raconterez tout en buvant un bon café ! Ça ira mieux après !

Elle le suit toujours crispée, toujours incapable d'ordonner ses pensées. Ce n'est que lorsqu'elle est installée sur le fauteuil qu'elle commence à se détendre. Elle laisse couler les larmes qu'elle retient depuis ce matin.

Jacques s'accroupit devant elle et lui parle avec douceur, comme lorsqu'on veut consoler un enfant qui a du chagrin :

— Là ! Là ! Laissez-vous aller ! Cela fait du bien de pleurer ! Ne vous souciez pas de moi ! Ici, vous êtes chez vous… Vous ne risquez rien…

Il pose ses mains sur les genoux nus de Marie, en toute amitié.

— Il faut tout me raconter ! Je vous aiderai de mon mieux ! D'accord ?

Elle fait oui de la tête et se met à parler. C'est comme une pelote qu'elle déroule sans à-coups, avec précision. Elle dit tout : la soirée masquée de samedi prochain, la dispute avec Yves, la caresse de Mario, l'intervention de Madame…

Elle conclut en se remettant à pleurer :

— Je ne veux plus rester dans cette maison ! Les patrons me traitent comme une esclave et mon mari ne veut pas reconnaître mon travail. Il croit que je viens ici par plaisir. À quoi ça sert que je continue ? Il vaut mieux que je parte !

— Non ! Non ! Ne partez pas Marie ! Attendez !

Les paroles de Jacques ont jailli comme un cri. Elle le regarde attendrie et surprise. Lui-même semble étonné par la violence de sa réaction. Il se relève, disparaît un instant dans la cuisine et revient avec deux verres de vin.

— Un peu d'alcool nous aidera peut-être à y voir plus clair, Marie ! Il s'assied à même le tapis en face d'elle. Buvez ! Cela vous fera du bien !

Il poursuit :

— Je ne veux pas porter de jugement sur votre époux, mais je ne le comprends pas trop. Vous m'avez dit qu'il est maçon, je crois. Demandez-lui s'il s'amuse sur les chantiers ! Quant à cette caresse qui vous a tant vexée, c'est peu de choses si vous voulez bien y réfléchir un instant ! Surtout, mettez-vous bien dans la tête que ces gens sont différents de nous.

Il soupire :

— Monsieur Mario ne voulait pas vous traiter en esclave, j'en suis sûr. Il ne souhaitait ni vous offenser, ni vous humilier, il ne désirait qu'avoir un peu de plaisir grâce à vous. Bien sûr, c'est égoïste, bien sûr c'est dégoûtant pour vous, mais pour eux c'est normal !

Il la regarde droit dans les yeux :

— Vous, vous n'avez jamais envisagé de donner votre corps sans aucune attirance, juste pour le plaisir physique. Eux, si ! Ils ne font même l'amour que pour cela. Ils se méfient tant des passions, des sentiments qu'ils n'en ont plus ou bien ils durent si peu qu'ils ne comptent pas…

— Mais enfin Jacques ce que tu dis est affreux. Est-ce normal que, parce qu'ils sont riches, ils nous imposent leur façon de faire !

Ben… ils paient non ? Tu m'as tutoyé, cela me fait plaisir ! Si tu n'y vois pas d'inconvénient, on pourrait continuer !

— Pas de problème, cela ne me dérange pas du tout, au contraire. Ce qui me gêne par contre, c'est ce que tu me dis ! Je suis ici pour servir Madame de façon honnête, pas pour que Mario s'amuse avec moi !

Jacques a un petit sourire amer :

— De façon honnête… Ici, il n'y a pas trente-six façons de servir… Tu la sers et tu sers ses amis, c'est tout. Crois-moi, j'ai eu moi aussi à faire pour eux beaucoup de choses difficiles ou révoltantes. Dis toi bien que quand tu passes la grille du parc, tu changes de peau, tu n'es plus la même. Tu n'es plus mariée, tu n'as plus d'enfant, tu appartiens au château, un point c'est tout !

— Je ne peux pas faire ça, Jacques ! Il vaut mieux que je cherche ailleurs !

— Ailleurs ? Mais ce sera pire ! Tu travailleras davantage, tu seras moins payée. Quant au reste… ne te fais aucune illusion, ce sera pareil, crois-moi !

— Si je te suis, soit je me laisse peloter, soit je me retrouve au chômage ?

— Oui ! En fait, c'est ça !

— Et tu le trouves normal ?

— Non Marie ! Non, mais c'est comme ça que ça marche, que ça te plaise ou non !

Marie écoute Jacques. Ses paroles la troublent, la déconcertent. Est-il avec elle ou avec eux ?

— Je ne comprends pas pourquoi tu les défends ! lui lance-t-elle.

— Je ne les défends pas, je veux t'éviter de faire une grosse bêtise. Comprends que le geste de Mario dans le cadre du château n'a rien à voir avec le geste que pourrait avoir un type qui te pelote dans la rue !

— Pour moi c'est pareil !

— Écoute Marie, réfléchis ! Tu as des diplômes ? Tu travailles par plaisir ou par nécessité ? Crois-tu que si tu quittes cette maison sans référence, tu trouveras demain une autre place ?

— Je… Je ne sais plus où j'en suis ! En plus, Madame m'a promis que si je lui donnais satisfaction, nous pourrions venir habiter dans la maison du parc !

— Et tu veux tout perdre parce que Mario te touche la jambe ? C'est normal que tu aies réagi comme tu l'as fait, mais sois réaliste ! Tu as besoin de ce travail, tu as besoin du pavillon.

Il presse ses genoux :

— Crois-moi Marie, je suis ton ami. Les Colin Vasseur sont une des familles les plus puissantes de la région. Un mot de Madame et toutes les portes se fermeront sous ton nez ! Ne t'emporte pas ! Reste !

— C'est dégueulasse !

— Oui, c'est la vie qui est comme ça…

— Je ne sais pas… Tu dois avoir raison… On a besoin de ce salaire.

Elle se lève. Sa conscience la tiraille encore un peu, mais elle se sent mieux. Jacques a su trouver les mots qu'en son for intérieur, elle voulait entendre, les mots prétextes qu'elle attendait.

Même si elle n'ose pas se le dire, elle sait déjà que demain elle sera à nouveau au château et, malgré les menaces qui l'entourent ici, elle en éprouve un vif soulagement.

Oui, elle va s'endurcir, elle va serrer les dents comme un chien qui a déterré un bel os et qui ne veut plus le lâcher. Quoi qu'il en soit, elle n'aurait pas supporté de voir s'épanouir un sourire vainqueur sur le visage d'Yves avec une réflexion dans le style :

« Tu vois, je te l'avais dit que c'était des pourris ! »

Yves ne saura rien, il continuera à s'accrocher à ses vieilles idées. Elle, elle sera là pour eux, travaillant pour eux, acceptant d'être humiliée pour eux. Elle se dit aussi qu'elle reste libre de partir à tout moment et cette pensée finit de la rasséréner.

Jacques ne parle pas, ne bouge pas. Il l'observe et en même temps il pense qu'elle ne peut pas partir, que ce serait trop injuste… Elle est son premier rayon de soleil depuis si longtemps, depuis… l'autre Marie.

Lorsqu'elle se retourne sur le seuil pour lui dire au revoir, il bondit vers elle, lui met un petit trousseau de clefs dans la main :

— Tiens Marie, c'est le sésame de mon logis ! Même si je suis absent, quand tu es fatiguée, tu viens, tu t'installes, tu prends un café, tu regardes la télé, tu fais ce que tu veux… Tu es ici chez toi !

— Merci Jacques, tu es gentil ! Heureusement que tu es là ! Je ne sais pas ce que j'aurais fait sans toi !

— Ce n'est rien Marie ! À bientôt !

Il la prend dans ses bras et l'embrasse avec tendresse sur les joues. Elle s'abandonne un instant. Il a le temps de sentir la souplesse de son corps contre le sien, l'effleurement parfumé de ses cheveux comme un scintillement doux sur son visage.

Déjà, elle s'éloigne dans le parc... Elle a des jambes magnifiques…

Il ne referme la porte que lorsqu'elle a disparu dans le château. Lui qui ne boit presque jamais, se sert un autre verre de vin. Il se laisse tomber sur le fauteuil où elle était assise. Il est encore empli de la chaleur de Marie.

Bon, mission accomplie ! pense-t-il.

Il a agi comme Madame le lui avait demandé. Il lui semble même qu'il a fait bien plus que le nécessaire. Il a réussi à convaincre Marie de rester. Il devrait être content de lui. Eh bien non ! Il ne l'est pas du tout, il a même honte de son attitude.

Depuis qu'il travaille pour Monsieur, c'est bien la première fois qu'il a des états d'âme ! C'est sûr, il vieillit ; il supporte moins la solitude, le tête-à-tête avec le téléviseur, le repas en conserve, le lit froid, la masturbation triste ou les prostituées usées…

Cette femme le trouble, l'attire, l'émerveille. Non, non, il ne faut pas qu'elle parte, sinon il la perdra… Il a envie de la voir souvent, tous les jours, plusieurs fois par jour… Ce sera le cas lorsqu'elle habitera le pavillon du parc. Elle doit se soumettre, obéir. Leur bonheur est à ce prix.

Pourtant, ne la perdra-t-il pas, si elle apprend qu'il fait partie de la manipulation ? Il veut qu'elle ait confiance en lui et il la trahit à chaque mot. Comment pourra-t-elle lui pardonner ?

Au fait, pourquoi veut-il être pardonné ? Que veut-il ? Coucher avec elle ? La voir sourire lorsqu'elle l'aperçoit ? Être aimé ? Il est en train de tomber amoureux. Quelle folie ! À son âge ! Avec tout ce qu'il sait de la vie ! Et alors ? Pourquoi ne pourrait-il pas rêver lui aussi ?

Par moment, elle a des airs de Marie… Une façon de sourire, de lever les yeux vers lui, de mordiller son petit doigt.

Et s'il lui racontait tout : le pari de Madame, son rôle… Que ferait-elle ? Elle quitterait le château, c'est sûr. Lui, il risquerait de perdre sa place. Quelle chance !

Ils partiraient tous les deux, main dans la main. Ils referaient leur vie ensemble, ailleurs, au soleil…

Ou bien le vin lui fait tourner la tête et l'esprit, ou bien il devient fou. Il est au service de Madame et il doit faire ce qu'elle lui demande, un point c'est tout. D'ailleurs ne lui a-t-elle pas suggéré d'en faire sa maîtresse ?

À quoi cela sert-il de se poser toutes ces questions ? Et lorsqu'elle aura gagné son pari, que fera-t-elle ?

Non ! Non ! Assez ! Il allume le téléviseur, monte le son, se cale dans son fauteuil.

Il doit se calmer. Madame lui a demandé de venir lui faire le compte-rendu de leur entrevue à dix-sept heures précises. Il devra alors être tranquille et maître de lui, car, il en a déjà fait l'expérience, la maîtresse est une fine observatrice. Elle serait capable de deviner ses sentiments…

Quels sentiments ?

.9.

Valérie reçoit Jacques dans son boudoir :

— Asseyez-vous ! Alors Jacky, comment vont vos amours ? demande-t-elle avec une moue railleuse.

— Elles n'avancent guère madame ! par contre, je pense que votre dame de compagnie a maintenant toute confiance en moi.

— Bien ! Bien ! A-t-elle parlé de Mario ? De ce qui s'est passé ce matin ?

— Elle n'a parlé que de ça ! Elle en était si bouleversée, que, malgré tous mes efforts, je me demande si elle sera ici demain !

Agacée, Valérie soupire :

— Cette fille est bien susceptible. Elle fait tout un drame d'une innocente caresse. Elle ne me rend pas la partie facile… En supposant qu'elle reste, croyez-vous qu'elle sera capable de participer à la soirée de samedi ?

— Participer ?

— Oui, danser, s'amuser… Sous un masque et travestie, elle sera peut-être plus libre, moins rigide.

— Je n'en ai aucune idée, Madame !

— Je ne peux pas dire que vous m'aidiez beaucoup. Enfin… C'est tout de même ennuyeux, j'ai prévu des déguisements complémentaires, je verrai. Persuadez-la d'assurer le service au moins jusqu'à cette fête !

— Je vais essayer Madame !

— De mon côté, je ne vais pas demeurer inactive. J'ai en tête une idée qui va lui donner des raisons objectives de continuer à venir travailler ici. Quand elle sera résignée, j'aurai encore beaucoup de temps pour la dresser à ma façon !

Elle réfléchit à haute voix :

— Pour l'instant, Mario a raison. Il faut l'amener peu à peu à accepter des vétilles. De petits riens en petits riens, elle s'engagera et alors il lui sera difficile de revenir en arrière.

Jacques l'écoute et l'observe, il suit les méandres de sa pensée. Il imagine Valérie en chatte cruelle s'amusant avec la petite souris Marie. Il pense que les chats finissent toujours par tuer les souris avec lesquelles ils jouent...

Cette idée lui fait esquisser une moue de dégoût.

Madame devait l'observer, car elle l'interpelle aussitôt.

— Pourquoi cette grimace Jacky ? Mon petit jeu n'est pas à votre goût ? N'avez-vous pas encore compris que c'est le privilège des puissants de réaliser des choses impossibles au commun, par exemple tirer un petit voyou de prison ou bien transformer une femme fidèle en libertine ?

L'allusion est claire. Jacques enrage ; il déteste cette femme qui lit dans ses pensées d'un seul regard. Il baisse la tête, il n'a rien à répondre.

Elle reprend :

— Ce pari est important pour moi. Je me suis engagée devant les rares personnes que j'estime et je n'ai pas l'habitude de perdre la face. Je ferai tout pour gagner ! Vous êtes un gros atout dans mon jeu Jacky ! Ne me décevez surtout pas ! Vous me comprenez ?

— Oui Madame !

— Bien ! Continuez à recueillir ses impressions, ses confidences, ses larmes… Minimisez tout ce qui lui arrive ici. Donnez-lui bonne conscience chaque fois qu'elle se sent coupable d'avoir cédé. Rapportez-moi tout ce qui pourra nous faire avancer…

— Oui Madame !

— Vous pouvez disposer, je vous remercie !

Il salue. Alors qu'il ouvre la porte, elle lui lance avec

un grand rire, comme une flèche dans le dos :

— Dites, vous n'allez pas vous amouracher d'elle par hasard ? Ce serait trop drôle !

Il sort en refermant la porte derrière lui, peut-être un peu plus fort que d'habitude.

Le chauffeur vieillit mal, pense Valérie. Je ne sais pas ce que Xavier lui trouve d'extraordinaire. Il ressemble bien plus à un concierge qu'à un homme de main prêt à tout pour nous.

Elle feuillette son carnet d'adresses. Josper, le patron du mari de cette petite oie blanche se nomme Michel Josper. Elle s'est renseignée auprès du comptable, il est parfois en affaires avec Xavier. Comment pourrait-il refuser un petit service à la femme de l'homme qui contrôle la plupart des marchés immobiliers de la région ? Elle va l'appeler tout de suite.

Comme prévu, Josper se montre compréhensif et même coopérant. Il ne pose aucune question et promet d'avoir un entretien avec Jacques le soir même.

*

Marie ne sait pas quelle attitude elle doit adopter par rapport à son mari. Yves est parti ce matin sans un mot. Elle n'a aucune envie de lui parler, mais comme malgré tout elle se sent un peu responsable de la querelle, elle se décide à faire un effort.

Lorsqu'il rentre, fatigué, visage triste et fermé, elle lui lance un bonjour plutôt chaleureux auquel il répond à peine. Il boit son café sans un mot et s'assied à côté de Cécile face au téléviseur.

— Tu ne te laves pas ? Tu fais encore la tête ? Ça va durer longtemps ?

— Non ! Non ! répond-il en soupirant. Il se tait, laisse passer du temps puis lâche avec réticence.

— J'ai été convoqué par le patron ce soir.

Marie s'arrête de remuer la soupe de la petite et se tourne vers lui.

Il poursuit :

— Voilà, il m'a appelé pour me dire que les affaires n'allaient pas fort en ce moment et qu'il envisageait de réduire le personnel. Comme je suis un des moins qualifiés, il m'a dit que si cela devait se faire, je ferais partie des licenciés !

— Il va te mettre à la porte ?

— Non Marie, il m'a averti voilà tout. Rien n'est fait. Pourquoi il me l'a dit maintenant ? Je ne sais pas. Peut-être pour que je ne fasse pas d'histoires si ça arrive, peut-être pour que j'aie le temps de me retourner et de chercher ailleurs…

— Ailleurs ? Avec le chômage qu'il y a ici ? Tu veux rire, non ?

— Oh non Marie ! Crois-moi je n'en ai pas envie ! Il baisse la tête. Il sait bien qu'il a une chance sur cent de vite retrouver quelque chose d'intéressant.

Il se redresse pour donner le change :

— Bon ! Il ne faut pas s'affoler ! Si c'est un licenciement économique, je toucherai le chômage et puis il y a ton salaire quand même. Ça nous laisse le temps de voir venir ! En plus, il m'a dit qu'il y verrait plus clair d'ici une quinzaine de jours donc jusque-là, on est tranquille !

Voilà, pense Marie, il faut qu'on soit dans le pétrin pour qu'il reconnaisse que je rapporte de l'argent à la maison. Elle n'a pas le cœur à s'en réjouir. Elle sent Yves écrasé, brisé par la perspective du renvoi.

Elle s'approche de lui, pose sa main sur son épaule :

— Tu as raison et puis… tu n'es pas encore à la rue. Moi, par contre, j'ai une bonne nouvelle pour nous. La patronne m'a annoncé que si tout allait bien, nous pourrions emménager d'ici deux ou trois mois dans le pavillon du parc. Plus de loyer, tu te rends compte ?

— Oui ce serait super ! Mais je n'aimerais pas vivre à tes crochets, ce n'est pas digne d'un homme ça !

— Tu m'ennuies avec tes histoires de l'ancien temps. Nous sommes mariés, non ? Nous vivons ensemble, non ? Ce qui entre dans la maison est pour nous tous.

Tu admets que je vive grâce à toi, mais tu ne supportes pas le contraire. C'est fou ! Quand comprendras-tu que le monde a changé ?

Yves se tasse sur le fauteuil et bat en retraite ; il n'a ni l'envie, ni la force d'entamer une nouvelle discussion et peut-être, une autre dispute :

— Je ne voulais pas te vexer chérie, tu as raison !

Elle le regarde. Où est-il le grand, le beau jeune homme qui l'emportait sur la plage, qui la faisait chavirer d'un seul regard, qui pouvait la protéger contre le monde entier ? Est-ce bien lui, là ? Ce bonhomme fatigué, petit, misérable, à genoux ?

Marie sent monter en elle une émotion confuse faite de pitié et d'affection. Elle a envie de prendre la tête de son mari dans ses bras, de le sentir s'abandonner contre son corps épanoui de femme forte. Elle se retient. Ne sont-ils pas encore fâchés ? De plus, et elle en est toute étonnée, elle n'arrive pas à se sentir entièrement concernée par cette catastrophe qui roule vers eux. Elle a du travail, elle ! Elle subviendra aux besoins de tous, elle !

À ce moment pourtant, un gros nuage obscurcit la marche triomphante et joyeuse de sa promotion à la tête de sa famille. Elle se souvient d'une façon presque physique qui la fait se crisper, du contact des doigts de monsieur Mario sur sa peau…

Et les paroles de Jacques « Avoir du plaisir grâce à vous ! » reviennent dans son esprit.

Y a-t-il un moyen d'éviter cela ? Pour le moment non ! Ce n'est pas l'heure de faiblir, de faire des manières alors que Yves peut être renvoyé d'un jour à l'autre. Elle n'a plus le droit de se poser trop de questions, de penser sans cesse à elle…

Tant pis, si l'autre cochon la touche à nouveau, elle restera de marbre, froide et morte comme une statue. Sans le vouloir, elle se raidit, s'agrippe au rebord du fauteuil. Elle serre les dents comme si monsieur Mario était déjà là !

Ils dînent presque sans un mot. Cécile a profité de

l'indifférence de ses parents pour continuer à regarder ses dessins animés. Elle non plus ne parle pas. Marie et Yves sont face à face, à peine séparés par la table et pourtant si loin l'un de l'autre. Elle se voit dans le château aux prises avec monsieur Mario, lui dans le bureau de Josper, chacun son monde…

À peine le repas est-il terminé que le mari s'installe devant le téléviseur.

Elle range, couche Cécile et revient. Yves n'a pas bougé. Elle lui lance un petit bonsoir et regagne la chambre. Il lui tarde de se retrouver dans la chaleur du lit. C'est le moment durant lequel, elle se remémore les événements de sa journée. C'est là qu'elle essaie de les comprendre, de savoir si elle a bien réagi.

Ce soir, elle a du mal à penser à elle. Elle se sent coupable de ne pas assez partager l'angoisse et la tristesse de son mari. Elle a conscience de l'aspect dramatique de la situation, mais elle n'arrive pas à le plaindre. Peut-être l'a-t-il trop souvent écrasée de ses glorieux « Qui c'est qui travaille ici ? » alors qu'elle était à la recherche d'un emploi.

Pour se changer les idées, elle pense à la maison du parc. Elle se dit qu'elle pourrait profiter de la complicité de Jacques pour la visiter après le repas de midi… Quand pourront-ils emménager ? Au printemps sans doute, n'est-ce pas la saison des changements ?

L'image du pavillon au bord des arbres amène avec elle celle de monsieur Mario, de ses regards, de ses doigts…

Ne rien faire, ne rien dire, jouer l'indifférence totale. D'ailleurs, peut-être qu'il ne recommencera plus, qu'il a fait ça pour l'éprouver, pour savoir comment elle allait réagir ?

Elle s'accroche un instant à cette idée, mais elle l'abandonne. « Avoir du plaisir grâce à vous ! » Rien n'empêche monsieur Mario de continuer, d'aller plus loin même… Que peut-elle accepter ? Quelle est la limite tolérable au-delà de laquelle elle le giflera et quittera le château ?

De belles, de nobles, de fières tirades enflamment son

esprit, la remplissent de colère et de courage. Elle se voit en train de les prononcer, elle les dit même à voix basse : « Assez ! Je suis une femme mariée et honnête ! » Non, ce n'est pas suffisant. Cela peut laisser croire que si elle n'était pas mariée, elle ne serait pas fâchée.

« Cela suffit Monsieur ! Je vous prie de me respecter ! » C'est mieux, plus ferme, plus digne aussi. Elle peut même être plus directe avec ce cochon, le menacer : « Stop, si vous continuez, je vous gifle ! »

Elle sourit, elle pense à la tête de Mario. Elle préfère ne pas imaginer la réaction de Madame qui sera, elle le sait bien, terrible. Oui ! Ce sont de bien belles phrases, mais au château, elle sait qu'elle n'osera jamais les dire.

Combien de fois dans la vie de tous les jours a-t-elle tu sa colère ou son indignation alors qu'elle pouvait les exprimer sans risque ?

Combien de filles accepteraient, peut-être même provoqueraient les gestes du beau, du riche, du célèbre monsieur Mario ? C'est sûr que le jeu en vaut la chandelle et puis s'il n'y a de sa part aucun sentiment, aucune participation, elle ne fait de tort à personne, elle ne trahit personne…

Elle s'endort apaisée, mais elle s'agite beaucoup par la suite. Elle crie même lorsque, flottant comme un satellite dans l'espace, elle voit passer devant elle, le corps sans mains de monsieur Mario, souriant.

Yves, lui, reste longtemps devant le téléviseur, à regarder sans voir, à écouter sans entendre. Les images et les sons pénètrent dans son esprit, y tourbillonnent quelques instants puis s'en échappent. Peut-être attend-il que son cerveau soit transformé en tambour de machine à laver pour ne plus penser ?

Lorsqu'il s'allonge à côté de sa femme, il prend garde de ne pas la toucher. Il ne veut surtout pas qu'elle se réveille… Il ne pourrait pas supporter une nouvelle discussion…

Au matin, Marie l'observe à la dérobée lorsqu'il se lève. Ses cheveux hérissés, son regard terne lui disent que son époux a passé une mauvaise nuit. Pourtant, à la façon dont il se déplace, elle en conclut qu'il a retrouvé un peu de combativité. Il n'est pas renvoyé puisqu'il part travailler. Les gestes routiniers du matin le rassurent, lui montrent que rien n'a changé, que tout va bien.

Elle aussi d'ailleurs se sent mieux. Elle a passé une bonne nuit. Par le haut de la fenêtre, elle aperçoit un bout de ciel bleu et cette lumière neuve lave son esprit des brumes du sommeil.

*

Même Madame, ce matin, semble de bonne humeur. Lorsque Marie entre dans la chambre, elle est en peignoir assise sur le lit en train de feuilleter une encyclopédie en chantonnant. Elle lève la tête et sourit :

— Bonjour mon petit, je suis en train de chercher des idées de costume pour samedi !

— Vous ne vous habillez plus en Romaine ?

— Pour moi je n'ai pas encore tranché, mais pour vous oui ! En effet, Mario, qui a beaucoup de tact, m'a fait remarquer que vous déguiser en esclave n'était peut-être pas du meilleur goût alors, j'ai pensé à autre chose.

— Vous savez Madame, si vous n'avez pas besoin de moi…

— Mais si ! Mais si ! Je n'y reviendrai pas. Je désire que vous participiez à cette soirée ! Je vous veux près de moi en cas d'imprévu et puis, cela vous amusera ! Que se passe-t-il Marie ? Vous me paraissez soucieuse ce matin…

— Rien de grave Madame, ce n'est rien ! Quelques ennuis personnels !

— Dites-moi tout mon petit ! Vous avez des soucis d'argent ? Votre fille est malade ?

— Non ! Non Madame ! L'entreprise où travaille mon époux est en difficulté, il risque d'être licencié et en ce moment, retrouver un emploi risque d'être long et difficile.

— Bah, ce n'est pas très grave Marie ! En cas de besoin, je demanderai à mon mari de faire jouer ses relations.

— Merci, merci beaucoup madame, je vous en serai très reconnaissante.

— Reconnaissante ? J'espère bien. Vous me le prouverez jour après jour en me faisant confiance, en vous laissant guider. Obéissez, servez-moi, servez mes amis sans rechigner, c'est tout ce que je vous demande !

— Je comprends Madame ! Je vous donnerai entière satisfaction dans mon travail !

— Bien ! Nous verrons cela ! Laissez-moi chercher s'il vous plaît !

Même si Valérie n'a pas l'air pressée de prendre son bain, Marie commence à le préparer. Elle est soulagée. Il est certain que si Monsieur s'en mêle, Yves aura vite fait de retrouver un emploi.

Elle a tout de même eu beaucoup de chance, elle a trouvé une place en or. Soudain, le bruit des pages de l'encyclopédie cesse et Madame, ravie, relève la tête.

— Écoutez cela Marie !

« *Les riches Égyptiennes portaient un pagne de lin blanc plissé, serré à la taille par un cordon étroit en guise de ceinture. Ce pagne était recouvert par une tunique à manches appelée calasiris. Elles aimaient les tissus fins, légers, transparents. Alors que la partie inférieure du corps était cachée, elles découvraient largement les épaules et la poitrine.*

Elles avaient des coiffures torsadées ou nattées, se fardaient les yeux et les lèvres, se peignaient les ongles. Leurs bijoux étaient des colliers de turquoise et des bracelets de perles. »

C'est amusant, je cherche quelque chose pour vous et ceci me paraît fait pour moi. Qu'en pensez-vous ?

— Je n'ai pas tout compris. C'est un peu compliqué, mais je suis sûre que cette tenue vous ira à ravir !

— Compliqué ? Allons donc ! Je donnerai le livre à la couturière et elle se débrouillera. Elle a déjà fait des costumes bien plus sophistiqués ! Pour le reste, c'est vrai, je me vois très bien en Égyptienne. N'en parlons plus, ce sera mon déguisement.

— Et moi ? Comment comptez-vous me travestir ?

— Oui… Vous… Je vais revenir à une de mes premières idées. Vous serez en rat d'hôtel, vous savez ces malfaiteurs qui écument les appartements ?

— Oui Madame !

— J'ai retrouvé la tenue complète, justaucorps et bottines noires que j'avais utilisée il y a longtemps. Vous porterez un loup et vous dissimulerez vos cheveux sous un foulard.

— Un justaucorps ? Pour une soirée ? N'est-ce pas un peu… osé ?

— Osé ? répète Madame en éclatant de rire. Vous ne vous rendez pas compte mon petit ! Si cette soirée ressemble aux précédentes, votre habillement sera d'une rare décence, croyez-moi ! De plus, vous m'avez l'air suffisamment bien faite pour ne pas être ridicule. Tenez, nous allons en avoir le cœur net, vous allez l'essayer sur-le-champ !

Gênée, mais n'en laissant rien paraître, Marie se déshabille sous le regard attentif de madame. Elle garde culotte et soutien-gorge, mais elle doit enlever ce dernier trop visible sous le justaucorps.

— Il vous faudra mettre un string noir. À part cela, j'avais raison, c'est très joli !

Quoiqu'en dise Madame, Marie se sent nue. Elle se dit qu'elle n'osera jamais porter cette tenue devant une centaine de personnes même si le tissu léger qui épouse à merveille les lignes de son corps la sculpte et met en valeur ses courbes et ses rondeurs. Valérie s'approche, tourne autour d'elle et, d'un doigt, effleure ses fesses en riant.

— Cela vous va à ravir ! Vous êtes très attirante, vous allez avoir un succès fou !

— Je n'aurai jamais le courage de porter cela ! murmure Marie, tête baissée.

— Ne soyez pas ridicule ! D'une part, vous serez masquée et d'autre part, personne ne vous connaît. Vous ne risquez donc pas d'être reconnue. De plus, sachez

Marie qu'il y a une règle que nous ne transgressons sous aucun prétexte, les masques ne sont jamais ôtés. Si vous le désirez, vous ne serez ni travestie, ni masquée, mais évoluer ainsi au milieu des déguisements est une chose très difficile à vivre !

— Vous croyez ? demande Marie qui entrevoit là une possibilité d'échapper au justaucorps.

— Et puis non ! Oubliez ce que je viens de dire ! Si l'on vous aperçoit trop souvent à côté de l'Égyptienne, je serai vite démasquée et ma soirée sera gâchée. N'en parlons plus, vous porterez ceci !

— Bien Madame !

— Au fait, j'oubliais de vous dire. Pour éviter tout impair, pendant la soirée, si j'ai besoin de vous, je vous appellerai… Jade !

— Jade ?

— Oui ! Pourquoi pas ? C'est un prénom qui me plaît et de plus j'ai quelques connaissances qui le portent. Cela entretiendra la confusion ! Jusqu'à la soirée, pour m'habituer, je vous nommerai ainsi ! Tâchez vous aussi de vous y accoutumer !

— Bien Madame !

— Vous pouvez faire couler le bain à présent Jade !

.10.

Les jours suivants sont consacrés aux préparatifs de la fête. Le château est envahi par des livreurs, des artisans. Marie – non Jade ! – happée par le tourbillon, participe elle aussi à l'agitation générale. Au fur et à mesure que le samedi approche, elle est heureuse de faire partie des invités même si c'est pour servir madame. Elle sera masquée alors…

Le soir, elle s'endort avec dans la tête, les hiératiques figures du carnaval de Venise ou bien les beaux valseurs souriants des bals viennois… Elle aimerait bien raconter tout ce qui se passe, tout ce qui se prépare, mais elle ne peut pas. Cécile est trop petite, Yves boude et Jacques est surchargé de travail.

Elle a voulu aller chez lui boire un café ce jeudi, la porte était fermée. Elle n'a pas osé utiliser son sésame. Finalement, ce qui manque à son bonheur, c'est de pouvoir le partager…

Parfois, il lui arrive aussi de penser à son justaucorps si fin, si moulant. Elle se voit un instant presque nue au milieu de gens qui la lorgnent sans retenue, qui la caressent même, mais cela ne dure pas. Elle sera masquée, anonyme, impossible à reconnaître.

Lorsqu'elle rentre, il lui semble qu'à la maison, tout se déroule au ralenti. La vie de Jade est riche, pleine de courses en ville et dans le château, de surprises, d'émerveillements. Celle de Marie est calme, silencieuse, routinière, pauvre.

Cécile goûte. Cécile regarde la télévision. Cécile lit la page de son livre de classe. Cécile dîne. Cécile s'endort. Yves rentre en marmonnant bonjour. Yves se douche. Yves boit son café. Yves regarde la télévision. Yves dîne. Yves regarde la télévision. Yves se couche.

Depuis l'annonce de son possible licenciement, il en veut au monde entier, il boude. Marie se demande s'il lui fait la tête parce qu'elle n'a pas assez compati ou bien parce qu'il est jaloux de son travail…

Dans tous les cas, ils ne se parlent presque pas. Ils se disent toutes ces paroles « Bonjour ! À ce soir ! Ça va ? Il fait froid ! Je suis crevé ! La petite a sommeil ! Il manque un peu de sel ! » que l'on utilise quand on a rien à se dire. Malgré cela, elle croit comprendre que le patron ne lui a plus reparlé de licenciement.

Yves ressemble à un condamné à mort qui se met à croire que le bourreau l'a oublié. Chaque jour, il relève un peu plus la tête. Peut-être même ne pense-t-il plus du tout à la menace. Pourquoi alors continue-t-il à se taire ?

Cela ne gêne pas trop Marie. Puisqu'elle ne peut pas parler de la fête à venir qui occupe toutes ses pensées, elle n'a pas grand-chose à lui raconter. Elle aimerait pourtant qu'ils soient réconciliés avant samedi. Pourquoi ? Peut-être pour partir le cœur plus léger ?

Elle n'a pas reparlé de ce fameux soir. Parfois, elle se demande s'il y pense encore. Il va falloir le lui rappeler. Plus tard... le plus tard sera le mieux.

Elle ne va pas lui expliquer la fête, la soirée masquée, il serait fou de rage… Elle lui parlera d'un grand repas, elle lui dira qu'elle est réquisitionnée pour donner un coup de main aux cuisines ou au service. Il l'acceptera mieux.

Elle croyait que sa maison, sa famille resteraient toujours le centre de son univers. Elle se rend compte que, peu à peu, le château prend une place de plus en plus grande dans son esprit. Même lorsqu'elle est avec les siens, elle pense à sa vie là-bas.

Peut-être aussi est-ce pour cette raison qu'elle désire

se réconcilier avec Yves. Elle lui en veut pourtant. En lui interdisant de parler de son travail, il l'oblige à séparer les deux mondes dans lesquels elle évolue. En boudant, il rend la vie de famille triste, presque misérable. Le château en fête en apparaît d'autant plus attirant.

Il y a Marie épouse fidèle et conciliante, mère attentionnée de Cécile, vivant chichement dans un appartement exigu et triste. Il y a Jade, dame de compagnie de Madame Valérie Colin Vasseur passant ses journées dans un luxueux château et côtoyant les puissants.

Ici la morale et la loi, là-bas, la volonté et le bon plaisir de Madame.

Jade… Si elle disait à son mari qu'au château elle s'appelle Jade et que ce prénom ne lui déplaît pas, il lui répondrait qu'ils sont fous et qu'elle aussi le devient…

Elle sourit. Elle se sent coupable d'aller travailler un samedi soir ! Elle est obligée, elle n'a pas le choix et pourtant elle se culpabilise. En fait, c'est pour cela qu'elle veut faire la paix avec son époux avant de partir au château. Elle ne veut pas ajouter une peine à une autre…

Le samedi matin, lorsqu'elle se réveille, rien ne bouge dans la maison. Il est à peine huit heures, Cécile dormira au moins encore une heure. Marie se love contre le corps chaud de son mari qui lui tourne le dos et se met à le caresser.

Ils font l'amour, épié par un vif rayon de soleil qui illumine la chambre. Même si elle s'étonne de ne pas avoir eu plus de plaisir, elle est heureuse pour lui. Ils restent enlacés un moment. Elle murmure pour entamer la conversation :

— On est bien là, non ?

Il fait oui de la tête. Ses yeux suivent les grains de poussière en suspension dans la lumière.

— Tu veux pas me parler ? Tu me parleras plus jamais ? demande-t-elle en souriant.

Yves secoue la tête et l'embrasse. D'ordinaire, quand il fait beau, ils vont passer le samedi à la campagne, chez ses parents qui habitent une petite ferme à une cinquantaine de kilomètres de Toulouse.

Là-bas, il va boire un verre au café pour retrouver quelques camarades de jeunesse puis, après le repas, il entreprend de menus travaux dans la grange ou le jardin en discutant rugby avec son père.

Marie, elle, occupe sa journée à surveiller Cécile qui disparaît à tout moment à la poursuite des canards et à écouter sans bâiller l'interminable énumération des malheurs et maladies de sa belle-mère.

Cette campagne ne ressemble en rien à celle du Languedoc sec de son enfance. Ici, il y a des ruisseaux et leurs nappes d'eaux claires, des fleurs et des grands champs. Ici, tout est vert et doux, même les petites éminences molles posées çà et là sur la plaine.

Les pensées de Yves ont dû suivre le même cheminement, car il déclare en s'étirant :

— Il fait beau ! On pourrait aller à Sastren. Qu'est-ce que t'en dis ?

— Oui, ce serait bien, mais c'est aujourd'hui que je suis coincée pour le repas. Je dois être au château à dix-sept heures précises !

— Ah oui, c'est ce soir cette connerie ! En parlant, il se rembrunit et enlève sa main qui s'endormait sur la hanche chaude de sa femme.

Marie cependant renchérit sur la proposition de Yves :

— Tu sais mon chéri, c'est une bonne idée ! Tu devrais y aller avec la petite ! Vous pourrez même y rester pour manger ce soir ! Moi je risque de rentrer tard.

— Ouaih ! C'est pas bête ! Puisque tu nous abandonnes, je ne vois pas pourquoi on passerait la journée à t'attendre ! Peut-être même qu'on y dormira, comme ça tu rentreras quand tu voudras, tu n'auras pas à te cacher !

Ne pas se mettre en colère, rester calme ! Marie ajoute :

— Tu peux prendre la voiture, je me débrouillerai !

Elle n'a pas osé lui dire que Jacques est chargé de venir la chercher. De nouveau Yves lui tourne le dos. Le bonheur des samedis matins ensoleillés s'en est allé. Un nuage estompe le rayon, la chambre soudain s'assombrit.

— Et tu reviens quand ? demande-t-il.

— Je ne sais pas ! Tard sûrement, parce qu'après il faudra tout ranger. Ne t'en fais pas, je récupérerai les heures ou ils me les paieront !

— Oui ! Tu parles !

Marie se lève. Elle se réfugie sous la douche où elle reste longtemps.

La matinée s'étire. Les samedis, c'est Yves qui s'occupe de Cécile. Ils jouent tous les deux sur le tapis. De les voir ainsi, front contre front et riant de bon cœur lui donne mauvaise conscience. Elle est la vilaine mère qui abandonne – c'est ce qu'il a dit ! – son foyer.

Elle secoue la tête et se lance dans la préparation du déjeuner. Déjà son esprit a quitté l'appartement, il est au château. Maintenant, il lui tarde que Yves et Cécile s'en aillent. Elle a envie d'être seule, pour être libre de penser à la soirée sans se culpabiliser.

Lorsqu'enfin, ils partent après le repas, Marie embrasse sa fille, mais lui, se détourne d'elle quand elle s'approche. Elle ne dit rien, hausse à peine les épaules. Sur le pas de la porte, elle entend Cécile demander :

— Et maman, elle vient pas ?

La réponse de son époux lui parvient mal, Marie ne sait pas s'il a dit : « Elle peut pas ! » ou « Elle veut pas ! »

Elle opte avec rage pour la seconde hypothèse.

Enfin, elle va pouvoir se consacrer à elle, prendre son temps, se préparer le mieux possible. Pour le plaisir, mais surtout pour se défaire de la tension, elle reprend une douche. Elle se maquille avec soin, peint ses ongles et se parfume. L'image renvoyée par le miroir est plutôt jolie. Cendrillon s'est faite belle pour aller au bal du château…

Elle met son vieux blue-jean et un pull à col roulé, fourre un string noir dans son sac et, de la fenêtre, se met à surveiller la rue. Jacques ne tardera pas.

Et s'il ne vient pas ? Et si Madame au dernier moment

a décidé de se passer de ses services ? Sera-t-elle soulagée ou contrariée ? Plutôt contrariée ; maintenant, elle est prête. Elle est même impatiente de se retrouver là-bas.

*

Jacques arrive avec cinq minutes d'avance. Il n'est pas question qu'il voie le petit appartement triste dans lequel elle vit ! Elle descend l'escalier quatre à quatre. Elle sort au moment où il allait sonner.

— Bonjour Marie !

— Bonjour Jacques ! Alors comment c'est, là-bas ?

— Je suis content de te voir ! Cela fait longtemps qu'on ne s'est pas parlé… Pour le reste, c'est calme. Tu sais, le calme avant la tempête !

— La tempête ? Pourquoi tu dis ça ?

— Ben parce que ces soirées sont parfois agitées. Quand ils sont déguisés, les gens se permettent de faire un peu n'importe quoi… Nous sommes trois à veiller à ce que tout se passe bien. Nous sommes travestis en policiers, style Dupont et Dupont. Ça, c'est l'humour de Madame !

— Ah bon ! s'étonne Marie un peu inquiète.

— Et toi, tu seras comment ?

— En rat d'hôtel ! C'est amusant ! Tous les deux, on va jouer au gendarme et au voleur !

— Oui !

Il fait démarrer la voiture et, comme d'habitude, se concentre sur la conduite. Il ne dit plus un mot jusqu'au château. Avant de descendre, elle lui annonce :

— À propos, je suis venue boire un café l'autre jour autour de midi !

— C'était toi ? Ça me fait plaisir… J'ai vu que quelqu'un était passé !

— Comment tu le sais, je ne suis pas entrée !

— J'ai mes petits secrets Marie… Il faut laisser passer la soirée, ce sera plus calme ensuite. On pourra se voir à nouveau. Là tu vois, j'ai roulé toute la semaine… Je dois avoir traversé cent fois la ville dans tous les sens. Crois-moi, il me tarde de te retrouver, de discuter avec toi ! dit-il en posant sa main sur celle de la jeune femme…

Avant de fermer la portière, elle lui lance :

— Tu sais qu'au château, je m'appelle Jade ?

— Oui, Madame me l'a dit. Moi je préfère Marie !

Elle sourit et s'éloigne à pas pressés. Malgré les affirmations de Jacques, le château connaît déjà une grosse agitation. Coursiers, serviteurs, premiers invités se croisent et se pressent dans le hall.

Marie, sans se faire remarquer, rejoint les appartements de Madame. Celle-ci, qui l'attendait, l'interpelle dès son arrivée.

— Ah Jade ! C'est bien, vous êtes à l'heure ! Quelques recommandations avant de passer au déguisement. La plus importante… Il n'est pas question que vous restiez toute la soirée à mes côtés comme un chien fidèle ! Je veux que de temps en temps vous soyez à portée de ma vue afin que je puisse vous faire un signe si j'ai besoin de vous !

— Bien Madame !

— Autre chose ! Vous êtes masquée et travestie, je suis la seule à savoir qui vous êtes ! Les autres vous prendront pour une invitée déguisée en rat d'hôtel, un point c'est tout. Par conséquent, faites comme tout le monde : dansez, amusez-vous, buvez, mangez ! Les masques ont tous les droits !

— Oui Madame !

— Enfin, je vous recommande la plus grande discrétion sur ce que vous verrez ou entendrez pendant la fête. Cela ne regarde personne à l'extérieur du château !

— Madame peut compter sur moi !

Valérie ferme la porte à clef et prend dans la penderie un grand carton blanc. Lorsqu'elle l'ouvre, Marie reste bouche bée devant la beauté et la finesse des tissus.

L'habillage de Madame prend beaucoup de temps. Comme elle veut que tout soit conforme à la vérité, il faut sans cesse se référer à l'article de l'encyclopédie.

La couturière a fait des merveilles. Elle a suivi à la lettre toutes les indications données. Ainsi, les seins de Madame bien ronds, bien hauts, fleurissent sous des voiles transparents qui partent des épaules et se croisent sur son nombril. Un long pagne immaculé ondule jusqu'à ses chevilles. Deux grandes nattes brunes torsadées coulent dans son dos.

Madame se maquille lourdement les yeux, les étire d'un trait bleu nuit, dore un peu son visage, épaissit de rouge vif ses lèvres. Elle a même trouvé chez un accessoiriste de théâtre, des copies de bijoux égyptiens. Ainsi vêtue, coiffée, maquillée, parée, elle est superbe. Elle va et vient dans la chambre, s'arrête devant la grande glace en pied, puis repart. Elle prend un loup de satin blanc et l'essaie.

— Qu'en pensez-vous Jade ?

Marie qui ne peut s'empêcher d'admirer sa beauté, son port, sa grâce, répond en toute sincérité.

— Vous êtes magnifique !

— Oui ! C'est assez réussi ! J'ai eu une excellente idée ! Bien Jade, vos affaires sont dans la penderie ! Préparez-vous et ne perdez pas trop de temps ! Il y a déjà des invités et je risque d'avoir très vite besoin de vous ! Moi je descends…

Marie regarde par la fenêtre ; de nombreuses voitures sont garées sur le terre-plein et d'autres avancent au pas dans l'allée. Elle va chercher son habit, referme la porte que Madame a laissée ouverte et se change.

Le justaucorps lui va bien et les bottines sont confortables. Elle cache ses cheveux sous un foulard noir qu'elle noue à la façon des corsaires puis met un loup de la même couleur muni d'une voilette légère qui dissimule le bas de son visage.

Lorsqu'elle se regarde dans la glace, vêtue de noir de pied en cap, elle est plutôt satisfaite de son image, d'autant plus que le foulard et le voile la rendent méconnaissable.

Bien sûr, on peut distinguer ses seins et le tissu souple

épouse toutes ses formes, surtout ses fesses charnues. Elle rasera les murs, se tiendra contre les meubles ou bien demeurera assise.

Elle entend des gens bavarder dans la cour. Les voitures forment une haie ininterrompue dans l'allée principale. Marie s'assied sur le lit. Son cœur tape fort. Se calmer, se dire qu'il ne peut rien lui arriver ici…

Elle prend une grande inspiration, entrouvre la porte et, comme un plongeur dans l'océan, se lance dans le château. Pour descendre, elle utilise l'escalier de service. Elle ne rencontre personne et se retrouve ainsi dans le parc. Il ne lui reste plus qu'à emprunter l'entrée principale et se diriger vers le grand salon qui est le centre névralgique de la fête.

Elle baisse la tête et s'avance dans la lumière. Le contrôle des invitations est fait au portail. Ici, on ne demande rien. Le majordome en grande tenue s'incline vers elle pour la saluer d'un majestueux « Bonsoir madame ! » auquel elle répond par un signe de tête.

La voilà dans la place. À peine entrée, elle repère un policier qui semble tout droit sorti des albums de Tintin. Est-ce Jacques ? Non, trop grand, trop mince…

Il y a beaucoup de monde dans le hall. Elle sent des regards sur son corps, presse le pas. Des haut-parleurs invisibles diffusent une musique douce qui enveloppe le brouhaha des invités. Elle hésite un instant avant de se lancer dans le grand salon.

Elle est tout heureuse de constater que son entrée ne soulève aucune réaction particulière. Elle aperçoit Madame qui, d'un signe discret, lui demande de prendre un verre. Elle acquiesce et s'approche du bar où on lui offre aussitôt une coupe de champagne.

Nouveau sujet de satisfaction, les serveurs ne l'ont pas reconnue. Elle éprouve une joie un peu trouble à se faire servir par ces gens qui l'ont méprisée et humiliée lorsqu'elle est arrivée au château.

Quelle promotion ! Elle est de la fête en tant qu'invitée ! Si les autres employés le savaient, ils en seraient malades de jalousie !

Tout en surveillant les faits et gestes de la belle Égyptienne, elle s'installe sur un fauteuil dans un coin un peu sombre de l'immense pièce. Elle est bien là. Elle peut observer tout à loisir les hôtes du château.

Elle se dit qu'il n'y a rien d'étonnant à ce qu'elle passe inaperçue tant sa mise paraît terne par rapport aux somptueux déguisements qui vont et viennent dans le salon.

Madame discute avec un général romain dont la toge de pourpre balaie le sol. Un maharadja couvert de bijoux traverse la pièce, suivi par deux magnifiques esclaves aux seins nus.

Des courtisanes en grandes robes scintillantes accompagnent un fier Louis XIV à la longue perruque bouclée.

Une danseuse de flamenco superbement cambrée s'approche du buffet. Des marquis et des marquises rient à gorge déployée près d'une fenêtre.

L'œil cruel, les crocs saillants, un vampire passe, enroulé dans une longue cape de satin rouge sang. Il suit une hôtesse de l'air toute de bleu vêtue, calot incliné sur le côté, mini-jupe et talons hauts.

Tous les rêves se pressent et se côtoient : hippies, cardinaux, moines, clowns, Charlot, Sinatra, Presley, mousquetaires, Catwomen, gladiateurs, Cléopâtre, colombines et arlequins, rois, starlettes et vieillards, somptueux costumes vénitiens aux masques vides et graves, bourreaux, danseuses orientales, magiciens...

Les déguisements sont soignés dans les moindres détails. Les invités portent un loup ou un masque qui leur laisse la bouche libre, des habitués à coup sûr.

Soudain, des hurlements éclatent vers l'entrée. Un groupe de loubards, crânes rasés, cuirs noirs, doc martens et chaînes fait irruption dans la salle. Les gens s'écartent, rient, applaudissent.

Le chef de bande se précipite sur une femme fleur en jupe écossaise, lunettes rondes et grandes nattes blondes. Il la saisit par le bras, l'embrasse à pleine bouche et la repousse. Elle sourit et applaudit à son tour.

Marie se tasse sur son fauteuil. Elle aimerait être invisible. Peut-être l'est-elle car personne ne s'intéresse à elle. La voici sur le point d'être tout à fait rassurée lorsqu'un squelette fluorescent se campe sans un mot devant elle, la fixe un instant et poursuit sa route.

Sa coupe est vide, elle est à nouveau mal à l'aise. Elle se fait violence pour aller en chercher une autre. Elle va revenir à sa place quand elle se rend compte que Madame a disparu. Il lui faut la retrouver.

À regret, elle se mêle à la foule travestie et fait le tour du salon. L'Égyptienne n'est pas là. Marie doit aller voir à côté, dans la salle des jeunes.

Le martèlement mécanique d'une batterie la saisit dès l'entrée et résonne en elle. On n'entend que lui. Au milieu de la pièce, une fille au corps peint de fleurs et de dragons s'enivre de musique. Les jeunes se pressent autour du bar. Marie reconnaît vite l'odeur douce et entêtante du haschisch.

Soudain, un grand gaillard, général sudiste de la guerre de sécession surgit devant elle.

— Belle voleuse ! Accordez-moi le privilège de boirc avec vous ! déclare-t-il en lui tendant une coupe sans attendre de réponse.

Elle la saisit, remercie et comme il attend, elle la vide d'un trait et la lui rend. Il claque les talons, salue et disparaît.

Marie se retourne vers la piste. D'autres danseuses ont rejoint la fille au corps peint. Parmi elles, une belle égyptienne se démène et c'est étrange de la voir exécuter cette danse moderne habillée de vêtements si anciens.

Marie s'appuie contre une commode. Le champagne chante dans sa tête. Madame s'arrête de danser et lui fait un petit signe. Marie s'en approche assez près pour l'entendre murmurer sur un ton réprobateur :

« Allons Jade, ne restez pas plantée là comme une cruche ! Bougez, dansez, amusez-vous que diable ! Prenez une coupe, cela vous donnera du tonus ! »

Se disant, elle hèle un serveur.

— Buvez Jade ! Buvez et amusez-vous ! Tout va bien, je n'ai pas besoin de vous ! Profitez de la fête !

Madame quitte la pièce, Marie s'assied sur le rebord d'une fenêtre. Elle ferme les yeux, laisse la musique la pénétrer. Elle se surprend en train de battre le rythme avec ses pieds. Elle boit. Chaque bulle de champagne qui éclate en elle éloigne ses peurs, ses retenues. Elle rêve éveillée, elle est bien.

Il y a un instant de silence. Une voix rauque s'élève dans la pièce. Elle la reconnaît tout de suite, car son père l'écoutait souvent. Otis Redding chante un vieux slow.

Le Sudiste réapparaît soudain auprès d'elle. Il la saisit par la main et l'entraîne parmi d'autres couples sur la piste.

Otis chante. La voix sauvage et la musique lente, lourde, syncopée, s'enfoncent dans son cœur et le font frissonner.

Les lumières s'éteignent. Il ne reste plus que deux projecteurs bleus. Les silhouettes, les ombres, les fumées palpitent dans leur lueur tremblante et douce.

Le Sudiste pose ses mains sur ses hanches et la dirige dans un glissement ininterrompu. Depuis quand n'a-t-elle pas dansé avec un inconnu ? Cinq ans ? Dix ans ? En fait, elle ne sait plus.

Son premier slow, c'était à Mersac, pour le 14 juillet, sur la place. Il s'appelait Marc. Elle avait honte. Elle riait beaucoup. Elle avait quinze ans…

Son dernier, c'était avec Yves. Ils étaient à Saint Pierre, sur la terrasse d'un café. Elle regardait ciller les étoiles à travers les vieilles branches grises d'un pin parasol.

L'été… Yves et ses copains… La mer, la nuit et son silence brillant… La plage encore chaude du soleil de la journée…

Autour d'eux, des couples s'étreignent. L'homme l'attire vers lui, la plaque contre son corps. Elle se laisse emporter un instant. Au moment où elle va s'écarter, il se penche vers elle.

Ses lèvres effleurent son visage. Il murmure :

— Belle voleuse, vous avez un corps magnifique ! J'ai très envie de vous faire l'amour ! Vite ! Vite ! Dites-moi oui, ce soir, tout est permis !

— Non ! Non ! Je ne peux pas !

— Et pourquoi donc ? Je vous observe depuis quelque temps, vous êtes seule… À moins que vous n'aimiez pas les militaires…

Elle bafouille :

— Oui je suis seule, mais mon ami ne va pas tarder. Je m'excuse, il est… jaloux !

— Je le comprends tout à fait, l'heureux homme ! Quand on a un trésor tel que vous, on n'a pas envie de le partager !

Il desserre son étreinte, pose un baiser sur ses lèvres et s'éloigne en souriant.

Elle rejoint sa fenêtre refuge, plus surprise que fâchée. Il lui a dit qu'elle était belle… Elle se sent bien malgré ce baiser volé. Elle est belle ! Elle ne craint personne. Enfin, presque... Il lui faudra éviter ce Général ou trouver un gentil cavalier, sinon il risque de revenir à la charge et elle sera bien ennuyée pour le repousser…

Elle repasse dans le grand salon. Tout va bien. Madame discute avec un Tarzan magnifiquement musclé. Les serviteurs vont et viennent parmi les invités avec des plateaux chargés de toasts. Elle s'enhardit, picore au passage, saisit une coupe.

Champagne ! Quoi de plus naturel ? Elle savoure à petites gorgées, à petites lampées. Elle se dirige avec nonchalance vers le buffet, se mêle à la foule qui l'entoure.

Il se met à neiger des confettis, des serpentins déroulent leur arc-en-ciel coloré dans les airs. L'un d'eux glisse sur son épaule et étire son doigt bleu jusque dans son verre. Avant qu'elle n'ait le temps de l'ôter, une main gantée de rouge l'arrête.

— Permettez madame !

Elle se retourne et se retrouve visage contre visage

avec un superbe mousquetaire aux longues moustaches raides et pointues qui lui tend une nouvelle coupe. Elle le remercie d'un sourire.

— Un gentilhomme se doit de secourir la veuve et l'orphelin ! s'exclame-t-il.

En baissant sa voix, il poursuit :

— Entre nous, je préfère, et de loin, servir les veuves surtout lorsqu'elles sont jolies comme vous !

Elle rit de bon cœur et répond :

— Hélas, je ne suis pas seule !

L'homme a un geste fataliste et s'éloigne sans insister davantage. Marie le regarde partir. Les gens sont gentils, pense-t-elle. Ils ne s'embarrassent guère de manières, mais n'essaient pas de séduire à tout prix ; c'est oui ou non et puis voilà.

Cette franchise la choque et la rassure en même temps. Elle apprécie la résignation rapide de ses prétendants. Elle aime cette façon de faire sans détour, sans hypocrisie. Elle aime le champagne qui allume des lumières de Noël jusque dans son esprit.

Elle est belle, la vie est facile et heureuse, le monde est beau.

Elle aperçoit sur un guéridon, un paquet de cigarettes blondes à côté d'un briquet. Elle en prend une, l'allume. Il y a longtemps qu'elle n'a pas fumé. Sa tête tourne dès les premières bouffées, elle s'appuie contre le mur.

À ce moment, Madame passe devant elle et, sans la regarder, lui demande :

— Vous vous amusez Jade ?

— Oui Madame, beaucoup !

— Vous avez bien de la chance ! Rejoignez-moi dans la chambre, je veux mettre de l'ordre dans mes vêtements.

— Je passerai par l'escalier de service !

— Bonne idée ! approuve Madame avant de s'éloigner.

Marie, admirative, la suit des yeux. Droite, belle,

blanche, Valérie fend la foule comme un voilier déchire la mer.

Elle attend un peu puis, à son tour, traverse la salle. Au premier étage aussi, il y a des invités qui déambulent dans les couloirs.

Elle arrive dans les appartements de Madame et enlève son loup. Celle-ci est en train de se regarder devant la glace.

— Venez m'aider s'il vous plaît ! Même si cette soirée est assommante, je ne veux pas avoir l'air d'une momie ! Vous aussi vous vous ennuyez ?

— Non Madame, pas du tout ! Je trouve l'ambiance très agréable !

— C'est la plus mauvaise fête depuis quatre ou cinq ans. Les invités ne pensent qu'à boire et à manger ! Aucun ne s'amuse vraiment !

— Je n'ai jamais vu réunis ensemble autant de beaux costumes ! J'ai l'impression de me promener dans un film ou dans un conte !

— Oui ! Oui ! Dans le tiroir, il y a des cigarettes ! Allumez-m'en une et servez-vous si vous voulez !

— Merci Madame !

Celle-ci inspecte sa tenue.

— Bien, c'est mieux ! Je redescends, attendez un moment avant de faire de même !

— Oui Madame !

Peu après, Marie se hâte dans le couloir. Elle se heurte presque à un Zorro de fort belle allure.

— Oh là ! Où court si vite cette petite souris que je ne connais pas ?

Elle reconnaît la voix de monsieur Mario. Elle ne répond pas et tente de s'esquiver. Il la rattrape par la main.

— Et si la petite souris était un vrai rat d'hôtel ?

Elle fait non de la tête.

— Vous ne voulez pas me parler ? C'est donc que nous nous connaissons !

Elle opine.

— Vous êtes une énigme pour moi ! Cela m'étonne de ne pas reconnaître au premier coup d'œil une femme aussi bien faite que vous ! Par pitié, dites-moi un seul mot ! Il est vrai pourtant que votre silhouette et la forme de votre visage ne me sont pas inconnues.

Tout en parlant, il pose sa main sur l'épaule de Marie. Savez-vous que ce soir tout est permis ?

Elle est au supplice. Elle ne peut pas parler sous peine d'être dévoilée, elle ne peut non plus se débattre ou griffer. Elle esquisse un vague sourire.

Les doigts gantés de Mario effleurent son cou, en font le tour et se posent sur son sein gauche.

— Comme votre cœur bat vite ! remarque-t-il.

Elle a un mouvement de recul.

— On est muette, mais gentille, j'aime beaucoup !

Il se déplace un peu pour mieux la caresser. Elle pivote sur elle-même et s'enfuit en riant. Il ne la poursuit pas.

Elle dévale l'escalier, soulagée, heureuse comme un enfant qui a réalisé un bon tour. Elle saisit une coupe et, tout essoufflée, s'appuie contre un mur. Elle repense à Mario et sourit. Jacques a raison : ces gens n'obéissent à aucune morale, ils agissent selon leur plaisir sans se demander si leur action est bonne ou mauvaise.

Son attitude aujourd'hui montre bien que l'autre matin, quand il lui a caressé la jambe, il ne cherchait pas à l'humilier, simplement il en avait envie. Il n'aurait pas dû le faire, mais l'absence de calcul dans son geste le rend plus anodin, plus facile à accepter. C'est un enfant qui désire tout ce qui lui plaît…

Elle reste un long moment, yeux dans le vide, immobile, sa coupe à moitié pleine à la main. Un serviteur qui lui propose des toasts la sort de sa torpeur. Elle en prend un au hasard et décide de changer de salle pour ne pas se laisser engourdir par le sommeil ou le champagne.

Pénombre, haschisch, fumée, musique douce. Des couples vautrés sur les fauteuils s'enlacent, d'autres s'embrassent, danseurs immobiles au milieu de la pièce.

« Ce soir tout est permis », lui a-t-on répété déjà deux ou trois fois. La soirée va-t-elle se terminer en orgie ? se demande-t-elle tout effrayée. Elle partira. Elle profitera d'un moment où Madame sera absente pour s'esquiver. Personne ne remarquera sa fuite.

L'ennuyeux, c'est que Jacques ne pourra pas la ramener chez elle puisqu'il sera encore de garde. Bah, elle verra. Peut-être qu'on la laissera tranquille… Jusqu'à maintenant, les hommes n'ont pas été trop pénibles et puis… s'il y a beaucoup de femmes qui acceptent leurs avances, ils ne viendront pas perdre leur temps auprès de celles qui les refusent…

Mal à l'aise, elle se hâte de changer de pièce.

Dissimulés derrière une tenture, une belle Égyptienne et un fringant Zorro l'observent avec des yeux brillants comme des oiseaux de proie.

— Pas mal, n'est-ce pas mon cher ?

— Magnifique… et le sein ferme ma chère !

— Tiens donc ! Vous l'avez vite reconnue ?

— Oui bien sûr ! Tout de suite ! Ne serait-ce qu'à ses allures effarouchées, je ne pouvais pas me tromper. Elle aussi d'ailleurs. Elle doit m'avoir identifié à ma voix et mon accent. C'est très bien comme cela.

— Cette tenue lui va bien, je l'avoue ! J'en serai presque jalouse !

— Ne craignez rien ma chère ! Vous êtes la plus belle de la fête ! Pour Marie, si vous n'y voyez pas d'inconvénient, j'aimerais bien poursuivre son dressage dès ce soir !

— Faites ce que vous voulez ! N'est-ce pas vous le spécialiste ?

— C'est peut-être le moment de l'habituer à mon contact…

— Attendez un instant, je vais vous aider. Elle fait un petit geste autoritaire et aussitôt un serviteur accourt auprès d'elle.

— Voyez-vous là-bas sur la banquette cette fille déguisée en rat d'hôtel ? Veillez à ce qu'elle ne reste jamais sans une coupe pleine dans les mains !

Tandis que le domestique s'éloigne, Valérie se tourne vers Mario :

— Le jeu vous amuse-t-il toujours autant ?

— Plus que jamais ma chère. Heureusement qu'elle est là, on s'ennuie à mourir ici !

— J'ai demandé à ce qu'elle soit servie dès qu'elle a vidé sa coupe. Rien ne relaxe mieux que le champagne. Il rend la vie si facile…

— Oui ! Oui ! Qu'elle se détende ! Je pense que ce soir nous allons faire un pas de géant !

— Hâtez-vous lentement mon cher ! Il me reste encore près de trois cents jours pour gagner mon pari.

— N'ayez crainte, je serai prudent ! Dans une dizaine de minutes, demandez une série de slows. Surtout, je les veux torrides !

Valérie sourit :

— Pas de problème ! C'est une excellente idée !

— Ces musiques-là font pleurer les cœurs tendres et fondre les armures les plus résistantes !

— Vous êtes mon meilleur allié mon cher ! Je vous adore ! Bonne chance ! murmure Valérie.

— Encore une chose ma chère… Lorsque vous nous verrez assis après la danse, venez me parler à l'oreille avec un air très ennuyé.

— Je suis à vos ordres mon ami !

Le garçon qui lui présente une coupe ramène Marie à la réalité. Elle la prend, remercie. Zorro surgit devant elle. Elle pense à sa fuite à l'étage. Elle sourit, ce souvenir la met de bonne humeur.

— Enfin, je vous retrouve ma belle et vive inconnue ! Vous ne parlez toujours pas ?

— Non ! fait-elle avec sa tête.

— Cela ne fait rien, je le ferai pour deux.

Il appelle un serveur, prend une coupe. « Si vous

êtes muette, au moins trinquez avec moi ! J'aimerais que nous levions nos verres à la paix sur terre et entre nous deux ! »

Elle sourit et trinque. Au même moment, la fée qui était assise près d'elle se lève. Mario en profite pour prendre sa place et lui saisit les mains.

— Vous comprenez, je ne veux pas que vous vous échappiez à nouveau !

Il la regarde, elle baisse les yeux. Il demande :

— Vous êtes bien sûre de me connaître ?

— Oui ! dit-elle en masquant sa voix.

— Par moment… Vous avez des gestes craintifs, des réactions de recul qui me font penser à une jeune femme qui se nomme Marie… Est-ce vous ?

— Non !

— Cela m'aurait beaucoup étonné de la rencontrer ici ! Elle vous ressemble pourtant… Comme vous, elle a un corps superbe. Son problème c'est qu'elle ne veut pas en profiter. Elle craint de s'abandonner. J'espère bien que ce n'est pas votre cas ?

— Non ! Non ! dit Marie qui tremble d'être démasquée et qui ne sait pas du tout ce qu'elle doit faire.

— C'est dommage pour elle… Je suis sûr qu'elle connaît peu de choses de l'amour. J'aimerais tant l'initier, lui faire goûter des plaisirs qu'elle ignore.

Tout en parlant, il lui presse les mains, les caresse. Marie ne bouge pas.

— C'est tout de même bien ennuyeux de discuter avec une dame muette…

Le silence se fait dans la pièce, les danseurs quittent la piste. Les lumières s'éteignent…

« I still loving you... »

— Voilà enfin de la vraie musique de danse ! s'exclame Mario, vous venez ?

Marie se laisse emporter. Elle ferme les yeux, devient liane souple, flamme ondulante au souffle des sons.

Une grosse boule orange jette sur les danseurs des reflets de soleil couchant. Mario pose ses mains sur ses hanches, et l'attire vers lui. Elle se raidit un instant, tente de résister puis étourdie de champagne, de musique, de souvenirs, elle se laisse aller.

Il danse bien. Elle a l'impression de ne pas toucher le sol, de se diluer dans les accords, de voyager sur la voix du chanteur, de s'éparpiller dans les rayons orange.

À nouveau le silence. Il relâche son étreinte tout en gardant ses mains sur elle.

« Une robe de cuir comme un fuseau... »

Tout de suite, il la colle contre lui. Ils dansent ventre contre ventre, cuisses contre cuisses. Elle se cambre, elle ne veut pas abandonner son buste à l'homme. Elle ne se laisse aller que contre la poitrine de Yves, elle n'enroule ses bras qu'autour du cou de son mari.

Mario, à travers son corps, sent toutes les réticences, les abandons et les révoltes de la jeune femme. Il s'en amuse, jouit de la situation.

Sans brusquerie, il la maintient contre lui, desserre un peu son étreinte, la reprend. Il faut la dompter avec douceur. Ne pas effrayer la jument, ne pas la choquer. Il n'insiste pas sur le torse qu'il sent bien défendu. Il s'applique à danser le mieux possible. Elle lutte pour ne pas s'abandonner, pour ne pas s'appuyer sur l'homme, ni fermer les yeux, ni glisser au fond de la musique.

Elle s'épuise à se tenir raide…

Mario prend conscience qu'elle faiblit. Il chuchote :

« Belle voleuse, vous êtes une merveilleuse cavalière, mais la position de vos bras me gêne, je n'y suis pas habitué ! Passez-les autour de mon cou, nous danserons mieux ! »

Elle obéit, soulagée d'avoir un bon prétexte pour cesser de lutter. Aussitôt, les mains de Mario délaissent les hanches et remontent dans son dos, la plaquent contre sa poitrine. Elle se laisse faire, appuie son front contre l'épaule de l'homme.

La voix, les mots de Léo Ferré emplissent l'espace. La salle houle de couples serrés, dérivant dans la pénombre orange et mélodieuse et chaque danseur est un monde qui tourne sur lui même, retiré des autres, seul avec ses rêves, ses fantasmes, ses passés et ses devenirs…

Jamais la musique n'a été si belle, jamais elle n'a aussi bien dansé et l'homme qui la tient entre ses bras a des gestes doux, et fort apaisants.

Elle est loin, hors de la salle, hors du temps…

Elle est harpe sur laquelle jouent avec douceur des mains qui glissent autour de son cou, descendent jusqu'au bord de ses fesses, s'aventurent vers ses seins.

Mario est aux aguets, attentif aux réactions de sa cavalière. Il ne veut pas que la monture se cabre, mais il aime jouer, il a envie de savoir jusqu'où il pourra aller. Marie sent les caresses, les mouvements des mains, mais cette perception est si floue, si diluée qu'elle préfère l'ignorer. Elle est loin, elle n'est plus maîtresse de son corps, il ne lui appartient plus. Elle nage dans une bulle de bonheur qu'elle ne veut crever à aucun prix.

La chanson se termine, mais ils restent enlacés. Elle n'aurait pas aimé qu'il la détachât de lui...

« Night in white satin... »

La boule orange s'est éteinte, une vapeur de lumière irradie du buffet. Mario s'enhardit. Il appuie ses mains contre le dos de Marie, la fait onduler contre lui. Il les fait glisser sur les fesses, les laisse un instant et les retire. Peu à peu sa bouche s'approche du cou de la jeune femme où son souffle disperse de fins cheveux.

Les mains redescendent, se posent, s'endorment, remontent à peine. Les lèvres effleurent la peau douce, la baisent. Le contact ramène Marie à la réalité. Elle écarte la tête, commence à décoller son corps de celui de Mario au prix d'un effort presque douloureux. Lui la laisse faire, ne tente rien pour la retenir.

À présent, elle a tout à fait conscience des mains de l'homme sur ses fesses, mais elle n'ose pas protester. Elle jette un regard autour d'eux. Malgré l'obscurité elle distingue des couples en train de s'embrasser.

Soudain elle est fatiguée, soudain elle a chaud et soif, soudain elle a peur. Il lui semble que ces slows durent depuis longtemps, trop longtemps. Mario l'a caressée et elle l'a laissé faire. Elle se raidit.

Lui, comprend tout de suite que le charme est rompu. Il repère un fauteuil vide et propose :

« Voulez-vous que nous allions nous asseoir un instant ? »

Elle hoche la tête, reconnaissante. Il la prend par la taille et la dirige vers le siège où il l'installe. Il revient presque aussitôt avec deux coupes, allume deux cigarettes et en glisse une entre les lèvres de la jeune femme.

À nouveau le bonheur la submerge de cette certitude d'être aimée, de cette douce contrainte de se retrouver dirigée, dorlotée, choyée comme une enfant, de cette étrange fierté d'avoir été choisie.

Elle boit d'un trait le champagne frais. Les premières bouffées de cigarette la font tousser, lui font à nouveau tourner la tête.

Mario, tout sourire, lui tend sa coupe :

— Dites, belle voleuse, pouvez-vous faire une petite place à un Zorro fatigué ou bien préférez-vous que je vous porte ?

Le fauteuil est étroit, ils ne peuvent s'asseoir côte à côte. Elle se lève et s'installe sur les genoux de l'homme.

— Hé ! Vous me faites mal ! Mettez-vous sur mes cuisses ou bien placez-vous sur le côté si vous préférez !

Elle obéit, s'assied perpendiculairement aux jambes de l'homme. Tous deux silencieux, ils regardent la salle à nouveau éclairée et bruyante.

Madame vient vers eux. Elle adresse un petit signe discret à Marie puis discute à voix basse avec Monsieur. Lorsqu'elle s'éloigne, celui-ci se tourne vers la jeune femme et lui confie :

— C'est la maîtresse de maison, une femme superbe et très obligeante ! La connaissez-vous ?

— Un peu !

— Pour ma part, j'y suis très attaché. Elle est venue me prévenir qu'une dame, une ancienne connaissance, me recherche avec insistance. Je n'ai aucune envie de la rencontrer, nous avons eu une rupture assez… assez tumultueuse.

Il soupire :

— Elle adore faire scandale, c'est une comédienne. D'après Valérie, elle serait travestie en amazone. Tenez ! La voilà sur le pas de la porte là-bas. Je vous en prie, aidez-moi ! Cachez-moi dans vos bras!

Avant que Marie n'ait le temps de répondre, il la saisit par la taille et l'attire contre lui au fond du fauteuil.

— S'il vous plaît, enlacez-moi.

Elle passe ses mains autour de son cou. Il enfouit son visage contre sa poitrine tandis que ses mains se posent sur ses jambes. Il murmure :

— Excusez-moi ! Ne protestez pas ! C'est une vraie tigresse ! Elle est tout à fait capable de me reconnaître même déguisé et de faire comme il y a deux ans lorsqu'elle a arraché les masques de son amant et d'une amie !

Mario est effrayé. Le ton est implorant, sincère. Marie, petite femme de chambre, est encore plus terrorisée que lui. L'idée d'être démasquée devant tous ces gens lui est insupportable.

Parmi les danseurs, elle suit les déplacements de la chevelure brune et du bandeau de l'amazone qui erre dans le salon. À chaque fois qu'elle se tourne vers eux, Marie se croit perdue. Elle se plaque contre Mario, le dissimule du mieux qu'elle peut.

Lui s'amuse beaucoup, profite de la terreur de sa compagne.

« Habituer la monture au contact du cavalier sur la tête et sur le corps... »

Il se blottit contre sa poitrine, promène ses mains sur ses jambes, ses fesses. Elle, obnubilée par les allées et venues de la femme brune dans le salon ne proteste pas, ne réagit pas.

Celle-ci se retrouve soudain à quelques pas de leur siège.

— Elle est là ! Elle va me découvrir ! murmure Mario.

Il s'enfonce dans le fauteuil, enfouit son visage contre les seins de Marie.

— Jouez le jeu par pitié, détendez-vous. Faites comme si vous étiez consentante, comme si nous filions le parfait amour !

Tout en parlant, il se met à la caresser. Elle se tourne vers lui, fais des efforts pour ne pas se raidir. Ils restent longtemps ainsi. Il la relâche enfin.

— Elle s'éloigne, nous sommes sauvés ! Je suis désolé ! C'est à coup sûr une situation très embarrassante pour vous. Dès qu'elle aura quitté la pièce, j'irai vous chercher une coupe pour me faire pardonner !

Marie ne répond pas. La chaleur, la frayeur qu'elle a ressentie, les mains de Monsieur sur son corps, le champagne, la fumée, la troublent, entourent son esprit d'une brume tourbillonnante qui l'empêche de réfléchir.

Il poursuit en lui baisant la main :

— Je vous suis très reconnaissant ! Tout danger semble écarté pour l'instant, mais j'aimerais beaucoup que vous restiez contre moi, juste par plaisir ! Vous avez un corps splendide, je le ferai chanter. Je suis né riche, je n'ai guère de dons, mais l'amour est mon art ! Je vous rendrai heureuse au-delà de ce que vous pouvez imaginer !

Comme lorsqu'elle dansait tout à l'heure, Marie voit Mario et entend ses paroles, mais elle ne parvient pas à savoir si elle est dans un rêve ou dans la réalité. Ce n'est pas possible, ce n'est pas elle qui est là, assise sur les genoux de Monsieur, ce n'est pas à elle que sont adressés ces mots.

Qui est-elle ? Marie ? Jade ? Mariée et mère de famille ? Dame de compagnie de Valérie Colin Vasseur ? Servante ? Invitée ?

Elle ferme les yeux, s'appuie contre la poitrine de Mario qui lui caresse le visage de sa main gantée de noir. Elle prend une coupe que le serveur lui tend, se redresse. Sa vue se brouille un peu par moment. La fatigue, l'alcool, le sommeil l'investissent à pattes de velours.

Autour d'elle, les gens dansent, les lumières tournent,

des masques rient et se poursuivent, des couples s'étreignent. La main de Mario roule sur son sein, le presse, serre le mamelon à travers le tissu léger.

Pourquoi Madame a-t-elle exigé qu'elle vienne ? Pour la récompenser ? Pour la punir ? Pour l'éblouir ? Que fait-elle là ? Elle ne sait pas. Il lui semble que si elle trouvait la réponse à cette question, tout deviendrait clair, simple.

Elle est si fatiguée, elle a tant de mal à réfléchir. Elle s'abandonne contre Mario. Elle est heureuse qu'il soit là, si gentil, si prévenant, si attentionné. Comment réagirait-il s'il la reconnaissait ? Encore une autre question à laquelle il est trop difficile de répondre.

Dormir ! Dormir un petit peu ! À peine quelques minutes, juste le temps de reprendre des forces. Ensuite, elle partira, elle rentrera chez elle sans bruit, sans que Yves ne s'aperçoive de son arrivée…

Dormir.

Lorsqu'elle s'éveille, elle est seule sur le fauteuil. Il lui semble qu'il y a moins de monde dans le salon. Monsieur n'est pas avec elle et Madame ? Il y a bien longtemps qu'elle ne s'en est pas préoccupée…

Elle cherche Mario des yeux. Elle ne le voit pas dans la pièce et en éprouve du regret. Sans lui, elle se sent seule, sans défense. Elle se pelotonne sur le fauteuil.

À nouveau, le serveur et son plateau brillant, à nouveau une coupe, à nouveau le champagne frais qui coule dans la gorge. Les couples, à présent, tournent au son de majestueuses valses viennoises.

Elle aussi a valsé avec des copines jadis sur la place… C'était avec l'accordéon. Elles imitaient en riant les vieux danseurs qui tournaient, tournaient, droits, dignes, imperturbables comme des automates.

Le musicien saisissait son instrument, ajustait les bretelles et d'un seul coup, sourire collé aux lèvres, lâchaient des rivières de notes mélodieuses qui ruisselaient sur les gens et faisaient tourbillonner le village et le vent.

… Et les escapades bras-dessus bras-dessous vers les petites baraques foraines illuminées comme des palais magiques. Les hurlements des manèges, le claquement sec des carabines, les confidences chuchotées, les cascades de rires pour rien, pour cacher ses hontes ou attirer un regard.

Et le premier baiser avec Paul au bord de l'Aude contre l'arche du pont, à l'ombre des étoiles… Le cœur qui tape, les mains qui se serrent, les yeux qui se ferment…

« Enfin l'amour, enfin je suis comme Jeanne, comme Monique et comme Chantal ! »

— Allons Jade vous rêvez ? lui demande soudain une belle Égyptienne qui la dévisage avec sévérité.

— Non Madame, je somnolais un peu !

— Peut-être pourriez-vous penser à ce pauvre Mario qui vous fait la cour depuis deux heures sans vous avoir reconnue.

— C'est un homme… charmant !

— Plutôt oui ! La moitié des femmes ici présentes donneraient beaucoup pour être à votre place ! Il m'a même demandé votre nom, mais je ne vous ai pas trahie. Ne vous moquez pas de lui, il est mon ami !

— Oui Madame ! répond Marie tout à fait dégrisée.

— Que diable, soyez gentille avec lui ! Aujourd'hui tout est permis ! Laissez-vous aller !

— Je… J'essaierai.

— J'y compte bien !

« Tout est permis ! Tout est permis ! » Ils n'ont que ces trois mots dans la bouche. Qu'est-ce que cela veut dire être gentille ? Elle veut que je couche avec lui ? C'est pour cette raison qu'elle m'a obligée à venir ? Elle sait bien pourtant que je suis mariée ! Autant que je parte tout de suite, ce sera plus simple… Je trouve que j'ai déjà été très très gentille et patiente, trop peut-être !

Elle rassemble ses forces pour s'extirper du fauteuil. Au moment où elle se lève, Mario apparaît dans le salon et se dirige vers elle. Il paraît tout heureux de la voir.

— Quel bonheur de vous retrouver, j'avais peur de vous avoir perdue ! Vous partiez ?

— Non ! Non ! Je… Je m'étirais un peu ! répond Marie tout en se reprochant son manque de courage.

— Laissez-moi reprendre ma place dans notre petit nid, s'il vous plaît !

Elle pourrait lui répondre qu'il y a, pas très loin d'eux, un petit siège disponible, mais elle ne le fait pas. Elle ne sait pas pourquoi elle lui obéit. Pour satisfaire Madame ? Parce qu'elle n'a pas trop envie de partir ? Parce qu'elle aime avoir monsieur Mario à ses pieds ? Pour toutes ces raisons certainement. Il s'installe, la prend par la main, l'aide à s'asseoir.

Elle est à peine assise qu'il allume une grosse cigarette roulée à la main. « Un joint ! » se dit-elle sans s'étonner.

— Goûtez ! Il est très bon ! Il en aspire une petite bouffée puis le lui tend. Elle fume un peu, fais de gros efforts pour ne pas tousser.

C'est vrai, il est fort. Il ne ressemble pas à ceux, douceâtres et inoffensifs de sa jeunesse. Elle a l'impression que la fumée remplit tout son cerveau. Il n'y a plus de place pour penser, pour agir, plus rien. Elle boit la coupe qu'il lui donne, reprend la cigarette.

Maintenant, sa tête se gonfle puis se vide à chacune de ses respirations. Mario lui remet sans cesse le joint entre les lèvres.

— Avalez bien la fumée ! Laissez la pénétrer jusqu'au fond de vous !

Elle obéit, inspire à fond. Les danseurs se mettent à tourbillonner autour du fauteuil, les murs s'effacent. Ils sont lancés dans l'espace et ils tournent comme des satellites autour de leur planète. Elle ferme les yeux, se blottit contre Mario qui l'attend comme une araignée au fond de sa toile.

Il se remet à la caresser, mais ce n'est pas grave, ses mains sont comme du vent sur son corps. Elle les sent, mais ne leur accorde aucun intérêt, aucune importance.

L'essentiel, c'est qu'elle a abordé sur une île à l'abri de la tempête.

Les danseurs, les vagues, les étoiles, les mondes

peuvent poursuivre leur ronde infernale, elle ne risque plus rien. Ne pas bouger, ne pas parler, ne pas attirer l'attention des choses qui tournoient autour d'elle et qui sont prêtes à l'engloutir.

Elle est seule à présent. Elle danse au milieu de la piste. Elle est musique. Chaque note la frappe comme une décharge électrique et fait vibrer tout son corps.

Elle est balle aussi, qui rebondit d'un homme à l'autre, de bras en bras. Visages de loubards, rires, musique, musique… On tire sur son justaucorps.

La voici nuage, brume glissant au ras du sol. Elle danse et rit de voir ballotter ses seins nus luisants comme des oranges.

Elle tombe infiniment. Nuit. Zorro parle. Des guirlandes de fleurs s'échappent de sa bouche, s'envolent.

Les bras de Zorro. Nuit, silence.

.11.

Elle passe sa main sur sa tête lourde et douloureuse.

C'est le matin ! C'est le matin ! Elle est encore au château !

Midi !

Elle regarde autour d'elle et reconnaît la pièce, c'est une petite chambre toujours vide qui jouxte les appartements de Madame.

Elle se redresse, retombe. Des bribes de souvenirs, quelques images apparaissent dans son esprit : le bal, Zorro-Mario, l'Égyptienne, des gens qui hurlent autour d'elle, un gros joint, un militaire, les loubards, « C'est extra » , des mains sur elle…

Elle est nue sous un joli pyjama de soie qui appartient à Madame. Que s'est-il passé hier soir ? Qu'a-t-elle fait ?

Elle tente de rassembler les pièces du puzzle de la soirée. Il manque trop de morceaux, beaucoup trop. Et Yves ? Que va-t-il dire ? Il faut qu'elle se lève, qu'elle rentre vite chez elle.

Ses habits de ville sont posés sur une chaise à côté du lit. Que fait-elle ici ? Comment s'est-elle retrouvée dans cette chambre ? Qui l'a déshabillée ? Qui lui a mis ce pyjama ? Qui l'a couchée ?

Elle se lève non sans difficulté, va se doucher dans la salle de bain d'une chambre d'amis. L'eau qui ruisselle sur elle, presque froide, lui fait du bien, arrache par pans les miasmes de la nuit. Elle regarde ses traits tirés, ses yeux bouffis, son teint pâle. Elle détourne la tête, elle a envie de pleurer.

Elle s'habille vite, à la fois pressée de rejoindre les siens et anxieuse de leur faire face, de répondre à leurs questions. La porte s'ouvre, Madame entre, les traits tirés mais souriante, amicale, presque complice…

— Bonjour Jade ! Avez-vous bien dormi ? La soirée s'est bien mieux terminée qu'elle n'avait commencée. J'ai vu que vous vous êtes bien amusée, j'en suis ravie !

— Merci Madame, j'espère que je n'ai rien fait de mal ?

— De mal ? Allons donc Jade, ce sont des moments où il n'y a plus ni bien ni mal, où la seule chose qui compte est le plaisir… Il est important pour moi que ma dame de compagnie adopte mes règles de conduite lorsqu'elle est à mon service.

— Je dois rentrer… Il est tard !

— À peine midi ! Ne vous inquiétez pas pour votre famille, j'ai fait porter un mot chez vous.

— Merci beaucoup Madame, c'est très gentil de votre part.

— Ce n'est rien Jade ! Allez ! Filez ! Vous êtes libre ! J'appelle Jacques pour qu'il vous raccompagne. À demain !

La porte se referme sur le sourire de Valérie. Marie se retrouve seule, seule avec beaucoup de questions qui tournoient dans sa tête. De l'inquiétude aussi. Madame est contente soit, mais cela ne lui donne aucune certitude quant à sa tenue hier soir, au contraire même.

Elle sort du château, respire une grande bouffée de vent froid, et, souriante, s'engouffre dans la voiture. Jacques ne la salue même pas, démarre aussitôt et conduit sans desserrer les dents pendant tout le trajet.

Déçue, décontenancée par l'attitude du chauffeur et encore nauséeuse, Marie ne fait aucun effort pour engager la conversation. Au fur et à mesure qu'ils s'approchent de l'appartement, son inquiétude grandit malgré les assurances de Madame. Que va-t-elle dire à Yves ?

Comment va-t-il réagir ?

Elle a à peine le temps de descendre que la voiture s'éloigne. Cela n'a pas d'importance, Yves doit bouillir d'impatience et de colère. Il va lui demander des explications, il en a le droit.

Elle attend un moment au bas de l'immeuble. Elle essaie de calmer son cœur, de prendre un air tranquille et joyeux. Elle s'efforce de gravir les escaliers sans se précipiter. Il ne faut pas qu'elle donne l'impression qu'elle s'est hâtée, cela serait une preuve supplémentaire de sa culpabilité.

Coupable ? Oui peut-être, mais de quoi ? D'avoir trop bu, trop fumé ? De ne pas être rentrée hier soir ? Après tout, ce ne sont pas de grosses fautes ! Et les slows ? Et le pyjama de Madame ? Et les loubards ? Non ! Non ! Elle était soûle, fatiguée, elle n'était plus lucide. Et puis, si elle n'a fait que danser…

Lorsqu'elle pénètre dans l'appartement, Cécile qui est habillée en dimanche lui saute au cou et Yves lui lance un bonjour qui, même s'il manque de chaleur, n'est pas hostile.

Elle s'écroule sur une chaise, s'exclame :

— Quelle soirée ! Quelle nuit ! Je suis morte de fatigue ! Je crois que si j'avais su le travail qui m'attendait, je t'aurais écouté, j'aurais trouvé un prétexte pour me défiler !

— Oui ! Je sais ! Madame Chenau est venue m'avertir. Elle m'a expliqué que la soirée s'était éternisée, qu'il fallait tout remettre en ordre, qu'il n'y avait personne pour te raccompagner… Elle a même laissé l'enveloppe.

— L'enveloppe ?

— Bien sûr ! Pour les heures supplémentaires. Regarde, cent euros comme ça de la main à la main ! C'est pas mal non ? S'ils font une autre fête, ça vaut peut-être le coup que tu réfléchisses avant de refuser !

— Et vous ? Tout s'est bien passé ? Tes parents vont bien ?

— Super ! Ils t'embrassent. Tu sais, il y a à peine une

heure qu'on est arrivé. C'est vrai qu'on pensait te trouver ici, mais enfin ce n'est pas grave…

Marie ne répond pas. Elle regarde cet homme qui brandit les billets, son mari, à présent souriant. Il n'est pas trop difficile à acheter... Cent euros lui font oublier toutes ses rancœurs, toutes ses haines envers les pourris.

Cette Madame Chenau l'a vite convaincu. Elle doit être bonne diplomate… Non ! C'est l'enveloppe qui a transformé le bouledogue en toutou.

L'argent ! La puissance de l'argent ! Que devra-t-elle faire pour en gagner encore ? Que va-t-il accepter pour serrer une petite liasse dans ses mains ? Elle a envie de la lui arracher, de la déchirer, de tout lui raconter, mais à quoi bon ? Il ne comprendrait pas.

Marie se sent prise au piège, sans aucune possibilité de fuite. Sa bouche se fait encore plus pâteuse, des douleurs rongent sa nuque, toute la lassitude de son corps pèse soudain sur elle. Elle bâille :

— Je suis crevée, mon chéri, je vais m'allonger un peu !

— Tu as raison. Pas de problème, je vais faire un tour avec la petite, j'en profiterai pour acheter le pain et le journal. À tout à l'heure.

Voilà, ils sont sortis. Pas de dispute, rien. Marie est à la fois soulagée et presque déçue. Où donc Yves a-t-il mis ses grands principes et ses jugements sans concessions sur les exploiteurs ?

Madame aurait pu faire téléphoner, elle a envoyé quelqu'un avec cent euros ! Elle s'est même levée pour s'enquérir de son état ce matin… C'est presque trop beau, trop gentil ! Qu'est-ce que cela cache ?

Non ! Pourquoi aller chercher midi à quatorze heures ? Et si cela prouvait qu'elle l'aime bien…

Malgré ses airs durs, Madame est gentille et prévenante. Marie se sent pleine de reconnaissance pour elle. Elle lui a évité des cris, des injures peut-être, une semaine de silence et de bouderie à coup sûr. Il faudra qu'elle la remercie demain matin.

Elle se couvre avec le dessus de lit, croise ses doigts derrière la tête. Elle aimerait bien s'endormir, mais elle a trop de questions sans réponses qui la hantent et l'inquiètent.

Qu'a-t-elle fait à la fin de la fête ? Tout s'arrête dans sa mémoire alors qu'elle était assise sur les genoux de Mario. Elle s'est assise sur les genoux de Mario ! Oui, mais il ne l'a pas reconnue ! Il a insisté à cause d'une amazone... Et les loubards ?

Il faut qu'elle sache tout ce qui s'est passé. Le seul qui peut lui apprendre quelque chose, c'est Jacques même si elle ne l'a pas vu de toute la soirée. Ce sera difficile car, au retour, il ne lui a pas adressé la parole. Il semblait en colère contre elle.

Pourquoi ? A-t-elle fait quelque chose qui lui a déplu ? S'est-elle moquée de lui ? A-t-elle causé du scandale ? Elle le lui demandera dès qu'ils seront seuls. Elle ira boire un café chez lui.

Yeux perdus dans le blanc gris du plafond, elle laisse errer son esprit. Non ! Elle ne dormira pas. Elle se lève, reprend une douche.

Soudain, comme chaque fois qu'elle a des problèmes, elle pense au papé là-bas à Mersac. Elle l'appelle et ils discutent un long moment. Elle ne lui parle pas de ses ennuis, non !

Elle l'écoute raconter la grosse averse de la nuit, le dernier coup de vent, la gelée qui a noirci quelques feuilles de ses batavias. Petit à petit, elle change de monde, elle en oublie la dureté de son quotidien. Elle se retrouve hors de son temps, hors des soucis.

La voix du papé la rassure, sème dans son esprit des graines de petits plaisirs rustiques, lui laisse à penser que la vie peut être simple, le bonheur possible...

Avant de raccrocher, le vieil homme lui propose de garder Cécile quelques jours pendant les vacances.

Lorsque son mari et sa fille reviennent, elle est en train de cuisiner une omelette aux lardons. Yves tourne autour d'elle, la frôle.

— Tu la connais cette Chenau ? La classe ! Sympathique aussi et plutôt jolie ! Elle a dit beaucoup de bien sur toi. À l'entendre, tu es devenue indispensable à ta patronne. Elle est même persuadée qu'on aura bientôt le pavillon du gardien…

— Elle a parlé du pavillon ?

— Oui ! Puisque je te le dis. Elle a même demandé si ça ne causait pas trop de dérangements que tu restes la nuit au château.

— Ah bon ! Qu'est-ce que t'as répondu ? Tu ne t'es pas mis en colère ?

— Non pas du tout. Je lui ai dit que cela gênait un peu toute la famille, mais que c'était plutôt bien payé et que si c'était une fois de temps en temps, je n'y voyais pas d'inconvénients !

— Raconte-moi Yves. Qu'est-ce que tu as fait ? Tu es sorti ?

— Bah, tu sais, je suis allé faire un petit tour au bistrot, j'ai retrouvé les copains. Mes parents se régalent de garder Cécile, ils la gâtent comme c'est pas permis.

— C'est vrai qu'ils l'aiment beaucoup !

— Il faudrait la leur amener plus souvent !

— Oui tu as raison ! En plus, ça te permet de revoir tes amis. Tu n'as pas trop bu ?

— Non ! Non ! Je suis rentré de bonne heure, ça devait être autour de minuit... répond-il en se penchant sur le journal.

— À propos, j'ai appelé papé à Mersac, il y a longtemps que je ne l'avais pas fait. Il te passe le bonjour.

— Il va bien ?

— Oui très bien ! Il m'a proposé de nous garder Cécile une semaine pendant les vacances de printemps !

— Qu'est-ce que t'en penses toi ? demande Yves.

— C'est une super idée et ça fera du bien à la petite. On la lui amènera un week-end et on ira la chercher le dimanche suivant.

— Oui, ça paraît bien !

— Bon, je lui téléphonerai pour lui dire qu'on est d'accords.

Comme pour mettre fin à la conversation, il va s'installer à côté de sa fille, sur le canapé avec La Dépêche du Midi entre les mains.

Marie le regarde. Lui aussi a l'air fatigué. Il ne s'est certainement pas couché à minuit comme il le lui a dit… Peut-être que cette attitude conciliante trouve sa raison d'être ailleurs... Yves a dû éprouver beaucoup de plaisir à sortir seul avec ses copains, à se retrouver célibataire l'espace d'une nuit, et même, quelques bières aidant, à se prendre pour un jeune homme.

En tout état de cause, elle est plutôt mal placée pour lui en faire la remarque. Ils déjeunent en silence comme souvent en ce moment. Le téléviseur est resté allumé. Ni Marie, ni Yves ne se sont levés pour l'éteindre.

Le dimanche s'étire sans heurt, d'assoupissements discrets en télévision, de petits dialogues vides en vagues rêveries. Le vent d'ouest qui s'est levé en colère frappe contre les fenêtres en hurlant. De temps en temps, des gouttes de pluie panachées de soleil s'écrasent contre les carreaux. Cécile chantonne en berçant sa nouvelle poupée.

Marie corrige sans passion les exercices de sa fille puis la fait lire une courte histoire de sorcière. Elle pense au grand salon illuminé, au pétillement brillant des bulles dorées dans les coupes. Jamais jusqu'à aujourd'hui, leur appartement ne lui a paru si terne.

Elle se surprend à fredonner C'est extra.

Oui… c'était avec Mario... dans un autre monde… une autre vie…

Repas terminé, vaisselle lavée, séchée, rangée et fille couchée, elle se réfugie dans la chambre comme pour échapper aux lourdes vagues de tristesse qui l'envahissent sans raison.

Sans raison ? Bien sûr, c'est juste un peu de fatigue. Elle n'a pas trop dormi. Elle a un peu bu, un peu fumé… Un peu ? Elle échappe à la torture de ses vaines et lancinantes interrogations et s'endort enfin. Elle rêve d'un grand oiseau noir qui tourne au-dessus d'elle pendant qu'elle danse dans les bras d'un pharaon au milieu de nuages joufflus et doux.

Dès son réveil, elle a hâte de rejoindre le château. Elle veut connaître la fin de l'histoire. Elle s'efforce d'être gentille avec Cécile, mais, encore une fois, elle s'en occupe sans trop penser à ce qu'elle fait. Même lorsqu'elle l'embrasse, elle est là-bas, dans la lumière et les strass.

.12.

Madame paraît d'excellente humeur et elle accueille Marie avec un franc sourire.

— Bonjour Jade, comment allez-vous ?

— Très bien madame. Je tiens à vous remercier d'avoir fait avertir mon mari et aussi pour les cent euros.

— Ce n'est rien mon petit. Rien de bien exceptionnel. Puisque vous êtes restée alors que cela n'était pas prévu, il était normal que je m'occupe de vous et que vous soyez dédommagée.

— C'est… c'est très gentil de votre part !

— Dans tous les cas, je vous félicite pour votre attitude durant la soirée. J'avais peur que vous restiez rivée toute la nuit sur une chaise, mais vous m'avez agréablement surprise ! Bravo !

— Oui… Je me suis bien amusée !

— Vous avez même suscité pas mal d'envies, car votre chevalier servant était très convoité.

Marie rougit.

— J'ai reconnu tout de suite monsieur Mario, mais j'ai tenu à vous faire plaisir.

— Allons Jade, c'est un vrai gentilhomme et un excellent danseur. Ne me dîtes pas que vous vous êtes ennuyée en sa compagnie !

— Non Madame pas du tout. Ce qui m'inquiète un peu, c'est que je ne me souviens pas très bien de la fin de la soirée.

— Le champagne était excellent, j'en conviens, peut-être en avez-vous abusé… Rassurez-vous Jade, vous n'avez rien fait d'extraordinaire ! Vous avez dansé, vous avez flirté de-ci de-là comme tout le monde quoi !

— Flirté ?

— Oui, bien sûr ! L'exceptionnel eut été que vous ne l'eussiez pas fait ! Allons Jade, allez-vous encore accabler votre esprit de son petit lot de regrets et de remords ? Allez-vous vous culpabiliser ?

— Non ! Non Madame, mais…

— Mais quoi ?

— Je ne me souviens ni de m'être installée dans la petite chambre, ni de m'être déshabillée, ni d'avoir emprunté un de vos pyjamas…

— Ne vous faites pas de soucis, c'est Mario qui s'est occupée de vous !

Elle hoche la tête :

— Il a même ajouté que vous étiez une belle amante, ce qui, dans sa bouche, est un vrai compliment, d'autant plus qu'il ne le fait pas souvent.

— Une belle amante ?

— Oui ! Oui ! Félicitations. Bien sûr, cela reste entre nous. Il serait désobligeant pour tous que vous vous laissiez aller à des confidences sur ce sujet. N'en parlons plus, voulez-vous ? Préparez mon bain s'il vous plaît, je suis assez occupée aujourd'hui !

— Oui Madame !

« Une belle amante ! » Elle ! Marie est toute bouleversée. Elle a fait l'amour avec Mario ! Elle s'est donnée à lui ! Non ! Non ! Elle était ivre, il en a profité ce porc ! Pourtant, pourtant… Elle a dansé toute la soirée avec lui, elle s'est assise sur ses genoux…

« Une belle amante ! » Elle doit quitter le château tout de suite ! Aller voir Yves, tout lui raconter ! Lui demander pardon !

Jamais il ne croira qu'elle était inconsciente ou alors il viendra faire scandale ici. Il voudra se battre avec Mario. Elle sera jetée à la porte ! Quelle importance puisqu'elle veut partir !

Elle veut partir ? Oui, c'est certain, comment peut-elle rester ? En se taisant, en ne parlant de cet… accident à personne. La réponse lui paraît si simple, si facile, si naturelle que toute son indignation retombe d'un coup.

Elle était ivre, ivre, ivre, ivre.

Volontairement, elle n'a rien fait de mal. Va-t-elle risquer de briser sa vie de couple pour cela ? Et puis, même si elle démissionne, même si elle raconte tout à Yves, cela ne changera rien. Elle l'aura tout de même trompé avec Monsieur.

— Allons Jade vous rêvez ou quoi ? Vous n'avez pas encore versé les sels ? Il ne faut pas que le compliment de Mario vous monte à la tête. Vous êtes et vous demeurez à mon service !

— Oui Madame ! Excusez-moi !

Valérie ne reste guère dans son bain. Sitôt séchée, elle repart dans la chambre où elle se maquille et se vêt sans perdre de temps. Elle sort sans un mot.

C'est le moment que Marie apprécie le plus dans son nouvel emploi du temps. Elle est seule, libre. Sauf consigne particulière, elle sait ce qu'elle a à faire : les appartements doivent être nettoyés et rangés.

Cela lui laisse pas mal de temps pour flâner, pour rêver. Elle prend possession de son domaine, elle devient châtelaine. Elle est une vedette se promenant dans un luxueux décor. Il lui arrive parfois de prendre des poses devant le grand miroir, de mimer Valérie…

Ce matin, elle n'a envie ni de jouer, ni de rêver. Elle range la salle de bains puis s'assied sur le lit défait. Son regard se pose sur le bronze de Sciriek. Était-elle comme cette femme, nue, alanguie, abandonnée, semblant née de l'écume de la mer…

Madame paraît n'accorder aucune importance à ce qui s'est passé cette nuit. Elle semble même la jalouser un peu. C'est fou ! Comment va-t-elle réagir quand monsieur Mario sera là ? Et lui ? Que dira-t-il ? Que fera-t-il ?

« Une belle amante ! » Mieux vaut ne pas y penser !

Oui… elle se souvient de *C'est extra.* Il était déguisé en Zorro, il la tenait serrée contre lui. Ils ont dansé longtemps… Il y a eu aussi les Moody Blues...

Il faut qu'elle rencontre Jacques ce midi, même s'il est fâché contre elle. Lui seul pourra l'aider à combler ses trous de mémoire. Pourvu qu'elle ne se soit pas donnée en spectacle ! Non, puisque d'après Madame, c'est Mario qui l'a démasquée…

Comme chaque fois, elle se retrouve seule dans l'office. En venant, elle a croisé un aide cuisinier qui servait au bal. Visage fermé et regard fuyant, il a eu, en la voyant, le même comportement que d'habitude. Cela la rassure. Elle n'aurait pas supporté qu'il lui fît une réflexion ou qu'il la raillât.

À la fin de son déjeuner, elle se sert un verre de vin qu'elle boit d'un trait. Elle a besoin de se donner du courage pour aller voir Jacques et, peut-être, affronter la vérité.

Elle part résolue, mais au fur et à mesure qu'elle approche de la porte, elle ralentit son pas. Sur le seuil, elle s'arrête, hésite à frapper. Elle éprouve la même gêne, la même honte que celles ressenties dimanche matin en arrivant chez elle. Elle a beau se dire que Jacques n'est rien pour elle, elle sait que ce n'est pas tout à fait vrai.

Elle est là, main levée devant la porte, lorsque Jacques apparaît.

— Vous ici ? Je suis très étonné de vous voir, mais puisque vous êtes là, entrez je vous prie !

Le vouvoiement et aussi la froideur de l'accueil renforcent l'inquiétude de Marie. La voici dans la place, elle ne peut plus reculer. Elle va savoir toute la vérité sur cette terrible nuit.

Il lui semble qu'il y a une éternité qu'elle n'est pas venue. Elle est presque surprise de retrouver, toujours bien rangés et dépoussiérés, les objets qu'elle a vus il y a si longtemps. D'un geste ample, Jacques l'invite à s'asseoir. Le cuir noir du fauteuil lui donne à nouveau la même sensation de voluptueux bien-être.

Elle essaie de se calmer, de se rassurer. Jacques est parti dans la cuisine pour préparer le café. Elle attend. Elle tire sur sa jupe. Il revient avec, sur un plateau doré, les tasses et le sucrier. Elle se sert, remercie d'un hochement de tête. Tintement des cuillers dans les tasses. Silence.

Elle va parler, elle va demander. Il répondra et il risque de la rendre malheureuse. Est-ce si important pour elle de savoir ce qui s'est passé ? Elle pourrait dire qu'elle est venue pour le saluer. Ils discuteraient de tout et de rien puis elle s'en irait. Elle oublierait. Sa vie ne changerait pas…

— Alors Marie vous êtes venue pour me voir et boire un café ou bien avez-vous quelque service à me demander ?

Elle lève la tête, pose la tasse sur le plateau. L'introduction n'est guère encourageante, mais elle ne peut pas tricher, elle ira jusqu'au bout.

— Voilà Jacques ! L'autre jour tu m'as proposé ton amitié… Aujourd'hui, c'est à l'ami que je viens parler même si j'ai l'impression que tu n'es pas très heureux de me voir ! Je ne comprends pas trop pourquoi d'ailleurs !

— Vous ne comprenez pas pourquoi ? s'exclame-t-il, le visage soudain plein de colère. Vous ne comprenez pas ?

— Ben… Non !

Il la regarde droit dans les yeux puis baisse la tête, comme résigné, comme si toute la lourdeur de l'existence venait l'écraser. À présent, sa voix est presque douce.

— J'ai tort de me mettre dans cet état… Après tout, c'est normal !

— Quoi ? Qu'est-ce qui est normal ? Qu'est-ce que j'ai fait ?

— Tu me le demandes Marie ?

— Oui ! C'est même pour ça que je suis ici ! Je dois avoir trop bu ou trop fumé. En tout cas, je ne me souviens pas de la fin de la soirée. J'ai peur d'avoir mal agi. Je t'en prie, dis-moi ce que tu as vu, supplie-t-elle en lui prenant les mains.

Le visage de Jacques tendu, grave, fatigué s'éclaire peu à peu comme si s'allumait dans sa tête une grande flamme, une grande joie. Il sourit.

— Oh Marie ! Tu ne peux pas savoir comme ce que tu me dis me fait du bien. Tu m'as tellement choqué et déçu l'autre nuit ! Toi si pure, si douce, je n'arrivais pas à croire ce que je voyais !

— Est-ce que tu es sûr de m'avoir reconnue ? Comment j'étais déguisée ?

— En rat d'hôtel ! Madame en Égyptienne et Mario en Zorro. Toi, tu me l'avais annoncé dans la voiture, mais de toute façon, tout le monde le savait dans les appartements !

— Tout le monde ? Même Mario ?

— Bien sûr ! Tu ne t'es pas rendu compte que lui et Madame sont très proches ?

— Oui bien sûr ! Et qu'est-ce que j'ai fait de si affreux ?

— Tu as passé une bonne partie de la soirée avec Mario. Vous avez dansé ensemble, bu ensemble.

— Ça, je m'en souviens. Tu comprends, avec lui, j'étais tranquille. Personne ne venait m'inviter, m'ennuyer…

— Oui ! Oui ! J'ai été appelé. J'ai dû faire une inspection dans le parc puis une autre dans les étages. Ça a duré presque deux heures. Quand je vous ai revus, tu étais assise sur ses genoux. Tu fumais un gros joint. Tu riais. Il te caressait et tu le laissais faire.

— Un joint ? Des caresses ? Je ne m'en souviens pas… Et après ?

— Après ? Vous avez dansé… Enfin si on peut appeler ça danser… Vous étiez enlacés au milieu du petit salon en train de vous embrasser, de vous caresser.

J'ai quitté la pièce. J'étais très… malheureux. Tu comprends, je te croyais tout à fait consciente même si tu paraissais un peu dans les nuages. Quand je suis revenu, tu dormais sur un fauteuil. Tu étais seule.

Je suis venu voir si tu allais bien. À mon approche, tu t'es levée comme un diable et tu t'es mise à danser. J'ai pensé que tu ne voulais pas me parler. Tu étais déchaînée. C'est là qu'ils sont arrivés !

— Qui ?

— Les jeunes qui étaient déguisés en loubards. Ils se sont mis à tourner autour de toi.

— Des loubards ? Oui je m'en souviens, je les ai vus au début de la soirée. Quand ils sont rentrés, les gens ont applaudi.

— C'est eux ! Au bout d'un moment il y en a un qui t'a enlacée, t'a embrassée et s'est mis à te caresser. J'attendais que tu protestes, que tu le repousses, mais non, pas du tout. Tu as éclaté de rire et tu t'es laissée faire. Alors, l'un après l'autre, ils se sont amusés avec toi.

Il se passe la main sur le front comme s'il voulait ôter des images douloureuses.

— J'étais écœuré, je suis parti. Malgré tout, je suis revenu assez vite parce que je me disais que ce n'était pas possible que tu acceptes ça, que tu allais demander de l'aide…

Les jeunes avaient découpé ton justaucorps au niveau de tes seins et ils s'apprêtaient à te déshabiller quand Mario est arrivé. Il t'a prise dans ses bras et t'a emportée.

— Quelle horreur ! C'est affreux, s'exclame Marie en se prenant la tête dans les mains. C'est vrai j'ai un peu bu, mais tout de même… Je ne comprends pas ce qui s'est passé ! Et les gens m'ont vue ? Ils m'avaient enlevé le loup ?

— Non ! C'est une règle stricte ! De ce point de vue, tu peux être rassurée. Il n'y a que Madame, Mario et moi qui savions qui tu étais.

— Tu comprends Jacques, jamais je n'aurais osé regarder les gens en face après ça !

— Ce n'est pas important ! Ce qui est grave à mes yeux, c'est ce que tu as fait. Tu me dis que tu étais inconsciente et je te crois. Sinon je ne t'aurais jamais plus adressé la parole !

— Quelle idée as-tu donc de moi pour me croire capable de telles saletés ?

À ce moment, l'indignation et la honte la submergent. Elle éclate en sanglots.

— Excuse-moi Marie. Tu as raison, jamais je n'aurais dû douter de toi. J'étais si triste, si désemparé, c'est la déception et la colère qui m'ont aveuglé.

Il lui caresse les cheveux avec tendresse.

— Ne pleure pas s'il te plaît, ma douce... Il se redresse étonné.

— C'est étrange, c'est comme ça que j'appelais ma Marie, celle dont je t'ai parlé !

— Comment ?

— Ma douce !

Elle sourit.

— Je ne sais plus où j'en suis Jacques. Depuis que je suis au service de Madame, beaucoup de valeurs que je croyais sûres deviennent incertaines. Par moment, il me vient des pensées que je n'avais jamais eues auparavant. Parfois, j'ai envie de quitter cette maison, parfois je suis fière d'en faire partie...

— Il ne faut pas que tu remettes tout en question à cause de l'autre nuit. Ce n'est rien Marie, tout ce que tu as fait ne compte pas puisque tu étais ivre. Ça arrive à tout le monde...

— Je crois que je devrais partir maintenant, laisser là tous ces gens sans morale, sans scrupules.

— Non ! Jacques a presque crié.

Elle relève la tête toute surprise de sa réaction. Il hésite un peu, cherche ses mots :

— Tu... tu dramatises. Ici c'est un autre monde auquel tu n'es pas encore habituée. C'est toi qui me l'as dit : ici tu es Jade. Jade et Marie ne se ressemblent pas. Reste Marie avec les gens que tu aimes, laisse les autres avec Jade.

— Oui peut-être... Tu as raison, mais comprends

que c'est difficile pour moi.

— Je m'en doute, mais c'est la seule solution. C'est certain que si tu n'arrives pas à changer de peau en rentrant dans le château, tu ne pourras pas y rester et ce sera dommage pour… n… toi et pour les tiens.

— C'est vrai que j'ai tellement galéré pour trouver cette place.

— Tu as le choix Marie. Ou tu fais des concessions, ou tu retrouves tes journées ménage télé.

— Oui tu as raison ! Elle relève la tête, essuie ses dernières larmes, le regarde droit dans les yeux. Merci Jacques !

Lui, tout près d'elle, respire son parfum, ressent comme de douces brûlures les effleurements de son corps.

— Que tu es belle Marie ! Ma douce ! Ne te pose pas trop de questions, ton avenir est ici, crois-moi ! Profite donc de la vie de château !

— Oui bien sûr ! Mais tu sais, chez moi je ne suis tout de même pas si mal…

— Si tu le dis… Je ne peux pas croire que tu préfères vivre une petite vie dans un petit appartement. Ton problème, c'est ta conscience. Tu la traînes comme un boulet. Arrête de regarder derrière toi !

— Oui ! Oui !

— Ce qui est fait est fait et tu n'y peux rien. D'ailleurs, si tu restes, il y aura d'autres choses qui te gêneront et auxquelles tu ne pourras pas échapper, crois-moi !

— Comment cela ? Quoi ?

— Tu ne pourras pas empêcher monsieur Mario ou un autre de poser la main sur toi, tu ne pourras pas empêcher que l'un de ces messieurs te désire… Tu devras encore participer à d'autres soirées. Alors, arrête de te culpabiliser.

Marie reste silencieuse. Elle essaie de se pénétrer du sens des paroles de son ami.

— Tu en es sûr ?

— Oui Marie, c'est comme ça ici et d'après ce que

j'entends, c'est partout pareil et même parfois pire !

— Pourtant, tu m'as dit que mon comportement t'avait écœuré !

— Oui avec les loubards, mais malgré tout, je me disais bien que tu n'étais pas dans un état normal.

— Et avec Mario ?

— Monsieur est l'ami de Madame, tu n'avais pas le choix…

— Oui, mais c'est quand même dégoûtant ! Jamais je ne pourrai accepter cela !

— Marie ne le supportera pas, mais Jade fermera les yeux. Regarde pour ta mini-jupe… Au début, tu étais sans arrêt en train d'y tirer dessus. Maintenant, tu t'en occupes beaucoup moins…

— Oui mais ça, ce n'est pas grave !

— C'est pareil pour tout ! Peu à peu, des choses que l'on croyait exceptionnelles deviennent banales. Tout dépend de la façon dont on les considère Marie…

— Comment ça ?

— Regarde-nous en ce moment. Nous sommes tout près l'un de l'autre. Tout à l'heure, nous nous tenions les mains. Un observateur dirait que nous sommes deux amants…

— Peut-être, mais… ce n'est pas la même chose. J'ai confiance en toi !

— Tu as raison, je serai toujours là pour te soutenir ! Tu dois m'écouter, suivre mes conseils !

— Et tu me conseilles de me laisser faire par Mario ?

— Non ! Pas Marie ! Jade ! Il veut ton corps, abandonne-le-lui. Reste de marbre, ne prends aucune initiative… Tu auras vite fait de perdre tout intérêt à ses yeux !

Marie pense à nouveau au compliment de Monsieur : une belle amante. Elle baisse la tête.

— Je ne sais pas, je ne pense pas en être capable.

— Tu veux le savoir tout de suite ?

— Là ? Maintenant ? Comment ? interroge Marie un peu inquiète.

— C'est simple. Détends-toi et essaie de lire cette

page dit-il en lui tendant un magazine. Moi je vais te caresser.

— Me caresser ?

— Oui, la jambe ! On essaie ?

— Je ne vois pas trop le rapport…

— Tu vois, tu as déjà peur avant de commencer !

— Bon, d'accord. Je suis prête !

Elle saisit la revue. Il pose sa main sur son genou et, avec lenteur, la fait remonter vers sa cuisse. Il atteint l'ourlet de la jupe puis se glisse dessous. Il s'arrête, retire la main et demande, souriant :

— Alors où en es-tu de ta lecture ?

— Je n'ai rien lu, je n'ai pas pu. Comment veux-tu que je lise avec toi ?

— Tout est là Marie ! Tu es trop pure, trop entière. Abandonne cette jambe, je ne sais pas moi… Dis-toi que tu es chez un masseur… Je te mets au défi de lire dix lignes !

— Mais enfin pourquoi faire Jacques ?

— Tu dois être capable de te laisser toucher sans réagir, sans participer en rien, sans te mettre en colère. Tu dois te comporter comme une vraie statue. De cette façon, tu n'auras aucun remords par la suite…

Au fait, je viens de te caresser et tu t'es laissée faire. Est-ce que tu te sens coupable ?

— Non, mais je te l'ai dit, c'est différent…

— Pas trop Marie ! Que je sache, tu es tout de même mariée et mère de famille…

— Oui, c'est vrai…

— Tu vois ! Alors, tu le lis cet article ? Tu me dis quand tu l'as fini !

— D'accord !

Elle baisse les yeux sur le magazine. Son cœur tape fort. Elle commence à lire. La main de Jacques revient sur son genou, grosse araignée chaude qui rampe jusqu'à la jupe, glisse ses pattes sous le tissu léger, atteint le sommet de la cuisse, se tapit contre le pli de l'aine, se met à palpiter…

Marie relève la tête brutalement, plongeuse qui retrouve l'air libre. Jacques devient-il fou ? Et si tout ceci n'était qu'un prétexte pour la caresser ?

Sans retirer sa main, il demande :

— Tu as fini l'article ?

— Oui ! Oui ! C'est bon !

Il fait comme s'il ne l'avait pas entendue.

— Bien ! Alors, dis-moi de quoi il parle !

Elle est prise de panique. Elle se lève.

— Assez Jacques, ça suffit !

— Assieds-toi ! Ne t'affole pas ! Avoue que tu n'as rien lu !

— Oui tu as raison, je n'ai pas pu !

— Ton problème est tout simple. Dans la vie de tous les jours, il est tout à ton honneur. Ici, il te bloque. En fait, tu n'arrives pas à dissocier sentiment et plaisir, amour et désir. Tu aimes moins ton mari depuis que je t'ai caressée ?

— C'est dégoûtant !

— C'est la façon de faire au château. Voilà à quoi tu dois t'attendre si comme je l'espère tu décides de rester. Si tu ne te sens pas capable d'accepter ça, tu dois partir ! Il se lève et emmène le plateau dans la cuisine…

Le dernier mot résonne dans la tête de Marie ou plutôt comme une pierre jetée dans un étang. Il fait des cercles qui courent dans tout son esprit, qui vont secouer d'abord les petites fiches de paie de Yves, la quittance du loyer, les factures, puis les vieux habits cent fois portés, les millions de chômeurs qui errent comme des fantômes dans le pays, et pour finir le sourire fatigué et la bonne volonté impuissante des employés de l'ANPE…

À nouveau les larmes coulent, l'étang peut-être déborde…

Elle va abandonner son honneur, elle va se sacrifier pour Yves, pour Cécile, pour qu'enfin ils aient eux aussi un peu de bonheur à picorer la vie.

Jacques revient, s'assied contre elle. Il la regarde, voit

les larmes briller. Elle prend sa main et la pose sur son genou. Il la retire aussitôt comme s'il s'était brûlé.

Il tente de se raisonner, se dit qu'il est un imbécile, qu'elle est prête à tout et qu'il n'a pas à faire du sentiment.

Il baisse la tête pour ne pas rencontrer le regard de Marie et, avec peine, lui effleure le mollet.

— Allez, l'encourage-t-elle, tu peux faire ce que tu veux, je ne bougerai pas !

— Non ! Non Marie ! Je ne peux pas ! Pas comme ça ! Pas avec toi comme ça ! Je ne sais pas si tout ce que je t'ai dit est vrai, mais moi je ne suis pas comme eux !

Je te respecte, je t'... Je... Je ne peux pas supporter l'idée de te prendre parce que tu es obligée… Non ! Non ! Jamais Marie ! Jamais !

— Jacques tu es quelqu'un de bien, tu es merveilleux ! Moi non plus je ne veux pas avoir ces sales relations avec toi ! Tu mérites bien plus ! Il faut que je parte… Je suis déjà en retard ! À bientôt !

En prononçant ces mots, elle se penche vers lui, pose un baiser sur sa bouche et se redresse aussitôt. Elle arrange sa tenue, et légère comme un moineau, s'envole dans le parc.

Jacques ne bouge pas. Il se lève alors que les pas de Marie ne font plus crisser le gravier de l'allée depuis longtemps. Il tourne dans la pièce tout imprégnée du parfum et de la chaleur de la jeune femme.

Il se rassied, tente de faire le point, de comprendre ce qui s'est passé. Rien, il ne s'est rien passé ! Elle était là, toute bouleversée, fragile, contre lui, consentante, et il n'a rien fait. Il a même refusé de la caresser. « Pas comme ça ! Pas comme ça ! » Quel imbécile ! C'est à mourir de rire ou triste à pleurer.

Comment est-ce possible que lui, le dur, l'homme à tout faire, impitoyable et froid, puisse se conduire ainsi, comme un idiot, comme un collégien romantique ? Il l'appelle même ma douce comme SA Marie.

La seule Douce qu'il connaît a disparu de sa vie depuis si longtemps… Est-il possible qu'il soit en train de tomber amoureux ? Non ! Pas lui ! Il a trop souffert ! C'est trop dur l'amour ! Jamais, jamais il ne recommencera !

À mesure que l'empreinte de Marie se dilue dans la pièce et dans son esprit, il tente de se ressaisir, en vain. Il raisonne en homme mûr et sérieux qui connaît la vie mais son cœur chante et ses yeux brillent comme ceux d'un enfant !

Il se sent empli d'une joie confuse et puissante. Une vague de sentiments le submerge et fait battre son cœur plus fort, plus vite. Il doit résister pourtant. Comme chaque fois qu'il a des problèmes, il se met à parler à voix haute, habitude de vieux solitaire.

« Je dois me reprendre ! Je n'ai pas le droit de l'aimer… J'ai une mission pour Madame ! Madame, Madame, je m'en fous ! Je voudrais qu'elle n'arrive à rien, je serais heureux qu'elle perde son pari. Oui, mais si Marie s'en va, que vais-je devenir ? Pourquoi Valérie s'est-elle mise cette idée tordue en tête ? Moi, je dois aider la sorcière à sacrifier la Belle juste par jeu. Si je raconte tout à Marie, elle partira et je la perdrai. Si je ne lui dis rien, je ne pourrai plus la regarder en face ! Je ne peux pas la trahir, je ne veux pas être un salaud pour elle… Attends, ça c'est ridicule ! Je deviens idiot ! Ce qu'il faut, c'est que je la possède. Quand je l'aurai prise, elle redeviendra pour moi une femme comme les autres, comme toutes celles que j'ai connues ! Non ! Non ! Je ne veux pas qu'elle soit comme les autres ! Moi je veux qu'elle m'aime, je veux vivre avec elle, je veux partir avec elle… Il faut que j'arrête, je suis en train de devenir fou ! »

En parlant, il arpente son logement de long en large. Parfois, il s'immobilise, secoue la tête, repart.

« Enfin, pourquoi je me pose toutes ces questions ? J'ai un travail à faire, des ordres à exécuter… Ce n'est pas Marie qui me loge, qui me nourrit, qui me couvre. Avec le casier que je traîne, si je perds ce boulot, je ne suis pas prêt d'en trouver un autre ! Il faut qu'elle devienne ma maîtresse… Après, ma foi, les autres en feront ce qu'ils voudront. »

Il dit ces mots et revoit Marie, son joli visage tourné vers lui, ses yeux mouillés de larmes, son regard droit et confiant. Il sourit comme un enfant qui rêve de Noël.

La sonnerie du téléphone le fait sursauter. Madame est déjà au courant de la visite de sa dame de compagnie. Elle veut le voir tout de suite pour savoir ce que celle-ci lui a confié. Il a envie de hurler : « Non ! Pas question ! » Il répond pourtant qu'il arrive tout de suite.

Elle le dévisage et lui, d'ordinaire maître de lui, ne sait quelle attitude adopter.

— Je sais que la petite bonne est venue vous rendre visite ! Racontez-moi tout Jacky !

« La petite bonne », il n'aime pas cette façon méprisante d'appeler Marie… Il se raidit, décide de donner, par vengeance, le minimum d'informations à Madame.

— Elle est venue pour savoir comment s'est terminé le bal de samedi. Elle m'a dit qu'elle ne se souvenait pas de la fin.

— Oui, elle était ivre morte ! C'est Mario qui a dû la déshabiller et la coucher. Il a été d'une patience admirable. Bien ! Et que lui avez-vous raconté ?

— Ce que j'ai vu : Monsieur, les loubards...

Tout en répondant, Jacques se dit qu'il ne s'est rien passé entre Marie et Mario. Il en est soulagé et heureux.

— Vous n'avez fait que discuter ?

— Oui Madame. Elle avait honte, elle voulait quitter le château. Je crois qu'elle pense qu'elle a couché avec Monsieur. J'ai essayé de l'influencer pour qu'elle reste.

— Oui ! Oui ! Regardez-moi Jacques ! Je vous trouve une allure bien singulière. Vos yeux ont un étrange éclat, vous me répondez avec gêne… Me cachez-vous quelque chose ?

— Non ! Non Madame ! Je vous assure.

— Vous savez, je suis experte dans les choses de l'amour et je me demande si vous n'êtes pas en train de vous éprendre de cette fille.

— Non ! Non ! Vous vous méprenez !

— Je l'espère car je ne voudrais pas que vous oubliiez

le but de votre travail. Cette petite est fade, plus prude qu'une grenouille de bénitier, jolie, mais sans grâce et replète d'ici dix ans, j'en jurerais…

Elle prend un ton menaçant :

— Allons Jacky reprenez-vous, réfléchissez. Elle ne vaut en aucun cas tout ce que vous avez à perdre en prenant son parti contre le mien !

— Que Madame se rassure, je n'oublie rien, mais je suis prudent. Marie est en proie au doute, au remords, je m'efforce de la déculpabiliser. Je la ménage, je la console.

— Pas Marie, Jade ! Ici et pour tout le monde, elle se nomme Jade ! Tenez-vous-le pour dit !

— Bien Madame !

— Vous me dites que vous la déculpabilisez ? Tâche noble, difficile et certes utile, mais avez-vous couché avec elle au moins ?

— Non Madame ! Pas encore.

— Pas encore ! Permettez-moi de vous dire que je trouve ahurissant qu'elle ne soit pas votre maîtresse à ce jour ! Vous me décevez beaucoup !

— Je comprends, mais je ne veux pas l'effaroucher et puis… c'est plus fort que moi, elle me fait pitié !

— Pitié ! Vous ? Cela ne vous ressemble guère ! Attention Jacky, la pitié est une marque de faiblesse, de bêtise ou de sénilité.

— Elle est si… naïve, si… pure !

— Allons donc ! C'est une oie gavée de préjugés, de morale ridicule, d'interdits… Et puis quoi ? Vous savez très bien que nous ne lui voulons aucun mal ! Que peut-il lui arriver sinon éprouver plus de plaisir en une nuit qu'elle en aura toute sa vie avec son mari minable ? Je ne parle même pas des cadeaux et privilèges qu'elle en retirera en sus. Préférez-vous qu'elle perde sa place ?

— Non Madame !

— Puisque vous êtes de mon avis, soyez plus efficace. N'oubliez pas que, en m'aidant, vous faites beaucoup pour elle et aussi pour vous. Cessez donc de vous attendrir sur cette idiote !

Elle a un sourire féroce :

— Fidélité, amour toujours, romantisme, je croyais que votre expérience personnelle vous avait immunisé contre ce genre de fadaises.

— Je ferai de mon mieux ! répond-il en baissant la tête…

Il a envie de l'étrangler.

— C'est parce qu'elle déborde de vertu, de droiture et de principes que je l'ai choisie. C'est ce qui fait tout le sel du pari, ne le comprenez-vous pas ?

— Oui Madame !

— D'ailleurs, vous verrez que ces règles qui l'étouffent ne résisteront pas trop longtemps, j'en suis convaincue. Quant à vous, ne vous avisez pas à mêler sentiment et travail. Imposez-vous à elle, soyez fort que diable ! Souvenez-vous qu'il n'y a pas si longtemps, vous faisiez trembler la moitié de la ville… Allez, laissez-moi, je dois passer quelques coups de fil. Ne fermez pas la porte s'il vous plaît, il fait plus chaud qu'en enfer, ici !

Jacques salue et sort.

Elle le regarde s'éloigner dans le couloir. Il commence à se voûter. Sa démarche est raide… Elle se dit qu'il vieillit mal. En plus, le voilà qui devient romantique, qui se met à fondre devant cette petite cruche ! Il faudra qu'elle en parle à Xavier même si elle sait que son mari est très attaché au chauffeur…

Pour le moment, elle doit appeler Josper pour qu'il remette un coup de pression sur le mari. On verra bien si elle s'arc-boutera encore longtemps sur ses saints principes et son inoxydable fidélité…

*

Jacques est à la fois furieux et troublé. Il supporte de moins en moins les réflexions de Madame sur sa vie privée ainsi que sa façon de le réprimander comme un enfant. Il est aussi en colère contre lui-même parce qu'il ne sait plus ce qu'il doit faire. Il est une des mâchoires du piège qui se ferme sur Jade... Non, sur Marie.

C'est vrai, Madame a raison, ils ne lui veulent pas de mal. Elle a parié et puis voilà...

Pour eux, c'est un jeu, mais ils sont tellement cyniques, tellement indifférents aux autres, que même sans le faire exprès, ils la briseront un peu comme ces enfants qui, en toute innocence, cassent leur jouet ou l'abandonnent lorsqu'il ne leur plaît plus.

Jusqu'où Madame ira-t-elle pour gagner ? Que vont-ils dire à Marie ? Que vont-ils lui faire croire ? Que feront-ils d'elle une fois le pari terminé ? Il secoue la tête. Toutes ces questions l'énervent. Des questions ! Des questions ! Trop de questions !

Après tout, Marie est assez grande pour se défendre toute seule, pour savoir où est son intérêt. Vaut-elle la peine qu'il se tourmente autant à son sujet, qu'il risque même sa place ?

Madame lui a bien fait comprendre qu'elle n'hésiterait pas à le faire renvoyer. Bon, c'est encore monsieur Xavier qui tient les rênes et il l'aime bien. Toutefois, il doit faire attention…

Marie, Marie… Où est-elle en ce moment ?

Certainement dans la bibliothèque. Se torture-t-elle comme lui ?

Et si elle était sa dernière chance d'amour ?

Le voilà à l'automne de sa vie… Il se souvient de certaines journées d'octobre en Languedoc, de journées lumineuses, sereines qui le rendaient fort, prêt à affronter l'hiver et ses tempêtes.

Marie, c'est comme un soleil qui viendrait maintenant réchauffer son cœur froid et sa vie triste… Que peut-il perdre à l'aimer ? Son emploi peut-être… Et s'il la repousse ? Il abandonne avec elle son dernier espoir d'amour… L'image de l'aimée l'accompagne jusque dans son logement. Quand il referme la porte derrière lui, elle y est déjà entrée.

En fait, la jeune femme, elle aussi, est pleine d'interrogations. Elle se répète les paroles de Jacques. Parfois un éclair, une image – ses seins nus qui tremblent – la font sursauter. N'importe quoi, elle a fait n'importe quoi !

Et pourquoi Mario a-t-il agi durant toute la soirée comme s'il ne la reconnaissait pas ? Pour ne pas l'intimider sans doute. Et Madame ? Lui a-t-elle menti pour ne pas trahir Monsieur, ou bien se sont-ils amusés d'elle ? Tout cela est étrange et compliqué…

Ce qui est sûr – le plus grave ! – c'est qu'elle a fait l'amour avec Mario. Pourquoi Madame en est plutôt satisfaite ? Elle ne le sait pas… Il y a tant d'événements, de paroles qui la troublent, l'inquiètent, l'ébranlent…

Voilà, elle a couché avec Mario ! Tout va bien, tout est normal dans ce monde où les fantasmes règnent, les désirs se concrétisent. Et Yves ? Et Cécile ? Que font-ils ? Où habitent-ils ? Sur une autre planète où la vie est dure et grise, toute tracée. Une vie comme un long couloir dans lequel n'existent ni bonheur, ni liberté. De l'amour peut-être…

Elle a couché avec Mario. Même Jacques, qui est pourtant un homme comme il faut, a posé ses mains sur elle. Elle l'a embrassé. Pourquoi ? Elle ne sait pas. Peut-être parce qu'elle veut qu'il continue à l'aider…

Il est gentil Jacques. C'est le seul ici sur qui elle peut compter. Parfois, il a une façon de la regarder qui lui fait peur, mais il la respecte. Elle l'aime bien, un peu comme un ami, un peu comme un grand frère…

Ici, elle est Jade. Elle se soûle, elle fume des joints, on la caresse, elle danse des slows comme autrefois, elle embrasse, elle fait l'amour avec un homme qu'elle n'aime pas et que se passe-t-il lorsqu'elle redevient Marie, lorsqu'elle retourne chez elle ?

Rien ! Tout se poursuit comme d'habitude.

Elle a toujours été persuadée que le mariage était sacré, que le moindre accroc qu'on lui faisait le détruisait d'une façon irrémédiable. Eh bien non ! Elle a trompé Yves – même sans le vouloir – et la vie, malgré tout, continue à couler sans heurts.

Et l'honnêteté ? Et la vérité entre l'époux et sa femme ? Encore une belle image qui se déchire. Elle ne lui dira rien ! Elle ne veut pas ? Non ! Non ! Elle ne peut pas…

C'est donc vrai, toutes ces histoires de gens qui s'aiment et qui pourtant se trompent ? Cela peut-il arriver à tout le monde ? Même à elle ?

Ce soir, Yves rentrera fatigué, les traits tirés, le visage poussiéreux et gris.

Il lui dira deux ou trois mots.

Il se douchera.

Il se servira un café.

Il s'installera devant la télévision.

Peut-être, au moment du repas, racontera-t-il une ou deux histoires entendues dans la journée…

Il ne la regardera pas.

Il ne lui demandera rien.

Il ne devinera rien.

Il ne saura rien.

Yves appartient au monde des pauvres, des vaincus, de ceux qui tremblent pour demain. Elle évolue ailleurs, dans celui des riches, des puissants. Leurs routes ne sont plus parallèles, elle en prend conscience à présent. Lui ne s'aperçoit de rien.

Elle touche autant que lui sans se fatiguer. Elle est reçue comme une princesse dans les plus belles boutiques de la ville. Elle est invitée au bal masqué. Même le célèbre monsieur Mario… Non, Non ! Lui représente le côté sombre de sa vie au château. Elle ne veut pas y penser.

Elle n'est pas une quelconque domestique, elle est dame de compagnie, travail qui exige discrétion, patience, souplesse et disponibilité, qualités plutôt rares à trouver chez une même personne.

Un emploi intéressant, un allié dans la place, elle n'a pas à se fâcher. Cela vaut bien, comme le lui suggère Jacques, quelques concessions... Jacques ! Elle pense à lui et sourit. Jamais elle n'a connu une telle intimité, une telle amitié avec un homme.

Lorsqu'elle a rencontré Yves, il y a eu entre eux une attirance physique féroce qui les a emportés. Ils se sont embrassés avant de se parler.

Jacques est doux, prévenant, gentil. Il l'écoute, il la comprend, il l'aide. À ce moment, elle se souvient des palpitations de la main chaude et douce sur sa cuisse et cela la trouble bien plus que sur le fauteuil. Elle éprouve soudain une envie brutale d'être aimée comme si le chauffeur avait déposé sur son corps des caresses à retardement.

Elle en vient à penser que cela fait quelques jours qu'elle et son mari ne se sont pas aimés. Ce soir, elle se le promet, ils se retrouveront dans l'amour.

.13.

En franchissant le portail du château, elle ressent comme chaque matin, un sentiment de fierté trouble.

Elle se change vite – elle s'habille en Jade – et rejoint la chambre de Valérie. Dès qu'elle l'aperçoit, celle-ci lui annonce :

— Au fait, Jade, vous allez avoir un peu plus de travail cette semaine, car j'ai invité quelques amis. Ils logeront à l'étage et c'est vous qui vous en occuperez.

— Bien Madame !

— Vous verrez, ce sont des gens charmants ! Je compte sur vous pour les servir le mieux possible !

— Ce sera fait !

— À propos, avez-vous déjà visité la maison du parc ? Je vais demander à Jacques de vous y conduire. Avant de la faire un peu réaménager, il me paraît judicieux d'être sûre qu'elle vous convient.

— Merci beaucoup. J'en suis certaine, je l'aimerai.

— Voyez-la d'abord ! Autre chose encore, il y a des ouvriers qui refont la cuisine d'été près de la piscine, n'allez pas vous encanailler avec eux. Tenez votre rang !

— Oui Madame ! répond Marie en pensant à Yves qui lui aussi est maçon.

— Il faut que les trois chambres soient prêtes pour après-demain matin. Je vais appeler Jacques, il passera vous prendre pour la visite !

— Merci Madame !

Bain, maquillage, habillement, tout se déroule selon le

rite. Marie sait ce qu'elle a à faire. Son esprit vagabonde.

Elle se voit déjà ouvrant les volets verts face aux pins centenaires, prenant le soleil devant la porte, écoutant les merles chanter dans la haie, surveillant Cécile en train de jouer sur le gazon.

Lorsque Madame s'en va, elle se met à danser de joie dans la chambre. Petit à petit, son rêve se réalise. Elle attend Jacques avec impatience.

Il apparaît vers onze heures. Auparavant, Madame l'a appelé pour lui donner ses consignes : il doit insister pour que Jade prenne bien conscience de la chance unique que représente le fait d'être logée gratuitement dans un parc, au cœur de la ville.

Elle a même rajouté, ce qu'il a beaucoup moins apprécié :

« Et vous, cessez de vous conduire en adolescent sentimental, vous avez depuis longtemps dépassé cet âge-là ! Soyez homme enfin ! »

Il vient donc d'un pas décidé avec l'intention de profiter de leur solitude dans le pavillon pour faire de Marie sa maîtresse. Celle-ci l'accueille toute souriante et lui pose un baiser sur la joue. Elle est radieuse et cette joie innocente, presque enfantine, touche Jacques, entame déjà sa résolution.

D'un ton enjoué, elle chantonne en lui prenant le bras : « Le palais royal est un beau palais… » Il rit et en même temps respire son parfum. À nouveau le désir se fiche dans son ventre.

En traversant le parc, elle le devance, virevoltant devant lui, courant presque, le priant de se dépêcher. Elle parle, parle… Lui n'écoute pas. Ses yeux suivent l'attache fine des chevilles, le renflement élastique des mollets, le grain doré de la peau des cuisses que la jupe dévoile, la courbe ronde de ses fesses.

Ils arrivent devant la maison et en gravissent ensemble les trois marches. Pendant qu'il cherche la clé dans son trousseau, elle se retourne. La pelouse s'étend comme une eau calme jusqu'au mur. La branche d'un pin effleure une fenêtre de l'étage. La maison est une île dans une mer verte, luisante et pleine d'odeurs de terre et d'herbe fraîche.

Jacques s'efface pour la laisser passer. Elle tâtonne à peine avant de trouver l'interrupteur.

Ils sont au début d'un couloir dans lequel s'ouvrent deux portes à gauche et une à droite. Dans le fond, un escalier s'envole, qui tourne au bout de quelques marches.

Marie hésite, elle ne sait par où commencer. Jacques lui pose la main sur l'épaule et la conduit dans une cuisine spacieuse aux murs carrelés, à l'évier large, déjà équipée d'une cuisinière électrique et d'une machine à laver la vaisselle. Elle pense aussitôt qu'ils pourront y manger sans problème. Les placards sont larges et profonds, un vrai bonheur !

Un regard dans la buanderie lui fait découvrir une pièce carrée et spacieuse dans laquelle elle rangera toutes les choses à la fois futiles et nécessaires qui accompagnent la vie d'une maison.

Le salon salle à manger lui paraît immense. La lumière crue des ampoules nues creuse des ombres brutales, donne une ambiance un peu mystérieuse. Contre le mur, des draps protègent du temps deux fauteuils, une table ovale et quelques chaises.

Jacques rompt le silence.

— La patronne a dit que si quelque chose vous intéresse, vous pourrez le garder !

— C'est vrai ? répond-elle tout en s'amusant du vouvoiement professionnel du chauffeur.

Le mobilier a servi, mais il est en bon état. Jacques s'installe sur un fauteuil et l'appelle :

— Viens voir Marie, comme il est confortable…

Le fauteuil, la fête, elle et Mario, un gros joint, elle assise sur Mario, des mains sur elle…

Elle s'efforce de sourire, fait non de la tête, s'éloigne, souffle au passage sur quelques toiles d'araignée et ouvre une fenêtre dans un nuage de poussière.

Un rayon de soleil entre dans la pièce, en dévore les ombres et les mystères. D'abord éblouie, Marie ne distingue rien. Peu à peu, elle découvre le frémissement vert de la mer d'herbe, les larges troncs des pins à la peau grise et calleuse, le jaillissement élégant d'un buisson de lauriers-tins. Quelque part, un oiseau appelle.

Tout engourdie de bonheur et de rêve, elle reste appuyée sur le rebord. Jacques vient derrière elle et noue ses bras autour de sa taille. Il lui chuchote, bouche contre oreille :

— Tout ça, c'est pour toi Marie. Bientôt tu seras la reine ici et nous serons ensemble !

Elle ne répond pas, ne bouge pas. Elle sent contre elle le corps dur et lourd de l'homme, son souffle sur sa nuque. Il pose ses lèvres sur son cou tandis que ses mains glissent sur ses hanches.

Elle veut se dégager sans heurt, mais il la presse contre lui. Elle le repousse un peu durement.

— Pourquoi résister ma douce, pourquoi lutter contre l'évidence, laisse-toi aller…

Elle se retourne, il relâche son étreinte.

— Attends Jacques ! Pas ici ! Pas maintenant ! Je ne peux pas.

— Marie ! Marie ! Crois-moi ! Dès que je t'ai vue, j'ai su que ma vie allait changer… Je t'aime, je t'aime comme la première fois.

À nouveau, ses mains la frôlent, l'effleurent, glissent sur elle, la caressent.

— Jacques, s'il te plaît, laisse-moi du temps !

— Mais je n'en peux plus de t'attendre !

— Si tu m'aimes, écoute-moi ! Je te l'ai dit l'autre jour chez toi, je ne veux pas avoir avec toi des relations… fausses. Il faut que je sois sûre, Jacques. Aie un peu de patience. Je… Je suis mariée et tu me parles d'amour… Laisse-moi savoir où j'en suis !

Il la lâche, un sourire triste aux lèvres, fait un effort pour se contrôler. Il demande d'une voix presque calme :

— Donne-moi un baiser Marie, un petit baiser

comme un gage, une promesse...

Sans lui laisser le temps de répondre, il se penche vers elle, l'enlace et l'embrasse. Marie se raidit, reste de marbre. Il n'insiste pas, la prend par la main et d'une voix qu'il veut joyeuse, lance :

— Poursuivons la visite du palais !

Elle acquiesce, mais le cœur n'y est plus. Ils vont voir les chambres. Que va-t-il se passer ? Va-t-il lui sauter dessus ? Que doit-elle faire ?

Elle éprouve de l'amitié, de l'affection pour Jacques, rien de plus. Il grimpe les escaliers devant elle, l'air triste. Il lui fait pitié. Elle a envie de le retenir, de lui dire : « Bon d'accord viens ! Embrassons-nous ! » mais aucun mot ne sort de sa bouche.

Elle ne peut pas donner son corps sans son coeur, c'est tout. Elle n'a pas pensé un seul instant à Yves, aux beaux serments de fidélité entre époux, à Cécile. Pour elle, faire l'amour avec Jacques représente la même chose que coucher avec Mario, c'est mal, c'est honteux.

Sauf qu'avec Mario l'autre nuit, elle n'était pas consciente.

Sauf aussi qu'avec lui, elle n'a peut-être pas le choix...

Les pièces de l'étage sont disposées de la même façon que celles du rez-de-chaussée : deux chambres à droite, une autre à gauche avec la salle de bains et les toilettes.

Toujours main dans la main, ils les visitent sans s'attarder, tous deux silencieux et tristes. À un moment, elle se serre un peu contre lui. Il se retourne, son visage est crispé comme celui d'un malade qu'une douleur taraude.

— Ma petite Marie, je ne sais plus ni ce que je fais, ni ce que je dois faire !

— Moi non plus Jacques, mais je ne veux pas que tu souffres !

— Tu es gentille, mais j'ai besoin de beaucoup plus que de charité ! Je t'aime comme j'ai aimé une seule fois dans toute ma vie et je te veux corps et âme.

— Mais tu sais bien que je suis mariée !

— Le mariage n'a rien à voir là-dedans !

— Jacques, Jacques, tu parles comme eux ! Tu me fais peur. J'ai… de la tendresse, de… l'affection, mais pas de l'amour. Enfin… je ne crois pas.

— Tu me le demandes, je serai patient, mais laisse moi t'aimer !

Il la reprend dans ses bras et l'embrasse à nouveau. Elle lui rend le baiser, puis pose un doigt sur sa bouche, se recule en répétant :

— Sois sage ! Descendons, descendons !

Il lui semble qu'elle gardera toujours en elle la saveur forte et un peu âcre de l'homme, que ses lèvres porteront à jamais l'indélébile empreinte du baiser. Elle a une immense envie de sortir, de respirer à pleins poumons l'air du parc. Jacques la rattrape dans l'escalier, pose sa main sur son épaule, la calme. Elle ralentit sa course et sourit un peu.

Le soleil baigne de lumière le seuil. Elle pense tout étonnée : « Le ciel nous photographie comme à la sortie de l'église. » Jacques est juste derrière elle. Il l'embrasse dans le cou et murmure :

— Je suis un homme heureux Marie, grâce à toi ma vie recommence !

— Chut ! S'il te plaît, on pourrait nous voir !

— Au revoir ma douce !

À mi-chemin du château, elle se retourne et le regarde. Le chauffeur est appuyé contre le mur ensoleillé, souriant, massif, lourd. Elle passe sa main sur ses lèvres et soupire.

.14.

Elle revient chez elle de bonne heure. Elle a le temps de préparer le repas du soir, pâtes et poissons panés, avant l'arrivée des siens.

Elle se retrouve plusieurs fois devant sa glace pour scruter son visage comme pour y déceler une trace, l'ombre d'un baiser. Peu à peu sa sérénité l'abandonne. Elle devient inquiète, irrésolue. Tantôt les remords d'avoir embrassé Jacques l'envahissent, tantôt elle regrette presque de ne pas lui avoir cédé. Elle se sent tour à tour, coupable, innocente, faible, héroïque, stupide, perdue.

C'est Yves qui rentre le premier, car Cécile a été invitée à goûter par une de ses camarades de classe. Comme d'habitude le soir, il est las et sombre, fatigué. Ils parlent peu, non pas qu'ils soient fâchés, mais parce qu'ils n'ont rien à se dire. Peut-être sont-ils trop retranchés chacun dans leur monde et leurs problèmes. Déjà trop loin l'un de l'autre ?

Ce silence ne gêne pas Marie, elle l'apprécie même. Cette atmosphère routinière où tout est connu, prévu, normal, la rassure, la calme.

Yves s'anime lorsque Cécile arrive à son tour. Il la saisit, l'embrasse plusieurs fois, puis la fait tournoyer en l'air. La fillette hurle et étouffe de rire.

Jouer avec la petite l'a sorti de sa journée de travail. Il vient rôder autour de Marie qui repasse en regardant *Questions pour un champion.*

Pourquoi la vie ne peut-elle pas se dérouler toujours ainsi ? se demande-t-elle. Ils sont bien là, ensemble, tous les trois. Il ne faut ni parler, ni bouger, de peur de rompre le fragile équilibre. Oui, mais combien de temps cela peut-il durer avant que l'on s'ennuie ? Est-ce vraiment cela vivre ? Non bien sûr !

La vie au bord de la richesse là-bas est bien plus dangereuse, plus effrayante, mais ô combien plus excitante ! Elle se dit qu'à présent, si par malheur elle perdait son emploi, elle ne pourrait plus redevenir la petite femme au foyer, terne, assoupie, rouillée par la monotone succession des jours, des mois, des années.

Plutôt mourir ? Non quand même pas… Plutôt partir oui ! Se réfugier chez le papé là-bas, au pays des vignes et des garrigues. Prendre Cécile et filer… Cette pensée la choque et en même temps lui fait comprendre toute la force de son attachement au château. Elle ouvre les yeux maintenant.

En fait, lorsqu'elle dit qu'elle va laisser sa place, qu'elle ne peut pas supporter ce qu'on lui a fait, elle se ment. Elle se donne bonne conscience. Au fond, elle sait qu'il n'a jamais été question d'abandonner.

Yves la prend par la taille :

« Qu'est-ce qu'on mange ma chérie ? »

Oui, oui le repas ! Arrêter de rêvasser, rester dans la vraie vie avec les siens. Le dîner est animé comme d'habitude par Cécile et Yves qui racontent à tour de rôle les petits événements de leur journée. Marie feint d'écouter, sourit quand ils rient, acquiesce lorsqu'on lui demande son approbation. Elle se souvient de Jacques, de ses mots, de ses mains, de ses lèvres.

Elle a honte, elle a l'impression de trahir sa famille. Elle s'en veut de penser à lui, mais elle se sent si seule avec les siens. Son mari et sa fille se désintéressent tant de ses faits et gestes là-bas qu'elle éprouve un vrai réconfort à penser qu'il existe tout de même une personne qui s'inquiète et se passionne pour elle. Au moins, pour lui, elle occupe la première place.

Même dans leur lit, l'image du chauffeur vient la revisiter lorsque Yves se met à l'embrasser. Malgré cela, ils font l'amour comme elle se l'était promis. Elle veut être heureuse dans les bras de son époux. Elle veut avoir du plaisir, elle en guette avec impatience les signes avant-coureurs. Elle veut jouir ! Elle veut ! Elle veut ! Elle ne pense qu'à elle, qu'à ses sensations.

Lorsque soudain, Yves se presse, halète, gémit et s'écroule sur son corps, elle en est encore à épier les premières étincelles de son orgasme. Elle est déçue et en colère. Elle en veut à son mari qui ne l'a pas attendue, mais elle essaie de ne rien montrer. Il a un si beau sourire dans ces moments-là…

Elle sourit à son tour, un peu, mais assez cependant pour qu'il la croie comblée. Plus tard, alors que Yves roule déjà dans ses rêves, elle revit sa journée.

Aujourd'hui, elle a embrassé un autre homme que son mari et, cette fois, elle l'a fait en toute conscience. Non seulement le monde ne s'est pas écroulé, mais en plus elle a passé avec sa famille une soirée plutôt agréable. Madame et Jacques ont-ils donc raison lorsqu'ils affirment que les règles qu'elle suit, la conduite qu'elle s'impose sont désuètes et ridicules ? Peut-on vivre heureux dans le mensonge, sans se soucier des autres, en suivant son seul bon plaisir ?

Elle met longtemps à trouver le sommeil et le réveil la surprend, visage fané, cheveux embroussaillés. Yves l'embrasse avant de se lever. Il sifflote, il est apaisé, joyeux. Comme souvent ces derniers temps, elle a hâte que lui et sa fille partent. Elle a envie d'être seule, de ne s'occuper que d'elle, de ne soucier que d'elle.

Ce désir la culpabilise un peu. Elle se reproche son égoïsme, mais elle chasse cette pensée en se disant qu'elle consacre la totalité de son temps libre à sa famille depuis de trop nombreuses années. Encore maintenant, d'ailleurs…

Tout ce temps pendant lequel elle s'est oubliée, pendant lequel elle a à peine vécu, accrochée au monde par les histoires de Yves, de Cécile et du téléviseur !

Servante bénévole le jour, maîtresse la nuit et toujours souriante, toujours calme, toujours semblant satisfaite de son sort.

Des jours gris et des jours gris à attendre un événement extraordinaire : un ouragan, un accident, un tremblement de terre, le billet gagnant d'Euro-million.

Des heures grises et des heures grises à attendre son mari et sa fille pour respirer à travers eux la vraie vie, celle de dehors, celle du monde.

Elle était bien plus libre chez ses grands-parents à Mersac. Elle pensait s'envoler en se mariant, elle a retrouvé une cage plus étroite encore et dans laquelle elle s'est brisé les ailes.

Son humour, sa bonne humeur, sa joie de vivre, son amour se sont peu à peu usés dans la patiente broyeuse de la routine et de la pauvreté. Ses grandes victoires au prix de privations quotidiennes se soldent par des économies minuscules, de petits cadeaux pour Cécile.

Et jamais de reconnaissance, jamais de satisfecit… Au contraire, des remarques du genre : « Déjà on est à découvert ! Mais comment tu te débrouilles ? C'est pas possible, tu as les poches trouées ! »

Alors oui, elle a le droit d'être égoïste, un peu, elle a le droit de désirer se retrouver seule, enfin ! Bien sûr au château aussi, elle n'est qu'une servante, mais là-bas, au moins, les règles sont bien établies et en plus, elle est payée. Les besognes ne s'ajoutent pas au fur et à mesure de la journée. Elle n'a aucun scrupule à ne rien faire. Elle peut gérer son temps. Elle est bien plus libre en travaillant qu'en restant à la maison...

Cécile l'appelle. Marie se précipite.

Par bonheur, la mécanique des gestes du matin est bien rodée. Elle s'effectue sans heurt ni grincement. Marie joue à la maman idéale. Elle est la maman parfaite pour sa fille.

Avant de partir, l'enfant passe le doux collier de ses bras autour de son cou. Que c'est bon ! Que c'est chaud !

Marie tient Cécile serrée dans ses bras et elle oublie toute sa révolte dans l'étreinte.

Elle regarde sa fille s'éloigner dans la rue avec son amie, toutes deux sautillant sur le trottoir. Cécile grandit, le temps passe… Elle ne la laissera jamais.

Seule ! Enfin ! Marie commence à se préparer. Déjà ses idées rejoignent le château et Jacques. Le verra-t-elle aujourd'hui ? Que dira-t-il ? Que fera-t-il ? Et elle comment se comportera-t-elle avec lui ? Ce dont elle est sûre, c'est qu'elle n'est pas prête à se donner à lui. Ça non ! Pour le moment, cela lui paraît tout à fait incongru.

Lorsqu'elle quitte l'appartement, une pensée la frappe. Elle n'a même pas raconté à Yves la visite du pavillon. Pourquoi ? À cause de Jacques ? Non, elle n'en aurait pas parlé et puis voilà. En fait, elle n'en a pas eu l'occasion.

Réveil, lever, bain, maquillage, habillement. Madame met de l'ordre dans son sac.

— Dites-moi Marie, comment avez-vous trouvé le pavillon du parc ?

— Très bien Madame, très bien !

— Vous n'avez pas l'air enthousiaste… Êtes-vous sûre qu'il vous plaît ?

— Oui beaucoup, mais il est difficile d'imaginer une maison vivante alors qu'elle est vide ! Et puis pour moi c'est comme un rêve, je m'efforce de ne pas y croire tant qu'il ne devient pas réalité.

— Je vous l'ai dit et répété. Soyez obéissante avec moi, gentille avec mes amis et cela se concrétisera très vite. Au fait, Jacques doit vous l'avoir dit : S'il y a là-bas des objets, des meubles qui vous intéressent, vous pourrez en profiter.

— Merci !

— Bien. N'oubliez pas que vous avez les chambres à préparer. Pensez-vous avoir besoin d'aide ?

— Non Madame, ce ne sera pas nécessaire ! Tout sera prêt.

— À propos, il est fort possible que je vous fasse rester un soir lorsque tous mes hôtes seront là ! Je vous crois plus discrète et plus présentable que les autres.

— À votre service !

— Encore une chose avant de partir : il y a là quelques vêtements un peu froissés, prenez en soin, ils sont très fragiles. Au revoir Marie !

Au revoir Madame ! Bonne journée !

Comme chaque matin, le nettoyage et le rangement de la salle de bain puis de la chambre constituent la première grosse besogne de la journée. Elle est en train de faire le lit lorsque Jacques surgit dans la pièce.

« Bonjour Marie ! s'exclame-t-il. Je n'ai pas beaucoup de temps maintenant, mais je t'attends chez moi à midi. Si tu veux, nous déjeunerons ensemble ! »

Elle a juste le temps d'acquiescer. Il lui envoie un baiser du bout des doigts et referme la porte sur lui. Marie sourit… un baiser de la main, comme un enfant ! Jacques est un drôle de personnage.

Elle est heureuse de cette invitation, les repas solitaires à l'office ne sont guère joyeux. Elle a l'impression d'agir comme une voleuse. Lorsqu'elle entend un bruit, elle n'ose plus bouger. En même temps, il lui faudra se tenir un peu sur ses gardes. Il a l'air si… fou par moment.

Tout en tirant sur les draps, elle chantonne. Elle a beaucoup de travail. Tant mieux, la matinée passera vite ! Plutôt que de se lancer dans le repassage, elle décide d'aller préparer une chambre.

Elle pense aux invités. Avec tous ces gens en plus, elle risque de rentrer tard. Madame lui a même annoncé qu'elle devrait rester un soir. Il faut qu'elle prévienne Yves. Encore des ennuis, des disputes en perspective… Peut-être pas. Après tout, il a bien réagi l'autre jour. Elle n'a pas le choix, alors…

Comme celle de Madame, la chambre que Marie

ouvre possède une salle de bains spacieuse et une penderie qui paraît d'autant plus vaste qu'elle est vide. La seule différence entre les deux pièces réside dans la taille et la forme de la baignoire, ici tout à fait normales.

Elle ouvre les fenêtres en grand pour aérer, ôte quelques toiles d'araignées, se lance ensuite dans le ménage.

Lorsqu'elle a terminé, il est déjà onze heures et demie. Elle est en train de vérifier la propreté des lieux quand elle entend monsieur Mario appeler :

— Valérie ! Valérie ! Où êtes-vous ? Il n'y a donc personne ici ?

Marie enlève son tablier, se lave les mains, se coiffe et court dans la chambre de Madame. Monsieur est assis sur le lit, l'air épuisé.

— Ah Jade, vous êtes seule dans les appartements ? Bien sûr, Madame n'est pas là ! Je fais mille kilomètres en roulant comme un fou pour la voir et elle est absente ! Va-t-elle rentrer bientôt ?

— Non monsieur ! Je ne pense pas, en tout cas pas ce matin !

— Oui ! Je suis fatigué, fatigué, je n'en peux plus. Soyez gentille, ôtez-moi mes chaussures, je vais m'allonger un peu !

Elle s'exécute puis demande :

— Monsieur n'a plus besoin de moi ?

— Non Jade merci ! Enfin si… oui. Avez-vous une tâche pressante à accomplir ?

Elle jette un regard rapide à sa montre. Il est presque midi. Elle se force à prendre un air enjoué et répond :

— Ce n'est pas un travail, c'est qu'il est l'heure d'aller déjeuner.

— Le repas ? Eh bien prenez-le avec moi ! Je me sens si seul, vous me tiendrez compagnie !

— Mais Monsieur…

— Non ! Non Jade ! Ne refusez pas ! Faites-moi ce plaisir s'il vous plaît !

La voix est ferme, elle ne demande pas, elle ordonne.

— Ne craignez rien, il ne vous sera fait aucun reproche. Allez vous nettoyer, arrangez-vous un peu, je commande le menu !

Il n'y a rien à répondre, Marie s'enferme un instant dans la salle de bains. Elle pense au pauvre Jacques qui doit déjà l'attendre, qui a sans doute préparé un repas extraordinaire.

Si elle ne le prévient pas, il est capable de venir la chercher. Que pensera-t-il s'il la surprend en train de déjeuner avec Monsieur ? Elle l'appelle et sans lui donner le temps de parler, lui dit :

— C'est moi ! Je suis désolée, je ne peux pas venir, j'ai un empêchement !.

— (...)

— Non, rien de grave. Monsieur Mario vient d'arriver et je dois l'aider à s'installer ! Je viendrai te voir dès que j'aurai fini !

Lorsqu'elle revient dans la chambre, monsieur lui fait signe d'approcher et la saisit par la main :

— Asseyez-vous là, près de moi. Je vous l'ai dit, j'ai besoin de votre présence !

— C'est à dire… On va porter le plateau, je n'aimerais pas que l'on me voie sur le lit à vos côtés !

Il a un sourire moqueur.

— Eh bien, vous vous lèverez pour prendre les repas, c'est tout !

Elle s'installe tout au bord du lit en attendant avec impatience l'arrivée du déjeuner. Plus vite ils auront terminé, plus vite, elle sera libre.

Monsieur a un drôle d'air. Il lui fait un peu peur. A-t-il bu ou fumé ? Il semble poursuivre un rêve éveillé. Par moments, sa main droite est agitée de petits tremblements rapides. Il cligne des yeux…

Il ne réagit même pas lorsqu'enfin le chariot est amené. Il mange peu, sans un mot. Marie n'ose pas trop se servir et bien que les plats soient appétissants et variés, elle ne fait que grignoter.

Elle pense à Jacques qui l'attend, elle surveille

Monsieur toujours aussi bizarre. Elle n'a pas du tout envie de déjeuner…

Il la dévisage soudain et demande :

— Avez-vous déjà été amoureuse ?

— Ben oui Monsieur !

— Vraiment amoureuse ?

— Oui Monsieur je crois, oui.

— Vous avez de la chance vous. Les gens simples ont des problèmes simples, c'est normal.

Il se tait et se prend la tête à deux mains comme si on le torturait. Effrayée, Marie ne bouge pas.

Il pose sa main sur son genou et en suit le contour. Son geste n'a rien de sensuel. Il touche la peau de Marie comme un collectionneur le ferait avec une pièce sans grande valeur.

Elle veut se lever pour ranger les couverts et ramener le chariot dans le couloir, mais la main de Monsieur se crispe sur son genou. Elle est de plus en plus mal à l'aise. Son dos commence à la faire souffrir. Elle est sur le point de lui demander l'autorisation de quitter la chambre, mais il la devance.

— Ôtez vos chaussures et allongez-vous près de moi. Vous êtes mal installée, toute pliée, vous me faites prendre peine !

Elle appuie son dos contre le montant du lit et étire ses jambes en s'écartant de Mario. Il se tourne vers elle, la regarde, étonné.

— Je ne vous comprends pas Jade ! Que craignez-vous donc ? Nous avons passé une nuit merveilleuse il n'y a pas si longtemps. L'avez-vous déjà oubliée ?

— C'est que j'étais… J'avais un peu trop bu, je ne me rendais pas compte de ce que je faisais !

— Je n'en crois pas un mot ma chère ! D'ailleurs, à ce propos, peut-être pour que vous gardiez ces instants en mémoire, j'ai un petit présent pour vous. Allez le prendre dans la poche de ma veste s'il vous plaît !

C'est un joli cube de carton doré. Le cœur de la jeune femme bat plus fort. Il faut refuser, il faut jeter ce cadeau qui est la preuve et la récompense de sa trahison. Mario lit dans ses pensées.

— Vous allez me vexer Jade ! Ne soyez pas ridicule, prenez-le ! Je vous l'offre avec plaisir.

La petite boîte pèse lourd dans la main de Marie. Ce qui est fait est fait. Ce n'est pas en faisant la fière maintenant qu'elle sauvera son honneur.

— Reprenez votre place et ouvrez !

Elle se réinstalle sur le lit, ouvre la boîte et découvre une superbe bague d'or finement ouvrée. Elle ne peut s'empêcher de s'exclamer :

— Elle est magnifique !

— Oh ! C'est une bien petite chose pour marquer le début de nos relations… amies.

— Merci Monsieur, mais je ne peux pas l'accepter.

— Et pourquoi donc ?

— Même si je la prenais, je ne pourrais pas la porter. Mon mari m'en demanderait tout de suite la provenance !

— Vous lui raconterez que c'est Madame qui vous l'a donnée !

— Ce… ce n'est pas possible ! Elle est trop belle ! Il ne comprendrait pas !

— Qu'à cela ne tienne ! Vous ne la mettrez qu'au château. Puisqu'en arrivant vous vous changez, vous remplacerez aussi votre alliance par cette bague, notre bague de fiançailles en quelque sorte.

Il fait un geste brusque de la main :

— Mettez-la et n'en parlons plus. Je vous l'ai dit, je suis fatigué, je veux du calme. Je ne vous demande rien. Détendez-vous, laissez-vous faire. J'ai besoin de votre présence et de votre douceur, c'est tout.

Elle met le bijou, se tait. Une bague de fiançailles ! Cet homme est fou. Elle pense à Jacques qui lui a demandé un baiser en parlant aussi de « promesse ». Elle ne comprend rien à la vie ici...

Mario pose sa main au-dessus du genou de Marie et reste immobile. Le chauffeur, lui, voulait qu'elle lise pendant qu'il la caressait. Rester de marbre, ne rien donner, ne rien laisser paraître…

À présent, les doigts décrivent des cercles sur sa jambe, s'arrêtent, repartent, glissent sous la jupe, se posent à nouveau. Marie se fait violence pour ne pas hurler. Elle garde avec obstination ses yeux fermés pourtant, elle sent, elle est sûre qu'il l'observe.

— Vous avez une peau très douce Jade, très agréable au toucher. C'est un vrai bonheur. Ce contact me fait du bien. Je me sens déjà mieux.

Un long moment passe sans bruit, sans mouvement. Il semble à Marie que la respiration de Mario est devenue régulière. Il s'est peut-être endormi avec, sur sa cuisse, cette main qui la retient prisonnière comme une laisse.

Elle attend encore quelques longues minutes puis, avec précaution, entreprend de se dégager. Elle se redresse enfin, s'écarte de Monsieur. À ce moment, il l'agrippe par les épaules, la tire en arrière et se place au-dessus d'elle ; ses yeux brillent dc colère :

— Cela suffit ! Vos jeux ne m'amusent plus ! Valérie a raison, je suis bien trop conciliant, bien trop doux avec vous. Je ne vous dirai ceci qu'une seule fois et vous répondez tout de suite ! Vous m'obéissez ou vous partez ! Je tiens cependant à vous affirmer que si vous nous quittez, ni vous, ni votre mari ne trouverez le moindre emploi dans toute la région ! Est-ce clair ?

— Oui Monsieur !

— Bien ! Alors, allongez-vous, fermez les yeux et ne bougez plus !

Elle obéit et éclate en sanglots. Lui, indifférent, se recouche à côté d'elle et glisse à nouveau sa main sous la jupe.

Marie pleure. Elle se réfugie dans son désespoir pour oublier Mario. Elle est si choquée qu'elle n'éprouve aucune sensation physique. Elle a conscience qu'il l'effleure, la touche, la palpe, la regarde, mais elle ne sent rien, comme si son corps et son esprit étaient dissociés. Au bout d'un temps dont elle est incapable de préciser la durée, il se lève, se dirige vers la salle de bain la laissant, jambes écartées, jupe relevée, poupée cassée sur le lit. Il se retourne :

— Ouvrez les yeux Jade ! J'ai été sévère avec vous, mais croyez-moi, j'en suis désolé. C'est que vous ne m'avez pas laissé le choix.

Il prend un ton paternel :

— Je vous aime beaucoup mon petit. Je ne veux pas que, à cause de préjugés désuets et d'une moralité de bigote, vous laissiez passer la chance qui s'offre à vous ! Merci de m'avoir tenu compagnie. Vous êtes libre !

Elle se redresse comme au sortir d'un cauchemar. Le bruit de l'eau s'arrête dans la salle de bains. Il va revenir ! Vite ! Vite ! Elle ramasse ses chaussures et quitte la chambre en courant. Elle se réfugie dans les vestiaires.

Se laver, enlever la main qui l'a violée, son empreinte, son poids. L'eau tiède qui ruisselle sur son corps emporte ses larmes, sa honte, son dégoût.

Captive et vouée au bourreau.

La seule issue est la fuite bien sûr, mais cette liberté pourrait être pire que son tourment. Monsieur Mario est fou, c'est sûr ! Elle revoit ses yeux hagards, ses traits tirés, sa brutale colère. Il faut qu'elle dise, il faut qu'elle raconte.

Jacques ! Elle doit le voir tout de suite. Il l'aidera, il comprendra les raisons qui la poussent à partir… Bien que l'après-midi soit avancée, elle court vers le refuge. Par bonheur, la porte n'est pas fermée à clef, il est là.

Aussitôt assise à sa place, sur le fauteuil noir, elle se met à raconter tout ce qui s'est passé : la bague de fiançailles, les caresses, sa révolte, les menaces, l'attitude de Monsieur, un véritable obsédé, sa résolution de partir.

Jacques écoute sans rien dire. Par moment, ses poings se serrent ; ce porc mériterait une bonne leçon…

Pourtant, pourtant, n'est-ce pas ce que Madame veut ? Lui-même n'a-t-il pas contribué à tendre le piège ? Que peut-il faire ? Sa seule certitude est qu'il ne veut à aucun prix perdre Marie. Elle ne doit pas partir, c'est… c'est impossible. Il prend conscience avec une angoisse béate qu'il ne peut plus vivre sans elle, il en est tout ému…

Elle parle, parle. Les larmes coulent, coulent, intarissables. Il se penche vers elle, la prend entre ses bras. Elle se blottit dans lui.

— Je vais partir Jacques, je vais partir ! Tu comprends ? Je ne peux pas rester, je ne peux pas !

— Oui, oui Marie je te comprends et tu as mille fois raisons pourtant il faut que je t'avertisse. Fais bien attention ! Je connais ces gens. Lorsque Mario t'a menacée, il était tout à fait sérieux, crois-moi ! Ils ne supportent pas qu'on leur tienne tête.

— Mais c'est affreux et injuste !

— Oui, on en a déjà parlé ! Ils ont l'argent et le pouvoir. Face à eux, nous ne sommes rien, d'autant plus qu'ils sont tous pareils et qu'ils se serrent les coudes !

— Non ! Ce n'est pas vrai, ils ne sont pas tous comme ça !

— Marie calme toi. Réfléchis un peu… Tu as confiance en moi ? demande-t-il.

Lui, il se dégoûte, il a envie de vomir…

— Oui Jacques !

— Je t'aime ! Je ne veux pas te voir malheureuse, pourtant je te demande de ne pas tout abandonner sur un coup de tête.

— Un coup de tête ?

— Oui ! Tu es dans l'émotion, tu ne raisonnes pas en ce moment ! Je te l'avais dit qu'il te faudrait faire des concessions. Même eux t'ont avertie. Ils ne t'ont pas prise au dépourvu, rends-leur au moins cette justice ! Ils t'ont laissé le choix !

— Oh oui quel choix ! Tout perdre ou devenir leur jouet !

— Reste Marie, reste je t'en supplie… Tu sais… Peut-être que Mario a voulu te tester… Peut-être qu'il est déjà reparti, qu'il ne viendra plus pendant un mois ou deux… Essaie encore un peu… au moins pour moi.

— Tu me dis que tu m'aimes et tu veux que je me prostitue !

— On en a parlé, ça n'a rien à voir avec les sentiments. Cela fait partie de ton travail…

— Jamais de la vie, je suis une employée de maison pas une pute et puis j'ai mon mari, ma fille…

— Tu vois que tu mélanges tout ! Écoute, je te demande de faire l'effort de rester toute cette semaine.

— Cette semaine ? Et après ?

— Ben, si c'est insupportable pour toi, tu partiras et je ne ferai rien pour te retenir…

Elle se lève, va et vient dans la pièce. Il la prend entre ses bras. Elle murmure :

— J'ai peur Jacques, il me semble être tout au fond d'un piège. Quoi que je fasse, je vais être malheureuse.

— Alors Marie, essaie de ne pas entraîner ceux qui t'aiment, ta famille et moi, dans le malheur ! Une semaine… Pas plus !

— Je… Je vais essayer… Je n'ai que toi, Jacques, je me sens si seule, si perdue…

— Je t'aime Marie !

Elle se dégage, pose un petit baiser sur les lèvres du chauffeur et sort en faisant un signe de la main. À ce moment, un nuage passe devant le soleil, la maison devient sombre.

Pendant tout le trajet du retour, elle tente de réfléchir, de faire le point, mais elle n'y parvient pas. En passant devant un miroir, elle aperçoit ses yeux rougis.

*

Dans l'appartement, même Cécile les remarque, car aussitôt qu'elle la voit, elle lui demande :

« T'as mal aux yeux maman ? »

Marie ne répond pas et s'enferme dans la salle de bains. Elle en ressort assez vite et se lance à corps perdu dans le balayage et le rangement de l'appartement. Après le ménage, c'est la confection du repas qui l'occupe jusqu'à l'arrivée de Yves.

Lui aussi a l'air déprimé. Il la salue sans la regarder, embrasse Cécile et se laisse tomber sur une chaise.

— Ça y est, le patron m'a reparlé !

— Tu es à la porte ?

— Non ! Enfin, pas encore ! Il m'a demandé si j'avais trouvé une solution de remplacement. Je lui ai répondu que c'était difficile en ce moment. Il a grogné quelque chose que j'ai pas compris et il est reparti. Il a rien dit de plus !

— Eh bien ! s'exclame-t-elle, il ne manquait plus que ça !

— Pourquoi tu as des problèmes toi aussi ? Ne me dis pas que tu vas être renvoyée !

— Non ! Non ! Mais j'ai beaucoup de travail et les patrons sont durs ! D'ailleurs, un de ces soirs, je risque d'être coincée là-bas !

— Ça ne fait rien ma chérie ! Accroche-toi ! Ce n'est pas le moment de lâcher ! Tu voulais tant travailler ! Argent, indépendance, et cetera, et cetera... Tu ne connaissais pas l'essentiel, la fatigue et les chefs.

— Oui, tu as peut-être raison ! murmure Marie qui ne veut surtout pas entamer une discussion sur le sujet. Mais enfin Yves, l'entreprise marche si mal que ça pour qu'ils veuillent te licencier ?

— Non ! Enfin je ne sais pas. Il y a toujours autant de travail... Peut-être qu'on a perdu des marchés...

— Il faut espérer que c'est juste une mauvaise passe mon chéri.

— Il vaudrait mieux Marie parce que, mine de rien, j'ai essayé de me renseigner à droite et à gauche. En ce moment, il n'y a pas grand-chose dans le métier !

Il soupire, se tourne vers le téléviseur. Que dire de plus. Il faut attendre, attendre avec cette menace au-dessus de la tête, travailleur en sursis.

Pour lui, être sans emploi, c'est une vraie maladie, honteuse comme le sida, cette saleté qui frappe les homosexuels, les drogués et les fainéants. C'est une chose qu'il ne pourra jamais avouer à ses parents...

Marie prend un vieux magazine, le feuillette mais elle ne voit ni les titres, ni même les belles photos des mannequins. Tout au fond d'un piège. Oui, elle est tout au fond et elle n'aperçoit aucune issue.

C'est une chance que Jacques l'ait empêchée de tout abandonner. Que feraient-ils maintenant ?

Son chemin est tout tracé. Pour protéger les siens, pour ne pas qu'ils connaissent l'angoisse et la misère, elle va trahir Yves. Elle va laisser ce fou de Mario profiter d'elle. Elle ne se défendra pas. Elle sera obéissante, comme une poupée dans ses mains. Elle se revoit allongée sur le lit à côté de Monsieur. Sa gorge se serre, ses yeux se mouillent de larmes. Yves la regarde, pose affectueusement le bras sur son épaule et essaie de la consoler.

— Ne pleure pas ma chérie, je ne suis pas encore à la rue ! Et puis entre le chômage et ton salaire, on pourra voir venir, non ?

Elle se frotte les yeux.

— Oui ! Oui !

— C'est que tu gagnes bien ! Si en plus tu fais des extras de temps en temps, on s'en sortira. Moi je trouverai bien quelque chose.

Elle se laisse cajoler un moment. Elle est fatiguée, mal à l'aise. Elle pense à Mario. Elle a envie d'oublier. Dormir, dormir, mourir un peu…

Quand il la rejoint dans le lit, elle ne dort toujours pas. Il lui parle avec tendresse, la frôle, la caresse.

— Tu veux bien ? demande-t-il.

— Si tu en as beaucoup envie, oui mais je t'avertis, je suis fatiguée.

— Oh, j'en ai trop envie, j'ai besoin d'un peu de bonheur !

« Et moi ? » pense-t-elle pendant qu'il la pénètre.

Il jouit vite, l'embrasse sur la joue, se tourne et s'endort.

Dès qu'elle se réveille, l'image de Mario, là-bas, comme une araignée au fond de sa toile, occupe son esprit. Elle tente de se rassurer. Elle se dit qu'avec tout le travail qui l'attend – trois chambres à préparer plus les appartements de Madame –, elle n'aura pas le temps de le voir. Elle prévient même Yves qu'elle risque d'être en retard ce soir.

Candide et égoïste, il lui répond que cela ne le dérange pas dans la mesure où tout est prêt lorsqu'il arrive. Elle hausse les épaules, ne dit plus rien.

À neuf heures précises, elle pénètre dans le château. Elle se change sans oublier de mettre la bague de fiançailles.

Sans bruit, elle se dirige vers une chambre inoccupée et commence le nettoyage. Une heure plus tard, elle remet un peu d'ordre dans sa tenue et va frapper à la porte de Madame.

C'est monsieur Mario qui répond. Marie a un haut-le-cœur en entendant sa voix et elle doit se faire violence pour entrer.

Aussitôt, Madame l'appelle :

— Vite ! Vite ! Petite chanceuse montrez-moi donc le cadeau que Monsieur vous a fait !

Marie s'approche, montre la bague.

— Mais elle est mignonne comme tout ! s'exclame Valérie en l'examinant. Bravo mon cher, vous avez toujours aussi bon goût !

Mario ne répond pas. Il rêve, les yeux tournés vers le plafond dans une attitude qui fait frissonner Marie.

— Avez-vous repassé mon haut ?

— Je vais le faire Madame.

— Bien, qu'il soit prêt lorsque je sortirai du bain, j'en ai besoin ce matin !

Alors qu'elle se dirige vers la salle de bain, Mario la rappelle d'une voix lasse :

— Jade ! Mon oreiller ! J'espère qu'il ne faudra pas que je vous le demande chaque matin ! C'est épuisant à la fin !

Résignée, elle s'approche de l'homme qui, tout de suite, glisse sa main sous la jupe et lui caresse les fesses sans la regarder. Il s'exclame soudain :

— Mais, que portez-vous là ?

Il se tourne vers Valérie et lui dit :

— Ma chère, vous vous êtes souciée de ses vêtements, il vous faudrait aussi songer à ses dessous !

Amusée, Madame répond :

— Écoutez Mario, occupez-vous en s'il vous plaît ! N'êtes-vous pas un spécialiste en la matière ?

— Bien ! Vous avez entendu Jade ! Cet après-midi, nous irons acheter ce que je désire pour vous. Ce sera comme pour les habits et la bague. Vous les mettrez en arrivant au château et vous les quitterez en partant.

— C'est une très bonne idée, assure Madame. Ainsi, vous changerez vraiment de peau, Jade. Il ne restera rien sur vous de la pauvre Marie.

— C'est que j'ai encore deux chambres à préparer. Je préférerai accompagner Monsieur un autre jour…

— Qu'à cela ne tienne Jade, tranche Madame, vous finirez un peu plus tard ce soir. Allez, ne traînez pas. Faites-nous couler le bain puis repassez mon haut.

— Bien Madame, répond Marie en s'éloignant.

Mario, triomphant, se tourne vers Valérie :

— Alors ma chère, vous voilà bel et bien en passe de gagner votre pari !

— Tout doux mon cher, tout doux ! Disons que nous sommes sur la bonne voie !

— Comment ? La bête est domptée, c'est évident !

— Peut-être, mais d'une part, vous ne l'avez pas possédée et d'autre part elle doit aussi être consentante avec les autres !

— Que diable, il nous reste encore bien du temps. Cela ne doit faire guère plus de deux mois que vous avez parié !

— Soixante-dix jours aujourd'hui !

— Alors, tout se réalisera selon votre volonté. En attendant, que propose Machiavel ?

— Je pense qu'il faut profiter au maximum de ses

bonnes dispositions actuelles pour rendre les choses irréversibles. Prenez-la cette après-midi ! Attention, n'agissez pas comme vous l'avez fait hier. Cette fois, pensez à elle ! Soyez doux, gentil, donnez-lui du plaisir. Je suis persuadée que si vous y parvenez, elle viendra ensuite vous manger dans la main.

— Bien, cela sera fait, pour vous !

— Allons, elle n'est pas si laide… et plutôt bien faite. À vous de rendre le moment agréable !

Elle se lève :

— Je dois voir Jacques. D'après ce que vous m'avez dit, je suis sûre qu'elle est allée pleurnicher dans ses bras. Il me racontera tout, il me faudra peut-être insister, mais je saurai tout ce qui nous intéresse. C'est d'autant plus amusant que j'ai bien peur que cet imbécile n'en soit tombé amoureux.

— N'est-ce pas ennuyeux ma chère ? Ne risque-t-il pas de vous trahir ?

— Jacques ? Non ! Il n'y a aucune crainte. C'est un chien qui grogne parfois, mais un bon chien ! Il sera fidèle jusqu'à la mort.

— Cette histoire m'excite de plus en plus !

— Oui Mario, je vous le concède. C'est assez divertissant de voir grouiller comme des vers, les petits sentiments chez les petites gens !

Madame ne s'est pas trompée. Le Jacques qui répond à ses questions est gêné, tendu. Madame doit lui arracher chaque mot, chaque détail comme s'il s'agissait de secrets vitaux. Cela l'exaspère et l'amuse en même temps.

Elle lui demande de prendre monsieur Mario et Jade cet après-midi vers quatorze heures pour les emmener en ville.

Alors qu'il s'apprête à sortir, elle lui lance :

« Attention Jacky, pas de romantisme, pas de sentiment ! Vous devez tout faire afin qu'elle reste, aussi bien pour moi que pour vous, n'est-ce pas ? »

« Pas de sentiment, pas de sentiment ! c'est facile pour elle, elle a un cœur de pierre ! bougonne Jacques en refermant la porte derrière lui, pauvre Marie ! Et si je lui disais tout ? Elle me pardonnerait peut-être, mais elle partirait c'est certain ! »

Après tout, je passe ma vie au service des autres… Je peux aussi penser à moi, non ? Je vais la garder. Ce n'est pas de l'égoïsme, plutôt du bon sens. Ici, quoiqu'il lui en coûte, elle sera plus heureuse que dans son appartement minable. Je lui raconterai la vérité plus tard, quand elle aura oublié comment elle vivait avant…

Il se hâte dans le couloir lorsqu'il entrevoit la jeune femme dans une chambre dont la porte est ouverte.

— Bonjour Marie ! Veux-tu venir déjeuner avec moi ? Nous pourrons discuter un peu !

— Tu sais, Jacques, je n'ai pas trop le temps en ce moment !

— On peut se voir un peu ! Je dois vous emmener en ville à quatorze heures Monsieur et toi !

— À deux heures ! Alors non, je regrette, je ne peux pas… Je veux finir de préparer cette chambre. Une autre fois, quand tout sera plus calme !

— J'ai l'impression que tu m'évites Marie.

— Non ! Non ! Je n'ai pas une minute à moi et puis parfois je me demande si je mérite qu'on m'aime…

— Ne parle pas comme ça ma douce. Moi je t'aimerai toujours, quoi que tu fasses !

— Quoi que je fasse ? Tu en es sûr ? À tout à l'heure Jacques !

— Oui, je t'aime !

Marie referme la porte derrière le chauffeur et poursuit le nettoyage de la chambre. Il l'aime ! Il l'aime ! Oui il est bon, oui il est attentionné, oui elle tient à lui, mais elle, elle ne l'aime pas.

Elle a déjà Yves qui remplit sa vie même si parfois elle doute de leur amour… Elle a Cécile qui est une petite fleur fragile, exigeante et qui a besoin d'elle. Elle ne peut rien promettre à Jacques, elle ne sera jamais sa maîtresse.

Ce serait une vraie trahison. Elle ne sera la maîtresse de personne, quelle horreur !

Avec Mario, ce n'est pas pareil. En plus, maintenant, à cause de la situation de Yves, elle ne peut qu'obéir. Mario… Que va-t-il acheter ? Des sous-vêtements de prostituée, c'est sûr. Bah, ce n'est pas important, l'habit ne fait pas le moine, se dit-elle pour se rassurer.

Je suis Jade ! Je suis Jade ! C'est plutôt joli non ? Mieux que Marie ? Je ne sais pas, différent… Comme dit Madame, je change de peau en rentrant ici.

Peut-être même qu'elle pourra nous aider si Yves est mis à la porte… Et si elle le faisait entrer au château ? Pourquoi pas à l'entretien ? C'est si grand ici ! Non ! Yves n'aimerait pas ce métier ! Il déteste les riches… Bah, ils ont tout plein de relations, s'ils veulent nous aider, ils lui trouveront une place ailleurs.

Et comment fera-t-il lorsqu'ils habiteront dans le pavillon ? Il s'habituera, il ne les regardera pas. Ils seront si heureux qu'il ne dira plus rien.

Elle repasse en chantonnant le haut de Madame et court l'apporter dans la chambre. Elle descend en coup de vent à l'office, se prépare un gros sandwich et se hâte de finir la préparation de la deuxième chambre. Elle s'occupera de la dernière au retour des courses.

Il est quatorze heures précises lorsque Monsieur l'appelle dans le couloir.

Ils descendent les escaliers l'un derrière l'autre. Devant la porte, la Volvo lustrée ronronne. Jacques, l'air impassible, les attend.

Aussitôt installés, Monsieur fait monter la vitre de séparation entre eux et le chauffeur, mais il ne tire pas le rideau. Jacques peut les voir, mais pas les entendre.

« Pourvu qu'il ne se mette pas à me caresser ! » pense Marie. Elle n'ose pas regarder Jacques, mais elle sait qu'il ne la quitte pas des yeux. Elle se tient toute raide contre la portière, hors de portée des mains de Monsieur. En fait, dès que la voiture quitte le château, celui-ci se met à lui parler avec gentillesse. Il a l'air de très bonne humeur. Il lui raconte des histoires, des anecdotes amusantes. Elle se détend, elle sourit, elle rit même quand il imite une vieille baronne coléreuse.

Jacques l'observe. À coup sûr, ils parlent de lui, se moquent de lui. Il ressent chaque sourire de la jeune femme comme un coup de couteau. Il en éprouve une vraie douleur physique.

Après la souffrance, c'est la colère qui l'envahit. Elle qui vient à tout moment pleurer chez lui ne semble guère apeurée, guère contrainte. Elle apparaît même plutôt à l'aise. La voici qui rit aux éclats à présent. Plein de rage, il détourne les yeux, tente de se concentrer sur sa conduite.

Dans le magasin, on ne demande à Marie que sa taille et son tour de poitrine. C'est ensuite Monsieur qui s'occupe de tout.

« En lingerie, j'aime le style ancien ! » déclare-t-il à la vendeuse qui revient avec soutien-gorge à balcons, culotte finement ouvragée, porte-jarretelle, jarretelles et bas.

Marie ne dit rien, mais elle est atterrée. Comment peut-il envisager de lui faire porter ce genre de dessous pour travailler ? Il la prend pour qui, pour quoi ?

Mario doit lire ses sentiments sur son visage, car il lui affirme tout en remplissant le chèque :

« Vous verrez ! D'après ce que j'ai pu en entendre dire, c'est très léger et très agréable à porter ! »

Comme à l'aller, il se montre charmant et drôle. Marie s'est rassurée en se disant que personne ne verra ces sous-vêtements. Lorsqu'elle quitte la voiture, elle est plutôt soulagée et souriante malgré le regard courroucé que lui lance Jacques.

« Prenez les paquets et suivez-moi ! »

Ils montent dans la chambre vide de Madame. Pendant qu'elle pose les achats sur le lit, Monsieur le plus naturellement du monde referme la porte derrière lui et donne un tour de clé.

Marie comprend. Elle baisse la tête. Tout en se disant que cela n'arriverait jamais, elle a pensé plusieurs fois à ce moment. Elle savait bien, même si elle ne voulait pas se l'avouer, que les caresses ne suffiraient pas à Mario. Elle a préparé plusieurs fois la scène. Elle a dit et répété de belles, de grandes phrases énergiques, dignes, nobles. Pas un mot ne sort de sa bouche.

Les idées, les impressions, les sensations, les paroles se bousculent dans sa tête, l'empêchent de parler, de se déplacer, de faire le moindre mouvement. Elle ne parvient même pas à esquisser un pas de recul lorsqu'il vient vers elle et la saisit avec douceur par les épaules :

— Je suis très heureux de vous avoir là Jade ! J'ai envie de vous chaque fois que je vous vois. N'ayez pas peur, ne vous crispez pas, laissez-vous aller. Puisque nous allons faire l'amour pourquoi n'en tireriez-vous pas le plus de plaisir possible comme l'autre soir ? Oubliez ce qui s'est passé hier, j'étais malade et malheureux.

— S'il vous plaît Monsieur, je ne veux pas, je ne peux pas !

— Allons Jade, de grâce, épargnez-moi gémissements et supplications. D'abord, vous allez essayer les parures. J'ai hâte de les voir sur votre corps.

Il commence à la dévêtir. Elle reste raide, immobile, comme paralysée.

— Finissez de vous déshabiller et choisissez celle que vous allez essayer en premier.

Elle obéit comme un automate, en prend une au hasard – celle gris satin –, se retourne et se voit nue, en pied, dans la grande glace. Nue ! Devant un étranger !

Vite, elle enfile la culotte, ajuste le soutien-gorge. Il lui tend les bas, vient même l'aider à bien positionner le porte-jarretelle. Lorsqu'elle est prête, il la prend par la main et l'entraîne devant la glace.

— Reconnaissez-le Jade, cela vous sied à ravir, vous êtes magnifique !

— Je ne sais pas Monsieur, cela me fait penser aux danseuses de cabaret que l'on voit à la télévision !

Mario éclate de rire, puis d'une voix douce murmure à son oreille :

— Ces dessous mettent votre corps en valeur et vous rendent très désirable Jade !

Tout en prononçant ces mots, il se place derrière elle, tout contre elle, et pose ses mains sur les hanches nues. Marie, fascinée, regarde les doigts dorés sur sa peau blanche. Elle pense à un film érotique qu'elle a vu il y a très longtemps.

Ce couple va s'aimer. Elle est la femme. Elle va faire l'amour avec cet homme qu'elle n'aime pas. Simplement parce qu'il en a envie, parce qu'il le veut, parce qu'il est le maître et qu'elle n'a ni les moyens, ni le courage, ni la force de résister encore.

Elle doit aussi essayer l'autre parure, puis, sans heurts, avec des mots doux comme pour ne pas effaroucher une bête nerveuse, il la fait s'allonger toute nue sur le grand lit sombre.

Il s'assied près d'elle et ses mains se mettent à la parcourir lentement, méticuleusement. Il poursuit son exploration avec ses lèvres humides qui errent sur le corps étendu. Ce n'est pas du tout comme la veille. Malgré sa volonté de rester insensible, Marie sent bien que Monsieur s'applique à éveiller en elle l'envie d'amour. Il la caresse, lui parle de tendresse, de bonheur, d'ivresse, de jouissance. Il la prie de se laisser aller…

Elle ne l'écoute pas. En fait, elle n'a pas trop de mal à jouer les statues. Par moments, elle a l'impression d'être entre les mains d'un médecin. Mario déploie toute sa technique d'amant, mais il manque à Marie la vive étincelle d'amour. Soudain, elle se dit qu'elle ne peut pas se laisser faire sans réagir, que ce n'est pas normal. Elle se redresse d'un coup de rein, tente de quitter le lit.

Il la retient, la recouche avec douceur et poursuit ses caresses.

— Chut mon petit ! Tout va bien, vous allez être heureuse !

L'après-midi s'éternise dans la chambre de Madame.

Il la prend et la reprend encore. Elle jouit un peu, douloureusement.

Elle est étendue sur le ventre à côté de lui. Il promène son index le long de sa colonne vertébrale.

— Vous êtes adorable ma petite Jade ! Il faut vous laisser aller. En amour, le bonheur est à ce prix ! Peut-être aujourd'hui vous manquait-il quelques coupes de champagne, mais je vous crois pleine de bonnes dispositions, il serait dommage de ne pas en profiter !

Elle ne répond pas. Elle a du mal à réprimer les larmes qui ennoient ses yeux.

Coupable ! Elle est coupable ! Elle s'est laissée aimer, elle a eu un peu de plaisir. C'est certain, jamais plus elle ne pourra regarder Yves en face. Dès qu'il rentrera ce soir, il verra qu'elle l'a trahi. Sa vie est finie.

Encore une fois, Monsieur lit en elle.

— Attention Jade, pas de regrets, pas de larmes ! Ce n'était pas bien ? Vous êtes déçue ?

— Je pense à mon mari, à ma fille…

— Croyez-moi Jade, vous leur auriez fait bien plus de mal si vous aviez refusé.

— Peut-être, mais j'ai honte, c'est plus fort que moi !

— C'est normal mon petit et le contraire m'aurait surpris. Que cela ne vous importune pas trop. Pour ma part, je pense que vous pouvez être fière de vous, vous venez d'assurer votre avenir et celui de votre famille. Avec un peu plus de participation et moins de raideur, ce sera parfait.

Il lui donne un petit coup sur les fesses, comme on tape sur la croupe d'un cheval, pense-t-elle en réprimant un mouvement de répulsion.

— Vous avez beaucoup de travail, je crois… Prenez une bonne douche et filez ! N'oubliez pas vos dessous !

L'eau rafraîchit son corps las. Elle se surprend à chantonner sous la douche. Elle est tout étonnée de se sentir bien. Elle est soulagée d'un poids immense qui l'écrasait depuis des jours et des jours.

À force d'hésitations, de révoltes, de scènes imaginées, de peurs, de renoncements, elle en était à un point où le dénouement, quel qu'il soit, vaut mille fois mieux que l'incertitude.

Elle a choisi ou plutôt on a choisi pour elle.

Lorsqu'elle se remet à douter sur le bien-fondé de son attitude, elle se répète les paroles de Mario : « Vous leur auriez fait bien plus de mal si vous aviez refusé. » et aussi « Vous venez d'assurer votre avenir et celui de votre famille. »

Elle s'est donnée pour les siens. Elle aime cette idée de sacrifice qui exclut toute notion de plaisir. Elle l'aide à oublier que cet acte d'héroïsme a tout de même été un peu agréable à subir…

Du plaisir ? Quel plaisir ? Non ! Non ! Elle n'a rien ressenti.

Dix-sept heures. Elle sursaute, s'habille et se met au travail avec rage pour préparer la dernière chambre. Malgré ses efforts, elle est comme engourdie, elle manque d'efficacité. Peut-être aussi ne se presse-t-elle pas trop parce qu'elle a peur de rentrer chez elle ?

Yves va arriver. Il va la regarder. Il va la sentir. Il va l'embrasser. Tout de suite, il saura la vérité, il la jettera à la rue ! Elle ne pourra plus voir Cécile…

En passant devant un petit bar près du Miral, elle aperçoit, accoudée au comptoir, Marlène, une prostituée blonde qui travaille dans le quartier depuis longtemps.

« Une pute ! Je suis une pute ! » se dit-elle et elle aimerait mourir sur le champ.

Son mari n'est pas encore là lorsqu'elle rentre. Elle en éprouve un grand soulagement. Elle retrouve, installée devant le téléviseur, une petite étrangère, sa fille. Elle pense : « Je suis Marie », prend Cécile dans ses bras et la couvre de baisers.

Yves les trouve enlacées sur le fauteuil. Il leur adresse un petit sourire qui fait peur à sa femme. Est-il déjà au courant ?

— Qu'est-ce qu'il y a ? Ça ne va pas ? demande-t-elle en oubliant sa propre angoisse.

— Rien ! Il n'y a rien ! Mais c'est difficile ! Il me semble que je suis un condamné à mort en sursis. Chaque fois que le patron se pointe, je pense qu'il vient me dire que je suis viré !

— Et si tu essayais de chercher à côté ! hasarde-t-elle.

Même s'il n'a rien de réjouissant, elle est contente du sujet de leur conversation. Elle a si peur qu'il en vienne à lui parler d'amour !

Parler d'amour ? Lui ? Quelle idée ! Il y a bien longtemps qu'il ne lui conte plus fleurette sauf parfois le soir ou le samedi matin, quand il a envie de l'aimer…

Yves se sent agressé. Il répond aussitôt :

— Tu plaisantes ou quoi ? Je te l'ai déjà dit que j'avais regardé à droite et à gauche. Il n'y a rien ! Tu ne crois pas que ça m'amuse de me retrouver sans rien faire, à aller pointer avec tous les chômeurs professionnels ?

— Ne t'énerve pas mon chéri ! Tu sais des fois, le hasard, la chance…

— Peut-être, mais faut pas trop y compter.

— Écoute Yves, je peux en parler à Madame. Ils connaissent tous les patrons de la région.

— Ma foi, si ça te plaît de mendier, tu peux toujours essayer, mais ne te fais pas trop d'illusions. Tu n'es qu'une petite employée, je ne vois pas pourquoi ils se donneraient un peu de mal pour t'aider.

— Oui c'est vrai, mais je demanderai quand même ! répond Marie qui se dit qu'elle est bien plus qu'une domestique ordinaire.

— Fais comme tu veux !

Le silence retombe sur la maisonnée. La télévision continue à alterner ses taches de lumières et ses éclats de mots ou de musique, mais personne n'y prête attention. Même Cécile qui a compris que ses parents ont des ennuis berce Nana sans chantonner.

Marie regrette ses dernières paroles. Elle s'est peut-être un peu trop avancée. C'est demain que les invités arrivent. Elle n'aura que très peu d'occasions de voir Madame en tête à tête et celle-ci n'aura pas le temps de s'occuper de ses problèmes… Quoi qu'il en soit, Yves ne croit pas du tout à l'aide de ses patrons. Même s'ils ne font rien pour lui, il ne sera pas déçu.

Il devra bien tout de même tenter quelque chose, parce que cette menace au-dessus de leur tête les empêche de vivre. C'est même à cause de cela qu'elle a… couch… accepté d'aller avec Mario. Des images nettes de corps, de sexe surgissent dans son esprit. Vite, vite, s'occuper, faire quelque chose…

Le dîner est triste… encore une fois.

Yves et Cécile gardent les yeux et les oreilles rivés sur le téléviseur. Marie n'arrive pas à quitter un monde dans lequel, à peine vêtue de fin tissu satiné, elle observe devant la glace, les mains de Monsieur sur ses hanches.

Elle tente de chasser l'image, mais il en arrive d'autres encore plus précises, encore plus crues et les mots de Mario aussi : « Tournez-vous s'il vous plaît ! Venez sur moi ! Croisez vos jambes ! »

Elle se lève, se met à ranger. Il lui semble qu'elle est transparente, que Yves peut lire ses pensées à travers elle, qu'il lui suffit de l'observer. Il ne la regarde pas. Peut-être est-il sur le chantier en train de guetter encore et encore l'arrivée du patron...

Elle prend Cécile, la couche, lui raconte l'histoire du chat botté avec force détails, l'embrasse longtemps. La fillette s'endort en souriant tandis que Marie se demande comment elle pourrait se faire pardonner.

Elle n'a jamais été une très bonne mère à ses yeux. Elle s'occupe de sa fille, mais il lui semble qu'elle le fait plus par devoir que par amour. En ce moment, elle délaisse Cécile, elle trompe Yves.

Même lorsqu'elle est avec eux, elle pense à Jade, au château là-bas, à ses lumières et ses fastes, à ses silences et ses parfums aussi. La grande maison est un vampire qui, chaque jour davantage, aspire sa volonté, ses forces, son esprit et son corps.

Elle n'est pas encore assoupie quand Yves vient se coucher à son tour. Il se tourne d'un côté, de l'autre, il soupire. Il n'arrive pas à s'endormir. Au bout d'un moment, il hasarde presque timidement une main vers le ventre de sa femme. Elle ne réagit pas. Encouragé, il se met à la caresser.

Elle n'a pas du tout envie de faire l'amour, mais elle ne se sent pas le droit d'ajouter un peu plus de misère au malheur de son mari. Et puis, peut-elle refuser à son époux ce qu'elle a accordé à un étranger ?

Ils s'aiment comme ils ont dîné ; vite et sans un mot. Terrorisée à l'idée que son mari puisse découvrir une trace, une odeur de Monsieur, elle ne participe presque pas. Elle ne jouit pas.

Elle le devine énervé, déçu. Elle le sent sur le point de lui parler, mais il y renonce. Elle se lève, se lave en prenant tout son temps. Elle veut éviter toute discussion. Lorsqu'elle se recouche, comme elle l'espérait, Yves s'est endormi.

À la lueur de sa lampe de chevet, elle le regarde soudain attendrie, soudain pleine d'amour. Il est comme un enfant auquel on a offert un joli bonbon pour qu'il oublie son gros chagrin.

Yves dort, un bras replié sous sa tête, le visage sérieux et serein. Un peu de bave mousse et tremble au coin de sa bouche. Marie le borde avec tendresse et l'embrasse sur le front. Il grogne, s'agite, rompt le charme. Elle éteint la lampe et se retrouve seule dans la nuit vivante de la ville, pleine de l'odeur chaude de son mari.

Aujourd'hui, sans qu'elle puisse choisir, sans qu'elle le désire, deux hommes l'ont possédée. Ils ont usé d'elle, ils ont profité de son corps. Est-ce normal ? Est-ce juste ? Que lui ont-ils apporté ? Un peu de plaisir… et encore. Est-elle condamnée à n'être qu'un objet, qu'un jouet dans leurs mains ?

Puisqu'elle doit leur appartenir, n'est-il pas logique

qu'elle en retire quelque avantage ? Elle pense à Marlène qui se fait payer… Peut-être l'argent n'est-il qu'un raccourci entre le « Tu me plais » et l'acte ? Il évite les discours, les mensonges, les hypocrisies. Il évite aussi de voir l'autre, de le connaître. Il évite surtout la séduction, peut-être l'amour et son cortège de doutes, de frustrations et de souffrances.

Je ne peux pas faire payer Yves, mon mari, c'est idiot ! Et Monsieur ? Il m'a déjà offert cinquante euros et une bague qui doit en coûter près de deux cents… Il n'y a pas à dire, pour lui, je suis une pute de luxe !

Elle s'endort enfin.

Au réveil, sa tête est encore toute pleine d'idées bizarres, de morceaux d'un rêve dans lequel elle est dans une longue voiture décapotée conduite par Jacques.

.15.

Lorsqu'elle pénètre dans le parc du château, elle est soulagée de n'apercevoir ni voiture nouvelle, ni remue-ménage particulier. Tout est calme, les invités ne sont pas encore arrivés. Elle va en profiter pour soigner la présentation des chambres. Il faut que tout soit impeccable.

Jacques, qui devait l'attendre derrière une fenêtre, sort et vient vers elle. Il la prend par les épaules pour l'embrasser. Elle se dégage, lui tend la joue.

— Allons, tu es fou ! On peut nous voir ici !

— Cela n'est pas important, Marie… Comment vas-tu ?

— Moi ça va à peu près ! Et toi, ça va ? Excuse-moi, c'est que je suis pressée Jacques ! Tu as quelque chose de spécial à me dire ?

— Non, ma douce ! Tu me manques. Je ne suis heureux que lorsque je suis avec toi alors, en ce moment…

— Enfin, tu sais très bien qu'il y a des invités qui arrivent et que je suis seule pour m'occuper d'eux ! Dis-toi bien que pendant toute la semaine, je n'aurai pas beaucoup de temps à te consacrer !

— Parfois, j'ai l'impression que tu ne fais aucun effort pour me voir !

— Non ! Non Jacques ! C'est que je n'ai pas le temps, c'est tout ! Allez, je file, je dois vérifier que tout est en ordre dans les chambres. À bientôt !

— À bientôt, ma douce !

Tout en se changeant, elle pense au chauffeur. Sa mine de chien battu, ses remarques ne lui plaisent pas du tout. Il lui dit « ma douce » à tout bout de champ, lui aussi doit estimer qu'il a des droits sur elle.

En plus, il persiste à l'appeler Marie et cela la gêne. Elle s'efforce de penser qu'elle est Jade au château et Marie chez elle. Jacques la perturbe avec son entêtement. N'est-ce pas lui qui lui a affirmé que, dès qu'elle franchissait le portail, elle n'était plus la même ? Alors ? À quoi pense-t-il ? A-t-il déjà oublié ses propres paroles ?

Oui, il l'a aidée, oui sans lui elle aurait à coup sûr abandonné sa place, mais ce n'est pas une raison pour qu'elle en tombe amoureuse. Elle est une femme sérieuse. Dans son cœur, il n'y a de place que pour Yves.

Ils seront amis et puis voilà.

Elle se déshabille, enlève son alliance. Elle abandonne aussi son prénom, oublie Yves et Cécile, l'appartement triste et exigu, se débarrasse de ses manières trop populaires. Elle enfile les dessous choisis par Monsieur, les vêtements voulus par Madame, passe la bague de fiançailles de Mario.

Elle se redresse, colle un sourire servile sur son visage, se regarde dans la glace, arrange sa coiffure. « Je suis Jade ! » dit-elle.

Ce constat ne l'effraie pas. Elle a même l'impression de se retrouver dans son monde. Quelle est sa réalité ? Où préfère-t-elle vivre ? Quelle question ! Chez elle, avec les siens bien sûr ! Bien sûr ? Vraiment ?

Comme elle l'a deviné, personne encore n'occupe les chambres et elle a le temps de tirer ici un drap ou un rideau, de rafraîchir là un bouquet de fleurs…

Monsieur Mario et Madame sont tout ensommeillés lorsqu'elle pénètre dans leur chambre. Elle s'approche pour relever l'oreiller de l'homme. Celui-ci, d'une voix basse, lui demande de montrer ses dessous. Elle relève sa jupe et la laisse retomber aussitôt.

« Bien ! Bien ! » approuve-t-il et il se retourne vers Valérie qui n'a pas bougé.

Marie va préparer le bain et tout en faisant couler l'eau, elle se demande si c'est le bon moment pour parler des problèmes de son mari à Madame. D'après ce qu'elle a vu, celle-ci n'a pas l'air de très bonne humeur. De plus, la présence de Mario gêne la jeune femme. Elle ne veut rien demander devant lui. Elle attendra demain, c'est plus sage.

Elle est en train de ranger la chambre lorsqu'un coup de klaxon retentit dans le parc. Madame regarde par la fenêtre et annonce :

— Voici les De Puy, venez Mario, allons les accueillir ! Jade, vous les logerez dans la chambre bleue et blanche. Ces seigneurs apprécieront les couleurs du roi. Allez les accueillir.

Marie sort et se retrouve nez à nez avec Jacques qui transporte deux valises. Ils échangent un petit sourire et elle poursuit son chemin. Lorsqu'elle se retourne, elle saisit sur elle le regard à la fois brillant et triste du chauffeur.

C'est un regard d'amoureux ! La réflexion la frappe comme une évidence. Jusqu'alors, elle n'avait prêté aucune importance à tous les « Je t'aime ! » qu'il lui lançait. Ce regard l'éclaire : Jacques est amoureux d'elle. Le malheureux ! Elle doit lui dire qu'il n'a rien à espérer.

Désormais, elle devra faire attention à ses gestes, à ses élans d'affection ou de pitié envers lui. Ne pas le faire souffrir pour rien. Ne pas souffler sur les braises, tenter de le raisonner. Peut-être ne plus lui rendre visite. À présent, elle n'a presque plus besoin de son aide ni de ses conseils. Elle a obéi, elle a accepté les avances de Monsieur, que peut-il lui arriver de pire ?

Après les De Puy, c'est une belle femme prénommée Ariane qui s'installe. Madame Marly est la dernière arrivée. Marie passe sa journée à passer d'une pièce à l'autre, à aller chercher ceci, à ranger cela. Elle a à peine le temps de grignoter un sandwich vers quatorze heures.

Toute la semaine ressemble à ce premier jour. Marie

court sans cesse pour répondre aux exigences des uns et des autres. Dès que les chambres sont inoccupées, elle se précipite pour les aérer, les nettoyer, les ranger. Elle est fatiguée, mais il lui semble qu'elle a plutôt bien rempli sa mission et elle en est fière.

Les De Puy ne lui ont presque pas adressé la parole si ce n'est pour lui demander quelque service précis. Mademoiselle Ariane lui parlait avec lenteur, en articulant, comme si elle avait affaire à une idiote. Madame Marly qui exigeait qu'elle lui tînt compagnie dès qu'elle avait un moment de libre, lui a raconté trois fois avec force détails la mort de son second époux.

Ces jours de labeur intense lui ont fait prendre conscience de la difficulté et de la pénibilité du métier d'employée de maison. La dame de compagnie de Valérie Colin-Vasseur a passé bien plus de temps à balayer, nettoyer, ranger et faire des courses qu'à se promener dans le château ou dans la ville.

Oui, en temps normal, elle a une situation privilégiée, elle doit tout faire pour la garder. Ce serait trop cruel de se retrouver avec les autres domestiques comme lorsqu'elle a débuté ici.

Elle n'a pas été obligée de rester un soir au château et Mario l'a laissée tranquille. Cette indifférence à son égard l'a soulagée et inquiétée en même temps. Est-il fâché contre elle ? A-t-elle mal agi par rapport à lui ? Si Monsieur ne s'intéresse plus à elle, Madame ne se sentira pas obligée de lui rendre service…

Marie n'a guère rencontré Jacques ou plutôt elle n'a jamais pu discuter avec lui. Il l'a attendue les trois premiers matins, mais elle ne s'est pas arrêtée. Trop de travail, trop pressée. Il lui a envoyé un petit baiser triste du bout des doigts, elle a souri.

Il est certain qu'elle n'a pas de temps à perdre en ce moment, mais, de plus, elle redoute un tête-à-tête avec le chauffeur. Depuis qu'elle a pris conscience qu'il l'aime, elle ne sait plus quel comportement adopter avec lui. Oui bien sûr, ne pas le faire souffrir, mais comment ?

En lui disant qu'elle ne veut plus le voir ? Il ne comprendra pas et il sera encore plus malheureux.

En lui rappelant qu'il ne voulait qu'être son ami ? C'est une position difficile à tenir. Ami, amant, les frontières de cette relation sont si ténues entre un homme et une femme…

En lui demandant d'être patient ? Pourquoi pas ? Il ne souffrira pas. Le seul problème c'est qu'il va continuer à la harceler. Bah, peut-être se découragera-t-il plus vite qu'elle ne le pense. Et puis, il l'a tant aidée, elle lui doit bien un peu de… compassion.

C'est Madame qui les réunit en lui demandant d'aller chercher des produits de beauté qu'elle a commandés en ville.

Voiture brillante devant le portail, porte arrière ouverte, moteur ronronnant, Jacques attend apparemment impassible. Il salue Marie d'un léger signe de tête et démarre aussitôt. Elle est sur le point de lui demander s'il boude lorsqu'il quitte l'avenue et s'engage dans le parking d'un entrepôt.

Il fait le tour du bâtiment et gare la Volvo entre deux camions. Il éteint le moteur et vient s'asseoir sur la banquette arrière tout contre la jeune femme. Il saisit avec douceur le visage de Marie et pose un baiser sur ses lèvres.

— Ah ma douce, comme je suis heureux d'être seul avec toi ! Cela fait dix jours que j'attends cet instant !

— Tu le sais, c'est difficile en ce moment. Je passe ma journée à courir.

— Oui ! Oui ! Mais parfois je me demande si tu fais tout ton possible pour me rencontrer ! Lorsqu'ils déjeunent tous ensemble, tu pourrais facilement venir boire le café chez moi !

— Pas du tout Jacques. Dès qu'ils quittent les appartements, j'en profite pour aérer, nettoyer, ranger, faire les lits…

— Ah bon !

— Mais oui ! Je ne t'évite pas, je n'ai pas une minute à moi, un point c'est tout.

— Il lui prend les mains, la regarde droit dans les yeux :

— Marie, dis-moi que tu m'aimes !

— Jacques ! Jacques ! Tu es comme un enfant ! Il y a à peine une semaine, je t'ai demandé d'être patient et là tu me presses, tu me bouscules…

— Oui, je suis comme un enfant et c'est grâce à toi ! Je retrouve des idées, des sentiments que je n'avais pas éprouvés depuis des années… Je t'aime ! Je t'aime ! Je suis heureux de répéter ces mots. Je me les dis même lorsque je suis tout seul. Je pense à toi chez moi et je danse, je chante et je ris, tout comme un enfant.

— Jacques ! Tu… tu me fais peur !

— Pourquoi mon amour ?

— Et si… je n'arrive pas à t'aimer ?

— Ce n'est pas possible, tu m'aimes déjà, mais tu ne le sais pas encore…

Marie, à la fois amusée et inquiète, regarde le visage large et rougeaud du chauffeur, les rides profondes qui courent sur son front, les mèches poivre et sel qui s'échappent de sa casquette.

— Patience Jacques ! S'il te plaît, patience !

— Oui, j'attendrai, mais… mais tu avais l'air si heureuse l'autre jour dans la voiture avec monsieur Mario…

— C'est cela qui t'ennuie ? Il me racontait des histoires en imitant la voix d'une de ses amies, une vieille baronne, je crois.

— Et cette boutique de lingerie dans laquelle vous êtes entrés ?

— Il voulait offrir des sous-vêtements à Madame. Moi, j'étais juste là pour le conseiller.

— Ah bon ! Ce n'était pas pour toi ?

— Quelle idée ! Bien sûr que non ! Jacques, toi qui m'as toujours recommandé d'obéir à ces gens, tu ne vas pas en être jaloux maintenant ?

— Non ! Tu as raison, je suis ridicule. C'est… ce sont les autres qui racontent des choses sur toi…

— Les autres ? Les employés ? Toi ? Tu écoutes leurs ragots et tu les crois !

— Quand je suis seul chez moi, je deviens fou tellement j'ai envie de t'avoir près de moi.

— Je suis déçue, Jacques ! Tu me demandes de me laisser faire et tu ne supportes pas que je rie avec Monsieur. Il faudra bien que tu réfléchisses à ça ! Allons chercher ces produits de beauté. J'ai beaucoup de travail qui m'attend.

— Je t'en prie Marie ne m'en veux pas, je t'aime trop tu comprends ? Embrasse-moi pour me dire que tu me pardonnes.

Elle se penche vers lui et pose un baiser rapide sur ses lèvres.

— Allons-y maintenant !

À regret, il regagne sa place. Marie retrouve dans le rétroviseur ce pauvre regard de chien battu – Yves parlerait d'un air de cocker – qui lui déplaît tant. Elle détourne la tête, fait semblant de s'intéresser au spectacle de la rue.

Elle récupère la commande de Madame, la vérifie et regagne la voiture. Ils ne parlent pas pendant toute la durée du retour. Lorsqu'il descend pour lui ouvrir la portière, elle lui trouve un air si malheureux qu'elle ne peut s'empêcher de murmurer :

— Jacques, s'il te plaît, ne fais pas la tête, il y a longtemps que je t'ai pardonné !

Il se retourne vers elle, transfiguré, rayonnant.

— Je t'aime. Tu remplis toute ma vie ma douce !

Elle le laisse, soulagée et pleine d'interrogations.

Les invités quittent le château sans un mot ni un regard pour elle qui les salue tête basse. Madame l'interpelle :

« Bien Jade, vous ne vous en êtes pas trop mal sortie. Pour le petit dîner, nous n'aurons pas besoin de vous, Jacques, qui a l'habitude, suffira. Vous pourrez rentrer chez vous dès que vous aurez remis un peu d'ordre ! »

Le petit dîner, elle en a entendu parler dès son arrivée. Il ne s'adresse qu'aux intimes : les Colin-Vasseur, les Volin, les Salcan et monsieur Mario. Il se déroule chaque fin de mois chez une famille. Celui-ci aura lieu au château.

Tout est fait pour éviter la présence de trop nombreux domestiques. La salle et la table, les vins et les mets, sont préparés à l'avance. Un seul serviteur, Jacques la plupart du temps, est requis pour répondre aux besoins éventuels des convives.

Marie éprouve pourtant un sentiment de déception mêlé d'envie à l'encontre du chauffeur. Il va se retrouver dans l'intimité de ces grandes familles. Ce n'est pas normal, c'était à elle de les servir. N'est-elle pas déjà un peu dans le cœur de Valérie et de Mario ?

Elle se console en se disant qu'elle va retrouver sa vraie place de dame de compagnie. Maintenant, elle doit penser aux siens, passer un bon week-end en famille. Ce serait merveilleux de faire une belle provision de tendresse et d'amour.

.16.

Le samedi soir, après le dîner, tous les trois s'installent sur le canapé pour suivre sur la deuxième chaîne *Le plus grand cabaret du monde* parce que Yves aime beaucoup Patrick Sébastien.

Tout en caressant la tête de Cécile qui s'endort, Marie pense à nouveau au petit dîner là-bas au château. Elle imagine les convives, les hommes dans leur costume sombre, les femmes belles, parfumées, rutilantes de bijoux. Ils ont peut-être commencé le repas. Ils parlent affaires, potins mondains, vacances ou croisières. Les hommes sourient, les femmes poussent des exclamations de surprise. Jacques doit se tenir presque au garde-à-vous, à côté de la porte.

Elle ne parvient pas à fixer son attention sur le téléviseur. Elle rit lorsque Yves rit, mais il n'y a rien à faire, son esprit est là-bas. C'est comme si quelqu'un l'appelait, comme si elle entendait son nom porté par le vent à travers les rues froides de la ville.

Son intuition, d'ailleurs, ne la trompe pas, on parle d'elle. Après avoir un peu bavardé des nouvelles du monde et de leurs prochaines vacances, les amis attendent des informations sur le pari.

C'est Jeanne Volin, l'arbitre, qui lance la discussion. En se tournant vers Valérie, elle demande :

— Dites-moi ma chère, parlez-nous un peu de notre affaire en cours, de la petite Marie, si je me souviens bien.

Valérie sourit :

— Vous voulez dire Jade. Ici, elle se nomme Jade, c'est tout de même plus original que Marie vous ne trouvez pas ?

Mario intervient :

— Ne les laisse pas espérer davantage, dis-leur que tu es presque sûre de gagner le pari !

Les hommes aussitôt protestent :

— Comment ? Nous n'avons même pas aperçu la cheville de Jade ! Elle nous doit beaucoup plus ! déclare le chef de clinique en souriant.

— Vous avez raison ! répond Valérie. Vous connaissez bien Mario et sa fougue latine… Je me contenterai de dire qu'en effet l'affaire me paraît en bonne voie…

— Ma chère, vous nous devez quelques détails, reprend Xavier, son époux.

— J'y viens. À ce jour, Jade ne s'est donnée librement qu'à Mario mais au vu de son comportement actuel, je pense que vous profiterez tous assez vite de ses charmes.

— Qu'est-ce qui vous permet d'être aussi affirmative ? demande Marc Volin.

— En fait, répond Mario, sans vouloir vous choquer, nous nous sommes inspirés de deux méthodes de dressage si je puis dire : celle utilisée par les gourous sur leurs adeptes et celle employée pour dresser les chevaux. Lorsque le processus est enclenché – ce qui est le cas avec Jade – il y a très peu d'échecs.

Il sourit :

— Je dois ajouter que la pauvre fille n'a pas le choix. Valérie est une diablesse qui a usé avec art de la carotte et du bâton. C'est Machiavel et Lucrèce Borgia réunis…

— Ou bien, objecte Félix Salcan, si comme vous l'affirmez, cette employée est déjà en passe d'être domptée, elle n'avait de farouche que l'apparence.

— Racontez s'il vous plaît ! Vous nous faites mourir d'impatience ! supplie Élise Salcan.

Valérie est à présent sérieuse :

— Cela n'a pas été trop difficile parce que Mario et

moi avons su trouver les points faibles de sa cuirasse. La vertu dont nous parlions en janvier n'est pour cette femme que crainte. Crainte du scandale, du divorce, de l'abandon de la routine. À cette crainte imaginée, nous avons opposé une peur bien réelle, celle du licenciement et du dénuement.

— Cela me paraît bien cruel ! soupire la femme du médecin.

— C'est le pari qui est cruel, assure Valérie, ensuite tous les coups sont permis. Rassurez-vous Élise, nous n'avons pas fait que l'effrayer ou la menacer.

— Tout à fait ! reprend Mario. Nous avons fait preuve de beaucoup de patience avec elle ! Elle est restée inoccupée des après-midi entières. Valérie l'a vêtue de pied en cap. Moi-même, je lui ai donné de l'argent et même offert une bague !

— Nous l'avons tant choyée, s'esclaffe Valérie, qu'elle n'est pas loin de penser qu'elle fait partie de notre famille.

Elle poursuit, de nouveau sérieuse :

— En fait, elle est devenue bien plus docile dès lors que nous lui avons fait croire qu'elle avait fait l'amour avec Mario la nuit du bal masqué ! Elle a bien été obligée de se rendre à l'évidence : le ciel ne lui est pas tombé sur la tête, sa petite vie a continué à se dérouler comme d'ordinaire… Alors, tout est devenu possible !

— Tu oublies de dire, ma chère, que tu avais un joker de taille dans ton jeu !

— Oui bien sûr, il s'agit de Jacques, notre fidèle homme à tout faire ! annonce Valérie en se tournant vers le chauffeur qui rougit. Il a bien rempli sa mission qui était de gagner la confiance de Jade et de la remettre sur le bon chemin lorsqu'elle était prête à abandonner.

— C'est sûr, la petite n'avait aucune chance ! constate Marc Volin un peu dubitatif.

— D'autant plus, poursuit Mario admiratif, que Valérie lui a même promis le pavillon du parc si elle donnait entière satisfaction. Il faut dire que ces gens habitent dans un immeuble minable de la banlieue…

— J'ai même appelé un certain Josper ! s'exclame Valérie qui peu à peu se laisse entraîner par l'enthousiasme de Mario.

— Michel Josper ? L'entrepreneur ? interroge son mari.

— Oui mon cher, c'est le patron du mari de Jade. Je lui ai demandé de mettre un peu de pression sur cet ouvrier en lui parlant de réduction d'effectif. Vous êtes trop important pour lui pour qu'il ne s'acquitte pas avec zèle de cette tâche somme toute facile. Je vous le recommande !

Tous éclatent de rire.

— Bravo ma si douce et si tendre épouse ! Vous m'impressionnez ! Vous devriez vous lancer dans les affaires.

— Non ! Franchement non ! Si mes prévisions sont bonnes, je pense mon cher que vous aurez la visite intéressée et intéressante, je l'espère pour vous, de Jade au cours de la semaine prochaine…

— Et nous ? demande Marc Volin. Puisque nous sommes presque condamnés à payer, Félix et moi nous voulons tout de même goûter aux faveurs de cette vierge !

— Vierge ! s'amuse Mario, elle n'en a que le prénom ! N'exagérons rien ! Elle a tout de même une fille…

— Jacques, ordonne monsieur Xavier, allez donc chercher une bouteille de champagne de la cuvée spéciale ! Nous la boirons en l'honneur de ma diabolique épouse.

Le chauffeur s'exécute et se dirige vers la cave. Il n'a rien perdu de la conversation. Il vient de prendre toute la mesure et l'ampleur de la machination.

Bien sûr, il était au courant du pari, mais il n'avait jamais eu conscience ni du terrible machiavélisme de Valérie, ni de l'importance de la mise en scène, ni de la redoutable efficacité du piège.

« Madame a même téléphoné au patron de son mari !

Elle est prête à tout pour gagner. Et moi là-dedans, elle m'a choisi pour jouer le rôle du traître, du salaud. J'ai même été bon puisqu'elle m'a félicité.

Et j'ose faire une scène à Marie parce qu'elle rit avec monsieur Mario ! De quel droit ? C'est moi qui l'ai poussée dans ses bras. Comment pourrai-je un jour me faire pardonner ? »

La colère le saisit.

Madame est un monstre, c'est sur la tête de Madame qu'il aimerait casser la bouteille ! Il prend le champagne, revient à pas pressés vers la salle à manger. Devant la porte, il s'arrête, s'efforce de respirer lentement, de se calmer. Il pose le vin sur la table et regagne sa place.

Il observe les hommes, Mario le vieux beau, monsieur Xavier raide et froid, Volin petit et bedonnant, Salcan dur et dominateur. L'image de la douce Marie entre leurs mains le frappe de plein fouet. Il doit s'appuyer au mur pour ne pas vaciller, se mordre les lèvres pour ne pas crier. Qu'il est loin, le temps où il disait à la jeune femme qu'il lui fallait séparer sentiment et sexe ! Il se met à ruminer des pensées folles, des projets meurtriers tous plus terribles les uns que les autres. Il vengera Marie et, en même temps, il se vengera de ce que Madame lui a fait faire.

Il est tout occupé à préparer, à imaginer un châtiment exemplaire lorsque, à nouveau, il entend parler de Jade.

C'est le docteur Salcan qui s'interroge à haute voix :

— Qu'allez-vous faire de cette Jade ?... lorsque tout sera consommé, j'entends. Ne craignez-vous pas qu'elle devienne un peu trop familière, voire embarrassante pour nous tous ?

— Vous avez tout à fait raison de vous inquiéter sur ce point Félix, répond Valérie. J'ai moi aussi réfléchi à ce sujet. Je pense que la meilleure solution pour nous sera qu'elle abandonne son emploi.

— Vous pourrez toujours la licencier suggère Jeanne de Lombesq épouse Volin.

— La licencier ? Les indemnités, les prud'hommes,

des questions, des ragots. Non ! Non ! Nous lui rendrons la vie assez dure pour qu'elle s'en aille de son plein gré, si j'ose dire…

— Pauvre femme ! murmure Élise Salcan toute pensive.

— Allons ma chère, la réprimande son mari à mi-voix, pas de sentimentalisme de série télévisée ! Nous sommes forts parce que nous sommes au-dessus de toutes les petites pitiés, vains regrets et autres scrupules qui entravent l'action.

Après un court silence, Mario intervient :

— Vous savez, je suis persuadé que tout cela se fera sans violence, je dirai d'une façon naturelle. Il suffira de la rabaisser au rang de domestique ordinaire pour qu'elle ne résiste pas longtemps.

— D'autant plus, surenchérit Madame, que ses collègues, les autres employés, ne manqueront pas de lui faire payer très cher les airs de supériorité et de mépris qu'elle affiche en ce moment à leur égard.

— Nous verrons bien, conclut monsieur Xavier, mais il faudra qu'elle quitte le château, c'est la seule certitude. Quant à moi, je trouve que cela fait beaucoup de temps consacré à une domestique. Buvons mes amis à la réussite de mon épouse et oublions demain…

— Je boirai à notre prospérité, intervient Salcan, pas encore à la victoire de Valérie. Pour le moment, rien n'est fait. Il lève l'index et déclame :

— Il ne faut pas payer la peau de Jade tant que nous ne l'avons pas touchée !

En riant, Madame approuve.

— Vous avez raison Félix, d'ailleurs je ferai comme vous, je viderai ma coupe à notre prospérité. Cependant, ne vous faites pas trop d'illusions, nous allons, Mario et moi, continuer à nous occuper avec vigueur de cette fille et vous aurez sa peau, comptez sur moi !

— Nous verrons ! À notre prospérité mes amis !

Contre la porte, Jacques est catastrophé. Ils vont la faire partir, ils vont la faire partir ! Il se répète cette phrase pour essayer de se convaincre de tout ce que cela signifie pour lui.

Marie ! Marie ! Il ne verra plus son sourire, ni sa jupe dansant sur ses jambes merveilleusement dessinées. Il ne sentira plus ni le parfum un peu poivré de sa chevelure, ni l'odeur chaude de son corps de femme. Il ne posera plus sa main sur sa main, ni ses lèvres sur ses lèvres. Il se retrouvera seul, tout seul, comme avant…

Pour eux, elle est un jouet, un Kleenex ! Ils s'en amusent, ils s'en servent, ils la jettent. Pour lui, elle est la promesse, elle est demain, elle est la vie.

Il n'entend plus la conversation. Monsieur Xavier doit l'appeler deux fois « Buvez avec nous Jacques ! » avant qu'il ne réagisse. Il s'approche de la table, prend sa coupe, boit, remercie d'un signe de tête, regagne sa place.

Marie va partir. Marie ne sera plus là. Il ne traversera plus chaque jour avec l'espoir de rencontrer Marie comme un bout de soleil. Il ne verra plus Marie. Il devra vivre sans Marie.

— Jacques, vous m'avez l'air fatigué, servez-nous le café et vous pourrez disposer ! ordonne Madame avec un petit sourire intrigué.

Dès qu'il quitte la pièce, elle ne peut s'empêcher de s'interroger à son propos :

— Je me demande si nous avons bien fait de parler de cette affaire devant lui ! Je crois qu'il est tombé amoureux de cette petite !

Son mari balaie ses doutes en affirmant :

— Jacques ? Ma chère n'ayez aucune crainte ! J'en répondrais sur ma vie !

Valérie, rassurée, se tait. Son mari connaît bien les hommes et Jacques en particulier. Il ne se trompe jamais, alors…

Le chauffeur revient avec le café, salue les convives et regagne son appartement. Il n'est pas fatigué, il n'a pas sommeil. Il sait déjà qu'il ne va pas dormir à moins…

qu'il n'ait recours à son vieil et terrible ami, le whisky, ce poison qu'il a trop souvent utilisé par le passé.

« Voilà, pense-t-il, quoi que je fasse, Marie ne va pas rester au château. Combien de temps va-t-elle encore travailler ici ? Combien de temps pourrai-je encore la voir ? Un mois ? Deux mois ? Trois ?

D'après ce qu'a laissé entendre Madame, ils vont la faire coucher avec Monsieur la semaine prochaine. Il ne restera plus alors que Volin et Salcan à l'avoir dans leur lit. Quel dégoût ! Il y a de quoi en être malade. Ce docteur est un sale type, il est capable de lui faire du mal…

Si elle refuse, elle sera licenciée sur-le-champ. Si je lui parle du pari, elle va me détester. Peut-être même qu'elle ne voudra plus me voir ?

La seule façon de la garder avec moi, c'est de la convaincre d'abandonner sa famille et de venir vivre ici. Il y a de la place pour deux et j'ai assez de revenus, sans compter mes économies, pour subvenir à tous ses besoins. Oui ! Oui ! C'est sûr ! Elle restera avec moi et personne ne pourra la chasser, ni Madame, ni Monsieur, ni même Dieu le père !

Ce sera tout de même difficile, elle a l'air de tenir à sa famille, surtout à sa fille. Elle ne sait pas trop encore ce qu'elle veut faire. Elle n'est pas sûre de m'aimer. Elle me demande d'être patient. Elle se trompe. Je suis sûr qu'elle m'aime. Sinon, aurait-elle attendu aussi longtemps avant de me le dire ? M'abandonnerait-elle sa main ? Me laisserait-elle la caresser ? M'embrasserait-elle ?

Oui, elle est amoureuse, mais elle n'a pas encore rompu les liens avec les siens. C'est peut-être aussi un peu de ma faute. Je ne suis pas assez autoritaire avec elle. Elle… elle me désarme, je ne peux rien lui imposer. Il faut que je l'amène par la douceur à ce qu'elle comprenne que nous sommes faits l'un pour l'autre. L'ennui, c'est que je n'ai pas plus d'un mois, deux peut-être…

Et si Marie se mettait à résister ? À retarder l'accomplissement du pari ? Voilà, c'est cela. Elle doit gagner du temps, je dois gagner du temps, tout le temps nécessaire pour la convaincre de venir vivre avec moi !

Bon, pour Xavier, je ne pourrai rien faire. Ils vont lui faire du chantage par rapport au licenciement de son mari. Par contre, en ce qui concerne Volin et encore plus Salcan, je me ferai un plaisir de lui conseiller de résister, de refuser même.

Madame est trop sûre d'elle, trop fière pour abandonner, surtout maintenant qu'elle a déjà annoncé sa victoire ! Avant de la licencier, elle fera tout ce qui est en son pouvoir pour la convaincre. Elle ne la chassera que si elle se rend compte que Marie n'acceptera jamais de coucher avec les autres. Cela me laissera tout le temps dont j'ai besoin !

La méchante Reine n'a pas encore gagné, parole de Jacques ! »

Il se laisse tomber sur le lit. Il tente un instant de se calmer, de fermer les yeux mais, il doit se rendre à l'évidence, il n'arrivera pas à s'endormir…

Dans le dernier tiroir de la commode, il y a couchée depuis de nombreuses années – il ne sait plus combien –, une bouteille de whisky. Jacques hésite. Il y a si longtemps qu'il n'a pas vraiment bu.

Plusieurs fois, en faisant le ménage, il a pensé à jeter cet alcool. Il a oublié de le faire ou plutôt il n'a pas voulu. C'est difficile de se débarrasser d'un morceau – d'un symbole – de son passé. C'est comme si on fermait une porte. Après, on sait qu'on ne pourra jamais plus revenir en arrière.

La bouteille est dans sa main, en pleine lumière, brillante, lourde, dorée, froide. Il regarde la surface du liquide, ronde, lisse, parfaite.

Il a juré il y a si longtemps…

Il l'ouvre, se sert un demi-verre et le boit d'un trait.

Il peut suivre l'itinéraire brûlant de l'alcool dans son corps. Un autre verre, vite. Il s'assied. Le whisky le frappe en pleine tête, sa vue se trouble. Un autre encore, puis un autre. Il a la bouche en feu, la gorge pleine de lave bouillonnante. Il a du mal à garder sa tête droite.

Vite, vite, boire, boire, ne plus penser, ne plus être soi, s'oublier, oublier la réalité, se perdre dans la morsure confuse et chaude de l'alcool. Il se retrouve sur le tapis. Il ne s'est pas senti tomber. Le verre à côté de son nez est renversé. Il le regarde, le prend et le jette contre le mur. Feu d'artifice ! Bang ! Il a la nausée. Il se lève en s'accrochant à la commode, arrive jusqu'aux toilettes, tombe à genoux, la tête au-dessus de la cuvette.

Avant, avant, il y avait Jo, les courses, les pokers, les attentes et la peur au fond de la gorge, l'impression d'être au-dessus des autres, les fêtes et, mais c'était dans une autre vie, l'autre Marie.

Une vraie pute celle-là. Non ! Pas une pute ! Elle était malade, c'est tout ! Il se met à pleurer. Ses yeux et son nez sont des sources qui coulent comme après une grosse pluie d'hiver mauvais.

Il rampe jusqu'à son lit, le défait, s'y allonge, ferme les yeux. Ils sont en train de chasser. Ils sont tous là : Xavier, Félix, Marc, Mario. Lui, il est le seul à ne pas avoir de fusil. Il court à côté d'eux. Il a du mal à les suivre, car ils vont très vite. C'est étrange parce qu'il ne les voit pas bouger.

Il y a un oiseau qui s'envole. Il crie :

« Ne tirez pas, c'est Marie ! »

Il n'a pas entendu les détonations, il n'a pas vu la fumée et pourtant l'oiseau tombe devant eux. C'est Marie, non c'est Madame qui se relève et se met à rire en le regardant... Tous se moquent de lui, tous rient avec elle.

Quand il se réveille, il pense qu'il lui faut tuer Madame, mais il n'arrive pas à savoir s'il est encore dans le rêve ou non. Il se lève, prend une douche froide, ramasse les éclats de verre, nettoie le mur et range les affaires qu'il a déplacées la veille. Il n'est pas bien du tout, son cœur bat fort et vite dans sa tête.

Ouvrir grand les yeux lui demande un effort terrible.

Sa bouche est un puits tari. Il a envie de revenir s'allonger sur le lit et d'y rester jusqu'à ce qu'il meure. Oui, ce serait bien de mourir maintenant ; plus de sale boulot, plus de soucis, plus d'amour.

Ne penser à rien, ne rien ressentir, être une épave que les courants ballottent jusqu'au rivage.

Il s'est soûlé ! Il croyait ne plus jamais le faire et voilà. Il avait promis à Monsieur, il se l'était en même temps promis à lui-même. Il a malgré tout de sérieuses excuses. L'attitude de Madame et de Mario, le sort qu'ils réservent à Marie, l'ont mis hors de lui !

Il croyait aussi ne plus jamais aimer…

Il déteste Valérie, son arrogance, sa façon d'attirer les regards, sa certitude de toujours gagner. Elle perdra un jour. Il fera tout pour cela. Il pense à Marie. Un rayon de soleil éclaire la pièce. Il sourit. Il l'aime, il l'aime plus que sa vie, et son amour le rend heureux…

Marie est contente de reprendre son travail au château. Les invités sont partis, la revoilà dame de compagnie.

Le week-end s'est plutôt bien passé. Il a fait beau, ils ont fait une promenade en famille au bord de la Garonne, puis ils ont déjeuné dans un petit restaurant tenu par un camarade d'Yves. Ils n'ont pas très bien mangé, mais ils ont beaucoup ri, c'est bien plus important.

La petite a été gentille comme d'habitude lorsqu'elle est avec eux. Elle adore marcher entre eux, les tenant chacun par la main. En fait, ce sont des jours pendant lesquels elle ne les lâche pas.

Dès qu'elle s'éloigne un peu d'eux, elle ne cesse de les surveiller comme pour s'assurer qu'ils sont bien ensemble et qu'ils ne vont pas profiter de sa distraction pour l'abandonner comme le Petit Poucet…

Il n'y a pas eu de disputes avec Yves, pas trop de discussion non plus. Ils ont fait l'amour dimanche matin. Encore une fois – cela commence à l'inquiéter – elle n'a pas éprouvé de plaisir.

En ce moment, elle a du mal à se laisser aller en amour. Peut-être à cause de Mario ? Elle ne sait pas trop pourquoi, mais elle participe peu. Par instant, elle se retrouve comme dans ces rêves étranges où l'on est en même temps acteur et témoin des événements.

Elle a même des difficultés à faire semblant. Un instant, elle a eu l'impression fugitive que Yves s'est rendu compte de son… insensibilité. Bah, elle se fait des illusions, il lui en aurait parlé. Il faut tout de même qu'elle fasse attention. Elle ne doit pas mélanger dans son esprit son amour et son travail.

Marie et Yves s'aiment, faire l'amour est l'aboutissement normal de leurs sentiments.

Jade… travaille… Non ! Elle est la dame de compagnie de Valérie, un point c'est tout. À propos de Madame, il faut qu'elle lui parle de Yves cette semaine. Si Mario est encore là, elle choisira un moment où elles seront seules…

Se changer.

Se dévêtir, quitter Marie.

Se vêtir, s'apprêter.

Devenir Jade.

Est-ce que Jade est plus belle que Marie ? se demande-t-elle en se regardant dans la glace.

Oui sans doute. C'est à cause des habits bien sûr. Peut-être aussi que dans le château, le luxe qui l'entoure rejaillit sur elle, l'éclaire.

Elle hausse les épaules et se dirige vers la chambre de Madame.

— Marie ! Elle reconnaît tout de suite la voix de Jacques. Elle s'immobilise, se retourne en masquant son ennui. Le chauffeur la saisit par les épaules et l'embrasse.

— Marie ! Marie ! J'ai tant de choses à te dire, mais je n'ai pas le temps. Je pars maintenant à Paris avec Monsieur jusqu'à vendredi. Je te demande de m'excuser si je t'ai vexée l'autre jour. Je t'aime, je t'aime plus que tout !

Elle n'a pas le temps de répondre – que répondre à cela ? –, il la lâche et repart. Elle est soulagée. Elle a du mal à comprendre ces élans, ces cris d'amour. Chaque fois, elle n'arrive pas à s'imaginer qu'ils s'adressent à elle.

Dans la pénombre de la chambre, elle ne distingue qu'une seule forme dans le grand lit. Elle s'arrête, indécise. D'habitude, Madame dort plutôt côté fenêtre.

Elle entend une voix ensommeillée, c'est Mario !

— Venez Jade, je vous attendais !

— Madame est déjà levée ?

— Je ne sais pas ! Valérie est partie hier matin et elle ne rentrera que demain soir ou après-demain. Mon oreiller s'il vous plaît !

Tout de suite, il se met à la caresser. J'ai besoin de vous mon petit. Si je ne fais pas l'amour au moins une fois dans la journée, je suis nerveux, mal à l'aise, bon à rien. Déshabillez-vous ! Venez vite me sauver !

Elle obéit sans un mot. Au moins, les choses sont claires, il a besoin de faire l'amour pense-t-elle. Il la caresse à peine et la pénètre si brutalement qu'elle se retient pour ne pas laisser échapper un cri de douleur.

Il jouit très vite, se retire.

— Vous pouvez aller ouvrir la fenêtre s'il vous plaît !

Elle se lève, se rhabille et fait entrer la lumière et le vent. Monsieur la regarde d'un air sévère :

— Revenez vous asseoir près de moi ! Nous avons besoin de parler. Que se passe-t-il Jade ? Qu'avez-vous ?

— Rien Monsieur.

— Avez-vous eu du plaisir ?

— Non ! Pas trop !

— Je vous remercie de votre franchise. Pour tout vous dire moi non plus. J'ai eu l'impression de coucher avec une poupée gonflable ! Enfin Jade, quand allez-vous vous laisser aller ?

Elle devrait répondre « Jamais avec vous ! » elle dit :

— C'est que en ce moment, j'ai des soucis ! Je n'ai pas trop la tête à faire l'amour !

— Tiens donc ! Que se passe-t-il ?

— C'est que mon mari risque d'être licencié. Je voulais en parler à Madame.

— Elle n'est pas là, Monsieur non plus d'ailleurs. Ne soyez pas trop inquiète à ce sujet. Valérie qui vous aime beaucoup, s'en occupera avec son efficacité coutumière. Soyez sans crainte, je lui dirai deux mots moi aussi pour qu'elle agisse vite !

— Merci Monsieur !

— Avez-vous conscience de la chance que vous avez, Jade ? En moins d'un an, vous avez acquis un statut que certains n'atteignent pas en une vie !

Il allume une cigarette, poursuit :

— Être la dame de compagnie de Valérie, c'est un peu comme si vous étiez acceptée dans le premier cercle des habitants du château. Profitez de votre chance ! Ne la gâchez pas !

— Oui Monsieur !

— Nous vous aimons tous ici ! Vous devriez être heureuse avec nous et pourtant vous nous apparaissez souvent crispée, pleine de retenue. Je ne comprends pas très bien votre comportement.

— C'est que j'ai… j'ai encore des scrupules par rapport à mon mari…

— Jade n'est pas mariée, mon petit. Jade vit dans un château. Jade se doit d'être gentille avec les gens qui l'aiment. Vous comprenez ?

— Oui Monsieur.

— Vous tenez à cette place Jade ?

— Oui Monsieur !

— Alors, s'il vous plaît, soyez un peu plus coopérative, plus douce avec nous. Nous voulons bien plus que ce que vous nous donnez ces temps-ci. Regardez ce bronze Jade, voyez comme cette femme s'abandonne au courant de la vie, au plaisir. C'est ainsi que nous vous désirons, toute à nous, corps et âme. Après tout, ce n'est que justice puisque nous vous offrons notre affection, ne sommes-nous pas en droit d'espérer la vôtre ?

— Oui Monsieur, vous l'aurez.

— À la bonne heure Jade ! Venez m'embrasser et mettez-y du cœur.

Elle l'embrasse, yeux fermés, bras autour du cou. Malgré tout son effort pour se perdre dans le baiser, elle saisit avec netteté l'haleine lourde de nuit de Monsieur et la mollesse de ses lèvres. Surtout, elle ressent l'intrusion de sa grosse langue dans sa bouche comme un viol.

Lui ne s'est aperçu de rien. Il semble même satisfait :

— Bien ! Préparez mon bain Jade et laissez-moi !

Marie se réfugie dans la bibliothèque en attendant que Monsieur libère la chambre. Elle s'assied face à la fenêtre. Les paroles de Mario lui font prendre conscience qu'elle s'est trompée sur son emploi.

Jusqu'alors, elle pensait qu'elle ne devait sa promotion extraordinaire de laveuse de vitres et cireuse de parquet à dame de compagnie, qu'à la reconnaissance de ses qualités : disponibilité, sourire, ardeur au travail, habileté et aussi docilité par rapport aux désirs de Mario.

Partant de ce postulat, elle croyait qu'il lui suffisait de continuer ainsi pour recueillir l'estime et la satisfaction de tous. Parfois, elle trouvait même qu'elle s'investissait trop...

En fait, elle n'en fait pas assez. Ses qualités morales ne les intéressent guère. Eux, ils la désirent tout entière, « corps et âme » a dit Monsieur. Il faut qu'elle soit heureuse avec eux, heureuse même d'être à leur merci.

Monsieur ne se contentera pas longtemps de faire l'amour avec une statue. Il faudra qu'elle participe qu'elle en ait envie ou non. Elle ne doit pas se voiler la face ; dans la réalité, cela ne change pas grand-chose. Elle vient tout de même de tromper Yves avec Mario pour la troisième fois.

« Jade n'est pas mariée, Jade fait partie de la famille, Jade est aimée… » Ce n'est pas le grand écart entre l'appartement et le château qu'ils exigent d'elle, c'est bel et bien le grand saut.

C'est d'ailleurs la seule solution pour qu'elle leur donne entière satisfaction, mais aussi pour qu'elle-même se sente à peu près bien. Ici, elle doit s'efforcer de n'être que Jade, une femme toute dévouée à leur service.

Si elle n'est pas capable de jouer ce rôle, elle ne pourra pas garder cet emploi, c'est évident. En contrepartie, cela signifie aussi que, lorsqu'elle sera avec Yves et Cécile, elle ne devra plus du tout penser au château.

Elle doit vivre deux existences différentes, hermétiquement séparées l'une de l'autre. C'est, à coup sûr, ce que Madame a voulu lui faire comprendre lorsqu'elle l'a prénommée Jade, un vrai baptême pour une renaissance.

De la même façon, les nouveaux habits, la lingerie neuve, même la bague sont là pour l'aider à rentrer dans la peau du personnage qu'ils veulent lui voir interpréter.

Marie est contente, elle connaît à présent la façon dont elle doit agir. Elle ne se pose pas la question de savoir si elle sera capable de le faire, ni même s'il est possible de se partager en deux. En fait, elle ne veut plus s'interroger.

Demain, lorsqu'elle arrivera au château, elle essaiera de n'être plus que Jade, une jeune femme libre de toute attache, reconnaissante et… obéissante.

Elle verra Madame à propos de son mari plus tard. Quoi qu'il en soit, ce n'est pas très important. Comme le lui a laissé entendre Mario, ce sera une affaire vite réglée, d'un simple coup de téléphone.

Il lui tarde de rentrer chez elle pour annoncer à Yves que son problème va être résolu. Cela lui fera du bien, le pauvre chéri. Il sera moins malheureux au travail et donc plus patient avec sa fille et plus gentil avec elle.

Comme elle l'a décidé, pendant toute la soirée en famille, Marie essaie de ne pas penser au château. Elle prend même le temps de préparer une tarte aux pommes pour voir le plaisir éclairer le visage de Cécile et de Yves en la dégustant.

Quand la petite famille est au complet, elle se montre gaie et joueuse avec Cécile, câline et attentionnée avec Yves. Elle ne laisse même pas voir sa déception et son irritation lorsqu'il lui répond à propos de son licenciement :

« Ils vont s'occuper de moi ? Tu parles ! Que veux-tu qu'ils fassent ? Tu es bien naïve. Un, ils n'y peuvent rien ! Deux, ils s'en foutent, alors ! »

Elle ne réagit pas, ne fait aucun commentaire bien qu'elle pense que c'est lui le naïf qui n'a aucune idée de la puissance de ces gens.

Elle va endormir la petite et quand elle revient, elle se blottit contre l'épaule dure de son mari sur le canapé. Ils vont se coucher ensemble, mais lorsqu'elle ressort de la salle de bains, il dort déjà. Elle embrasse sa nuque avec douceur et éteint la lumière.

C'est facile de jouer Marie puisqu'elle l'est ici dans la vie réelle. Enfin, elle n'est plus tout à fait la même, elle a changé, le comportement de son époux l'irrite. Il n'est pas gentil, il ne lui facilite pas la tâche… Pourquoi doit-elle être la seule à faire des efforts ? Ici, elle n'est pas employée de maison, elle est l'épouse, la mère, l'égale.

Elle a du mal à s'endormir. Bien qu'elle s'en défende, elle pense à demain, là-bas… Saura-t-elle se transformer en Jade ? Qui est Jade ? Comment doit-elle se comporter ? Comme une prostituée ? Elle ne pourra pas. Comme une courtisane ? Peut-être… mais y a-t-il une grande différence entre les deux ?

Ne pas penser au château !

Se sentir bien, ici, même ici… au cœur de ce nid étroit suspendu dans l'espace parmi cent autres nids semblables creusés dans le ventre sombre et lourd de l'immeuble au bord de la ville.

Dormir maintenant contre le corps chaud de Yves, dans son odeur d'homme abandonné, bercée par la musique forte de sa respiration.

N'empêche, un autre, par trois fois, a profité de son corps. Elle ne s'est pas donnée, elle s'est laissée prendre. Elle n'en a tiré aucun plaisir, aucune jouissance… Enfin, à part une fois, peut-être, et si peu... Ces trahisons l'ontelle changée ? Aime-t-elle moins Yves maintenant ? Non !

Alors, la fidélité, ça sert à quoi ? À garder sa dignité et son estime de soi. Pourtant, même maintenant, elle ne parvient pas à se mépriser. Elle n'a pas honte devant Yves. Elle ne veut pas penser à ce qu'elle a fait, elle le range dans un coin sombre de sa mémoire et elle vit.

Dormir, maintenant contre le corps chaud de Yves, son seul homme, son seul amour, bercée par la musique forte de sa respiration.

.17.

Elle pousse le portillon du parc, s'arrête, prend une grande inspiration, s'élance. Avant d'arriver à la porte d'entrée, se dit-elle, elle doit avoir oublié toute sa soirée en famille. Elle sourit ; ce n'est pas très difficile, il se passe si peu de choses là-bas, dans l'appartement…

Oui bien sûr, mais plus elle veut oublier, plus elle y pense… Allons, elle n'est pas encore sur scène !

Voilà, elle est nue à présent. Marie n'existe plus.

Soutien-gorge à balcon, culotte de dentelle, jarretières, jupe, corsage. Bague.

Maquillage, coup de peigne…

Jade apparaît dans la glace.

La voici prête pour la représentation. Elle patiente quelques minutes puis se dirige d'un pas décidé vers les appartements de Madame. Peut-être a-t-elle ralenti son allure en approchant de la porte, mais elle ne s'arrête pas…

Trois petits coups, elle entre. Tout est en ordre, la pièce est vide. Elle éclate de rire, fait cinq ou six tours de valse et se laisse tomber sur le lit.

Elle est heureuse comme une collégienne dont on vient de supprimer la retenue. À l'aune de sa joie, elle mesure la difficulté et le coût de ce qu'elle s'apprêtait à essayer de faire…

Elle ouvre en grand la fenêtre, une bourrasque entre qui bat des ailes sur les magazines posés sur la table de chevet, côté Madame.

Que va-t-elle faire ? Rien ? Non, non, elle ne peut pas passer toute une journée les bras croisés. Elle va profiter de son temps pour nettoyer les carreaux, car il y a longtemps que cela n'a pas été fait.

Elle est seule, sans Madame, sans Mario, sans Jacques… Aucun de ces personnages ne va lui manquer. Jacques peut-être ? Un peu. Elle lui est reconnaissante de l'avoir soutenue dans les moments difficiles. Après tout, si elle est encore ici, c'est grâce à lui.

En même temps, elle a du mal à discuter avec lui, elle ne sait plus trop quoi lui dire. Elle n'en peut plus de ses « je t'aime » et de ses regards tristes. Oui, mais lui, il est amoureux de Marie, la vertueuse Marie, la femme de Yves, la maman de Cécile, l'inaccessible Marie ! Il comprendra bien un jour.

D'un coup de baguette magique, une absence inattendue, la voilà pour l'heure redevenue Marie. Quel soulagement ! Elle se lance dans le nettoyage. Ses yeux se posent sur le pavillon, en bas, à demi caché par les branches du grand pin. Elle soupire. Y habiteront-ils un jour ? Et si ce rêve se réalise, comment fera-t-elle pour être en même temps Marie et Jade ?

Elle souffle, s'applique à gratter un point noir. À quoi bon se poser toutes ces questions ? Ils n'y sont pas encore et puis… l'important n'est pas de prévoir les difficultés à l'avance, mais bien de les surmonter lorsqu'elles se présentent.

La journée est passée à petits pas, elle n'a vu personne si ce n'est des silhouettes dans le parc ou des fantômes d'employés de maison dans les couloirs. Par moments, elle regrette un peu ce rendez-vous manqué avec ses patrons. Elle se sentait prête… Patrons n'est pas un très joli mot, mais il sonne bien mieux que maîtres. Les chiens ont des maîtres, elle non, jamais. Jamais ?

Valérie ne rentre qu'en fin d'après-midi alors que Marie quitte le château. Elle s'arrête, la salue, demande :

— Madame a besoin de moi ?

— Tout est en ordre ?
— Oui Madame.
— Alors, vous pouvez partir !
Encore une soirée heureuse à la maison, c'est-à-dire une soirée calme, routinière, presque silencieuse, une suite d'instants durant lesquels chacun fait ce que l'on attend de lui, ce qu'il est habitué à faire.

Yves reste devant le téléviseur pour voir un film de guerre. Marie en a horreur. La guerre c'est la jungle, la vie brutale, bestiale, sans amour, la vie où les plus forts gagnent, où les hommes sont les héros et les femmes les victimes…

Dans le lit, elle ne peut pas s'empêcher de penser à demain.

*

Madame et Mario ont dormi ensemble. Marie ouvre sans bruit les fenêtres puis va remonter l'oreiller de Monsieur. Il ne bouge pas. Désappointée, elle reste un instant contre le lit à se demander ce qu'elle doit faire.

C'est au moment où elle fait demi-tour qu'il l'attrape par le bras.

— Mon petit, vous êtes pressée de partir ?
— Non Monsieur, je croyais que vous dormiez !
— Vous vous trompiez.
Madame se lève, s'étire :
— Je vais prendre mon bain ! Tenez compagnie à Mario, Jade, je me débrouillerai toute seule.
— Allez, pressez-vous ! Déshabillez-vous et venez me réchauffer !

Elle tente d'être moins raide, de prendre du plaisir aux rares caresses de Monsieur, mais elle n'y parvient pas. Elle simule piteusement un petit orgasme lorsqu'elle le sent jouir dans elle. Il ne dit rien, ne fait aucun commentaire. Il se lève et rejoint Madame dans la salle de bain.

Celle-ci l'accueille, un sourire moqueur aux lèvres :

— Déjà ! Mon cher, je vous ai connu bien plus performant il n'y a pas si loin…

— C'est vrai, mais primo, je suis pressé ce matin puisque nous devons partir dans moins d'une heure, et secundo, je fais l'amour avec cette fille pour mon hygiène et pour mon plaisir, non pour le sien.

Il la regarde droit dans les yeux :

— Quand vous le voudrez, je vous montrerai volontiers que je n'ai rien perdu de mes capacités.

— J'en suis certaine mon cher et votre proposition ne me laisse pas insensible. Je pense que nous mesurerons vos possibilités très bientôt. Au fait, comment Jade s'est-elle comportée ?

— Un peu mieux que lundi matin, mais sans plus. Je la sens encore réticente. Je me demande si elle se donnera entièrement un jour…

— Mais enfin ne m'avez-vous pas dit que l'autre après-midi, elle avait crié à plusieurs reprises ?

— Oui ! J'avais du temps…

— Bah, l'important n'est-il pas qu'elle se donne ?

— Bien sûr ma chère, mais cette retenue prouve qu'elle n'est pas encore totalement vaincue. C'est ennuyeux.

— Vous avez peur d'une rebuffade ?

— Qui sait ! Tant que la monture n'est pas tout à fait dressée, tout peut arriver. Jusqu'à présent, nous avons été très doux, très patients avec elle, il est peut-être temps de lui donner un peu de bâton.

— Je suis d'accord avec vous. Si elle se sent dans l'obligation d'obéir, elle aura moins de scrupules à se livrer. Je m'en occuperai dès demain.

— Au fait, ma chère, elle m'a parlé des problèmes de son mari. Je lui ai répondu qu'il fallait qu'elle vous en entretienne !

— Vous avez bien fait ! Hâtons-nous. Comme le dit Xavier, nous perdons tout de même beaucoup de temps à cause de cette domestique !

— C'est pour vous Valérie, pour votre triomphe et votre gloire !

— Vous exagérez toujours mon cher, s'exclame Madame en riant, je vous adore !

Marie n'a pas pris le temps de se rhabiller. Elle avait trop peur que Monsieur ne revienne.

Elle a entrouvert la porte, vu le couloir désert et couru toute nue se laver dans la chambre bleue et blanche.

Lorsqu'elle revient drapée dans une grande serviette de bain, la pièce est toujours vide. Elle se met à ranger. Elle est choquée, un peu comme un boxeur qui a reçu un mauvais coup dès le début du combat. Elle travaille, s'agite sans savoir ce qu'elle fait.

Peut-être espère-t-elle que les gestes mécaniques qu'elle accomplit vont se substituer à ses pensées ? Il n'en est rien. Elle vient de prendre conscience que tout ce qu'elle a imaginé est faux. Elle s'est trompée. Elle ne pourra jamais être la Jade qu'ils désirent, elle ne le sera jamais. Même ici, elle est Marie, tout comme dans l'appartement.

Monsieur et Valérie reviennent dans la chambre, s'habillent sans un regard vers elle, sans un mot. Lorsqu'ils sont près de sortir, Madame se retourne vers elle et lui lance :

— Jade ! Je rentrerai tard, ne m'attendez pas, je vous verrai demain. Je ne suis pas là, c'est entendu mais ce n'est pas une raison pour passer la journée à ne rien faire !

— Oui Madame ! murmure Marie.

« Passer la journée à ne rien faire ! » C'est injuste ! Quelle méchanceté ! Jusqu'à maintenant, elle a toujours trouvé quelque chose à ranger ou à nettoyer… Aujourd'hui elle va faire briller tous les cuivres des appartements. Cela lui prendra au moins deux heures.

*

Ce matin il fait gris. L'air est mouillé, lourd. Tout est sombre dans la chambre de Madame. Marie entre sur la pointe des pieds. Elle n'entrevoit qu'une forme sous les draps. Bon, Monsieur n'est pas là.

— Ouvrez les fenêtres ! demande Madame d'une voix sèche en s'asseyant dans son lit. Jade, je suis très mécontente et déçue par votre comportement. J'espérais bien mieux de vous !

— Je… Je ne comprends pas !

— Vous ne comprenez pas ? C'est pourtant simple ! On m'a rapporté que dès que je quittais la maison, vous passiez tout votre temps à rêver assise devant la fenêtre de la bibliothèque ou bien vous filiez chez vous ! Vous trahissez ma confiance, c'est inadmissible !

— Mais, mais… ce n'est pas vrai !

— J'ai plusieurs témoignages qui concordent à votre sujet. Vous jouez à la maîtresse de maison, vous vous promenez à longueur de journée, vous vous vautrez sur les fauteuils…

— Madame sait bien que les autres employés ne m'aiment pas. Ils mentent pour que vous me réprimandiez !

— Les autres sont plus intelligents que vous ! Ils se rendent compte de vos privilèges et ils vous envient, ce qui me semble normal après tout ! Tous leurs dires vont dans le même sens et il y en a trop pour qu'ils soient tous mensongers. Je me demande si j'ai fait le bon choix !

— Mardi j'ai nettoyé tous les carreaux. Hier j'ai fait briller les cuivres.

— Les carreaux et les cuivres en deux jours ? Vous vous moquez Jade ! Vous êtes paresseuse, n'ajoutez pas la mauvaise foi à vos défauts !

Elle poursuit songeuse :

— La prochaine fois que je m'absenterai, j'envisage de vous laisser à la disposition de Marcel, le majordome. Lui saura vous utiliser à bon escient.

Marie se retient de toutes ses forces pour ne pas éclater en sanglots.

— Je vous jure Madame !

— Assez ! Épargnez-moi vos jérémiades et vos larmes s'il vous plaît ! Vous ne savez que vous plaindre !

Quoi qu'il en soit, vous ne m'attendrirez pas ! Je vous ai prise sous mon aile, je vous ai vêtue, je vous ai protégée des autres. Comment me témoignez-vous votre gratitude ? Vous nous servez à contrecœur. Vous n'êtes jamais souriante. Ici, vous n'êtes pas heureuse et vous le montrez. Cela ne peut plus continuer !

Elle hausse le ton :

— Même Mario qui vous aime bien parle de vous comme d'une statue ou d'une poupée gonflable… Il est tout de même en droit d'attendre plus ! J'exige une participation totale de votre part. Vous vous êtes engagée Jade ! À moins bien sûr que vous n'ayez changé d'avis. Voulez-vous toujours rester à notre service ?

— Oui Madame !

— Écoutez-moi bien et tenez-vous-le pour dit. C'est la dernière fois que je vous fais ce genre de reproches ! Si vous n'en tenez pas compte, soit vous serez licenciée, soit vous redeviendrez une employée ordinaire !

— Bien Madame !

— Considérez-vous en sursis ! Votre maintien ici dépendra de votre ardeur au travail, mais aussi de votre bonne humeur et de la satisfaction de Mario. Est-ce clair ?

— Oui Madame !

— Cessez de pleurnicher et allez me faire couler le bain. Ensuite, vous arrangerez votre maquillage. On dirait que vous portez un masque de carnaval.

Dans la salle de bains, Marie ne retient plus ses larmes. Soudain son avenir est noir…

Comment Madame peut-elle croire les ragots des autres ? Comment peut-elle être accusée de paresse alors qu'elle cherche toujours quelque chose à faire ? Elle est bien plus touchée par les critiques concernant son travail que par celles ayant trait à son comportement avec Mario. C'est Marie qui est vexée et non Jade. Vexée et surtout révoltée par l'injustice dont elle se juge victime.

Bien sûr qu'elle a quelques moments de repos, mais ils sont plutôt rares. Les autres employés en ont bien plus qu'elle. Ils se cachent dans l'office ou dans la cave pour ne pas être dérangés.

Madame veut la mettre à la disposition du majordome, ce crapaud qui la regarde avec des yeux d'obsédé sexuel. Quelle horreur ! Redevenir une employée ordinaire, elle ne pourra pas le supporter. Ils sont trop méchants, trop jaloux, trop minables. Mieux vaut abandonner !

Et Yves qui est sur le point d'être lui aussi licencié. Que vont-ils devenir s'ils sont tous les deux au chômage ? Elle se remet à pleurer. Madame arrive, nue.

— Restez là, je peux avoir besoin de vous ! Et cessez de pleurer, je vous l'ai déjà demandé ! Il y a longtemps que j'aurais dû vous rappeler à l'ordre !

Elle entre dans la baignoire, s'y allonge et se met à chantonner tout en regardant de temps à autre Marie, toute raide et crispée qui attend, une serviette à la main.

« Je suis au piquet » pense la servante, comme avec Madame Filo, son institutrice du cours préparatoire. En d'autres temps, ce souvenir la ferait sourire. Ici, ce n'est pas le cas. Le piquet, c'est la honte, le retour à l'enfance, c'est être considérée comme une gamine irresponsable et stupide.

En fait, Madame veut qu'elle se conduise comme une fillette, qu'elle lui obéisse sans réfléchir : « C'est bien ! C'est mal ! Souriez ! Saluez monsieur ! Faites-le jouir ! »

— Frottez-moi le dos avec le gant rouge. Vous m'avez mise en colère, cela me détendra !

Marie sursaute et, en enfant docile, s'applique autant qu'elle le peut. Malgré cela, Madame s'impatiente :

— Un peu de douceur que diable, je ne suis pas une jument que vous étrillez ! Êtes-vous donc tout à fait incapable de caresser quelqu'un, de lui donner du plaisir ? Cela m'apparaît comme une véritable infirmité chez vous ! Faites un effort !

Baisser la tête, serrer les dents, se taire, retenir à nouveau les larmes, se dire, se répéter que, oui, elle peut être douce, gentille, caressante, mais seulement avec ceux qu'elle aime. En ce moment, elle est pleine de haine et de colère, comment pourrait-elle effleurer alors qu'elle a envie de frapper ?

Enfin, Madame est séchée, habillée, peignée, parfumée, maquillée. Avant de partir, elle lance sur un ton de menace :

— Et que l'on ne me rapporte pas que l'on vous a vue à nouveau flâner ici ou là !

Marie se laisse tomber sur le lit défait. Elle ne sait pas ce qu'elle doit faire. Rester ? Partir ? Tout son être crie « partir ! partir ! » pourtant, elle va rester bien sûr ! Elle va essayer de travailler plus, sourire plus… participer plus avec Mario…

En fait, tout est joué d'avance pour elle et peut-être aussi pour les siens. A-t-on le choix de sa vie quand on est pauvre ? À nouveau, elle pense à l'oiseau qui bat des ailes dans une cage, qui volette, qui se voit traverser le ciel, mais passe sa journée accroché aux barreaux.

Elle se pose des questions, elle essaie de se donner l'impression d'être libre, mais elle ne l'est pas.

Et Mario ! Il la compare à une poupée gonflable. Comment se comporte-t-il, lui ? Il la considère comme un objet. Il se sert d'elle comme d'un savon pour se laver les mains. C'est ça l'amour pour lui ? Il la prend comme si elle était une chose. Dans ses actes, il n'y a ni affection, ni tendresse, ni même intérêt pour elle. Il pense à lui, à sa petite éjaculation quotidienne et c'est tout.

C'est peut-être mieux pour elle. En fait, il se plaint, mais il n'a pas besoin de sa participation. Demande-t-on à une poupée d'être tendre ?

Elle doit se méfier des autres employés. Ils doivent se monter la tête à son sujet. Ils l'envient, ils la haïssent, ils feront tout ce qu'ils peuvent pour la faire licencier. Elle croyait qu'ils ne s'occupaient plus d'elle. Quelle erreur ! La jalousie et la haine sont bien plus tenaces et persévérantes que l'amour. Contrairement à lui, le temps les fige, les durcit, les rend définitives.

Elle se lève, se regarde dans la glace, grimace – « Le masque de carnaval » – tire la langue à Madame et à tous les patrons du monde ! Elle doit se remaquiller, ne serait-ce que pour atténuer sa pâleur et la rougeur de ses yeux.

Elle entend gratter à la porte. C'est Jacques qui passe la moitié de son corps dans la pièce et lui dit :

— Bonjour ma douce ! Nous venons d'arriver à l'instant ! Viens boire le café après le repas, j'ai pas mal de choses à te dire !

— Oui ! répond-elle sans réfléchir.

Cela lui fera du bien de parler avec lui. Peut-être même arrivera-t-elle à savoir ce qui a été raconté à Madame. Le chauffeur est au courant de tout dans le château, il le lui dira.

Toute triste, elle se met au travail. Que peut-elle faire de plus ? Elle se le demande et ne trouve aucune réponse convenable à sa question.

Chaque mot de Madame tourne dans son esprit comme une abeille : « paresseuse, pleurnicher, jérémiade, plainte, majordome, licencier, ordinaire ». Elle ne peut penser à rien d'autre. De temps en temps, une larme glisse au bord de son nez.

Elle n'a pas faim. Elle grignote un bout de pain avec une rondelle de saucisson et croque une petite pomme. Elle se souvient de Jacques. Il n'avait pas l'air très heureux. Qu'a-t-il donc à lui dire ?

Va-t-il encore l'ennuyer avec son amour, ses baisers ? Aujourd'hui, elle ne le supportera pas. Ce n'est peut-être pas une bonne idée d'aller chez lui maintenant. Elle pourrait l'appeler, lui dire qu'elle est trop occupée…

Non ! Il faut qu'elle y aille, il doit déjà l'attendre.

Elle n'a pas le temps de frapper, la porte s'ouvre à son arrivée. Elle s'installe sur le fauteuil noir, tire sur sa jupe tandis qu'il va préparer le café. Les petits gâteaux et le sucre sont servis sur la table basse.

Jacques revient, remplit deux petites tasses et s'assied comme d'habitude en face d'elle. Il reste un moment silencieux, il a l'air embarrassé. Marie remue son café. L'attitude de l'homme l'impatiente :

— Tu as quelque chose à me dire ?

— Oui ! Enfin, c'est un peu compliqué…

— Je t'écoute.

— Ben depuis quelque temps, je te sens tendue, méfiante avec moi. Tu as changé Marie ! Tu ne ressembles plus à celle qui venait ici en toute confiance.

— Oui peut-être ! On change tous... de gré ou de force !

— Qu'est-ce qu'il se passe ma douce ?

— Rien, tout va bien ! Je… je commence à m'habituer Jacques ! J'ai un peu moins besoin de ton aide et de tes conseils.

— Tu ne viendras plus me voir quoi !

— Je n'ai pas dit ça ! Écoute Jacques, Madame a passé une heure à m'engueuler ce matin, à me traiter de fainéante, de menteuse, de pleurnicheuse, alors si toi aussi tu te mets à me faire des reproches, je m'en vais !

— Non ! Non ! Attends ! Il y a une chose que je veux savoir, j'en ai besoin… Voilà, les autres disent que jeudi matin, tu courais nue en riant dans le couloir… C'est vrai ?

— Moi ? Nue dans le couloir ? Mais c'est n'importe quoi ! Tu fais comme Madame ? Tu crois tout ce que les autres minables racontent ?

— Non ! Non ! Je ne les crois pas puisque je te le demande à toi !

— Hé bien dis-toi que c'est faux !

— J'en étais sûr ma douce ! s'exclame-t-il radieux en lui prenant les mains.

— Tu sais Jacques, même si c'était vrai, tu ne pourrais pas m'en tenir rigueur ! Je n'aurais fait que suivre tes conseils de patience et d'obéissance. C'est quand même grâce à toi que je suis encore ici !

— Oui tu as raison… Mais, pourquoi tu me dis ça… Tu l'as fait oui ou non ?

— Oui, mais je ne riais pas. Et j'ai même couché avec Mario si ça t'intéresse ! Et chaque fois qu'il me le demande, je m'allonge ! Je suis sa pute ! Sa pute gratuite et à domicile ! Tu veux des détails ? Tu veux voir ? Tiens, regarde ! s'exclame-t-elle en relevant sa jupe pour lui montrer les jarretelles.

— Oh Marie, toi si pure, si innocente !

— Tu es content non ? Je t'ai bien écouté, c'est grâce à toi que j'en suis là !

— Non ! Non ! Je ne pensais pas à ça ! Je t'aime Marie… C'est que… je ne voulais pas que tu t'en ailles… J'ai besoin de toi pour vivre…

Marie se radoucit. Il l'émeut, ce vieux bonhomme larmoyant qui lui parle d'amour…

— Jacques, ici je suis Jade, je ne suis ni pure, ni innocente. Celle que tu crois aimer n'existe pas dans le château !

— Non ! Ce n'est pas vrai ! Pour moi, tu es, tu seras toujours Marie ! Tu vas venir vivre avec moi ! Je te protégerai contre tous. Plus personne ne te touchera. On refera nos vies, on sera heureux…

Jacques parle, parle, rêve, s'échauffe. Il pose ses mains sur les genoux de Marie, se met à la caresser. Il tente même de l'embrasser.

Elle se relève d'un bond, s'écarte de lui :

— Arrête Jacques, tu deviens fou ou quoi ?

— Mais pourquoi ? Pourquoi tu me refuses ton amour alors que moi je suis sincère et tu le donnes à Monsieur qui se moque de toi ?

— Je ne lui donne rien, surtout pas mon amour. Il prend mon corps, c'est tout !

— Je… je ne te crois pas !

— Tu fais comme tu veux, ça m'est égal ! Tu as la mémoire courte Jacques ! Je ne fais que ce que tu m'as enseigné. Tu te souviens ? Ta main sur ma cuisse pendant que je lisais ? Tu m'as même entraînée à supporter ça, alors…

— Ils veulent faire de toi la pute du château ! murmure-t-il en se prenant la tête dans les mains.

— Pourquoi tu dis ça ? Je couche avec Mario, un point c'est tout. Il n'y aura personne d'autre !

À ce moment, il la regarde avec un petit sourire triste.

Il s'approche d'elle, lui prend la main, la porte à ses lèvres, la baise avec dévotion. Marie troublée la lui abandonne. Il relève la tête toujours avec son air de chien battu.

— Je, je l'ai dit comme ça… Je ne sais pas Marie… Je l'espère !

— Quoi ? Quoi ? Qu'est-ce que tu veux dire ?

— Rien ! Je te jure ! Rien !

— Vas-y ! Va au bout de tes pensées ! Dis que tu me crois capable de coucher avec tous les gens qui viennent ici !

— Non ! Non ! Mais ils sont si forts… Marie, Marie, je suis fou de toi. Ne nous disputons pas ! Laisse-moi t'embrasser !

— Non Jacques ! Je ne peux pas ! Avec toi ce serait pas pareil, je te l'ai déjà expliqué !

— Je te crois pas ! Avec moi, c'est facile de refuser. Ça t'amuse de me faire souffrir. Tu te moquais de moi l'autre jour avec Mario ! Je ne suis pas si bête, je l'ai bien vu !

— Pas du tout Jacques, tu te fais des idées !

— Tu verras avec les autres, tu feras moins la belle. Il faudra que tu y passes ! Bientôt, tu seras dans le lit de Monsieur et puis ça continuera crois-moi, ils te lâcheront pas comme ça !

— Tu deviens fou Jacques, tu dis n'importe quoi ! Je préfère partir ! On se reverra quand tu seras calmé !

— C'est ça, va-t-en ! Va rejoindre les patrons et donne-leur bien du plaisir !

— Salaud ! Tu es un salaud Jacques !

— Va-t-en ! Et ne reviens plus !

Marie traverse le parc en courant et se réfugie dans la bibliothèque. Elle prend soin néanmoins de ne pas s'approcher de la fenêtre.

Quelle journée ! Madame puis Jacques ! Les insinuations du chauffeur, ses paroles aussi : « Ils veulent ceci, ils veulent cela » la troublent. Il parle comme si tous les gens du château étaient ligués contre elle. À force d'être seul, il devient paranoïaque.

Il est tout de même plus à plaindre qu'à blâmer, mais il faut faire attention avec lui. Elle se promet de ne plus aller le voir de quelque temps à moins qu'il ne le lui demande en s'excusant.

*

Il fait beau, bleu, sec et froid.

Marie hésite avant de pousser la porte de la chambre de Madame. Elle prend sa respiration, rentre. Une seule forme sous les draps luisants.

Le soleil pénètre dans la pièce, la déchire, l'illumine.

— Mettez les volets en clé et venez me voir !

Marie s'approche du lit, Madame l'interpelle :

— Vous m'en voulez ?

— Non Madame, j'en veux à tous ceux qui racontent des mensonges sur moi !

— Oui ! Il est très possible qu'ils exagèrent, ils ne vous aiment guère. Par contre, je suis persuadée que Mario, lui, dit la vérité. Qu'en pensez-vous ?

— C'est… C'est que je n'ose pas trop, je pense à mon mari, à ma fille…

— Oui ! Je sais ! Je sais ! Il faudra vous faire violence. Ensuite vous verrez, vous apprécierez. Mario est un formidable amant.

— Oui Madame !

— À propos, il m'a parlé d'un problème de licenciement concernant votre mari ?

— Son patron lui a conseillé de commencer à chercher une autre place.

— Ah bon ! Et il a quelque chose en vue ?

— Non, pas pour le moment ! C'est très difficile de trouver un emploi par les temps qui courent. Je voulais vous en parler… Vous m'aviez dit que vous m'aideriez si j'en avais besoin…

— Bien sûr Jade ! Comment s'appelle son patron ?

— Josper ! Michel Josper ! Il dirige une entreprise de maçonnerie.

— J'ai déjà entendu ce nom. Je pense qu'il doit de temps à autre avoir affaire avec Xavier ! Je ne peux rien vous promettre Jade. Allez faire couler mon bain, je vais appeler mon mari pour lui parler de tout cela.

— Merci beaucoup Madame, je vous en suis très reconnaissante.

— Tu, tu, tu, Jade ! Je me moque de vos remerciements, je désire seulement que vous soyez plus docile et plus douce !

— Je ferai de mon mieux !

— Allez !

Pendant que Marie, heureuse et déconcertée par ce changement d'attitude, s'active dans la salle de bains, Valérie entretient son mari Xavier de la situation. Elle insiste pour qu'il la reçoive le plus vite possible : lorsque le fruit est mûr lui dit-elle, il faut le cueillir !

Ils rient ensemble un instant et il répond :

« Écoutez ma chère, mon premier rendez-vous ce matin est à onze heures, envoyez-moi-la maintenant ! »

Valérie demande donc à Marie d'aller tout de suite voir son époux dans son bureau. La dame de compagnie remercie, arrange sa tenue et quitte la chambre. Cette entrevue l'effraie, car elle ne connaît presque pas Monsieur. Elle a de lui l'image d'un homme pressé à la mine sévère et au regard perçant.

De plus, le bureau est une pièce toujours fermée en son absence. Rares sont ceux qui y ont accès. Comment le maître de maison va-t-il l'accueillir ? Acceptera-t-il de l'aider ? Elle sonne, le cœur battant. Le mot *Attendez* écrit en rouge se met à clignoter.

Elle s'assied, feuillette une revue. On se croirait chez le dentiste… pense-t-elle et cela évoque aussitôt pour elle une longue cohorte de souvenirs douloureux. Elle patiente ainsi une dizaine de minutes avant de pouvoir entrer. Elle se retrouve sur le seuil d'une vaste pièce carrée, meublée très sobrement : deux fauteuils sombres, une table d'architecte, un immense bureau de bois ouvragé, quatre tableaux abstraits accrochés au mur, la porte d'un coffre. Une tenture cache le mur du fond.

Monsieur est assis, il écrit. Elle reste debout près de la porte sans oser bouger. Il lève à peine la tête et lui ordonne d'un ton sec :

— Installez-vous Jade ! Je termine, je n'en ai que pour un instant !

Silence.

Il rebouche son stylo, ferme son agenda.

— Ma femme m'a recommandé de vous aider. J'espère que vous le méritez !

— Je l'espère aussi, Monsieur !

— Allons… Que se passe-t-il ?

— Mon mari, qui travaille dans l'entreprise de monsieur Josper, risque d'être licencié dans les jours qui viennent. Je voulais vous demander si vous pourriez le faire embaucher ailleurs ou bien intervenir auprès de son employeur pour qu'il revienne sur sa décision.

— Oui, je vois ! Quel est le motif du licenciement ?

— Je ne sais pas trop, je crois qu'ils ont perdu des marchés…

— Un premier point Jade. En ce moment, nous-mêmes, nous n'embauchons pas. Dans ces conditions, il me paraît difficile d'intercéder ailleurs pour votre mari.

— Oui Monsieur, je comprends.

En même temps qu'elle répond, une lourde vague de désespoir la submerge et mouille ses yeux. Si même le puissant Colin Vasseur ne peut rien faire, alors son mari ne retrouvera jamais un emploi.

Monsieur se rend compte de son désarroi, car il se lève et passe derrière elle. Il pose ses mains sur ses épaules.

— J'ai dit difficile Jade, pas impossible ! Mais vous, me donnerez-vous des raisons de vous aider ?

— Oui monsieur !

— Écoutez Jade. Je ne vous connais pas. Vous êtes là à me demander de l'aide. Cela me déplairait beaucoup de rendre un service somme toute important à une ingrate ! Me comprenez-vous ?

— Oui Monsieur ! murmure-t-elle.

Elle sent les mains dures glisser de ses épaules à son cou, descendre vers ses seins.

— Serez-vous gentille avec moi, Jade ?

— Oui Monsieur.

Elle est raide sur le fauteuil, incapable de réfléchir, incapable de bouger.

Sans se presser, il se met à défaire le chemisier. Il contemple un instant les seins mis en valeur par le soutien-gorge à balcons puis se met à les caresser.

— Vous dîtes que votre époux n'est pas encore congédié ?

— Non… non Monsieur ! Elle a du mal à parler.

— Et il est chez Josper ! Ce cher Michel me doit beaucoup, je pense qu'il ne me décevra pas.

Il défait le soutien-gorge :

— Mario qui est un fin connaisseur m'a dit que vous aviez un corps splendide… Venez, je veux en avoir le cœur net !

Il la prend par la main et l'emmène vers une porte dissimulée derrière la tenture.

Ils entrent dans une petite chambre.

— Déshabillez-vous Jade et hâtez-vous s'il vous plaît ! Je n'ai hélas que peu de temps à vous consacrer !

Elle ne bouge pas. Il vient à grands pas vers elle et fait glisser sa jupe.

— Allons Jade, en affaires rien n'est gratuit. Qu'avez-vous à m'offrir sinon votre corps ? Moi, je vais vous aider. J'interviendrai auprès de Josper. En échange, vous viendrez me voir chaque fois que je vous le demanderai. Cela me semble tout à fait raisonnable, non ?

Sans attendre de réponse, il la pousse sur le lit, se met un préservatif et la prend sans même quitter ses vêtements.

En remontant son pantalon, il ordonne :

— Revenez demain matin à la même heure, j'aurai du nouveau pour vous !

Marie sort en titubant, referme la porte derrière elle

et se précipite dans la chambre bleue et blanche pour se laver.

Elle se voit dans la glace : teint pâle, yeux hagards, cheveux défaits, femme fatiguée, usée.

Elle se douche longtemps, gratte sa peau pour en enlever une trace, une odeur, nettoie son sexe à grands jets en frissonnant de dégoût.

Elle repense aux paroles de Jacques. Il savait pour Monsieur. Comment est-ce possible ? Y a-t-il vraiment une espèce de complot pour la transformer en prostituée du château ? Elle est prise de vertige. Elle s'assied sur le lit, se prend la tête dans les mains. Il ne s'est même pas déshabillé, c'était presque un viol, presque… Et elle doit le revoir demain.

Ce soir, elle racontera tout à Yves. Il comprendra, il lui pardonnera. Demain matin, ils feront leurs bagages et ils partiront tous les trois. Elle se souvient de vieilles maisons quasi abandonnées dans des villages isolés des Corbières. Ils en prendront une, ils recommenceront leur vie. En attendant, ils pourront loger chez le papé à Mersac. C'est sûr, il fera tout son possible pour les aider.

Ce sera difficile, mais pas plus qu'ici et elle ne sera plus au service des uns ou des autres…

Madame, qui l'appelle, la tire de ses rêves. Elle se rend dans la chambre. Valérie est souriante, joyeuse même.

— Bravo Jade ! Vous avez fait très bonne impression à mon époux. Il va parler au patron de votre mari et il m'a demandé des renseignements sur l'état du pavillon du parc ! C'est plutôt bon signe, non ?

— Oui Madame !

— Eh bien Jade ! Quel enthousiasme ! Quelque chose ne va pas ?

— C'est Monsieur ! Il m'a prise. Je, je ne voulais pas… J'ai pas osé lui dire… Je vais partir, je n'en peux plus, je peux pas faire ça !

— Allons ! Allons ! Ressaisissez-vous que diable ! Il ne vous a pas tuée ! Vous quémandez son soutien, il vous demande une faveur en échange, c'est tout et c'est normal. C'est fou, vous n'arriverez jamais à comprendre qu'ici vous êtes totalement à notre service ! Ce n'est pas faute de vous l'avoir répété !

— Pas comme ça Madame, pas comme ça !

— Et comment ? Croyez-vous qu'il aurait accepté de vous aider si vous vous étiez refusée à lui ?

— Je suis comme une prostituée, je me sens sale !

— Que je sache Jade, une prostituée se donne à tous, ce qui est loin d'être votre cas. Quant à vous sentir sale, c'est encore une fâcheuse séquelle de votre éducation, nous n'y pouvons rien. Aidez-moi à m'habiller, ensuite vous rangerez. Pressez-vous, la matinée est déjà bien avancée et je déjeune dehors.

Elle prend un ton conciliant :

— Écoutez Jade, pour vous remettre de vos émotions, je vous autorise à rentrer chez vous à seize heures. J'espère que cela vous fait plaisir ?

— Oui Madame ! Merci Madame !

— Bien, ouvrez la penderie que je regarde un peu ce que je peux mettre aujourd'hui….

Jusqu'à son départ, Valérie reste gentille et douce avec Marie. Celle-ci ne manque pas de s'interroger sur les raisons de cette attitude. Pourquoi Madame semble-t-elle si joyeuse ? Pourquoi est-elle si patiente avec elle ? Ce n'est pas du tout dans ses habitudes… On dirait qu'elle vient de gagner quelque chose. Peut-être voulait-elle l'offrir comme cadeau à son mari ?

Ces gens sont si étranges, si pourris comme dit Yves, que tout est possible. Peut-être même en avait-elle parlé devant Jacques. Ceci expliquerait qu'il soit au courant.

Une phrase du chauffeur lui revient en mémoire : « Tu verras avec les autres, tu feras moins la belle ! »

Avec LES AUTRES ! Qu'est-ce qu'il a voulu dire ? Est-ce la colère qui a dicté ses mots ou bien traduisent-ils la réalité de ce qui est prévu pour elle ?

Prévu par qui ? Par Madame et monsieur Mario à coup sûr. Pourquoi ? Pour l'humilier, pour jouer avec elle ? Non ! Non ! Elle se fait des idées, tout cela est ridicule ! Pourtant, comment expliquer la joie de Madame tout à l'heure, sa colère l'autre jour ?

Marie tente de se raisonner, mais elle sent au-dessus d'elle un invisible filet qui peu à peu se met en place et l'emprisonne. Elle doit renouer le dialogue avec Jacques. Lui seul peut l'aider, lui expliquer ce qui se trame contre elle…

Pour le moment le chauffeur boude, mais elle sait que cela ne durera pas. Elle décide de laisser passer deux ou trois jours. Soit il reviendra tout seul vers elle, soit elle ira boire le café chez lui. Ce qui est certain, c'est qu'il ne la chassera pas !

En fait, elle n'a pas à attendre longtemps. Le lendemain matin, il est dans le parc à guetter son arrivée en faisant semblant de lustrer la voiture.

Alors qu'elle passe devant lui, il se précipite vers elle et lui met un bout de papier dans la main en murmurant :

« Excuse-moi Marie ! Je t'aime trop, je deviens fou ! »

Avant de se changer, elle parcourt la lettre. Il n'y est question que d'amour, de regrets, d'excuses, de prières pour qu'elle revienne le voir…

Oui, elle ira boire le café chez lui. Il faudra qu'il lui dise tout ce qu'il sait. Elle trouvera bien comment le faire parler…

Madame qui est seule dans son lit est toujours d'aussi bonne humeur. Elle sourit au soleil et au vent qui entrent en toute liberté dans la chambre, parle avec gentillesse à Marie, s'enquiert même – chose extraordinaire – de la santé des siens.

Après le bain, elle bavarde un peu de choses et d'autres puis, soudain, comme si cela lui revenait à l'esprit, elle rappelle à la jeune femme :

— Jade, n'oubliez pas mon époux. Il vous attend, je crois, à dix heures précises !

— Oui Madame !

— Bien, je rentrerai cet après-midi à l'heure du thé.

Soyez là ! Peut-être chercherons-nous quelque chose parmi mes vieilles affaires afin de renouveler votre garde-robe qui manque de diversité. À tout à l'heure Jade !

Marie répond à peine. Comment a-t-elle pu oublier le rendez-vous avec Monsieur ? Dans quel tiroir obscur de son esprit l'avait-elle jeté ?

Va-t-elle seulement y aller ? Oui… Mais il va la toucher, la prendre. Et si elle dit qu'elle ne se sent pas bien ? Madame saura qu'elle a menti et puis elle devra y retourner demain ou après-demain… Cela ne changera rien !

En finir avec Monsieur, sauver la place de Yves et puis après, ne plus rien accepter quitte à partir, à les laisser entre eux, obsédés, cruels et désœuvrés. Elle ne parvient pas à trouver une occupation jusqu'à l'heure du rendez-vous. Elle guette l'aiguille des minutes qui court si vite soudain, qui grignote chaque chiffre, chaque espace, qui à présent remonte vers le douze.

Elle arrive devant la porte, sonne à peine, comme si elle espérait que Monsieur ne l'entendrait pas.

Le rectangle *Entrez* s'éclaire aussitôt.

— Vous voici Jade ! Vous êtes ponctuelle, c'est une qualité rare de nos jours ! Approchez-vous, nous nous occuperons de votre époux tout à l'heure. Venez, n'ayez pas peur.

Tête basse, Marie, condamnée marchant à l'échafaud, fait le tour du bureau et s'arrête tout près du fauteuil de Monsieur. Il déplace quelques dossiers et ordonne en montrant de la main la place libérée :

— Venez, ôtez votre culotte. Allons mon petit, décontractez-vous, ne vous refermez pas comme une huître ! Une minute s'il vous plaît.

Il ferme son bloc-notes, se lève, passe derrière elle.

— Voilà, je suis à vous. Penchez-vous sur mon bureau.

Elle l'entend se mettre le préservatif ! Il lui saisit les seins, les écrase.

— Allons, ne faites pas l'enfant, écartez vos jambes !

Il la prend tout de suite sans une caresse, sans un mot. Quand il remonte son pantalon, il lui tapote gentiment les fesses en déclarant sur un ton gai :

— Vous êtes très agréable Jade. J'aime beaucoup vos réticences, elles vous rendent tout à fait excitante. Hélas, les jours qui viennent sont très chargés pour moi. Si j'ai un moment, je vous appellerai. Allez et ne vous faites plus de soucis pour votre mari, je m'en occupe à l'instant.

Marie remonte sa culotte et quitte la pièce sans se retourner, ni saluer Monsieur. Elle a mal, elle s'attend à voir du sang couler de son sexe. C'est un fou ! Chambre bleue et blanche, douche, larmes, envie de vomir, envie de mourir…

L'eau qui ruisselle, qui ramène à la vie, qui fait penser à demain.

Yves est sauvé ! C'est la seule chose qui compte ! Le prix est-il trop cher ? Cela importe peu, maintenant il est payé. Nul ne le saura sinon son corps et elle. Bientôt ce sera comme s'il ne s'était rien passé.

Ce matin, elle ne fera rien. Elle n'en a ni l'envie, ni la force. Elle attend avec impatience le moment du café chez Jacques. Elle veut savoir, elle va savoir.

Le vent qui la pousse à travers le parc peint à grands traits le ciel en gris. Un troupeau de nuages en longue transhumance avale le soleil et la lumière. Quelques gouttes de pluie rapides et luisantes s'écrasent çà et là sur le gravier de l'allée puis posent l'empreinte de leurs lèvres argentées sur les fenêtres de la maison du chauffeur.

Jacques tombe presque à ses genoux, lui baise les mains :

— Pardonne-moi Marie, pardonne-moi pour l'autre jour ! Je suis si malheureux quand tu n'es pas bien ! Je t'aime tant ma douce, je t'aime tant.

La jeune femme se laisse câliner, embrasser. Il la lâche à regret. Elle prend sa place dans le fauteuil noir. Elle ne tire pas sur sa jupe. À quoi bon ? Les putes cachent-elles leur corps ? Jacques revient avec le café. Il s'assied. Elle le regarde droit dans les yeux et lui dit :

— Tu avais raison Jacques, tu avais raison !

— Quoi ? Quoi ? Raison sur quoi ?

— À propos de Monsieur ! Il vient de me prendre comme une bête, debout contre son bureau.

— C'est pas vrai Marie ! Pourquoi tu me dis des choses comme ça ?

— C'est tout à fait vrai, c'est même la deuxième fois. Pourquoi en doutes-tu ? C'était prévu, non ? Tu me l'as annoncé l'autre jour !

— Je… je croyais pas que ça se ferait, j'étais en colère, j'avais trop mal…

— Oui, moi aussi j'ai mal. Tu sais pourquoi j'ai couché avec lui ? Pour qu'il téléphone au patron de mon mari afin qu'il ne le licencie pas !

— Il s'appelle Josper ?

— Oui ! Comment tu le sais ?

— Oh ! C'est pas important. Madame en a parlé.

— C'est pas important Jacques ? Tu te moques de moi, non ?

L'homme regarde au-dessus de Marie, loin, loin, bien au-delà du parc, au-delà même de la ville. Peu à peu, il baisse la tête et ferme les yeux comme si soudain une énorme fatigue l'écrasait. La jeune femme lui prend la main, la pose sur son genou, se penche vers lui :

— Dis-moi tout Jacques s'il te plaît ! Dis-moi tout… pour nous.

— Avant que tu arrives Marie, je me croyais heureux. Je m'étais mis dans la peau de chien de garde de Monsieur. Plus de sentiments, plus d'états d'âme, j'obéissais un point c'est tout. Bien sûr, j'étais seul, mais je croyais pouvoir me passer des autres. Un jour Madame m'a parlé de toi !

— De moi ?

— Oui ! Elle m'a dit que les hommes te trouvaient très jolie, mais que tu étais trop farouche. Elle m'a demandé de gagner ta confiance pour que je te pousse à accepter d'être plus… gentille avec eux.

— Pour que je couche avec eux quoi !

— Si tu veux Marie !

— Quels hommes ?

— Mario, Monsieur, Salcan et Volin.

— Mais enfin pourquoi ? Avec l'argent qu'ils ont, ils peuvent se payer des tas de filles plus belles et plus… gentilles que moi !

— C'est que… Je sais pas, c'est comme ça, un caprice ! dit-il en détournant son regard. En même temps, il retire sa main du genou.

— Jacques ! Comment veux-tu que je t'aime si tu me caches les choses qui me touchent ?

— Oui, c'est vrai… De toute façon, maintenant c'est fini alors !

— Tu me dis tout ou bien je m'en vais !

— Elle a parié !

— Qui ? Quoi ?

— Madame ! Elle a parié que, avant un an, elle réussirait à te faire coucher avec tous ceux que j'ai nommés !

— Mais c'est… c'est dégueulasse !

— Pour eux non ! Ils s'ennuient, c'est juste un jeu.

— Oui un jeu ! Ils se servent des gens comme de jouets ! Et toi alors, tu étais au courant depuis le début ? C'est pour ça que tu as tout fait pour que je reste ? Tu me parlais d'amour, tu disais que tu m'aimais et tu travaillais pour les autres. Tu es pire qu'eux, tu me dégoûtes !

— Non Marie ! Non ! Au début c'est vrai, j'ai obéi sans problème… Toi aussi tu as obéi, non ?

— Je n'ai jamais eu le choix !

— Moi non plus... Tu sais, je deviens vieux, Madame ne m'aime pas ! Elle attend que je fasse une erreur pour me faire jeter dehors !

— Quand je pense que je venais ici pour reprendre du courage ! Tu as bien joué ton rôle ! Si tu n'avais pas été là, je n'aurais jamais accepté ça, je serais partie depuis longtemps !

— Oui j'ai obéi et même, au début, ça me semblait une besogne plutôt amusante… En tout cas bien moins risquée et pénible que beaucoup d'autres, car tu dois le savoir, j'ai fait pas mal de sales besognes pour eux.

Il semble fouiller dans sa mémoire et énonce d'une voix monotone :

— J'ai passé de l'argent en Suisse et ailleurs. Je leur ai fourni toutes sortes de drogues, de filles, de films spéciaux, j'ai tabassé des grévistes, foutu la trouille à des syndicalistes, rendu la vie impossible à des tas de gens, provoqué des accidents, brûlé même quelques entrepôts et deux ou trois résidences secondaires…

Il soupire :

— Alors, tu comprends, m'occuper de toi, faire que tu couches avec eux, c'était facile, un travail de tout repos.

Marie écoute. Au fur et à mesure que Jacques se confie, elle se rend compte qu'elle n'est rien ici, absolument rien. Elle a envie de pleurer, de pleurer sur sa bêtise, sa naïveté. Comme ils ont dû rire d'elle, les patrons ! Elle croyait avoir acquis une place importante dans le château. Elle était à deux doigts de penser appartenir à leur coterie ! Quelle folie !

Madame l'a manipulée depuis le début, dès l'instant où elle l'a prise comme dame de compagnie. Une marionnette, voilà ce qu'on a fait d'elle, ce qu'elle a été. Mais n'est-ce pas le lot de tous ici ?

Le pouvoir de l'argent, ces mots prennent à présent pour elle toute leur signification. Être riche, ce n'est pas seulement pouvoir choisir ce que l'on désire, changer de chaussures, de vêtements, de voiture ou même de demeure. C'est surtout posséder les autres, en faire des esclaves, des pions, des choses. C'est être placé au-dessus de tous.

Les riches, parce qu'ils sont riches, sont plus beaux, plus intelligents, plus raffinés que le commun des mortels. N'est-ce pas ce que laissent entendre jour après jour tous ces magazines brillants et lisses qu'elle achète ?

Comment a-t-elle pu se laisser prendre de la sorte ? La peur de la misère, du chômage ? Oui, mais en plus, ils ont su la flatter, l'isoler des autres employés, lui faire croire que…

Stupide ! Stupide ! Peu à peu, la haine et le désir de vengeance remplacent en Marie la honte de s'être comportée comme une imbécile.

Jacques parle, parle…

— Dès que j'ai commencé à te connaître, je t'ai aimée. Tu te souviens, la première fois qu'on s'est rencontré, c'était dans la bibliothèque.

— Oui, tu n'avais pas dit grand-chose…

— À partir de ce moment, ma vie est devenue un enfer. Pour ne pas te perdre, parce que dis-toi bien que Madame t'aurait renvoyée sans hésiter si tu avais refusé, j'étais obligé de te pousser dans leurs bras !

Je te jure quand tu me disais : « Je vais partir ! Je vais partir ! » je ne pensais pas du tout au pari, mais à moi, rien qu'à moi !

— Et Josper ? Qu'est-ce qu'il vient faire là-dedans ?

— Madame l'a appelé pour qu'il menace ton mari de licenciement. De cette façon, tu devais obéir pour rester en place et tu étais obligée d'aller voir Monsieur pour lui demander de t'aider.

— C'est fou ! Cette femme est pourrie ! C'est une vraie sorcière ! Elle ne gagnera pas toujours, c'est pas possible, c'est pas juste. Je me vengerai !

— Oui, quand elle veut quelque chose, elle n'hésite devant rien !

— Je vois ! Et pourquoi tu me dis tout maintenant ? Tu t'en moques que je m'en aille ? Tu ne m'aimes plus ?

— Plus que jamais Marie !

— Alors ? Pourquoi ? Tu comprends bien que je ne vais pas continuer à travailler ici. Au moins, cette pute ne gagnera pas son pari.

— Je te le dis parce que l'autre soir, pendant le petit dîner ils ont encore parlé de toi. Madame a déclaré que dès que tu aurais couché avec tous, elle se débrouillerait pour te rendre la vie impossible, pour que tu partes ! Elle ne veut même pas te renvoyer, elle te fera démissionner.

— Ce n'est pas vrai !

— Si ! Si ! C'est ce que j'ai entendu ! Je te le jure Marie !

— Alors, que j'obéisse jusqu'au bout ou non, cela revient au même ?

— Oui, ils ne te garderont pas ! Ils ont dit qu'après, tu risquerais de faire l'importante… Tu pourrais même raconter des choses gênantes pour eux…

— Eh bien, déjà la sorcière ne gagnera pas son pari Elle n'aura pas ce plaisir… Et pour me faire partir, elle n'aura pas besoin de me casser les pieds longtemps. Je ne reviendrai plus ici, point final !

Marie n'est plus en colère, elle est anéantie. Son rêve est terminé et le réveil est terrible : les deux salaires, le petit bien-être, les bonheurs bon marché, la maison du parc, tout vient de disparaître, à jamais. Elle se prend la tête dans les mains, se met à pleurer. Jacques, embarrassé, lui caresse les cheveux.

— Ne pleure pas, ma douce, ne pleure pas s'il te plaît ! Si tu veux, tu peux venir vivre ici. Tu verras, tu retrouveras le sourire. J'ai un peu d'économies. Tu n'auras plus besoin de travailler ! Tu resteras à la maison à m'attendre. On sera heureux ! Même Cécile peut venir. Elle sera bien dans le parc, elle aura de la place pour jouer.

Marie ne bouge pas. Elle écoute le chauffeur. Le pauvre homme n'a rien compris ! On dit que l'amour rend aveugle, il doit aussi rendre idiot. Alors qu'il l'a trompée et manipulée pendant des mois, il lui demande ni plus ni moins de tout abandonner pour venir vivre avec lui.

Il est fou, ce n'est pas possible. À nouveau la colère monte, revient en elle. C'est à cause de lui qu'elle a accepté tout ce qu'ils lui ont fait, à cause de lui et de ses conseils.

Elle avait toute confiance en lui. Il était son phare et

son refuge. Comme elle a envie de mordre cette main posée sur ses cheveux !

Oui, mais elle veut aussi mordre Valérie ! Qu'elle lui fasse perdre son pari est loin d'être une punition suffisante...

Il faut que la méchante Reine souffre, qu'elle apparaisse au moins un instant, au moins une fois dans sa vie, dépouillée de son insupportable assurance et de ses certitudes de femme belle et riche devant qui le monde entier courbe l'échine. Marie aimerait tant la voir pleurer comme elle-même l'a si souvent fait ces derniers temps.

Jacques va l'aider à se venger. Mieux, ce sera lui qui la vengera. À partir de maintenant, c'est elle qui va mener le jeu, c'est à son tour de manipuler les autres. La jeune femme saisit la main du chauffeur et doucement la porte à ses lèvres. Celui-ci, transporté de joie, demande :

— Tu n'es pas trop en colère contre moi ? Tu es d'accord Marie ? Tu veux bien habiter ici ?

Elle se redresse, son visage est tout près de celui de Jacques. Elle murmure :

— Comment te croire ? Tu m'as trahie pendant des mois ! J'aimerais tant être sûre que tu es sincère…

En parlant, elle se rapproche encore de lui, leurs lèvres se frôlent. Jacques n'en peut plus de désir. Il lui prend la tête dans ses mains et l'embrasse. Elle lui rend son baiser, puis se recule un peu.

— Tu comprends, je ne veux plus être trompée… Tu me dis que tu m'aimes, n'est-ce pas encore un piège ? Comment puis-je savoir si tu ne continues pas à obéir aux ordres de Valérie ?

— Non ! Non ! Je t'aime ! Ne me parle plus de Madame, je la déteste !

Jacques a posé ses mains sur les genoux de Marie, il les caresse. Elle ne réagit pas, se laisse aller dans le fauteuil en découvrant un peu plus ses cuisses.

Elle regarde le chauffeur. Elle ne sent rien, n'éprouve rien pour lui. Elle observe son visage congestionné, ses yeux brillants dont les paupières tombent, sa respiration haletante. Elle imagine son haleine forte.

Il est vieux, si vieux déjà…

Elle ne l'aime pas, non, mais sa haine toute neuve la porte comme un nouvel amour. Elle est prête à tout pour l'assouvir. Elle veut faire mal, blesser jusqu'au sang, briser si possible Valérie et Jacques.

Il est à genoux contre ses jambes, en adoration. S'il savait ce qu'elle pense… Il pose sa bouche sur sa peau, ses mains remontent sur ses cuisses. Ses yeux sont mi-clos. C'est comme s'il priait, pense-t-elle. Elle l'arrête :

— Calme-toi Jacques, je viens de te le dire. Je ne me donnerai à toi que lorsque je serai certaine de ta loyauté et de ton amour. Là, maintenant, je ne peux pas. J'ai encore trop de doutes en moi. Qui sait ? Peut-être que dès que tu m'auras possédée, tu ne me regarderas plus !

— Non ! Non ! Ne dis pas ça ! Je t'aime pour la vie !

— C'est si long la vie Jacques… Je veux que tu m'apportes la preuve que tu es avec moi ! Dès que je l'aurai, je serai à toi !

— Demande-moi ce que tu veux et je le ferai !

— Tu sais, ce n'est pas compliqué ! Il faut que tu m'aides à me venger de Madame ! Après, si tu m'aimes encore, je partirai avec toi parce que tu comprends bien qu'on ne pourra plus rester ici !

— Je te vengerai et on partira Marie, je te le jure !

— Attends Jacques ! Partir ! Partir ! Pour aller où ? Pour vivre comment ?

— J'ai un ami qui vit en Argentine, il nous aidera.

— Et pour l'argent, comment on fera ?

— L'argent ? Si tu es avec moi, ce n'est pas un problème Marie !

— Oh si, et même un gros ! J'ai trop souffert d'en manquer, j'ai été trop frustrée à chaque instant pour recommencer cette vie-là, même avec toi ! Tu sais bien que ce sont des choses comme ça qui tuent l'amour.

— Je t'ai dit que j'ai un peu d'économies.

— Un peu, ce n'est pas assez ! Il nous en faudra beaucoup pour démarrer une nouvelle vie !

— Beaucoup ?

— Oui Jacques ! Peut-être préfères-tu que je me retrouve à nouveau employée de maison ?

— Non ! Non ! Tu as raison ! Bien sûr, j'y pense… Je sais où il y en a…

— Où ?

— Ben au château !

— Le coffre de Monsieur ?

— Non Marie. Le bureau est fermé par des serrures de sûreté et il y a une alarme. J'ai vu le coffre deux ou trois fois, il est impossible de l'ouvrir sans gros matériel et puis… je ne veux pas voler Xavier. Il ne m'a jamais méprisé lui et, je te l'ai raconté, j'ai une dette envers lui.

— Alors ?

— Tu n'as pas remarqué que dans la penderie, Valérie ne touche jamais les derniers vêtements suspendus du côté gauche ?

— Non, pourquoi ?

— Parce que derrière, il y a son coffre à bijoux et crois moi, dedans, il y en a pour une fortune. Je sais à qui les fourguer, ça se fera sans problème et j'en tirerai un bon prix. En plus, ce modèle est simple et je le connais, je suis capable de l'ouvrir.

— Tu ferais ça pour moi ? demande-t-elle en prenant sa tête entre ses mains.

— Oui Marie, je donnerais même ma vie pour toi si tu me le demandais.

— Mais, tu n'as pas peur ? Il va y avoir des traces, des empreintes, on va te soupçonner tout de suite !

— Peut-être pas. D'abord bien sûr, j'aurai des gants. Ensuite, l'installation électrique se fait vieille, elle n'est pas conforme aux règles de sécurité actuelles. Elle doit être refaite cet été. Monsieur m'en a parlé à plusieurs reprises. La compagnie d'assurance leur fait pas mal d'histoires à ce sujet.

Il se redresse, parle d'une façon assurée :

— Quand j'aurai tout raflé, je provoquerai un incendie. Je sais comment faire pour qu'il paraisse accidentel. Avant que les pompiers l'aient éteint et que les décombres soient fouillés, nous serons loin, riches et libres.

Pendant qu'il expose son plan, Marie le regarde. C'est comme s'il venait d'enlever à l'instant, le masque du chauffeur zélé et obéissant. Son regard est dur, sa voix calme. Il referme une parenthèse de plus de vingt ans.

— C'est super Jacques ! Tu ne peux pas savoir comme j'ai hâte de voir brûler cette baraque, j'y ai trop souffert !

— Je comprends Marie, mais il faut attendre le bon moment. Je crois que samedi prochain, ils font le petit dîner chez les Volin. En plus, c'est mon week-end de repos. Mon absence n'éveillera aucun doute, ce sera parfait.

— Samedi prochain ? Ce sera long une semaine à supporter Madame et ses caprices, sans compter Mario ou Monsieur. Ce sera long aussi une semaine à attendre avant de pouvoir t'aimer… Elle ferme les yeux, l'embrasse avec passion.

Elle joue l'amoureuse et elle pense à Mario, à Monsieur, à toutes ces mains, toutes ces langues, tous ces sexes qui l'ont fouillée pour leur seul plaisir. Et Yves ? Ne l'a-t-il pas prise souvent parce qu'il avait envie d'elle, sans lui demander son avis ? Oui, mais ils sont mariés…

Elle se détache de Jacques. Un immense bonheur éclaire le visage du chauffeur. Il a rajeuni de toute une vie.

— Bien ! Laisse-moi m'en aller maintenant, je dois attendre Madame. Je ne veux pas qu'elle se doute de quelque chose.

Elle se lève, s'étire, voluptueuse comme une chatte au soleil. Il la regarde avec des yeux émerveillés.

— Que tu es belle !

— Un baiser mon chéri !

Il l'étreint, l'embrasse. Elle se dégage avec douceur, lui sourit en ouvrant la porte. Il n'a pas bougé.

— À bientôt Jacques !

— À demain mon amour !

.17.

Marie sort. Elle est éblouie par la lumière. Ses yeux se posent sur le ciel immensément bleu, immobile, vide. Les nuages ont disparu.

C'est comme s'ils n'avaient jamais existé pense-t-elle, comme si le temps n'avait pas coulé.

Comme s'il ne s'était rien passé et pourtant…

C'est Jade, la dame de compagnie de Madame, qui est entrée chez Jacques pleine de fierté et sûre de demain. C'est Marie qui ressort, abattue, désespérée et prête à tout pour se venger. Son avenir s'en est allé ou bien il est resté sur le fauteuil, chez le chauffeur.

Comme s'il ne s'était rien passé et pourtant…

Marie était une jeune femme naïve et pure qui croyait que les gens étaient comme elle, bons, sincères et honnêtes. Elle a été trompée, manipulée, possédée.

Elle marche dans la lumière et le vent. La voilà froide, cruelle, déterminée, manipulatrice à son tour. L'ange est devenu démon !

Les nuages sont passés, le temps aussi. Il ne reste que le soleil si fort, si haut et Marie si seule dans sa vie.

Le chauffeur, lui, la regarde partir. Tant qu'il la voit, il est incapable de réfléchir. Il suit le balancement de son corps, les mouvements de sa jupe que le vent trousse à plaisir. Il regarde, il rêve. Sa main se crispe sur la poignée de la porte.

Marie l'aime, elle le lui a dit non ? C'est magnifique !

Merveilleux ! Elle veut des preuves de son amour ? Elle aura toutes celles qu'elle exigera. N'est-ce pas normal avec ce qu'il a été obligé de faire ? Elle aurait très bien pu partir sur-le-champ, le gifler ou pire encore, rompre toute relation avec lui…

Non ! elle ne lui demande que des gages de fidélité. Faut-il qu'elle aussi l'aime fort pour le pardonner ainsi ! Elle peut demander ce qu'elle veut, se dit-il. Quoi qu'il en soit maintenant, il sait qu'il n'a plus rien à perdre.

Si Marie s'en va ou si elle refuse d'obéir à Madame, celle-ci comprendra très vite que c'est lui qui a tout raconté. Elle sera si furieuse de perdre son pari qu'elle le fera jeter dehors sans tarder. Il n'y a aucune pitié à attendre d'elle… ni même de Monsieur d'ailleurs. Lui non plus ne lui pardonnera pas d'avoir trahi. Il dira qu'il ne peut plus avoir confiance en lui, qu'il regrette et voilà.

Il s'en moque ! Monsieur, Madame, le château ne représentent que le passé. Marie, c'est l'avenir.

Il a toujours gardé avec soin le numéro de téléphone de son ami Michel qui vit à Buenos Aires depuis plus de vingt ans. Celui-ci doit l'avoir invité une bonne quinzaine de fois. Il sera ravi de les recevoir, c'est sûr.

Oui, il va tourner une page. Rien que d'y penser, cela lui fait un bien fou. Il se rend compte qu'il s'est menti pendant tout ce temps. Il s'est emprisonné dans le personnage de l'homme de main solitaire, dur, impitoyable sans scrupules ni sentiments. Il s'est efforcé de ne pas penser, il s'est contenté d'obéir.

Il était tranquille donc il se croyait heureux… En fait, il était mort.

La colère monte en lui. Tout ce temps perdu, ces années – les meilleures – qu'il a données aux autres. Se boucher les yeux, les oreilles, le nez, le cœur.

Ne jamais réfléchir, ne jamais juger, ne jamais penser à soi. Quelle folie !

Marie vient d'ouvrir la porte de son tombeau.

Il va la venger, mais en plus, il le fera avec plaisir. Fallait-il qu'il se soit bien enfermé dans son rôle pour supporter depuis si longtemps, les caprices de Valérie, ses récriminations, ses allusions fréquentes à son passé et même ses Jacky !

Il doit se calmer. Dans ces affaires, la passion n'est pas de mise. Samedi soir, il faudra être serein, déterminé et sûr de soi. Il va commencer à faire la liste de ce qu'il doit prévoir aussi bien en préparatifs – billets d'avion, voiture de location, bagages – qu'en matériel pour forcer le coffre.

Pour fêter sa libération, il se sert un grand verre de whisky, le regarde en souriant, en boit une gorgée.

Marie se réfugie dans la chambre bleue et blanche. Et si elle partait ? Là ! Tout de suite ! Sans un mot ! Sans un regard derrière elle ! Tout abandonner, laisser Monsieur, madame, Jacques, le pavillon. Repousser le portail et en même temps fermer une porte dans sa tête, définitivement.

Rentrer chez elle.

Faire le ménage, faire la cuisine.

Attendre Cécile, attendre Yves.

Regarder les siens vivre, regarder la télé.

Se coucher

Se donner à Yves, s'il la désire.

Dormir le plus longtemps possible.

Ne plus douter, ne plus se poser de questions.

Mener une vie simple de femme simple.

À tout instant, savoir ce qu'il va se dire et se passer autour d'elle.

Connaître chaque réaction, chaque désir, chaque sentiment de l'autre.

Ne plus rêver trop loin, trop haut. Encore mieux, ne plus rêver du tout.

Être Marie Séral, épouse de Yves Séral, maçon, mère de Cécile Séral, demeurant à Toulouse avenue Jean Brul, résidence Les lilas appartement 28 B.

En même temps qu'elle pense à cette vie, elle ressent toutes les frustrations, toutes les injustices qu'elle a subies chez elle avant de travailler.

Est-ce normal de baisser les yeux durant toute son existence ? Est-ce normal d'avoir un peu de bonheur seulement à travers le bonheur des autres ? Est-ce normal de n'avoir qu'une vie et de la gaspiller ?

Et si elle partait avec Cécile loin du château, loin de l'appartement ?

Là-bas, à Mersac, son grand-père les accueillera à bras ouverts dans la vieille maison au bord du ruisseau coiffé de ronces et d'ajoncs.

Elle montrera à sa fille comment pêcher dans la rivière, trouver les asperges sauvages, semer des radis. Elles feront de grandes ballades à travers les vignes. Elles iront cueillir du thym ou du romarin sur la colline du Pech…

Et si ce week-end, elle seule accompagnait Cécile chez le papé ?

Et si elle aussi restait là-bas ?

D'abord, essayer de se vider la tête de ces sourires, de ces caresses, de ces accents, de ces attitudes, de ces bijoux, de ces toilettes, de ces parfums, de ces fêtes. Essayer, oui essayer…

En est-elle capable ?

Ce serait si simple et si facile de partir maintenant, mais Marie a trop de rage dans son cœur. Elle sait très bien qu'elle n'oubliera rien, qu'elle va passer le restant de ses jours à ressasser sa naïveté et leur perfidie.

Peut-être même n'en finira-t-elle jamais, le soir, au moment où le sommeil se posera sur elle, de se faire prendre et reprendre par Mario ou Monsieur…

Elle doit se venger pour se débarrasser de tout ce fardeau. Une vraie, une froide vengeance pour la dédommager, la laver de sa honte, être quitte.

Et Yves ? Lui n'est en rien responsable de ses malheurs au château. Mais ne se comporte-t-il pas en maître dans leur vie ? Lui aussi ne la considère-t-il pas la plupart du temps comme une femme de ménage corvéable à merci ou une prostituée gratuite ?

En quoi diffère-t-il des patrons ?

Oui ils sont mariés ! Le mariage ne donne-t-il des droits qu'à l'homme ?

Tout bien réfléchi, cette séparation lui fera le plus grand bien. Et puis, ce ne sera pas définitif, juste un changement d'air…

Combien de temps restera-t-elle chez le papé ? Combien de temps pourra-t-elle vivre loin de Yves, sans être dévorée par le remords ou le manque ? Une semaine ? Un mois ? Un an ? Toujours ?

Elle ne sait pas.

Cela permettra à son cher époux « Je travaille moi ! » de se rendre compte du rôle qu'elle occupe dans le fonctionnement de la famille. Peut-être, mais ce n'est pas certain, prendra-t-il conscience qu'elle aussi a besoin de se sentir respectée, considérée, écoutée, en un mot, femme ?

Quoi qu'il en soit, ce sera une bonne leçon pour lui et même pour elle. Là-bas, elle guérira plus vite, elle en est sûre. Elle oubliera et puis, peut-être que son envie d'aimer reviendra et avec l'amour, le plaisir...

Alors qu'elle rêve, une idée la saisit soudain : et si Jacques avait tout inventé ? Elle n'a aucune preuve de ce qu'il a avancé. En ce qui concerne le mari de Madame, c'est peut-être Monsieur lui-même qui lui a tout raconté, qui lui a parlé de Josper…

Pour le reste, le pari, le docteur, Volin, c'est une histoire si invraisemblable…

Et si Jacques avait manigancé cette fable pour que, n'ayant plus rien à espérer, elle soit d'accord pour partir avec lui ? N'est-ce pas ce vers quoi il la pousse ? Il faut qu'elle sache ou du moins qu'elle ait assez d'indices pour se faire une idée. Elle doit tenter d'en savoir un peu plus en sondant Valérie.

À ce moment-là, les appels de sa maîtresse la font sursauter. Elle se précipite dans la chambre.

— Où donc vous cachiez-vous Jade ? Je vous

cherche partout depuis une dizaine de minutes. Vous étiez à nouveau en train de rêvasser à l'abri des regards ?

— Non, non Madame ! Excusez-moi je ne vous avais pas entendue. J'enlevais la poussière dans la chambre bleue !

— Bien ! Je ferai vérifier ! En ce qui concerne vos vêtements, j'en ai fait acheter quelques-uns dans un petit magasin. Ils vous iront très bien et, de cette façon, je garderai les miens. Tenez, ils sont dans ce sac.

Marie n'a pas du tout envie de les regarder, mais elle doit jouer le jeu…

— Merci beaucoup Madame, ils m'ont l'air superbes !

— Oui pour vous, je veux dire pour votre travail, ils me paraissent bien suffisants. Vous les essaierez plus tard.

Envie de mordre, mais joli sourire.

— Comme Madame voudra !

— Au fait, tout s'est bien passé ce matin avec mon époux ?

— Oui Madame. Il… il m'a fait un peu mal !

— J'aurais dû vous avertir… Xavier aime être brutal en amour. Ne vous formalisez pas pour cela, il le fait avec toutes ses maîtresses. Il le faisait aussi avec moi d'ailleurs. Et pour votre petit mari, que vous a-t-il dit ?

« Petit, petit... pas plus petit que le tien », pense Marie. Toujours souriante, toujours soumise, toujours douce :

— Il m'a promis qu'il s'en occupait !

— Alors, soyez tranquille, votre – comment déjà ? – Yves ne sera plus inquiété.

— Vraiment Madame, je ne sais comment vous témoigner ma reconnaissance !

— Bah, c'est peu de choses Jade !

— Non ! Non ! Pour moi, pour nous, c'est beaucoup ! J'ai entendu vos remontrances, je pense qu'elles étaient méritées, surtout par rapport à monsieur Mario… Je suis si heureuse à votre service. Je ferai tout ce que vous voudrez pour vous satisfaire, soyez-en sûre !

— Très bien Jade ! J'apprécie vos paroles et d'ailleurs

il se peut que bientôt j'aie un petit service à vous demander !

— Pour vous, ce sera avec plaisir !

— Pour moi… pas tout à fait. Disons pour un de mes amis, mais cela me procurera tout autant de satisfaction !

— Quand Madame le souhaitera ! répond Marie en lui tournant le dos pour ne pas que celle-ci la voie sur le point d'éclater en larmes.

« C'est vrai ! C'est vrai ! Jacques n'a rien inventé, elle veut la faire coucher avec tous ses amis puis l'obliger à démissionner. »

— Après tout, j'ai un peu de temps, essayez les habits neufs. Je veux les voir sur vous.

Marie a du mal à donner le change. Elle met sans un mot les trois jupes puis les trois corsages. En fait, il n'y a rien de bien nouveau : les jupes toutes aussi courtes les unes que les autres et faites dans la même matière synthétique luisante et molle ne se différencient que par la couleur. C'est la même chose pour les corsages.

« Elle m'habille comme une pute ! » pense la jeune femme.

Madame est satisfaite.

— Tout ceci vous sied à merveille Jade, je suis ravie ! Un peu de maquillage, un petit sourire et vous serez parfaite.

Finissez de dépoussiérer les meubles de la chambre bleue et rentrez chez vous. Vous pouvez rassurer votre mari, il n'est plus en danger.

— Oui Madame, merci Madame !

*

Cécile n'est pas encore revenue de l'école lorsque Marie arrive dans l'appartement. Elle ne parvient pas à réfléchir. Tant de pensées, de chagrin, de honte, de haine tournent dans sa tête.

Elle appelle le papé qui, par bonheur, est chez lui. Il est ravi de son coup de téléphone. Oui, la chambre est prête. Il a même demandé à une voisine de faire le ménage de fond en comble dans toute la maison.

Oui elle peut venir quand elle veut, même demain. Il l'attend. Oui, il sera très heureux si elle reste avec la petite. Oui, tout le temps qu'elle voudra !

Le vieil homme n'a pas changé, il demeure toujours autant respectueux de la vie des autres. Il ne pose aucune question concernant l'absence de Yves ou bien les causes de son séjour.

Ils parlent longtemps ; entendre la voix grave et rocailleuse lui fait du bien. Elle est pleine de patience et d'amour. Elle émeut Marie, provoque les pleurs qu'elle a retenus devant Valérie.

Yves arrive tard, fatigué. En buvant son café, il fulmine :

— Ce con de Josper, il dit qu'il n'a pas assez de travail pour me garder et on est toujours en train de bosser comme des avions. Cette semaine, ça fait déjà trois fois qu'on fait une heure de plus ! Je suis curieux de savoir comment il va nous les payer… s'il nous les paie bien sûr !

Marie hésite : doit-elle lui dire que son problème de licenciement est résolu, qu'il n'a plus rien à craindre ? Est-ce bien sûr ? Que se passera-t-il lorsqu'elle ne reviendra plus au château ?

Elle juge prudent de taire la bonne nouvelle. Elle se contente de tenter de dédramatiser :

— Bah ! Tant qu'il y a de la vie, il y a de l'espoir !

— Oui ! Tu parles d'une vie dans ces conditions !

— Ce que je veux dire, c'est qu'on aura tout le temps d'être malheureux si tu es renvoyé… Jusque-là, ce n'est pas la peine d'être trop triste !

— J'aimerais t'y voir, toi !

— Oui, je comprends mon chéri !

— Je ne sais pas si tu comprends. Tu m'as plutôt l'air de t'en foutre dans la mesure où toi tu travailles !

— C'est pas vrai Yves ! Pourquoi tu dis ça ? On vit ensemble non ?

— Écoute, ça sert à rien d'en parler ! Ce serait bien qu'on mange tôt parce qu'après il y a la ligue des champions et je veux être tranquille quand le match commencera.

— Comme tu veux ! J'irai au lit, je suis crevée !

Cécile aussi est fatiguée. Elle s'endort presque tout de suite après le dîner. Marie se couche à son tour, éteint, croise ses mains derrière la tête. Elle n'a pas sommeil ou plutôt elle est trop énervée pour dormir.

Elle a deux choses importantes et difficiles à annoncer à Yves : elle doit d'abord lui dire qu'elle abandonne son travail, ensuite que contrairement à ce qu'ils avaient prévu, elle va, elle aussi, passer quelques jours avec Cécile à Mersac.

Étant donné l'humeur actuelle de son époux, il lui faut trouver le bon moment, ce ne sera pas facile… Pourtant ? A-t-elle le choix ? Peuvent-ils continuer à vivre ensemble de cette façon ?

Ils s'aiment encore sans doute, mais ils ne prennent plus le temps de se le dire ou de se le montrer. Et l'amour n'existe qu'à travers les signes… Il en a toujours besoin, toujours, toujours.

Leur petite vie grise ressemble à une limace vorace. Elle les étouffe, les grignote, les broie, les dévore jour après jour. Ce soir, il regarde le match de football, demain il suivra un policier, après-demain une série ou du rugby…

Samedi matin, il sera gentil au réveil et ils feront l'amour. Elle jouira mal ou pas du tout. Elle fera semblant… Depuis le bal masqué, elle a beaucoup de difficultés à avoir du plaisir. En fait, depuis ce soir là, elle n'a plus eu d'orgasme.

Si elle n'y arrive plus, c'est peut-être à cause de Marlène, la prostituée blonde du Mirail. La dernière fois qu'elle l'a vue, elle s'est posée la question : « Est-ce que les putes jouissent ? » La réponse lui est apparue évidente : « Non ! »

Puisqu'au château, elle appartient à tous… elle n'a

plus de plaisir, c'est logique non ? Elle est devenue une statue ou, d'après Mario, une poupée gonflable. Et même avec Yves, elle n'est pas bien. Elle triche, elle ne veut pas gâcher son bonheur. Il est si détendu, si apaisé après…

Lui, il la croit ou bien il fait semblant…

Avec lui aussi, il manque l'amour !

Il est temps de lever la tête, de prendre un peu de recul. Elle doit laisser son mari quelques jours maintenant afin de ne pas partir pour toujours plus tard. Voilà, c'est ça ! Elle s'en va pour sauver son couple !

Un instant, le visage rouge de Jacques passe dans son esprit. Elle le repousse le plus loin possible. Il faut qu'elle trouve quelque chose pour lui, mais elle ne veut pas y réfléchir ici…

Elle s'endort en se demandant ce qu'elle va prendre comme vêtements samedi pour elle et pour la petite… Même en Languedoc, en Avril, il peut faire froid… Quoi qu'il en soit, c'est toujours difficile de s'habiller en cette saison de printemps incertain et d'hiver rebelle.

Le mercredi matin, Marie emmène Cécile à la garderie. Dans le parc, elle croise Jacques qui lui demande de venir boire le café. Bien sûr, elle accepte même si cela ne lui plaît guère…

Il faut qu'elle pense à lui, il faut qu'elle sache ce qu'elle fera samedi… Oui, il faut, il faut…

En attendant, elle va se changer. Elle chantonne. Elle a eu une bonne idée ce matin pour être tranquille. En plus, elle n'a plus peur de mal faire ou de déplaire. Elle ne risque plus rien, son esprit a déjà quitté la cage.

Monsieur Mario se met à la caresser dès qu'elle s'approche du lit. Alors que les doigts de l'homme s'approchent de son sexe, Marie en prenant un air désolé lui déclare :

— Je dois avertir Monsieur que j'ai une petite cystite !

Celui-ci retire aussitôt sa main comme s'il s'était brûlé.

Valérie qui semblait sommeiller réagit :

— Une cystite ? Enfin Jade, vous savez que c'est le genre d'infection facile à éviter avec une bonne hygiène !

— Oui Madame, mais j'y suis sujette assez souvent. Je vous assure pourtant que je fais attention.

— Vous devez vous laver après chaque miction, après chaque rapport sexuel.

— Oui Madame, je le ferai !

— En attendant, je vous interdis de faire vos besoins dans mes appartements. Commencez par vous nettoyer les mains et comme il faut.

Mario boude. Il a fermé les yeux, mais à sa mine, Marie voit avec plaisir qu'il est déçu. Elle a du mal à réprimer son sourire. Quelle idée de génie ! Elle est tranquille jusqu'à la fin de la semaine…

Sûrement à cause de sa maladie, Valérie et Mario font très peu appel à elle. Marie s'amuse de les voir éviter son contact. Lorsqu'ils sortent, elle gagne la bibliothèque et s'installe sur son fauteuil préféré, loin d'une fenêtre mais dans la chaleur claire d'un rayon de soleil. Pas question de travailler. Elle ne fera plus rien ici. Terminé ! À moins que…

Elle se lève en riant et se met à déplacer tous les volumes qu'elle a mis, il y a peu, des heures et des heures à classer. Il est près de midi lorsqu'elle s'arrête, plutôt contente de son travail. Il est tellement plus facile de détruire que de construire…

Déjeuner copieux et visite à Jacques.

Il l'enlace dès qu'elle a refermé la porte.

— Tout doux mon chéri ! Tu vas me dévorer toute crue !

— Oh mon amour, j'ai tant envie de toi ! J'en rêve même la nuit.

— Mon pauvre Jacques même si je voulais, on ne pourrait pas le faire. J'ai une cystite, ça m'arrive de temps en temps. Ce n'est pas grave, mais très douloureux et je ne sais pas si c'est contagieux ou non.

Elle remarque : même cause, mêmes effets. Jacques

se fait tout de suite moins pressant. Elle prend sa place sur le fauteuil noir.

— Tu pourras quand même partir ? s'inquiète-t-il. J'ai réservé deux places pour le vol de samedi huit heures trente Toulouse Buenos Aires en passant par Paris et São Paulo.

— Bien sûr mon chéri, ne te fais pas de soucis. Je suis déjà en train de préparer mes bagages ! Mais, dis-moi, on ne peut pas partir samedi, à moins que tu aies renoncé à notre vengeance !

— Non ! Non ! C'est que le petit dîner a été avancé à vendredi soir, parce que le lendemain Mario n'est pas libre.

— Ah bon ! J'ai eu peur ! Je croyais que tu étais en train de te dégonfler ! Elle ne le montre pas mais elle est ravie. Cela lui permettra de partir samedi matin chez le papé avec sa fille.

— Me dégonfler ? Moi ? Jamais mon amour ! En plus, on aura encore davantage de temps pour prendre le large parce que la véritable enquête avec les grands moyens ne commencera que lundi !

— C'est super ! s'exclame-t-elle et elle ne peut s'empêcher d'imaginer, émergeant de la mer comme une immense baleine grise et verte, la côte de l'Amérique de Sud, côte lointaine, côte incertaine, côte posée à jamais hors de sa petite vie.

Elle ne sait rien de cette terre, ni de ces pays là-bas, mais elle aime la musique des noms São Paulo, Buenos Aires, Rio de Janeiro. Elle n'est pas tentée non, à aucun moment. Elle a envie d'être avec sa fille et le papé, c'est-à-dire loin des adultes, de leurs désirs, de leurs problèmes. À Mersac, elle sera seule. Elle pourra s'asseoir sur le banc du jardin et faire une halte, réfléchir à sa vie. Jacques la tire de ses réflexions en lui prenant la main.

— On sera heureux, Marie !

— Oui mon chéri ! J'en suis sûre ! Au fait, tu ne m'offres pas de café aujourd'hui ?

— Oui ! Oui ! Bien sûr ! Tu le sais, quand tu es près de moi, je perds la tête ! Je vais te le chercher.

Lorsqu'il revient, elle demande :

— Et toi, tu seras prêt pour vendredi soir ?

— Oui ! J'aurai tout le matériel demain en fin d'après-midi, ainsi que la voiture de location. J'ai déjà vendu la mienne et j'ai même réservé ma chambre d'hôtel. Tu vois, amour, quand je veux, je peux faire vite et bien !

— C'est super mon chéri ! Je suis fière de toi ! Tout en parlant, elle lui prend le visage entre ses mains et l'embrasse.

Elle se laisse caresser un peu puis s'écarte.

— Soyons sages, un peu de patience ! Nous aurons bientôt tout notre temps pour nous aimer.

— Oui ! Tu as raison !

— Dis moi mon chéri, comment tu as prévu tout ça !

— Ce n'est pas très compliqué. Vendredi, à la fin de mon service, vers dix-huit heures, je prendrai ma voiture et je quitterai le château. Je me débrouillerai pour que mon départ soit remarqué par les autres chiens de service.

Je reviendrai autour de vingt-trois heures avec la voiture de location que je laisserai sur le boulevard bien sûr. Je rentrerai avec mes clés, j'ouvrirai le coffre et je provoquerai l'incendie.

Je partirai à l'hôtel, c'est le Campanile de Blagnac, il est tout près de l'aéroport, chambre 231. J'aimerai que tu m'y attendes, ce serait comme notre nuit de noces mon amour.

— Ce n'est pas possible, Yves part chez ses parents et ma tante ne viendra prendre la petite que samedi matin. Il n'est pas question de la laisser seule toute une nuit et puis, tu comprends, je veux dormir avec elle pour lui dire adieu. Je ne peux pas l'abandonner comme ça.

Elle soupire :

— Faut-il que je t'aime Jacques, pour la laisser ! Je te jure, j'en ai le cœur brisé !

Il la serre dans ses bras.

— Moi aussi je t'aime, je t'aime plus que tout. N'aie pas de regrets ma douce, c'est notre chance ! Nous devons la saisir maintenant !

— Oui, je sais, je suis prête. Je viendrai te rejoindre autour de sept heures, samedi.

— Tu es ma vie !

— Je dois partir Jacques ! Ce n'est pas la peine d'attirer l'attention de tous les mouchards qui nous surveillent. À demain !

Ils s'embrassent. Il relâche son étreinte :

— À demain mon amour !

Elle sort, se frotte les lèvres. Elle ne veut plus penser à Jacques de peur qu'il lui inspire de la pitié. Oui, il l'aiiiime, il l'aiiiime, il ne sait dire que cela. Il n'empêche qu'il a obéi à Madame sans le moindre remords.

A-t-il pensé une seule fois qu'il était en train de démolir toute une famille ? Il la considère tout à fait capable d'abandonner sa fille comme ça, pour toujours, sans sourciller, sans une larme. Pour qui la prend-il ? Il est fou.

Au petit matin, ce n'est pas elle qui viendra le tirer du lit au Campanile. Ce sera la police !

Elle va dans la bibliothèque et continue de déranger tous les ouvrages. Elle le fait avec la même application qu'elle avait mise pour les placer.

La joie du matin a fait place à la tristesse.

Elle a tant rêvé… Elle s'est tant impliquée dans cet emploi, elle a tant donné pour garder sa place qu'elle a encore du mal à réaliser que c'est fini.

Fini ! Fini !

Comme elle et Yves ? Non, entre eux rien n'est cassé. Elle part un peu. Elle reviendra vite. Il l'accueillera comme une reine. Ils seront heureux de se retrouver. Ils s'aimeront à nouveau comme aux premiers jours, ils s'aimeront plus fort qu'avant…

Et elle, retrouvera-t-elle du plaisir dans l'amour ? Va-t-elle redevenir femme vivante et chaude ou demeurer statue insensible et glacée ?

Elle pense à ces baisers qu'elle a donnés à Jacques tout à l'heure. Elle les lui faisait du mieux possible, elle utilisait tout son petit savoir-faire amoureux, mais son esprit était ailleurs, déconnecté de son corps.

Elle n'a jamais été troublée. Elle n'a rien ressenti sinon la langue de Jacques dans sa bouche, son souffle, ses poils durs autour de ses lèvres.

Rien, rien de plus ! Les putes ne jouissent pas !

En fait, a-t-elle envie de s'abandonner dans les bras du premier mâle qui la désire ? Non ! Mille fois non ! Alors ? Pourquoi s'inquiète-t-elle ? À cause de Yves bien sûr ! Il n'y a que l'amour – l'amour de Yves ? – qui peut la sauver, qui la sauvera. Ils feront l'amour seulement lorsqu'ils s'aimeront si fort qu'ils ne voudront plus faire qu'un. Alors, elle aura des orgasmes plus éclatants que des soleils.

En attendant, ce soir il faut qu'elle lui parle de tout cela. Elle commencera par la démission. Elle avancera à petits pas, elle verra bien.

Par bonheur, Yves arrive de bien meilleure humeur que les jours précédents. Josper lui a laissé entendre que, comme il y avait un regain de travail, son emploi n'était plus menacé.

— Ce con ! S'il venait plus souvent sur les chantiers, il l'aurait vu depuis longtemps qu'on avait du boulot par-dessus la tête ! s'exclame-t-il en buvant son café.

— C'est quand même une bonne nouvelle ! constate Marie. Et même, tu vois Yves, ça tombe plutôt bien !

— Sûr que ça nous enlève une belle épine du pied… Mais pourquoi tu dis que ça tombe bien ?

— Parce que…

Marie se met à renifler, cache son visage dans ses mains.

— Mais enfin, qu'est-ce qu'il y a ?

— J'ai… j'ai démissionné, je finis la semaine et j'arrête. Je ne veux plus y retourner !

— Tu… tu as démissionné ? Mais, à t'entendre, tu étais comme une princesse là-bas ! Tu en avais plein la bouche de ton château ! Qu'est-ce qu'il s'est passé ?

— Tu vas pas te mettre en colère ?

— Non ! Non ! Qu'est-ce qu'il y a ?

— Y a que Monsieur, il a voulu coucher avec moi !

— Quoi ?

— T'as entendu Yves ! Monsieur a voulu me mettre dans son lit !

— Le salaud ! Je vais aller lui casser la gueule moi !

— C'est pas la peine chéri, tu n'arriveras pas jusqu'à lui. Il est parti pour une semaine. De toute façon, si tu le coinçais, il te dirait que ce n'est pas vrai, que j'ai tout inventé et puis voilà…

— Tu vois Marie, quand je te disais que tous les bourgeois étaient des pourris, tu refusais de me croire. J'espère que maintenant tu as compris !

— Oui j'ai compris… Ce qui m'ennuie, c'est qu'en plus, je ne toucherai rien !

— Ce n'est pas grave ma chérie ! Tu as bien fait de les envoyer promener. Je voulais pas trop t'ennuyer mais ça me dégoûtait que tu travailles chez ces gens. D'ailleurs, regarde, depuis que tu es là-bas, tout marche de travers ici !

Elle sent bien que son mari est plutôt content de sa démission, il le cache à peine… Toujours son idée fixe : « L'homme au travail, la femme au foyer. »

Cela la met en rage, mais elle se contient. Elle fait un petit sourire triste, se frotte les yeux et pour se venger un peu, elle objecte :

— Oui c'est sûr, mais cela nous aidait bien malgré tout ! Ton salaire n'est pas si gros.

Il se rembrunit :

— Nous ferons comme avant !

— J'ai pensé en rentrant… Peut-être que je pourrai essayer de trouver autre chose. J'ai un peu d'expérience maintenant.

— Mais... tu n'as rien compris ! Si tu n'en as pas encore assez, vas-y ! Moi je crois surtout que tu ne veux plus rester ici !

— Tu penses que c'est agréable de passer ses journées à vous attendre tous les deux, dans cet appartement minuscule ?

— On n'est pas si mal ici ! De travailler dans un château, ça t'a donné des goûts de luxe, c'est fou ça !

— Ce n'est pas vrai Yves. Ce qui me pèse, c'est de ne rien faire !

— Je connais plein de femmes qui seraient bien contentes de glander comme toi au lieu de se faire engueuler dans les ateliers ou les magasins.

— Moi, je ne veux pas glander comme tu dis ! J'ai envie de bouger voilà !

— Tu ferais mieux de bouger au lit !

— Quoi ? Qu'est-ce que tu dis Yves ?

— Je dis que ça fait quelque temps que quand on fait des câlins, je te sens pas du tout concernée ! Tu ne peux pas savoir comme c'est agréable ! Des fois je me demande si je continue ou non !

— Je ne comprends pas pourquoi tu viens parler de ça maintenant et devant la petite en plus ! Si tu étais plus gentil, plus doux, ça se passerait mieux. Tu fais ça comme une machine !

— Oui ! Sûr que les types de la haute, ils te balanceraient de belles phrases en te le mettant !

— Arrête ! Tu me dégoûtes ! crie Marie qui éclate en larmes.

Cécile, elle aussi en pleurs, se lève et se précipite contre les jambes de sa mère. Yves reprend son blouson et sans un mot, sort en faisant claquer la porte.

— Il va revenir papa ?

— Oui ma chérie, il va revenir ! Regarde la télé, je vais préparer quelque chose pour manger.

« Quel con ! Mais ce n'est pas possible ! Il n'était pas comme ça avant ! » Marie est folle de colère et surtout vexée. Elle croyait que Yves ne se rendait pas compte de… son manque d'enthousiasme en amour.

Cela la rassurait. C'était sa façon à elle de le protéger, de le tenir à l'écart de ses problèmes du château. Il jouissait donc tout allait bien. Elle prend conscience que la réalité était bien plus complexe.

C'est aussi de sa faute, à cause de son caractère de sale macho ! C'est vrai qu'il ne lui demande pas son avis, qu'elle se sent obligée d'accepter même quand elle n'en a pas envie, qu'il fait ça comme un robot, sans un mot, yeux fermés, concentré sur son seul plaisir.

Il fait l'amour comme il ferait la guerre… C'est pour ça qu'il aime ces films où le plus fort gagne toujours, où l'on tue sans état d'âme, où le héros possède la plus grosse arme comme le meilleur étalon a le plus gros sexe…

Une guerre contre les femmes où les femmes sont battues d'avance. Et celles qui aiment le sexe ? Bah, il y a toujours des collaborateurs par calcul, des traîtres par vocation et des frustrés rancuniers…

Faites l'amour pas la guerre !

Non ! Faire l'amour pour les hommes, c'est trop facile ! Ce qui est dur, ce qui est beau, c'est d'aimer.

— Maman ! Maman ! À quoi tu penses ?

— À rien ma chérie ! Tu as fini ton travail ?

— Oui, j'en avais pas alors ! Maman, je veux pas que tu pleures !

— N'aie pas peur, c'est fini ! Dis-moi ma chérie, tu veux qu'on aille chez papé toutes les deux ?

— Et papa ?

— Ben il travaille, il ne peut pas venir !

— Ah bon ! Il y aura la chatte ?

— Minette ? Bien sûr, peut-être même qu'elle aura fait des petits !

— Et je leur donnerai à manger ?

— Oui ! Oui ! Allez, aide-moi à mettre les couverts.

Il faut qu'elle arrête de réfléchir. Toutes ces idées bizarres qui viennent lui rendre visite, qui tournent dans sa tête, ne servent à rien. Ce sont des bêtises à oublier.

Samedi à midi, elle sera avec Cécile dans les bras du papé. Ils mangeront tous les trois sur la grande terrasse ouverte sur le jardin et les collines où les ajoncs épineux, les thyms et les romarins doivent commencer à fleurir…

Il y aura de l'amour autour de la table, beaucoup d'amour… et pas de sexe.

Marie ouvre un sachet de soupe aux champignons et avec Cécile, elles mangent en silence. Elle grimace pour faire rire sa fille, mais le cœur n'y est pas. Il manque Yves. Dans ce petit espace, son absence prend toute la place, les étouffe.

Elle porte la petite dans sa chambre, lui raconte *Le chat botté*, attend l'arrivée du marchand de sable et part se coucher.

Dormir vite, vite. Se réveiller demain dans un jour neuf que la nuit aura lavé de toutes les questions, angoisses et noirceurs de la veille, un jour propre. Elle n'a pas entendu Yves rentrer. Il devait être tard, il a du mal à se lever.

.18.

Mario n'est pas là, Madame semble morose. À peine Marie est-elle entrée dans la chambre qu'elle l'interpelle :

— Alors Jade, votre infection ?

— C'est presque fini Madame, j'ai encore un peu mal, mais moins que hier.

— À l'avenir, soyez vigilante ! Je ne veux pas que ma dame de compagnie, celle qui partage mon intimité, soit un vecteur de maladies.

— Oui Madame, cela ne se reproduira plus !

— J'y compte bien ! Allez vous laver les mains puis vous préparerez mon bain.

Cela ne se reproduira plus, c'est sûr et certain, pense Marie dans la salle de bains. Madame arrive nue.

La servante l'observe à la dérobée et fait la moue. La fascination de naguère s'en est allée. Elle la trouve bien moins jolie que les premiers temps, trop mince peut-être. Même ses formes ne sont pas généreuses, bien dessinées, mais dures, comme si ce corps parfait mais froid reflétait son esprit.

— Laissez-moi, je vous appellerai si j'ai besoin de vous !

Marie a rangé la chambre lorsque Madame revient et ouvre la penderie. Elle s'exclame aussitôt :

— Ces vêtements sentent le renfermé, il faut les aérer. Avez-vous quelque chose de précis à faire ce matin Jade ?

— Non Madame !

— Alors, vous sortirez chaque habit un par un vous

le secouerez un moment puis vous le remettrez dans la penderie. Prenez votre temps, mais faites le bien, sinon je ne pourrai plus jamais les porter. N'oubliez pas de créer un courant d'air, ouvrez la fenêtre et la porte ! Vous commencerez dès que je serai partie.

— Bien Madame !

Pour donner le change à d'éventuels espions, Marie ouvre en grand la fenêtre puis… se laisse tomber sur le lit défait. Aérer les habits de Madame ? Pour quoi faire ? Samedi, ils vont participer à un grand feu de joie !

Elle reste longtemps les mains croisées derrière la tête, yeux au plafond, à laisser errer son esprit, passant du papé à Jacques, de Cécile aux bijoux.

Elle se lève, elle a envie de voir ce fameux coffre dans la penderie. Elle soulève les derniers vêtements côté gauche et la porte apparaît encastrée dans le mur. Elle est petite, le chauffeur n'aura aucune difficulté à l'ouvrir.

Quoi qu'il en soit, qu'il réussisse ou non, cela n'a aucune importance, elle sera vengée.

Elle aurait préférée que Madame soit malmenée, humiliée, frappée même, qu'elle implorât pitié… Enfin, ce n'est pas si mal : le pari perdu, les bijoux envolés, peut-être tout le château détruit…

Les Colin Vasseur sont très riches, ils trouveront vite une autre demeure ou bien ils feront réparer les dégâts, mais en attendant, ils seront tout de même dans l'embarras. Et si elle prenait quelques habits ? Non, pas maintenant. Demain, peut-être, en partant.

Jacques n'est pas là. Elle est en même temps satisfaite et déçue. Elle n'aura pas à subir ses assauts, mais elle s'ennuie, elle espérait rester une bonne heure chez lui.

Elle va s'installer dans la bibliothèque. Elle regarde les nuages qui défilent dans le ciel : une tête de requin, un poussin, un visage, un coussin, une main fermée, des oreilles de lapin.

Voler loin, voler haut ! Elle pense avec envie à la liberté des oiseaux là haut…

Retour sur le monde d'en bas si difficile à vivre.

Ce soir, elle doit annoncer à Yves qu'elle part avec Cécile pour quelque temps chez le papé. Il y a deux possibilités.

Ciel bleu.

Il ne fait plus la tête. Tout se passe bien, il comprend qu'elle est fatiguée, convient qu'ils ont des problèmes et qu'ils ont besoin de faire le point. Il est d'accord pour qu'elle s'en aille avec la petite. Dans cette hypothèse, elle peut même lui conseiller, pour se changer les idées, d'aller passer le week-end chez ses parents à Sastren.

Ciel gris.

Il boude, il est de mauvaise humeur, ils se remettent à se disputer. Elle fait une vraie crise, elle pleure, elle hurle. En même temps, elle lui dit qu'elle ne peut plus le supporter, qu'ils ne peuvent pas continuer à vivre de cette façon.

Elle lui annonce, comme si elle venait d'en prendre la décision, qu'elle s'en va avec Cécile chez le papé et qu'elle ne sait pas quand elle reviendra… si elle revient.

Bien sûr, ce serait bien mieux s'ils ne se disputaient pas.

*

A priori, les ennuis de Yves au travail sont terminés. Il rentre certes fatigué, mais Marie voit tout de suite qu'il n'est pas en colère. Il semble même avoir oublié leur querelle de la veille.

C'est une bonne chose, ils pourront discuter comme de vrais adultes.

Il se laisse tomber sur une chaise au bord de la table. Elle lui fait un petit baiser, lui sert le café en soupirant :

— Tu ne vas pas te doucher ?

— Non pas ce soir ! Je suis crevé !

— Tu t'es couché tard hier ?

— Un peu quand même !

— N'en parlons plus si tu veux. Moi, je n'ai plus que

demain à laisser passer et c'est fini. Madame a commencé à recevoir des filles pour me remplacer. Je les plains !

— Tu sais, le boulot c'est toujours dur. Ceux qui payent, ils en ont jamais assez !

— Oui tu as raison, mais moi j'étais bien au château. Ce que je faisais me plaisait.

— Oui, mais ton Monsieur, ce salaud, il n'en a pas eu assez ! Te fais pas d'illusions Marie, où que tu ailles ce sera partout la même chose !

— Tu ne peux pas savoir comme je suis contente d'avoir pris cette décision, j'en pouvais plus !

— Pourquoi ? Ça fait longtemps que ça dure cette histoire ?

— Ben… Un peu !

— Tu aurais pu m'en parler tout de suite !

— Je pensais qu'il aurait compris que c'était non, qu'il n'insisterait pas… Tu sais Yves, je ne voulais pas quitter la place et puis… en ce moment on parle pas trop…

— Il t'a rien fait ?

— Non ! Non ! Je te jure Yves. Il me disait que j'étais jolie, il me reluquait tout le temps. Des fois, j'avais peur qu'il me touche, mais il a pas osé. Crois-moi, j'étais pas bien.

— Figure toi que je m'en suis aperçu que tu n'étais pas bien.

— Non ce n'est pas pareil. Ici, ça n'a rien à voir avec le château.

— Ah bon ? Et qu'est-ce qu'il y a ici alors ?

— Il y a qu'on vit comme deux étrangers. On se dit vingt mots dans la journée, on se dispute pour des bêtises, on fait plus rien ensemble.

Elle se tourne vers lui, constate :

— Tu n'as jamais une petite attention, un compliment, un geste gentil, un mot doux, ou un regard amoureux pour moi ! Je me demande si tu m'aimes encore !

— C'est de ta faute, c'est depuis que tu travailles. On n'a plus le temps de rien… Et toi ? Qu'est-ce que tu fais pour moi ?

Il a un sourire amer :

— Si tu m'aimes, tu le caches bien parce que je ne m'en aperçois pas trop ! Même quand on fait l'amour, je sens que tu n'es pas avec moi, alors !

— Tu te demandes des fois si j'en ai envie ? Tu ne penses qu'à toi !

— Ben… Marie… Avant ça te plaisait bien, non ?

— Quand j'étais sûre qu'on s'aimait oui. Maintenant, je me pose trop de questions. Il y a des moments, je me dis que tu fais ça avec moi comme tu le ferais avec Marlène !

— Marie ! Marie ! Qu'est-ce qu'il t'arrive ? Pourquoi tu parles comme ça ? Tu sais bien que ce n'est pas vrai !

— Je ne sais plus où j'en suis Yves. Je suis fatiguée. J'ai besoin de faire le point. Si tu es d'accord, j'accompagnerai toute seule la petite chez le papé à Mersac et je resterai avec elle.

— Et moi ? Tu y penses à moi ? Qu'est-ce que je vais faire ici, seul ?

— Tu te débrouilleras Yves. Tu as ton travail, tes copains, le bistrot où tu vas tout le temps.

— Tu as changé Marie ! Depuis que tu travailles là-bas, tu as changé. Tu ne m'aimes plus ? Tu veux qu'on se sépare ? C'est ça ?

— Non ! Non ! Je ne veux pas continuer à vivre de cette façon. Ou on se retrouve ensemble comme avant, ou alors c'est pas la peine. Écoute, tu réfléchis de ton côté, je réfléchis du mien et on reparle de tout ça quand je reviens. Si je ne t'aimais plus, Yves, je partirai, crois-moi !

— Ben, tu pars non ?

— Oui ! Un peu mais… c'est pour nous, pour qu'on redémarre du bon pied tous les deux !

— J'espère bien !

— Je partirai avec Cécile samedi matin. Il y a un train pour Narbonne à 7 heures 23. Tu nous emmèneras à la gare ?

— Je vois que tu as déjà tout calculé ! Oui je vous emmènerai.

— Après, si ça te dit, tu pourras aller passer le week-end chez tes parents. Ça leur fera plaisir.

— Oui… et qu'est-ce que je leur dirai pour toi et la petite ?

— Qu'on est allé voir le papé et que tu n'as pas eu envie de venir.

— Écoute, tu me plantes tout seul ici, alors ne me dis pas ce que je dois faire ou non ! Ce sera comme je voudrai, un point c'est tout !

— D'accord Yves, t'as raison ! Tu… Tu ne m'en veux pas trop ?

— Je sais pas Marie ! C'est vrai que ça ne gaze pas très bien entre nous en ce moment, mais tu sais, c'est pas de notre faute. Avec cette putain de vie qu'on nous fait mener, comment veux-tu qu'on s'occupe de nous ? Toi, tu ne penses qu'au château, moi qu'à mon licenciement.

Il poursuit comme s'il réfléchissait à haute voix :

— Si on était en train de bronzer sur une plage à Tahiti avec plein de pognon, on s'aimerait beaucoup plus, crois-moi, on aurait tout notre temps pour ça !

Elle regarde son mari tout pensif. Depuis quand n'avaient-ils pas discuté ainsi ? Elle se sent pleine de tendresse pour lui, d'amour peut-être. Lui aussi éprouve les mêmes sentiments. Il relève la tête et lui déclare :

— Moi j'ai pas changé ! Je t'aime comme avant !

Elle lui sourit, pose un petit baiser sur sa bouche.

— Il faut que je mette la table et que je fasse chauffer la soupe !

— Je vais t'aider !

Le repas se passe dans une atmosphère à la fois douce et tendue. Cécile ne parle pas. Personne ne regarde ni n'écoute la télévision.

Marie et Yves sont prévenants, souriants, gentils. Ils ont conscience de vivre un moment à la fois plein de douceur et fragile, un instant un peu magique, comme après un gros orage lorsque le soleil revient entre deux châteaux de nuages.

Parler de séparation – même courte – leur a fait prendre conscience de tout ce qu'ils ont vécu et construit ensemble, de tout ce qu'ils risquent de perdre.

Marie observe Cécile qui, avec son intuition d'enfant, sent qu'il se passe quelque chose d'extraordinaire. Peut-elle l'enlever à son père qu'elle adore ? Peut-elle la faire autant souffrir ?

Yves regarde sa femme. C'est vrai qu'elle est belle, qu'il a envie d'elle…

Se retrouver seul ? Faire comme Marc ? Draguer dans des boîtes de vieux ou sur internet, voir des films de cul, se soûler la gueule de temps en temps. Non ! Non ! Ça ne lui dit rien.

Marie repense aux dernières paroles de son mari. Bien sûr, il a raison. Comment parler d'amour et de bonheur alors que chaque journée apporte soucis, problèmes, frustrations et souffrances ?

C'est comme chercher des coquelicots au cœur de l'hiver…

Lui aussi réfléchit à leur discussion. Marie a raison ; souvent, quand il rentre du travail, il est fatigué, énervé. Il n'a pas le cœur à être gentil ni avec elle, ni avec personne. Il lui faut du temps pour sortir de l'univers dur, cruel, cynique du chantier où on parle toujours de sexe, mais jamais d'amour…

Il n'y a que Cécile qui lui fait oublier toutes ces heures passées dehors à travailler avec les autres. C'est elle la plupart du temps qui le fait changer de monde, se retrouver en famille. D'après Marie, il devrait arriver toujours sourire aux lèvres et bouquet de roses à la main… C'est bien une idée de femme ça.

Il pose sa main sur celle de son épouse. Elle a un beau sourire qui lui va droit au cœur. Il faudrait qu'il lui dise qu'il l'aime, mais là, à table, devant la petite, les mots ne viennent pas.

Marie le regarde, troublée. Et si elle restait ? Et s'ils profitaient de cette semaine sans leur fille pour se retrouver ? Non ! Non ! Elle a besoin d'un peu de solitude et puis, même si elle ne veut pas y penser, il y a Jacques, le château, les bijoux, le feu… Elle doit partir, mettre des kilomètres entre ce qui va se passer et elle.

Elle pose à nouveau son regard sur son mari. Il vieillit bien sûr, mais il reste encore très beau. Ce soir, s'il le lui demande, ils feront l'amour. Ce sera la plus belle façon de lui dire au revoir. Il l'aide à débarrasser la table. Elle va coucher la petite qui en l'honneur de la vieille chatte du papé demande pour la centième fois le conte du Chat Botté.

Marie revient dans la partie séjour de l'appartement, s'installe contre Yves sur le canapé face au téléviseur. Il pose son bras sur ses épaules et ils restent ainsi, immobiles, silencieux, tête contre tête à regarder défiler sans les voir les images criardes de l'écran.

C'est lorsqu'ils ont éteint la lumière, dans la douceur des draps qu'il lui dit qu'il l'aime.

Elle se tourne vers lui. Il ne lui demande rien. Ils sont corps contre corps. La chaleur de son homme la pénètre jusqu'à l'âme. Elle a soudain envie de ses mains, de ses lèvres, de son sexe. Elle se colle contre lui, se met à le caresser presque timidement.

Ils s'aiment, elle ne jouit pas, mais elle a vibré, elle a gémi. Elle s'est oubliée dans l'étreinte, elle n'était pas si loin du bonheur. Yves est heureux. Il l'embrasse avec tendresse et murmure :

— Tu vois, c'est facile de s'aimer ! C'était bien non ?

— Oui mon chéri, c'était super !

Elle aussi est heureuse, elle a presque joui, peut-être même l'a-t-elle fait un peu ? Elle ne sait plus. Elle n'est ni une statue, ni une poupée gonflable, son corps n'est pas froid à jamais. Ce soir, elle a senti le souffle du printemps…

Un jour reviendra la chaleur de l'été…

Elle ne quitte pas le lit pour aller se laver. Elle veut rester contre Yves, comme avant. Ils s'endorment, corps et souffles mêlés.

La discussion et l'amour lui ont fait du bien, elle passe une bonne nuit. Cela ne lui était pas arrivé depuis longtemps.

Yves la réveille en ouvrant la porte des WC. Viennent ensuite les bruits de chaque matin, de la cascade de la chasse d'eau jusqu'au claquement de la porte d'entrée, bruits mille et mille fois entendus, bruits à la fois rassurants et désespérants.

Si on était à Tahiti, pense-t-elle, je n'entendrais pas tout ça. Yves resterait au lit. On se réveillerait ensemble. Peut-être, on ferait l'amour dans les rayons du soleil qui entreraient dans notre chambre. Elle sourit, c'est le genre d'idées de Yves ça. Tahiti ! La douceur, la plage, la mer, le farniente, la belle vie !

Elle ne verra jamais ces îles des mers chaudes où les alizés doux décoiffent mollement les palmiers inclinés en vieilles révérences.

Elle ne verra jamais les blancs déserts brûlants dont le ciel est vibrant de soleil et d'étoiles.

Elle ne verra jamais les jungles mystérieuses, ni les toundras gelées, ni les grandes forêts que parcourent les loups…

Sa bonne humeur se voile de gris. Pourquoi pense-t-elle ces choses-là ? Elle est jeune encore, elle a la vie devant elle. Pourquoi ne verrait-elle pas toutes ces merveilles admirées à la télévision ?

Pourquoi à ce moment pense-t-elle au papé ? Ce n'est pourtant pas un grand voyageur. Elle ne sait pas. Elle doit lui téléphoner ce matin pour qu'il vienne les récupérer à la gare de Narbonne. Elle le fera après le départ de Cécile.

Oui, elle a la vie devant elle… Quelle vie ? Elle l'ignore. Peut-être bien celle-ci avec les mêmes bruits, les mêmes matins…

Peut-elle espérer mieux ? Elle n'a aucun diplôme, elle n'a pas d'argent. Que faire ?

Vivre avec le papé à Mersac… Oui, c'est possible. Est-ce que Yves voudra venir là-bas ? A-t-elle besoin de lui ? Comme c'est difficile de répondre à cette question. Il l'énerve lorsqu'il est là, il lui manque quand il est absent…

Aujourd'hui, elle va au château pour la dernière fois. Elle devrait être soulagée, elle éprouve surtout de la tristesse et un sentiment de gâchis. Elle n'arrive pas à se vider la tête de tout l'espoir que ses maîtres avaient suscité en elle.

Pourtant, ils lui ont menti, ils l'ont manipulée, ils l'ont violée… Pourtant, sans les révélations de Jacques, elle se serait aussi donnée à Volin et au docteur. Elle frissonne de dégoût.

Elle doit avertir Madame qu'elle ne reviendra plus, sinon celle-ci fera un rapprochement entre le vol et son départ. Cela ne va pas être facile. Elle peut raconter que son mari a été mis au courant de ce qui se passait au château et qu'il ne veut plus qu'elle y aille. Le problème, c'est que Madame, furieuse, risque de téléphoner à Josper pour qu'il le renvoie sur-le-champ.

Pourquoi pas lui dire qu'elle est malade et qu'elle a besoin de repos ?

En allant travailler, elle passera chez Margin, le médecin. Elle jouera un peu la comédie et se fera prescrire une semaine d'arrêt maladie. Elle lui plaît à ce vieux bonhomme aux cheveux blancs, il ne lui a jamais rien refusé.

Une fois en congé, elle pourra toujours envoyer sa lettre de démission…

Elle se douche, s'habille puis réveille Cécile. Toilette, petit déjeuner, câlins.

La copine vient la chercher. Marie regarde par la fenêtre, fait un signe de la main à la mère qui attend sur le trottoir.

Comme prévu, Margin ne s'est pas trop fait prier pour lui accorder sa semaine de repos. Elle n'a pas osé parler de cystite. Elle n'avait pas envie que le médecin la fasse se déshabiller et l'examine… Ils ont discuté un moment puis il lui a déclaré que dans son cas, la gastro-entérite était une maladie très arrangeante. Ils ont ri. Elle l'a remercié et s'est éclipsée.

Arrivée au château, elle se change, ne se maquille pas, s'exerce devant la glace à prendre un air maladif. Elle se présente devant Valérie, marchant avec peine, presque chancelante.

— Eh bien Jade qu'y a-t-il encore ? Vous ne semblez pas bien du tout !

— C'est vrai Madame. Je suis dans une mauvaise passe. Ma cystite n'est pas tout à fait guérie, j'en souffre encore. Je n'ai pas fermé l'œil de la nuit. J'ai vomi trois fois et j'ai dû me lever à deux reprises pour aller aux WC.

— Bien… Bien ! Épargnez-moi les détails s'il vous plaît ! Vous vous êtes lavé les mains avec soin ?

— J'ai fait de mon mieux, Madame.

— Bon, d'après ce que vous me dites, je parie que vous avez une gastro-entérite, elles sont très fréquentes en ce moment.

— Vous croyez ?

— J'en suis sûre ! Écoutez, cela m'ennuie beaucoup de vous voir traîner dans la maison avec votre cystite et votre gastro. Vous finirez par nous contaminer tous !

— Je suis désolée, d'habitude je ne suis jamais malade.

— Si vous le dites… Commencez à ranger, je vais prendre mon bain. Je n'ai pas besoin de vous ! Je suis assez grande pour me débrouiller.

Après midi, vous partirez plus tôt, vous en profiterez pour aller consulter.

— Oui Madame ! Merci Madame !

Il est près de onze heures lorsque Valérie s'en va. Marie aère la chambre, range par habitude, se retrouve devant la penderie, l'ouvre. Toujours cette impression de rentrer dans un monde de fées.

Elle ne prendra rien non ! Elle n'est pas une voleuse ! Une dernière fois, elle veut effleurer des yeux et des doigts ces merveilles, symboles d'un luxe inaccessible et d'injustice.

Oui, c'est bien de faire brûler tout cela. Si le feu pouvait aussi purifier sa mémoire…

Elle rejoint la bibliothèque, son refuge. Elle ne peut s'empêcher de regarder par la fenêtre le pavillon du parc. Gâchis ! Gâchis !

Elle feuillette un livre ici, un livre là, laisse couler le temps autour d'elle comme un rocher au milieu d'une rivière puissante et nonchalante. Elle n'arrive pas à réfléchir tant les sentiments qu'elle éprouve sont à la fois forts et contradictoires.

Elle grignote un bout de jambon, deux feuilles de salade, une pomme. Elle ne se sent pas bien. Est-elle vraiment malade ? Non ! Peut-être est-ce l'orage qui se prépare au-dessus d'elle, l'orage auquel elle ne veut pas penser, qui l'oppresse, l'écrase.

D'ailleurs, ce grondement sourd qui s'étend comme un drap sur les bruits de la ville, est-il provoqué par le tonnerre ou un avion ?

Ce soir, à cause d'elle, pour elle, Jacques va voler, incendier. Ce soir, elle le trahira comme il l'a fait. Elle doit tout de même aller le voir, ne serait-ce que pour lui montrer qu'elle aussi est prête.

Faut-il qu'ils l'aient transformée pour qu'elle puisse regarder droit dans les yeux et même embrasser quelqu'un qu'elle va trahir.

Jacques n'est pas là. Après avoir frappé plusieurs fois et attendu un peu, elle remarque le bout d'enveloppe qui dépasse à peine sous la porte. Il lui a laissé un mot.

Je suis à Bordeaux avec Monsieur. Tout est prêt. Je t'attends comme prévu. Je t'aime.

Il a été prudent, mais il n'a pas pu s'empêcher de lui crier, encore une fois, son amour. Pauvre bonhomme ! Dans d'autres circonstances, elle ne l'aurait même pas vu. Ici, elle était si désemparée, si bouleversée qu'elle n'était pas loin de l'aimer…

C'est quoi aimer ? Comment peut-on, au gré des méandres de la vie, aimer, détester ou ignorer la même personne ?

Non ! Non ! Ne pas recommencer avec ces questions auxquelles elle ne peut répondre, ces questions qui la dérangent.

Elle traverse le parc à pas pressés comme si elle était poursuivie. Peut-être espère-t-elle laisser ces interrogations, là-bas, sur le seuil de la maison de Jacques ?

Il tonne. Les grondements parviennent comme émiettés, parfois distincts, parfois à peine perceptibles. Le ciel est gris, toute une mer moutonneuse de nuages l'a submergé. Puisqu'elle a l'autorisation de Madame, elle va rentrer chez elle et préparer sans se presser les affaires pour Mersac.

Elle essaie de ne pas penser à sa vengeance, mais elle est inquiète.

Et si Jacques la dénonce ? S'il dit que c'est à cause d'elle qu'il a agi ? Il n'a aucune preuve et puis, il l'aime trop, il ne parlera pas.

Une valise pour elle, un grand sac pour la petite.

À Mersac, elle sera sauvée, loin de Toulouse, loin du château, loin de Yves aussi.

Lorsqu'elle était enfant, elle se blottissait à la moindre frayeur dans les bras du papé. Là elle n'avait plus peur, elle était bien. Demain, elle ne craindra plus rien.

Cécile arrive :

— Maman ! Maman ! J'ai vu un éclair comme un serpent dans le ciel !

— Ah bon ?

— Oui un grand serpent tout blanc ! Dis maman, je peux prendre Nana et mes crayons-feutres pour dessiner l'éclair et le donner à papa ?

— Oui ma chérie, va les chercher et mets-les là !

La fillette tourne autour d'elle, tout excitée en chantonnant, en posant des questions, en racontant ses aventures à l'école. C'est comme une chanson que Marie n'écoute pas, un bruit de fond.

Yves rentre tard, les yeux brillants et bafouillant un peu. Comme chaque vendredi soir, il a bu l'apéritif avec ses compagnons de travail.

Il bute presque sur la valise, la regarde tout étonné, puis demande :

— Alors, c'est décidé ? Tu t'en vas ?

— Je vais voir le papé avec Cécile. On en a parlé hier Yves. Et toi ? Tu vas faire un tour chez tes parents ?

— Ben oui, qu'est-ce que tu veux que je fasse ? Je vais pas rester ici tout seul comme un con !

— Tu as tout à fait raison ! approuve Marie qui veut éviter toute dispute.

— N'en parlons plus, ça m'énerve !

— Tu n'oublies pas que tu nous emmènes à Matabiau à 7 heures.

— Pas de problème, je partirai après !

Il s'installe sur le canapé, face au téléviseur, prend la petite entre ses bras et change de chaîne. La conversation est terminée. Il ne parlera plus jusqu'au repas.

Elle regarde par la fenêtre. Les serpents blancs, éclatants et brisés rampent vivement dans le ciel, se perdent aussitôt.

Ce soir, le silence de Yves fait du bien à Marie. Elle est trop pleine d'appréhension, de nervosité pour entretenir une conversation, même avec son époux.

Bientôt, Jacques va passer à l'action.

.19.

Comme prévu, le chauffeur a quitté le château en faisant ronfler le moteur de sa C4 comme si elle avait un problème. Il s'est même arrêté avant de franchir le portail, a soulevé le capot, a fait mine de réparer quelque chose avant de repartir.

Il transfère tous ses bagages dans la voiture de location ainsi que le petit matériel dont il va se servir ce soir.

De grosses gouttes éparses s'écrasent en couronne sur le pare-brise. Le tonnerre roule d'une façon presque ininterrompue.

Jacques est calme, il ira jusqu'au bout. Il sait très bien qu'il ne peut plus reculer. Même s'il ne faisait rien, il ne pourrait pas rester. Son amour pour Marie l'a tiré d'un ennui et d'une solitude qu'il ne voulait pas reconnaître.

Quoiqu'il se passe, il ne pourra plus reprendre cette vie triste et monotone.

Marie l'a réveillé !

Il va la venger, il lui doit bien cela. Elle comprendra qu'il est avec elle, qu'il a changé. Est-ce qu'elle sera à l'hôtel demain matin à sept heures ? Oui bien sûr ! Pourquoi douter ?

Il y a pourtant ces réticences qu'il sent chez la jeune femme, son refus de se donner, son air embarrassé parfois…

Et si elle ne venait pas ?

Il ne pourra pas l'attendre, il sera obligé de partir

sans elle. À cause de son casier judiciaire, les policiers vont le soupçonner tout de suite.

Sa seule chance est que l'incendie détruise tout le château, à commencer bien sûr par les appartements de Madame.

Qu'est-ce qu'il a fait de tout ce temps passé ? Rien ! Il a obéi, il a glané ici et là un peu de satisfaction en faisant plaisir à ses maîtres...

Il n'a rien construit pour lui, rien du tout. C'est comme s'il n'avait pas vécu.

Il doit tout à Marie, il va lui prouver qu'il est un homme courageux sur lequel elle peut compter, un homme qui va jusqu'au bout de ses projets.

Il a garé la voiture de location derrière un fourgon, sur l'avenue, à une centaine de mètres du château. Les gouttes à présent tombent dru. Jacques active les essuie-glaces. Il voit passer des employés puis la Ferrari de Mario et enfin la Volvo conduite par Monsieur.

*

Vingt-trois heures.

Un serviteur maladroit renverse un verre de porto sur la robe de Valérie. Aussitôt, Jeanne Volin, la maîtresse de maison, réagit :

— Je suis désolée, cet homme est la onzième plaie d'Égypte ! Nous ne savons plus comment l'employer !

Elle prend Valérie par le bras :

— Venez avec moi ma chère, je vais vous trouver une petite chose qui vous tirera d'embarras pour ce soir !

— Non merci Jeanne ! La soirée n'a pas encore commencé et d'après ce que j'ai entendu, Félix a une urgence. J'ai le temps d'aller me changer.

— Voulez-vous que je vous fasse accompagner ? Il pleut très fort, la visibilité doit être mauvaise !

— Ce n'est pas nécessaire, je serai prudente ! Ne vous inquiétez pas !

Vingt-trois heures,

Jacques décide d'entrer en action. Il avait prévu de le faire à minuit, mais l'orage a fait s'enfermer les gens chez eux. L'avenue est vide.

De plus, il a déjà vu passer tous les gens du château sauf les deux qui sont de service. Il les connaît ; à cette heure, ils doivent être en train de s'empiffrer à l'office ou bien de ronfler devant la télévision.

Il ouvre sans bruit le portail, traverse le parc obscur que les éclairs illuminent et passe par la porte de service.

Entre deux coups de tonnerre, il entend des éclats de voix et des clameurs qui viennent de l'office. Comme prévu, les employés regardent la télévision.

La chambre est parsemée de toilettes que Madame a jetées pêle-mêle à même le plancher. Elle devait être furieuse, pense-t-il et il sourit.

Il place sa lampe sur son front, l'allume. Le coffre est devant lui… et il résiste. Cela fait plus de dix minutes qu'il tente de reconnaître les chiffres de la combinaison, mais il a beaucoup de mal. Le tonnerre et le crépitement de la pluie sur les fenêtres rendent l'écoute très difficile. Il ne parvient pas à se concentrer. Il est à peu près sûr du premier chiffre, pour les autres, il cherche…

Il se relève, souffle un peu, essaie de se détendre.

Vingt-trois heures trente.

Madame arrive au château, se gare devant la porte et rejoint sa chambre. Il tonne sans arrêt, suite d'explosions qui se mêlent, se confondent, font trembler toute la ville.

Jacques n'entend ni la voiture, ni la porte qui s'ouvre, ni les talons de Madame dans le couloir. Elle pénètre dans la chambre, allume la lumière. Elle aperçoit aussitôt, le derrière d'un homme à moitié enfoncé dans la penderie.

Elle comprend tout de suite, saisit dans son sac un petit pistolet et hurle :

— Sortez de là tout de suite et levez les mains !

Le chauffeur sursaute, se retire de la penderie et fait

face. Valérie, interloquée, s'exclame :

— Vous Jacques ! Mais qu'est-ce que vous faites là ?

— En… en rentrant, j'ai… j'ai vu que votre chambre était ouverte, je suis venu vérifier si tout était en place !

— Et pour cela vous éteignez la lumière et vous vous promenez avec une lampe frontale ? Allons Jacky, vous me pensez donc assez stupide pour croire une telle histoire ?

— Mais enfin Madame !

— Il y a longtemps que je n'ai plus confiance en vous. Vous êtes un minable, Jacky. Mon mari vous garde par pitié, mais vous êtes fini, vous ne valez plus rien mon cher.

Elle a son petit sourire méprisant collé sur le visage, elle lui jette ce Jacky comme une pierre à un chien errant. L'envie d'arracher ce sourire, de ne plus entendre cette voix moqueuse submerge Jacques. Il fonce en saisissant au passage le bronze posé sur la table basse.

Elle tire. Il sent une pointe lui traverser le bras gauche. Il arrive sur elle, frappe.

Elle lâche son arme, vacille.

Vingt ans de mépris, il frappe.
Vingt ans d'obéissance, il frappe.
Vingt ans de frustration, il frappe.
Vingt ans de sourires forcés, il frappe.
Vingt ans d'acquiescements serviles, il frappe.
Vingt ans de vie volée, il frappe.
Vingt ans de haine inavouée, il frappe.

Madame ne sourit plus, Madame n'a plus de visage. Il y a ses jambes parfaites un peu écartées, son corps souple et une bouillie de chair, d'os broyés et de sang.

Jacques repose le bronze à sa place, ramasse le pistolet, le met dans sa poche, détourne les yeux, éteint la lumière.

Il respire fort, il a du mal à reprendre son souffle. Il reste un long moment immobile, pétrifié. Un coup de tonnerre plus fort que les autres le fait sursauter.

« Cette salope, elle a eu ce qu'elle méritait depuis longtemps. » dit-il à voix haute…

Quoi qu'il en soit, il n'avait pas le choix. Elle a même tiré. Il regarde son bras gauche qui commence à lui faire mal. La balle a troué son pull-over et déchiré la peau au-dessus du coude. Il saigne un peu, mais il bouge le membre, l'os n'a pas été touché.

Il n'a pas le temps de s'occuper du coffre. Il n'est d'ailleurs plus en état de l'ouvrir. Il doit tout de suite préparer l'incendie et l'allumer.

En quittant le parc sous la pluie, il se retourne. Un éclair photographie la grande bâtisse qui disparaît aussitôt dans la nuit noire. Derrière les rideaux de la chambre de Madame, apparaît par moment, comme un fantôme, une forme rouge et mouvante.

Jacques se répète en marchant : « J'ai tué Madame ! J'ai tué Madame ! »

Il ne sent pas la pluie, il n'entend plus le tonnerre, il ne voit plus les éclairs. Il est trempé lorsqu'il monte dans la voiture. Il repasse devant le château pour rejoindre son hôtel, ralentit, observe. Personne n'a bougé dans la grande demeure, mais à présent des flammes s'échappent de la fenêtre de la chambre.

Quelqu'un ne va pas tarder à donner l'alerte. Lorsque les pompiers seront en place, le feu aura déjà fait une bonne partie de son travail. Il conduit sans se presser. Il pleut à verse, il n'y voit presque pas et peine pour suivre son itinéraire.

Peu à peu, il se calme.

Il lui faut de l'alcool pour soulager son cœur, des bandes et des antiseptiques pour soigner son bras.

À Purpan, il y a un magasin ouvert toute la nuit, il s'y arrêtera.

Il a mal, il a échoué. Il n'a rien emporté, ils ne pourront pas vivre longtemps comme des riches. Que va penser Marie ? Voudra-t-elle quand même le suivre ? Il a tué Madame, il n'en éprouve ni remord, ni pitié. Elle vivait comme un animal nuisible…

Il est un peu plus d'une heure quand il arrive enfin au Campanile de Blagnac. Il enfile son blouson pour cacher sa blessure. Il ne rencontre personne jusqu'à sa chambre. Il se laisse tomber sur le lit, retire ses vêtements. La blessure est nette, propre. La balle a traversé la chair.

Il verse sur le trou une rasade d'eau oxygénée, met du coton, entoure son bras avec une bande, s'assied.

Il prend la bouteille de whisky qu'il a achetée en même temps que la trousse de soins.

Il a tué ! Il a tué pour Marie ! En rencontrera-t-elle d'autres comme lui, capables de tuer pour elle ?

Il boit. Il ne sait même pas si l'alcool l'endormira. Ce soir, il lui faudrait une mer de whisky pour lui faire fermer les yeux.

Deux heures.

Pourvu que demain vienne vite !

Il avait rêvé de cette première nuit avec Marie, leur nuit de noces se disait-il…

Il est seul, il a mal au bras, il n'a pas réussi à ouvrir un petit coffre ordinaire, il a tué Valérie.

Il boit. Les jambes de Marie lorsqu'elle s'éloigne, dansent devant ses yeux. C'est joli comme prénom Marie. C'est à la fois simple et fier, généreux et doux, c'est la mère et la mariée, l'innocence et la volonté, la modestie et la constance...

Il boit. Comme ils s'aimaient avec la première ! Des nuits entières à la prendre, à l'embrasser, à la caresser puis la reprendre encore…

Ils s'aimeront aussi fort avec elle…

Deux heures.

Marie ne dort pas. Trop de choses tournent dans son esprit. Yves, le papé, Jacques, le château…

Pourvu que demain vienne vite !

Elle se lève sans bruit et quitte la chambre. Dans la cuisine, elle appuie son front contre la fenêtre sur laquelle les gouttes éclatent, se mêlent et s'enfuient.

Peut-être y a-t-il, là-bas, loin, loin, du côté du château, une lueur rougeâtre qui se reflète sur le ventre des nuages ?

Elle doit être vengée à présent. Elle devrait sauter de joie, mais non ! Elle se rend compte que la vengeance ne fait qu'ajouter de la douleur à d'autres douleurs, qu'elle ne guérit rien, surtout pas le présent. Elle fait partie du passé.

Marie veut déjà être demain. Doit-elle appeler les policiers maintenant pour leur indiquer l'endroit où se cache Jacques ? Non ! Il est bien trop tôt. Elle le fera juste avant de partir. Faut-il qu'elle le fasse ?

Cette idée de livrer le chauffeur ne l'enchante guère. Elle n'a jamais eu l'esprit d'une moucharde, pas même à l'école alors qu'il s'agissait d'une pratique courante...

Que se passera-t-il si elle ne le dénonce pas ? Ou bien il partira seul, ou bien il viendra la chercher. Quoi qu'il en soit, elle ne sera plus là quand il tentera de la revoir.

Quatre heures.

La pluie a cessé.

Jacques se réveille, couché en chien de fusil et tout habillé. Il sursaute. Vite, vite, il doit poser le bronze gluant de sang, effacer les traces, allumer l'incendie, vite, vite… Il ouvre les yeux, passe sa main sur son front comme pour en ôter un mauvais rêve ; non, non, tout est joué à présent...

Il se redresse, regarde la petite chambre carrée, propre, silencieuse, froide comme un tombeau.

Le whisky brûle sa gorge, le frappe de toute sa force. Bientôt, Marie arrivera. Elle sera devant lui, avec son air à la fois effarouché et tendre.

Il l'enlacera, il l'embrassera, il oubliera avec elle tous ses malheurs, tous ses échecs comme un enfant dans les bras de sa mère.

Il pose son front contre le drap chaud. Le front de Marie contre le sien dans le jardin au soleil…

Non ! Non ! C'était l'autre Marie, la première, la salope, la pute. Il se met à pleurer. Elle était malade, malade, ce n'était pas sa faute.

Il aurait dû les tuer, tous ces salauds qui venaient profiter d'elle.

Il boit.

Sa main remonte sur la jambe douce de Marie, glisse sous la jupe, arrive à l'aine, s'étire vers... Il crie : « Viens mon amour, viens vite ! J'en peux plus de t'attendre ! Viens ! »

Quatre heures.

La pluie a cessé.

Marie regarde sa montre pour la dix ou douzième fois. Jacques pense à elle quelque part vers Blagnac. Elle le sent, elle le sait. Jacques amoureux ! Pauvre vieux bonhomme qui croit que tout est toujours possible !

Elle ne le dénoncera pas. Pour se venger, elle ne fera rien. Elle ne lui parlera plus jamais, ne le reconnaîtra pas, même s'ils se croisent. Il l'aime trop pour lui faire du mal.

Il l'aime fort, il va souffrir longtemps…

Cinq heures.

Le vent qui s'est levé a retroussé la jupe des nuages et dévoilé, ici et là des hardes d'étoiles vives et farouches.

Jacques s'est douché et rasé. Malgré cela, le miroir lui renvoie l'image d'un homme ridé, aux yeux sans éclat, l'image d'un homme vieux et fatigué.

Est-ce possible que Marie m'aime, belle comme elle est et moi comme je suis ?

Elle ne viendra pas ! Si ! Si ! Elle viendra ! C'est une femme droite qui ne sait pas mentir. Elle aussi m'aime, alors elle viendra.

Il boit.

Je me laverai les dents tout à l'heure, pense-t-il. Il ne faut pas qu'elle sache… Il regarde ses affaires, une valise et un sac, posés à côté du lit. Il n'a rien oublié, il a vérifié et revérifié.

Cinq heures.

De son lit, Marie observe une étoile tremblante, à peine vêtue d'une vapeur de nuage.

Yves dort près d'elle, tout contre elle, il dort comme un rocher. Il a de la chance, lui.

S'enfoncer dans le sommeil, s'y perdre, traverser la nuit à lentes brasses régulières, prendre pied sur demain, s'ébrouer un peu, avancer dans le jour neuf où tout est possible, encore…

Demain, Yves va chez ses parents, elle part à Mersac. Leurs chemins se séparent même dans la réalité. Lui reviendra vite, retrouvera son travail, ses copains…

Elle ne sait pas ce qu'elle fera. Elle n'a pas d'amies, elle n'a plus de travail, elle ne sait plus aimer. Elle va chercher du secours dans l'Aude. Le papé va l'aider, c'est sûr. Il lui donnera la bonne direction, celle qui la mènera vers le bonheur…

Le bonheur ? C'est un bien grand mot ! Une route vers le bonheur ? Il y aurait des embouteillages !

Non ! Non ! Elle ne demande qu'à trouver un petit sentier, celui qui lui permettra à elle, Marie Séral, de moins souffrir et de moins faire souffrir ceux qui l'aiment, Cécile et Yves.

Celui qui lui permettra d'être en paix avec elle-même et de diriger un peu sa vie.

Un nuage éteint l'étoile, Marie en éprouve comme un douloureux pressentiment.

Pourquoi faut-il toujours que la laideur, la dureté, la méchanceté, le côté sombre du monde l'emportent sur la lumière ?

Elle ferme les yeux pour que l'astre continue à briller dans sa tête.

Six heures trente.

Vers l'est, une large lame grise s'étend comme un drap douteux sur le lit noir de la nuit. Il ne reste que trois étoiles accrochées à la fenêtre de Jacques.

Dans une demi-heure, Marie sera là et il n'aura plus

besoin d'arrimer son regard au ciel. Elle sera là, soleil à part entière, et elle illuminera la chambre, et elle illuminera sa vie pour toujours, pour toujours…

Il boit.

Le whisky conforte ses certitudes, le rassure, lui donne une chaleur confiante dans le jour qui se lève sur la ville. Il ne lui reste plus qu'à attendre.

C'est facile d'attendre, on fait ça tout le temps, non ? Le moment n'existe pas. On a toujours le pied levé qui va se poser plus loin et encore, encore.

Attendre qu'il se pose et avancer, avancer sans cesse…

Un bruit de pas dans le couloir ! C'est elle ! Non pas déjà, pas encore ! Les pas s'éloignent…

Six heures trente.

Marie n'a pas laissé sonner le réveil. Elle s'est levée, douchée, habillée. Elle pose sa main sur l'épaule de Yves, son rocher.

Elle le secoue un peu, l'appelle.

« Chéri, réveille-toi, il est six heures et demie ! Tu dois nous amener à la gare ! »

Il grogne, garde les yeux fermés. Peut-être ne veut-il pas affronter le jour nouveau ? Peut-être s'est-il enfermé dans son sommeil en espérant ne plus se réveiller ? Souvent, c'est si dur de vivre…

Marie le regarde lutter pour gagner encore quelques secondes d'inexistence. Elle l'aime et elle s'en va. Les larmes se pressent au bord de ses yeux.

Non ! Non ! Ne pas faiblir, pas maintenant. C'est pour elle, pour eux aussi qu'elle a pris cette décision.

Il s'assied sur le bord du lit. Peut-être a-t-il senti les doutes de sa femme :

— Tu es bien décidée Marie ? Tu y vas ?

— Oui mon chéri, il le faut. Ça nous fera du bien, j'en suis sûre !

— Je… Je sais pas ! Enfin, c'est toi qui vois !

Sept heures.

Jacques se lave les dents. Un coup d'œil dans la glace, un coup de peigne. Il se rassied sur le lit, se relève aussitôt, lisse les plis de son pantalon du dos de la main. Elle ne va pas arriver déjà. C'est bien connu, les femmes aiment se faire désirer.

Il a le temps de soigner son bras. Il a du mal à ôter le coton qui est collé à la chair. Du sang perle tout autour de la blessure. Eau oxygénée, compresse. La plaie n'est pas infectée. Elle semble même tout à fait saine. Il remet la bande, s'assied sur la chaise.

Il n'y reste guère. Il regarde par la fenêtre. Peut-être la verra-t-il arriver ? Non ! Ce n'est pas le bon côté du bâtiment. Il se rassied. Ses yeux se posent sur la bouteille. Il ne peut pas boire maintenant puisqu'il va l'embrasser.

Sept heures.

Les Séral descendent les escaliers de l'immeuble quatre à quatre. Yves porte la petite dans ses bras. Marie les presse.

Partir, partir vite, vite. Et si Jacques arrivait maintenant ? Non, ce n'est pas possible, il l'attend au Campanile de Blagnac.

Heureusement qu'elle a déjà ses billets et que la ville s'éveille à peine.

Yves dépose Cécile après l'avoir couverte de baisers.

— À bientôt ma chérie ! Surveille bien maman !

— Pourquoi tu viens pas papa ?

— Parce que je travaille ma fille !

Il se tourne vers Marie.

— Tu m'appelles quand vous êtes à Mersac ?

— Bien sûr ! Tu nous accompagnes sur le quai ?

— Non, j'aime pas les départs !

— Bon… À bientôt mon chéri !

— Oui… À bientôt !

Ils s'embrassent. À la force de l'étreinte, Marie sent tous les doutes, toutes les peurs de Yves. Elle en est profondément émue. Elle se baisse, prend les bagages et se dirige vers la machine à composter. Elle se retourne. Yves la fixe, l'air un peu absent. Il sourit, fait de grands au revoir à Cécile qui éclate de rire.

Marie lui fait un petit signe du bout des doigts. Il répond par un clin d'œil, se retourne, s'éloigne à pas pressés vers la sortie.

Sept heures trente.

Jacques prend la bouteille et boit une longue gorgée d'alcool. Elle ne viendra pas ! Il a tué une femme pour elle, et elle ne viendra pas !

Il sort de sa poche son portefeuille, en extrait les billets d'avion, les examine ; comme ils auraient été heureux tous les deux là-bas !

Il boit et se met à pleurer.

Elle ne viendra pas à cause de sa fille. Elle l'aime et elle se sacrifie pour son enfant !

Que pouvait-il espérer ? Elle est si jeune, si belle. Lui, il est resté trop longtemps enfermé là-bas, il l'a rencontrée trop tard.

Il boit. Il pleure. Ses larmes dessinent des auréoles sur les billets d'avion. Il pleut sur Paris, São Paulo, Buenos Aires...

Sept heures trente.

Marie regarde sa fille qui, le nez collé contre la vitre n'arrête pas de l'appeler : « Maman ! Maman regarde la voiture là ! Regarde ce château-là ! Des vaches ! »

Marie se contente d'acquiescer. L'émotion et l'anxiété du départ s'effacent. Elle est bien là.

Au fur et à mesure que le convoi s'éloigne de la ville, elle se sent plus libre, plus légère. Elle abandonne une période difficile de sa vie. Elle part laver son corps, laver son esprit. Elle va oublier les querelles pour rien, oublier aussi Madame, Jacques et Mario, et Monsieur…

Elle reviendra forte, prête à aimer Yves de tout son cœur. Un rayon de soleil éclaire avec force la campagne mouillée. Au loin, un clocher s'appuie sur une colline fumante.

Elle pense au papé qui les attend. Elle sourit.

Huit heures.

La bouteille est vide.

Jacques joue à faire tourner son couteau sur la table. Il se dit : « Si la lame s'arrête en face de moi, Marie va arriver ! »

La lame indifférente continue sa course, Marie ne viendra pas.

Il pense à ce jeu qu'ils faisaient avec Jor et Nico, les soirs de fête quand ils avaient de l'argent. Celui qui était désigné par le couteau payait la tournée…

C'était bien. Ils riaient et buvaient parfois jusqu'à s'écrouler au pied du comptoir.

Jacques dispose le pistolet et les deux billets en triangle sur la table. « Je ferai ce que dira la lame ! »

Le couteau tourne, tourne et s'immobilise enfin entre les deux tickets. « Non ! Non ! C'est pas en face ! Ça compte pas ! »

Il relance, relance encore, encore, jusqu'à ce que la pointe de la lame termine sa ronde exactement devant le canon de l'arme.

Il sourit, prend les billets d'avion.

Il les regarde, commence à les déchirer.

Les rêves d'une autre vie deviennent des confettis qu'il recueille comme des miettes de pain égarées sur la table après un repas.

Il ouvre la fenêtre. Le vent le frappe.

Il y a le grand vide bleu du ciel où il ne volera pas avec Marie.

Il y a la ville silencieuse posée devant lui comme un jeu de construction vide.

Il lance les morceaux de papier qui s'envolent semblables à des papillons pressés, à des flocons palpitants. Il essaie de les suivre des yeux, les perd de vue.

Il referme la fenêtre, s'assied sur le lit.

Il saisit l'arme, s'étonne de sa petitesse.

Il pense qu'il aime Marie plus que sa vie, qu'elle a été son bonheur, celui qu'il a attendu si longtemps…

Il sourit à nouveau en voyant son visage.

Il a le goût froid, métallique et dur du canon dans sa bouche.

Il s'allonge, ferme les yeux...

Huit heures.

Cécile a soif, Cécile a faim, Cécile a besoin d'aller aux toilettes, Cécile s'agite, Cécile appelle sa mère à tout moment.

Celle-ci voulait lui montrer la cité de Carcassonne, mais elles ne sont pas placées du bon côté. Elle-même a du mal à entrevoir une tour.

À présent, le train longe l'Alaric, montagne vieille, longue et mystérieuse, croupe aux cicatrices de roches grises sur une peau vert sombre de pinèdes et de garrigue.

À nouveau, l'image de Jacques occupe son esprit. Elle la chasse en soupirant. Oublier, oublier le château et les gens qui y vivent, oublier tout cela une bonne fois pour toutes.

Le papé doit déjà être à la gare en train de les attendre…

Retrouver des petits bonheurs : marcher dans la campagne, jouer avec sa fille, préparer un bon repas, écouter le papé raconter sa vie d'autrefois…

— Maman ! Maman ! Tu as vu le tracteur là comme il est petit ?

— Oui ma chérie !

Le train s'approche de la mer. Le ciel est bleu sans trace de nuages.

Narbonne.

Elles descendent les premières. Marie serre fort la main de sa fille. Elles s'immobilisent en attendant le papé qui est forcément là.

Non, elle ne le voit pas. Elle en est à la fois étonnée et déçue. Elle était sûre qu'il serait tout de suite devant elles, souriant et bras grands ouverts pour les accueillir. Marie aperçoit une femme un peu corpulente qui leur fait de grands signes de main. Elle la reconnaît, c'est Anna, la fille des voisins du papé.

— Bonjour ! C'est vous qui venez nous chercher ? Le papé a eu un problème ?

— Bonjour Marie ! Ça me fait drôle que tu me vouvoies. Moi je pourrai pas, je t'ai trop fait sauter sur mes genoux quand tu étais gosse !

— Je v… te dirais-tu ! C'est qu'en ville, on n'est pas habitué…

— Oui en ville, la vie est compliquée ! Ho là là ! Que la petite a grandi !

— Tu n'as pas répondu pour le papé…

— Il va bien, mais depuis qu'il a eu un accrochage en ville, il y a un an, il ne veut plus prendre la voiture.

— Un accrochage ? Il ne me l'a pas dit !

— Rien de grave, mais il a eu peur. Allez, suivez-moi qu'il doit déjà vous attendre depuis une bonne heure !

Elles s'installent dans la voiture. À peine ont-elles quitté la cour de la gare qu'elles se retrouvent prises dans un petit embouteillage.

— C'est le moment où les gens viennent travailler, commente Anna. Qu'est-ce que tu fais à Toulouse ?

— Moi, je suis employée de maison dans un château. Et toi, tu aides ton père dans les vignes, non ?

— C'est fini tout ça. Maintenant, je suis aide-ménagère, je m'occupe des personnes âgées chez elles.

— Ça doit être dur !

— Un peu, mais moi qui aime parler, je me régale ! Je travaille tout en discutant avec les vieux. Ça me fait passer le temps et eux ils sont ravis d'avoir quelqu'un avec qui bavarder. Ils me réclament, me font des câlins quand j'arrive. Il y en a une l'autre jour qui m'a dit : « Vous êtes mon rayon de soleil ! » C'est gentil non ? En tout cas, ça fait plaisir.

— Je comprends, acquiesce Marie en pensant à ses angoisses au château.

— Et puis tu sais, là au moins, je me sens utile. Presque tous les gens âgés sont seuls, je leur donne du bonheur, j'essaie de leur faire oublier qu'ils sont vieux, qu'ils sont au bord de la mort…

— Mais quand ils ne sont pas propres, ça ne te dégoûte pas ?

— Non Marie, c'est plus difficile à accepter pour eux que pour nous, crois-moi ! L'autre jour, j'en ai trouvé une, la pauvre, en train de pleurer de honte parce qu'elle s'était pissé dessus !

Anna devient grave :

— Le plus dur, c'est quand il y en a un qui meurt. Tu comprends, lorsque tu t'occupes de quelqu'un pendant longtemps, il devient comme un membre de ta famille. Alors au moment où il part, ça te touche vraiment, tu es triste comme si c'était un des tiens…

— Oui, ça doit pas être facile à vivre. Et comment tu as fait pour trouver ce travail ?

— Oh c'est facile ! J'ai rempli un dossier d'inscription et j'ai fait une lettre de motivation au CCAS, c'est, je crois, le Centre Communal d'Action Sanitaire et Sociale…

— Ça a l'air simple !

— Oui, surtout que des vieux, il y en a de plus en plus, alors je suis pas prête de me retrouver au chômage !

Marie regarde Anna à la dérobée. C'est vrai qu'elle a l'air heureuse dans sa vie ! Quelle chance de se lever chaque matin en se disant qu'on va faire du bien aux gens ! Quelle chance de semer et de cueillir du bonheur en travaillant !

Peut-être qu'elle aussi pourrait essayer…

Aider les autres, les empêcher d'être seuls et coupés du monde, leur donner de l'amour, c'est tout de même un beau métier, non ?

À coup sûr, plus beau et plus valorisant que celui d'employée de maison. « Oui Madame ! Bien Madame ! Merci Madame ! » Tout cela en souriant bien sûr.

Il faut qu'elle se renseigne.

— Nous voici dans la capitale ! plaisante Anna. Cécile qui somnolait se frotte les yeux, s'étire et bâille.

Le papé sort de la maison dès que la voiture s'arrête. Il devait attendre près de la fenêtre.

Elle sourit. Rasé de frais, lavé de frais, pull-over et pantalon du dimanche, il s'est fait beau le brave homme !

Il étreint Marie, l'embrasse longtemps, se penche vers la petite, la serre entre ses bras, se redresse avec peine, essuie quelques larmes.

« Venez, rentrez vite qu'il fait frais ! »

Il marche devant elles. Il s'est voûté depuis la dernière fois. Sa jambe droite est raide. Il boîte, respire fort.

Dans la maison, par contre, rien n'a changé. Le carrelage flamme un peu inégal, la grande table carrée plantée au centre de la cuisine et les chaises en formica marron qui font la ronde autour, les rideaux noircis par la fumée, le buffet sombre avec, posées dessus, des photos pâles de gens oubliés, la cheminée large et basse où brasille une grosse souche de vigne, l'évier rond et profond à côté de la gazinière blanche, le vieux réfrigérateur avec sa poignée cassée, l'abat-jour de fer rond qui dessine un cercle d'ombre sur le plafond.

Il y a même, comme dans tous les souvenirs de Marie, Minette, la grosse chatte tricolore, neige suie et flamme, qui dort sur son coussin grenat posé sur une chaise basse à côté de l'âtre.

Cécile se précipite vers elle.

« Fais attention ! la prévient le papé, elle est très vieille ! Caresse-la doucement, il faut que tu sois gentille avec elle ! »

La petite s'arrête, puis approche avec lenteur. Elle se contente de gratter la tête de la chatte qui tourne vers elle ses gros yeux vert tendres dans lesquels serpentent des rivières d'or.

— Tu continues à faire du feu papé ? On arrive en mai !

— C'est que mes vieux os ont toujours froid et puis

tu le sais bien : En avril, ne te découvres pas d'un fil ! J'ai fait préparer la chambre du fond pour ta fille. Toi, tu dormiras dans celle de l'oncle comme d'habitude.

— C'est bien, je vais y porter nos affaires et aérer un peu.

— Oh c'est pas la peine, Anna l'a déjà fait plusieurs fois dans la semaine !

Malgré les dires du vieil homme, les deux pièces, surtout celle du fond, sentent le renfermé et l'humidité. Marie ouvre en grand les fenêtres, respire avec délice l'air frais que le vent jette par bouffées dans la pièce.

Sa chambre, la chambre où elle a si longtemps dormi, celle de ses rêves d'enfant puis d'adolescente, ne ressemble plus à celle qu'elle a gardée dans sa mémoire... Pourtant, il y a toujours au-dessus du lit, le crucifix poussiéreux et le bouquet sec de branches de laurier béni. Il y a toujours contre le mur, la grande armoire à glace dans laquelle elle scrutait la lente poussée de ses seins.

Son refuge, son nid est à présent une pièce triste et sombre, presque carrée, haute de plafond, sans charme ni mystère, monacale. Elle ouvre le lit, passe sa main sur les draps rêches, s'assied. Il fait froid, un froid humide qui s'insinue à travers ses vêtements.

Le printemps n'est pas encore arrivé jusqu'ici. Marie pense « un froid de mort », et elle frissonne. Elle se relève, secoue la tête pour chasser cette idée et passe dans la chambre de Cécile.

Sur le lit de sa fille est posé un édredon rose, son édredon rose, celui sur lequel elle plongeait lorsqu'elle était enfant…

— C'est quoi ça maman ?

— C'est pour pas que tu aies froid ma chérie, ça s'appelle un édredon ! Moi aussi je l'avais quand j'étais petite.

— Ah bon ! Je peux y monter dessus ?

— Bien sûr, je l'ai fait avant toi !

La petite saute sur l'édredon, se relève en se tenant le nez :

— Ça sent drôle !

— C'est qu'il est vieux ! On va laisser les fenêtres ouvertes, l'odeur partira.

Elles reviennent dans la cuisine. Le papé fourgonne le feu avec des pinces. Il ajoute ensuite une nouvelle souche.

— Je ne veux pas que vous ayez froid ! s'exclame-t-il. Vous, à la ville, avec le chauffage central, vous êtes mal habituées !

Marie sourit. Elle sait que la vieille cheminée ne chauffe qu'un petit cercle autour de ses flammes. Comme disait la grand-mère :

« On se cuit la figure et on se gèle le dos. »

De plus, la maison est bâtie de curieuse façon. On monte quatre marches d'escalier pour accéder à la salle à manger qui n'est plus utilisée, on en descend trois pour aller dans les chambres. En bas, malgré un radiateur électrique allumé de novembre à avril avant le coucher, il fait toujours froid.

Marie s'en veut de ne pas être remplie de joie en retrouvant son grand-père et sa maison. Elle se faisait toute une fête de venir et la voilà déçue. Sont-ce les choses qui ont changé ou elle ?

Les deux évidemment.

Elle aurait tant aimé, par la magie d'un petit voyage, se replonger dans le monde de ses quinze ans, peut-être aussi redevenir la jeune fille qu'elle était alors, innocente et pleine d'espérances dans la vie.

— Montre-nous ton jardin ! demande-t-elle pour chasser la morosité qui l'envahit.

— Oh tu sais manhague, maintenant je n'y fais plus grand-chose !

En fait, il n'y a plus rien du tout. À peine le grand-père a-t-il planté un ruisseau de salades frisées et un autre de fèves. Le reste du terrain est en friches. Marie a du mal à cacher son désenchantement.

C'était jadis un lieu luxuriant dans lequel les rangées vert sombre des pommes de terre côtoyaient la fine dentelle des fanes de carottes, les tiges creuses et acérées des oignons, le bouillonnement neigeux des choux-fleurs, le treillis des roseaux auxquels s'accrochaient les jeunes plants de tomates…

Le papé qui les accompagne éprouve d'ailleurs le besoin de se justifier :

— Tu comprends, maintenant je peux plus m'en occuper. J'ai les reins qui me font un mal de chien. Je fais ce que je peux !

Il regarde le ciel, soupire :

— En plus, il ne pleut plus comme avant, le puits est presque à sec. S'il faut arroser avec l'eau de la ville, ça revient trop cher, c'est pas intéressant !

Marie est à deux doigts de répondre au vieil homme : « Maintenant, c'est moi qui te remplacerai », mais elle se ravise et s'entend dire :

— Bien sûr ! Tu as raison papé !

C'est si facile de mentir sur ses sentiments. Ils viennent tout seuls, les pieux mensonges, ceux qui, en apparence, facilitent la vie, ceux qui empêchent de se battre aujourd'hui, pour mieux se déchirer demain…

En l'occurrence, est-ce un mensonge ? Non, un simple constat. Dire ce qu'elle pensait, c'eût été s'engager pour l'avenir alors qu'elle n'a rien décidé.

Puisqu'il ne peut plus travailler, il ne fait plus rien. C'est normal, non ?

C'est elle qui refuse la réalité, qui ne veut pas reconnaître que son grand-père est vieux, que tout, ici, est recouvert de la fine poussière des choses qui s'endorment dans le temps et qui ne se réveilleront plus.

Elle ne sait pas ce qu'elle fera demain. Elle ne sait plus. Elle n'a rien à promettre.

Ces certitudes – même ici à Mersac ! – s'écroulent. La réalité est si dure, si loin des images édéniques qu'elle s'était fabriquées à Toulouse au gré de ses malheurs.

Rien n'est comme elle le voyait. Les choses sont à la fois plus simples, plus vieilles, plus… inexorablement vraies. Elle n'aurait pas dû venir, elle est en train de dévaster son sanctuaire, son jardin secret, son ultime refuge. Peut-elle rester ici ? Vivre ici ? Elle l'ignore. En attendant, ce n'est pas la peine de donner de faux espoirs au papé. Elle verra bien, demain… Oui demain.

— Je vais appeler Yves pour lui dire qu'on est bien arrivées ! annonce-t-elle en s'asseyant sur une chaise pliante face au soleil.

Son mari décroche tout de suite :

— Bonjour ma chérie, vous avez fait bon voyage ?

— Pas de problème ! Et toi ?

— Moi ? Je n'ai pas bougé, je suis dans l'appart !

— Ah bon ! Tu n'es pas parti chez tes parents ? Tu vas rester seul tout le week-end ?

— Je ne sais pas. J'avais besoin d'être tranquille, de réfléchir un peu. En fait, c'est simple : vous venez de partir et déjà, je me sens abandonné. Tu me manques ma chérie et la petite aussi !

— C'est… c'est parce qu'on est habitués à passer les week-ends ensemble. À moi aussi ça me fait drôle que tu ne sois pas avec nous !

— Non ! Non, Marie ! C'est pas une question d'habitude ! Tu me manques parce que je t'aime voilà ! C'est vrai que des fois c'est difficile de vivre ensemble, mais sans toi ce sera l'enfer, alors !

— Je ne sais pas ! murmure Marie troublée par les paroles de son mari.

— Je me suis rendu compte que je n'ai pas été très compréhensif avec toi. Je ne te casserai plus les pieds avec le travail. Tu as raison, c'est pas une vie de rester enfermée toute la journée à attendre le retour de son homme. Je t'aiderai même à trouver quelque chose !

Il y a un silence qu'elle ne rompt pas. Il poursuit :

— Je ferai aussi des efforts pour qu'on soit vraiment ensemble. Je te donnerai un coup de main à la maison, on discutera. Je ne me collerai plus devant la télé sitôt rentré du boulot. Même le soir, je ne l'allumerai que s'il y a quelque chose de super intéressant. D'ailleurs, tu vois, je ne l'ai pas regardée de toute la matinée et ça ne me manque pas du tout.

Sa voix devient forte :

— Crois-moi, ce ne sont pas des paroles en l'air. Je ne veux pas te perdre ! Si tu veux, je viens te chercher demain après-midi et on laisse la petite toute la semaine avec ton grand-père comme c'était prévu au début !

Marie est sur le point d'accepter, mais elle se ravise. Elle ne doit pas céder, pas si vite... Puisqu'elle ne veut plus être une marionnette entre lcs doigts des autres, c'est à elle de choisir son chemin. Elle se force pour prendre un ton ferme :

— Attends Yves ! Moi aussi je veux réfléchir et je veux du temps pour le faire

— Quoi ? Tu veux rester à Mersac ? Tu vas t'enterrer dans ce trou avec Cécile ?

— Je n'ai pas dit ça Yves !

— Tu veux qu'on se sépare ? Tu ne m'aimes plus du tout ? Tu as quelqu'un d'autre ?

— Non ! Je n'ai personne !

— Tu ne m'aimes plus ?

— Je… je sais plus !

— Laisse-moi venir te chercher ma chérie s'il te plaît. Je ferai beaucoup d'efforts, tu en feras un peu. Tu verras, on va être heureux tous les trois !

— Écoute Yves, je te rappellerai ce soir. On rediscutera de tout ça !

— Si tu veux… Je t'aime Marie ! Je t'embrasse ! Fais plein de bisous à Cécile !

— Moi aussi je t'embrasse. À tout à l'heure !

Elle éteint son portable. Le silence lui fait du bien. Une hirondelle traverse le ciel. La voix de son époux s'éloigne, se perd. Marie se sent vide, soulagée et libre.

Elle effectue à pas lents le tour du jardin. Même les artichauts plantés contre la haie végètent petitement.

Ainsi, son mari l'aime encore ? Elle en est à la fois étonnée et heureuse. Peut-être n'a-t-il jamais cessé de l'aimer, mais était-elle en état de le voir ?

Yves est fier. Pour qu'il lui fasse cette déclaration, c'est qu'il a envie de continuer à vivre avec elle et qu'il est prêt à faire les efforts dont il parle.

Et elle ? Peut-être est-elle trop exigeante ? Peut-être a-t-elle été trop influencée par ce qu'elle voyait au château ?

Ce n'est pas ça la vie ! Elle doit arrêter de rêver. Il lui faut réfléchir, oui réfléchir, bien peser le pour et le contre, surtout ne pas oublier Cécile.

— Tu viens m'aider à mettre la table ?

— On mange dans la cuisine ? demande Marie à nouveau déçue. Elle avait rêvé de repas pris sur la terrasse côté jardin face aux collines.

— Ben où tu veux qu'on aille ? On est pas en été tu sais !

— Tu as raison, mais on a le temps ! Ce n'est que onze heures et demie !

— Bah, avant que tout soit prêt ce sera bien avancé ! Depuis que je suis seul, je mange à midi moins le quart. Ça ne change pas grand-chose, c'est une habitude et puis voilà.

Le repas préparé par Anna est simple et savoureux : salade verte, civet de lapin avec des pâtes et yaourts.

Marie, aidée par Cécile, met les couverts et fait réchauffer le civet. Guidée par le papé, elle trouve de quoi assaisonner la salade. Il est midi moins le quart lorsque tous les trois se mettent à table. Le papé en soupire d'aise.

Cécile passe une bonne partie du repas à donner des bouts de lapin à Minette. De temps en temps, elle rit : « Maman ! Maman ! Elle m'a léché le doigt ! »

Marie ne dit rien. Elle pense à Yves, à ses mots tout à l'heure. Elle n'a pas faim ou plutôt elle en oublie de manger. Le papé lui en fait la remarque :

— Qu'est-ce que tu as manhague ? Tu ne parles pas ! Tu ne manges pas ! Tu as bien changé, tu sais !

— Non ! C'est que j'ai des soucis !

— Maman j'ai fini, je peux aller dans le jardin ? demande Cécile.

— Oui, mais fais attention ! Ne te fais pas mal et ne marche pas sur les salades !

— Des soucis ? reprend le papé, tu veux qu'on en parle…

— Tu sais, ce n'est rien d'extraordinaire. J'ai eu des problèmes dans mon travail, je vais démissionner. En plus, avec Yves on a une mauvaise passe alors…

— Tu as bien fait de venir manhague. Pour le travail, puisque tu vas arrêter, c'est réglé ! Pour Yves, c'est plus compliqué ! La vie c'est long, il y a des hauts et des bas !

— Pas pour tout le monde ! Avec mamée, vous aviez l'air toujours heureux ! Je ne vous ai jamais entendus vous disputer !

— Pourtant, si tu savais le nombre de fois que j'ai eu envie de partir… et elle aussi je pense. Je crois que si on est restés ensemble, c'est grâce à toi !

— Grâce à moi ?

— Oui ! Au moment où tes parents se sont séparés et qu'ils t'ont envoyée ici, ça nous a changé les idées. Tu comprends, ça nous a donné un but. Il fallait qu'on t'élève le mieux possible et crois-moi, on avait bien besoin d'être deux !

Il la regarde, plein de tendresse :

— Heureusement, tu étais si gentille, si mignonne. Tu as été pour nous comme un cadeau du ciel. Il n'était plus question de se bagarrer ! Après, quand tu es partie, on s'est à nouveau retrouvés seuls, mais c'était trop tard pour tout recommencer, on était trop vieux !

— Ben ça alors, moi qui ai toujours cru que vous étiez un couple parfait…

— Manhague, ça n'existe pas tout ça. Au cinéma peut-être et encore… Ça ne marche pas trop avec Yves en ce moment ? À toi de savoir si tu as envie de te battre pour rester avec lui ou non. Il faut quand même que tu saches que ça risque de ne pas être mieux ailleurs… À moins que tu veuilles vivre toute seule, enfin avec Cécile !

— Je ne sais pas trop où j'en suis, c'est pour ça que je suis venue !

— Tu as bien fait ! Et lui ? Tu sais ce qu'il veut faire ?

— Il veut continuer, il me dit qu'il fera des efforts… Si je suis d'accord, il vient me chercher demain !

— Tu vois, lui il a compris. Il sait ce qu'il veut. C'est bien non ?

— Oui ! Je… je crois que je vais lui dire de venir… Tu comprends, j'ai été tellement malmenée au travail que je ne savais plus où j'en étais… J'ai même failli avoir un amant, tu te rends compte ?

— Ne regarde pas derrière toi manhague, c'est ton avenir que tu dois choisir !

— Si tu savais papé ! J'ai honte de ce que j'ai fait, de ce qu'on m'a obligée à faire !

— Je ne veux rien savoir de ça ! L'important, c'est demain !

— Oui tu as raison ! Je t'adore papé ! Tu ne seras pas trop déçu si je repars ?

— Non ! Tu sais maintenant je suis habitué à être seul. Ça me dérange pas et puis j'ai Anna qui me tient compagnie. Tiens, tu vois, elle aussi, son mari l'a quittée il y a quatre ou cinq ans.

Il secoue la tête à plusieurs reprises :

— Il voulait être libre, cet imbécile… Au bout de six mois, il s'est retrouvé marié avec une véritable sorcière, même pas jolie, et méchante comme la gale. Elle l'a fait se brouiller avec tout le village, il ne parle plus à personne. Crois-moi, il n'a pas gagné au change et il doit se mordre les doigts d'avoir quitté Anna parce qu'elle, c'est une brave femme !

— Oui, ça en a l'air !

— Il y a quand même quelque chose qui m'embête Marie ! Je t'avais dit que je pourrais te garder la petite toute la semaine. Je la regarde faire depuis que vous êtes arrivées. Elle est gentille et bien élevée, mais elle n'arrête pas de bouger, de courir à droite à gauche… Elle me fait venir le tournis rien que de la voir faire et, en plus, elle risque de s'ennuyer. Je crois que tout seul, je pourrai pas m'en occuper !

— Je m'en suis aperçu papé ! Je voulais t'en parler plus

tard. J'avais peur de te vexer ! Si je repars, je la prendrai avec moi, mais je te promets de te l'amener plus souvent.

— Ne promets pas manhague parce qu'une promesse, c'est toujours une chaîne pour les honnêtes gens. Trouve ton chemin, sois heureuse, c'est tout ce que je veux. Ne t'occupe pas de moi, j'ai déjà fait ma route…

Marie, émue, se lève, enlace son grand-père, pose sa tête contre la sienne. Ils restent un moment ainsi. Elle l'embrasse sur le front et se lève pour ranger.

— Attends ! Je n'ai pas mangé mon bout de fromage. Il me le faut pour finir le repas !

Marie va dans le jardin pour voir ce que fait sa fille. Celle-ci est assise sur la terrasse, le regard dans le vague.

— Qu'est-ce que tu fais ma chérie ?

— Rien maman ! Je m'embête, Y a rien ici ! Dis, je peux regarder la télé ?

— Je ne sais pas. Il te faut le demander à papé ! Je crois qu'il vient de l'allumer.

Le viel homme qui a entendu la fin du dialogue s'exclame :

— Oui ! Chaque jour après manger je regarde *Tout le monde veut prendre sa place* sur la deux, puis la météo. Je m'endors toujours pendant le journal.

Cécile, déçue, baisse la tête. Marie s'approche d'elle et lui murmure :

— Ne t'en fais pas, dès qu'il dormira, tu pourras mettre la chaîne que tu veux ! Va jouer, je t'appellerai !

Rassérénée, la fillette part à cloche-pied. Marie se remet à ranger. Elle nettoie ensuite les couverts à l'eau froide. Elle n'ose pas utiliser le chauffe-eau à gaz qui, dans ses souvenirs, crache une terrible flamme orange en s'allumant.

Peut-être à cause de cette crainte, elle pense au château puis à Jacques...

Qu'a-t-il fait ? A-t-il réussi à prendre les bijoux ? Et le feu ? Elle se prend presque à espérer qu'il n'a pas incendié la demeure…

À quoi ça sert ? Ce qui est fait est fait…

C'est étrange qu'il ne l'ait pas appelée, ne serait-ce que pour l'insulter ou la maudire… Ce n'est pas son genre… et il était si amoureux !

Pourvu qu'il soit parti !

Le téléphone sonne. C'est Jacques ! Non, c'est à nouveau Yves, tout excité :

— Marie, Marie, ton château, il à moitié brûlé avec ta patronne dedans.

— Quoi ? Qu'est-ce que tu dis ? Valérie a brûlé ?

— Oui et même ça doit être une drôle d'affaire parce que le chauffeur s'est suicidé avec le pistolet de ta patronne à Blagnac.

— Jacques ?

— Je ne sais pas... le chauffeur.

Marie éteint son appareil, court s'enfermer dans les toilettes. Valérie et Jacques sont morts, le château à moitié brûlé. Elle devrait être contente, elle ne l'est pas, elle se sent coupable et elle a honte. La culpabilité et le sentiment d'un immense gâchis obscurcissent tout son esprit.

Yves rappelle :

— Ça a coupé ma chérie, tu vas bien ?

— Oui ça va mais... c'est dur tu sais, je les ai encore vus hier.

— Qu'est-ce que tu vas faire ?

— Quoi ? Je sais pas ! Je rentrerai avec toi dimanche soir et lundi j'irai au château. À demain Yves.

— À demain ma chérie.

C'est sûr, elle doit aller au château lundi parce qu'elle n'a pas démissionné et que son absence sonnerait étrangement en pleine enquête. Elle ne doit rien changer à ses habitudes, faire comme si elle n'était au courant de rien.

Il a tué Valérie, pourquoi ? Que s'est-il passé ? Lundi, elle ira porter son arrêt de travail. Ainsi, elle saura ce qui est arrivé et elle verra les dégâts. De plus, cela montrera qu'elle est étrangère au vol... s'il a lieu, car Jacques peut avoir renoncé au dernier moment.

Le papé ronfle sur le fauteuil. Cécile qui joue dans le jardin a oublié la télévision.

Marie s'assied à côté de la cheminée. Elle sait qu'elle est à la croisée des chemins, mais en fait elle n'a guère le choix. Elle a déjà accepté la proposition de Yves, elle repartira avec lui demain.

Quoi qu'il en soit, s'il tient parole, leur vie sera plus agréable, c'est certain. Elle-même n'aura plus la terrible pression de Madame sur les épaules, elle sera bien plus disponible. En fait, leur existence n'était pas abominable… Difficile, tendue comme bien d'autres, ni plus, ni moins. C'est le travail au château qui la lui a rendue insupportable...

Rester ici sans emploi avec le papé. Ici, où tout est vieux, usé, dépassé, déjà hors du temps. Non, ce n'est pas possible. Que ferait-elle ? Et Cécile ?

À Toulouse, elle fera tout pour que leur vie soit la meilleure possible. Elle va à nouveau chercher du travail. Anna lui a donné envie de se renseigner sur l'aide aux personnes âgées, elle ira voir à l'ANPE.

Elle va continuer son chemin avec Yves. Combien de temps ? Elle ne le sait pas.

Comme son monde est petit ! Il n'y a que trois personnes qui comptent dans sa vie. Cécile d'abord qu'elle n'abandonnera jamais, Yves ensuite avec qui elle n'a pas encore fini de tricoter son histoire et le papé.

La voilà débarrassée de ses rêves d'adolescente romantique. Rien n'est acquis. L'amour toujours est une chimère, la belle vie aussi. Tout se construit pas à pas, jour après jour, dans l'effort et souvent la douleur.

Elle ne pourra jamais oublier ces mois terribles, mais ils l'ont fait grandir, lui ont donné deux certitudes.

Elle ne se taira plus, ne se laissera plus fouler aux pieds par personne. Elle agira toujours d'abord en fonction de ses goûts et de ses désirs.

Elle doit trouver un métier qui lui plaise et qui lui permette, quoiqu'il advienne, de ne dépendre de personne. Sa liberté est à ce prix.

Elle se lève pour aller dans le jardin et s'arrête sur le pas de la porte, éblouie, figée dans la clarté brûlante de midi. Elle se relâche enfin, s'ouvre enfin, se laisse pénétrer par la violence de la lumière et la douceur du parfum des collines posées sur le ciel bleu et grand comme une mer.

La caresse du vent sur sa peau lui murmure qu'elle est encore jeune et belle. La bouche chaude du soleil sur sa poitrine fait soudain bouillonner en elle, comme une eau vive, toute la force du printemps.

Elle se sent à nouveau pleine de vigueur, pleine d'envies.

Elle va guérir.

C'est sûr, ils reviendront les éphémères et indicibles bonheurs.

Ils reviendront les temps de liberté et de déraison.

Demain, à nouveau, l'amour l'emportera.

Prat de Cest, le 18 mai 2008

Plus de livres sur : **www.tdo-editions.fr**
Commandez en ligne sur le site et bénéficiez de 5% de remise
et des frais de port offerts avec le code promo :**TERROIR66**

T.D.O Éditions, SARL
TOUS DROITS RÉSERVÉS
Conposition, mise en page : TDO Éditions
ISBN : 978-2-36652-038-5

Dépôt légal décembre 2013
Achevé d'imprimer en France
Sur les presses de l'imprimerie SEPEC